Cuando éramos mayores

Cuando éramos mayores

ANNE TYLER

Traducción de María José García Ripoll

ALFAGUARA

ALFAGUARA

Título original: Back When We Were Grownups
© 2001, Anne Tyler
© De la traducción: María José García Ripoll
© De esta edición:
    2002, Santillana Ediciones Generales, S. L.
    Torrelaguna, 60. 28043 Madrid
    Teléfono 91 744 90 60
    Telefax 91 744 92 24
    www.alfaguara.com

• Aguilar, Altea, Taurus, Alfaguara S. A.
Beazley 3860. 1437 Buenos Aires. Argentina
• Aguilar, Altea, Taurus, Alfaguara S. A. de C. V.
Avda. Universidad, 767, Col. del Valle,
México, D.F. C. P. 03100. México
• Distribuidora y Editora Aguilar, Altea,
Taurus, Alfaguara, S. A.
Calle 80 nº 10-23
Santafé de Bogotá. Colombia

    ISBN: 84-204-6442-2
    Depósito legal: M. 34.200-2002
    Impreso en España - Printed in Spain

© Fotografía de cubierta:
    Mary Javorek

© Diseño de cubierta:
    Carol Devine Carson

Cuando éramos mayores

Uno

Érase una vez una mujer que descubrió que se había convertido en la persona equivocada.

Para entonces tenía cincuenta y tres años, y ya era abuela. Una abuela grandota, blandita, con hoyuelos en las mejillas y dos mechones cortos, rubios y resecos que le caían casi horizontalmente, como dos alas, a ambos lados de la raya central. Patas de gallo junto al rabillo de los ojos. Prendas sueltas de colores vivos que acercaban peligrosamente su estilo de vestir al de las vagabundas que arrastran sus pertenencias en grandes bolsas.

Pueden darlo por seguro: la mayoría de la gente de su edad diría que ya era demasiado tarde para cambiar. Lo hecho, hecho está, dirían. Para qué intentar modificar las cosas a esas alturas.

También Rebecca estuvo a punto de decírselo. Pero no lo dijo.

El día que lo descubrió estaba de merienda campestre en el río North Folk, en el condado de Baltimore. Era un domingo fresco y soleado de principios de junio de 1999, y la familia se había reunido para celebrar el compromiso de la hijastra menor de Rebecca, NoNo Davitch.

Los coches de los Davitch formaban un círculo en el prado, como caravanas del oeste preparadas para defenderse de un ataque. Las mantas estaban esparcidas por la hierba, y los termos, neveras y equipos de deporte se amontonaban en la mesa y los bancos de madera. Los niños jugaban junto al río formando un grupo alborotado y ruidoso, pero los adultos mantenían las distancias. De uno en uno o de dos en dos, se movían de un lado a otro ordenando sus cosas, buscando un lugar al sol o deambulando de aquí para allá, caprichosamente, como buenos Davitch. Una de las hijastras estaba sentada sola en su furgoneta. Uno de los yernos hacía estiramientos de piernas junto a la pista de footing. El tío apuñalaba una y otra vez la tierra con su bastón.

Dios Santo, ¿pero qué iba a pensar Barry? (Barry, el prometido de NoNo). Pensaría que no aprobaban que se casara con ella.

Y con toda la razón.

Tampoco es que se comportaran de forma muy diferente en otras circunstancias.

Barry tenía una manta casi para él solo, porque NoNo no dejaba de revolotear de un lado para otro. La más menuda y bonita de las hijas de los Davitch, un pequeño colibrí, se acercó primero a una de sus hermanas y luego a la otra, inclinando su melena corta, oscura y brillante, para susurrarles con apremio alguna cosa.

Murmurando tal vez: «¡Quiérelo, por favor!». O: «¡Por lo menos, haz que se sienta aceptado!».

La primera hermana se afanó de repente en revolver en una canasta de mimbre. La segunda se protegió los ojos del sol y fingió ir a buscar a los niños.

Rebecca, que al fin y al cabo se ganaba la vida organizando fiestas, sintió que no tenía más remedio que llamar con unas palmadas:

—¡Bueno, chicos!

Lánguidamente volvieron la cabeza. Ella cogió una pelota de béisbol de la mesa y la esgrimió en alto. No, era más grande que una pelota de béisbol. Pues entonces sería una pelota de *softball;* sin duda alguna, propiedad del yerno que estaba haciendo estiramientos de piernas, profesor de educación física en el instituto local. Lo mismo daba, Rebecca nunca había sido una gran deportista. Aun así, les gritó:

—¡Venga, todo el mundo, es hora de echar un partido! ¡Barry! ¡NoNo! ¡Vamos, venga! Pongamos que esta roca es la base del bateador. Zeb, pon ese tronco en el lugar que corresponda a la primera base. Esa bolsa puede ser la segunda base, y la tercera... ¿quién tiene algo que pueda servir de tercera base?

Refunfuñaron, pero ella no se rendía:

—¡Vamos, chicos! ¡Que se vea que estáis vivos! ¡Tenemos que hacer algo de ejercicio, con toda la comida que nos espera!

Empezaron a obedecer a cámara lenta, levantándose de las mantas y acercándose con inercia hacia donde ella señalaba. Miró hacia la pista de footing y gritó:

—¡Eh! ¡Jeep!

Jeep se soltó la voluminosa rodilla que tenía abrazada y miró de reojo hacia donde estaba Rebecca.

—¡Acércate! —le ordenó—, estamos organizando un partido de *softball.*

—¡Pero, Beck!, quería correr un poco... —aunque protestando, se acercó despacio hacia donde ella estaba.

Mientras Jeep corregía el emplazamiento de las bases, Rebecca fue a vérselas con la hijastra de la furgoneta. Que, por cierto, era la esposa de Jeep. Rebecca deseó que no fuese una de sus estúpidas disputas.

—¡Cariño! —la llamó. Atravesó las altas hierbas recogiendo con ambos brazos los pliegues de su falda amplia y estampada—. ¿Patch? Baja la ventanilla, Patch. ¿Me oyes? ¿Te ocurre algo?

Patch volvió la vista hacia ella. Se veía que estaba pasando calor. Unos mechones de su pelo negro y desfilado se le pegaban a la frente, y la cara, angulosa y con pecas, le brillaba de sudor. Pero no hizo ademán alguno de abrir la ventanilla. Rebecca asió el tirador de la puerta y dio un brusco tirón, por fortuna justo antes de que a Patch se le ocurriera poner el seguro.

—¡Pero bueno! —dijo Rebecca en tono cantarín—. ¿A qué viene todo esto?

—¿Pero es que no puede una tener un momento de paz en esta familia? —rezongó Patch.

Tenía ya treinta y siete años, pero más parecía que tuviese catorce, con su camiseta de rayas y su vaquero ajustado. Y también se comportaba como si los tuviera, no pudo evitar pensar Rebecca; pero se conformó con decir:

—¡Venga, únete a nosotros, vamos a echar un partido de *softball*!

—No, gracias.

—¿Se puede saber por qué?

—Por el amor de Dios, Beck, ¿es que no sabes cuánto odio todo esto?

—¿Cómo que lo odias? —exclamó alegremente Rebecca, fingiendo no entender—. Pero si a ti se te dan muy bien los deportes. Los demás no sabemos ni siquiera dónde hay que poner las bases. El pobre Jeep lo está teniendo que hacer todo solo.

Patch espetó:

—No entiendo en absoluto por qué tenemos que celebrar el compromiso de mi hermana pequeña con ese..., ese...

Al parecer no encontraba palabras. Cruzó firmemente los brazos sobre su liso pecho y volvió a mirar al frente.

—¿Ese qué? —inquirió Rebecca—. Un hombre amable, decente, bien educado. Un abogado.

—Un abogado de empresa. Un hombre que se trae la agenda a una merienda campestre. ¿Te has fijado en su agenda? ¡Pero si parece que acaba de bajarse del yate, con esa ropa de pijo, ese ridículo pelo rubio cortado al rape y esos estúpidos zapatos náuticos de suela de goma! ¡Y fíjate qué forma de imponérnoslo! ¡Así, de buenas a primeras, sin avisar! Nosotros pensando: «Oh, pobre NoNo, treinta y cinco años ya y que sepamos todavía no la ha besado nadie» y, de la noche a la mañana, como te lo digo, literalmente de la noche a la mañana, va y cuando menos nos lo esperábamos nos anuncia que se casa en agosto.

—Bueno, mira, tengo la sensación de que lo ha estado manteniendo en secreto por temor —opinó Rebecca—. No querría quedar como una tonta, en caso de que la cosa no cuajara. Y también puede que le preocupase que vosotras fueseis demasiado críticas.

No sin razón, se guardó de añadir.

—Tonterías —dijo Patch—. Sabes muy bien por qué lo ha mantenido en secreto: él ya ha estado casado. Casado y divorciado, y con un hijo de doce años por añadidura.

—Bueno, son cosas que pasan —observó secamente Rebecca.

—Y además un hijo tan patético. ¿Te has fijado? —Patch señaló bruscamente con el dedo en dirección a los niños, hacia el río, pero Rebecca no se molestó en girar la cabeza—. ¡Vaya un niño tan canijo! Y no se te habrá pasado por alto que es Barry quien tiene la guarda y custodia. Ha tenido que estar cocinando para este niño, limpiando la casa, llevándolo al colegio, ayudándole a hacer los deberes... ¡Por supuesto que quiere una mujer! Una niñera gratis, más bien diría yo.

—Eso, querida, es un insulto para NoNo —repuso Rebecca—. Cualquier hombre cabal querría a NoNo por lo que vale.

Patch se limitó a resoplar con un bufido que le apartó los mechones de la frente.

—Tú piensa —le recordó Rebecca—. ¿No me casé yo con un hombre divorciado y con tres hijas? Y ya ves, dio buen resultado. Seguiría casada con él, si estuviese vivo.

Patch ignoró esto último.

—¿Y cómo se te ocurre organizarles una fiesta?

—Por supuesto que tenía que organizar una fiesta. ¿Qué mejor ocasión? —repuso Rebecca—. Además, Biddy y tú también me la pedisteis, si mal no recuerdo.

—Sólo te preguntamos si pensabas dar una, ya que eres tan aficionada a las fiestas de compromiso. ¿No ha tenido ya Min Foo tres para ella sola?... Parece que lo habéis tomado por costumbre.

Rebecca abrió la boca para replicar, porque estaba prácticamente segura de que Patch y Biddy le habían pedido, con esas mismas palabras, que organizase un día de campo. Pero luego pensó que quizá ella lo había entendido mal. Tal vez quisieron decir que como ya sabían que organizaría algo de todas maneras, ellas preferían que fuese al aire libre. (¡Las Davitch eran tan poco sociables! «Supongo que te empeñarás en armar algún tipo de jolgorio», suspiraría alguna de ellas, y luego aparecerían por allí, se sentarían con aires de aburrimiento y picotearían la comida mientras Rebecca intentaba animar las cosas.)

Bueno, lo mismo daba, porque Patch por fin estaba saliendo de la furgoneta. La cerró de un portazo y dijo:

—Vamos de una vez, ya que tanto te empeñas.

—Gracias, cielo —dijo Rebecca—. Sé que hoy lo vamos a pasar estupendamente.

—¡Ja! —se burló Patch, y se acercó resueltamente hacia los demás, dejando atrás a Rebecca.

El partido de *softball* había empezado, aunque sin gran entusiasmo. Los participantes se habían dispersado por el campo, al parecer al azar. El cuñado de Rebecca y Barry estaban tan alejados del terreno de juego que parecía que no estuviesen jugando. El *catcher* (Biddy) se estaba atando el zapato. El tío, apoyado en su bastón, ocupaba un lugar indeterminado cerca de la tercera base. La hija de Rebecca tomaba el sol en la primera base, solazándose en la hierba con la cabeza inclinada hacia atrás y los ojos cerrados.

Mientras Patch y luego Rebecca se acercaban a su base, Jeep adoptó la postura del bateador, con su cuerpo en forma de barril ladeado hacia ellas y agitando el bate con arrogancia. NoNo, situada en el montículo, dobló el brazo en un ángulo extraño por encima del hombro y lanzó la pelota. Ésta empezó a describir un arco indeterminado hasta que Jeep, impacientándose, dio una gran zancada y la golpeó por abajo, lanzándola más allá de la segunda base. Hakim, el yerno de Rebecca, se la quedó mirando con interés cuando pasó silbando. (No era de extrañar, ya que Hakim, natural de algún país árabe, probablemente no había visto una pelota de *softball* en su vida.) Jeep soltó el bate y trotó hasta la primera base, sin perturbar en lo más mínimo el baño de sol de Min Foo. Rodeó la segunda base, recibiendo al pasar una beatífica sonrisa de Hakim, y siguió hacia la tercera. La tercera estaba ocupada por el..., bueno, Rebecca nunca sabía cómo llamarlo..., el compañero de siempre de Biddy, el querido Troy, quien siempre proclamaba que fue a la edad de cinco años, mientras intentaba torpemente recoger una bola alta durante un partido de béisbol, cuando descubrió que era gay. Troy se conformó con saludar amigablemente a Jeep con la mano mientras éste pasaba corriendo.

Para entonces Barry ya había conseguido hacerse con la pelota. La lanzó hacia Biddy, pero ahora ella se estaba atando el otro zapato. Fue Patch la que se abalanzó para interceptarla, aparentemente sin ningún esfuerzo. Luego regresó a la meta y pilló a su marido fuera de base.

Patch y Jeep podían muy bien haber estado jugando solos, a juzgar por la reacción que suscitaban. Biddy se enderezó y bostezó. NoNo se puso a refunfuñar por una uña rota. Min Foo no se enteraba de nada de lo que ocurría, a no ser que se lo estuviese figurando con los ojos cerrados.

—¡Oh! —gritó Rebecca—. ¡Ni siquiera lo estáis intentando! ¿Dónde está vuestro espíritu de equipo?

—Para eso tendríamos que ser más de un bando —intervino Jeep, secándose la frente con el hombro—. No somos suficientes para jugar.

En ese momento a Rebecca le parecía que eran demasiados. No eran más que un tropel indisciplinado, de lo más pesado e incómodo, que exigía demasiado esfuerzo. Pero sólo dijo:

—Tienes toda la razón —y volvió la vista hacia el río—. ¡Niños! —gritó—. ¡Eh, niños!

Los niños formaban una línea saltarina e irregular a más de veinte metros de allí, detrás de unos matorrales que vibraban con el zumbido de los insectos, junto a la corriente del río, por eso al principio no la oyeron. Tuvo que remangarse otra vez la falda y abrirse paso hasta donde estaban, llamando:

—¡Vamos todos! ¡Venid a jugar a la pelota! ¡Los niños contra los mayores!

Entonces pararon lo que estaban haciendo (alguna versión de *Seguir al guía,* al parecer, saltando de piedra en piedra) y la miraron. Ese día estaban cinco de los seis que eran, todos menos Dixon, el mayor, que se había ido por ahí con su novia. Y también estaba el hijo de Barry, ¿cómo se llamaba? Peter.

—¡Peter! —le llamó Rebecca—. ¿Quieres jugar al *softball*?

El niño permanecía ligeramente apartado de los demás, destacando con su pelo pálido y su tez blanca, escuálido en comparación con los vivaces y morenos Davitch. Rebecca sintió un ramalazo de lástima por él. Le gritó:

—¡Puedes lanzar tú el primero, si quieres!

Él dio un paso atrás y negó con la cabeza. Claro, era de suponer. Tenía que haberle ofrecido jugar en el perímetro del campo. Algo en lo que pasara desapercibido. Los demás, mientras tanto, habían roto filas y se dirigían hacia ella.

—¡Yo no me la ligo! ¡Yo no me la ligo! —canturreaba el más pequeño de los niños, ignorando visiblemente de qué iba el *softball*. Los tres hijos de Patch y Jeep (como era de esperar) se disputaban el primer turno de batear.

—Vamos a echarlo a suertes —dijo Rebecca—. ¡Venid todos! El equipo que gane no tendrá que recoger después de comer.

Sólo Peter permaneció en su sitio. Estaba en equilibrio sobre una roca a ras del agua, alerta e inmóvil, y ofrecía un silencio desalentador. Rebecca lo llamó:

—¿No vienes, corazón?

Él volvió a sacudir la cabeza. Los demás niños la rodearon y luego se abrieron paso hasta el terreno de juego, pero Rebecca se remangó un poco más la falda y siguió hacia delante. Las hierbas altas y frías le cosquilleaban las pantorrillas descubiertas. Una nube de mariposas asustadas revoloteaba alrededor de sus rodillas. Alcanzó la primera roca, dio una enorme zancada y saltó hasta la siguiente, trastabillando un instante hasta que recobró el equilibrio sobre la resbaladiza superficie cubierta de musgo. (Llevaba unas alpargatas de suela de esparto que apenas le ofrecían agarre.) Por el momento seguía pisando terreno seco, pero casi todas las otras rocas —incluida aquella sobre la que estaba Peter— resultaban estar parcialmente sumergidas. Eso significaba que los niños habían desobedecido sus instrucciones. Les habían advertido que permanecieran alejados del río, que era imprevisiblemente hondo en algunas partes y más ancho que una carretera de dos carriles, sin contar con que en esa época del año estaba el agua fría como el hielo.

Peter seguía tan inmóvil como un ciervo acorralado. Rebecca lo percibía aunque no le estuviese mirando. Por el momento estaba admirando el paisaje. ¡Cómo descansaba la vista mirando el río! Cayó en un apacible trance, observando cómo el agua parecía recogerse sobre sí misma conforme avanzaba hacia un pronunciado meandro. Se elevaba formando amplios remolinos irisados y luego se alisaba y seguía fluyendo, transparente en las orillas pero casi opaca en el centro, tan verde y luminosa como una botella al sol en una ventana. Se abandonó al fluir del agua, soñando despierta. Se imaginó la misma escena cien años atrás. La línea oscura de los árboles, en la otra orilla, tendría el mismo aspecto; se oiría el mismo chapoteo suave y ondulante junto a ella, y más allá el mismo rumor impetuoso.

Bueno. Ya era suficiente. Arrancó su mirada de allí y la dirigió hacia Peter.

—¡Ya te tengo! —le gritó alegremente.

El niño dio un paso hacia atrás y desapareció.

Durante un instante Rebecca no dio crédito a lo que había pasado. Se quedó inmóvil, con la boca abierta. Luego miró hacia abajo y vio un remolino en el agua. Una carita pálida de ojos enormes luchaba por respirar y se atragantaba. Unos brazos flacos se debatían frenéticamente como aspas.

Saltó a la roca que había ocupado el muchacho, resbalando un poco y magullándose el tobillo. Se zambulló en el río hasta la cintura y se le cortó la respiración. El agua estaba tan fría que quemaba. Primero asió a Peter de la muñeca pero se le soltó. Luego agarró la tela de los pantalones. Le alzó por la parte de atrás de los vaqueros y aún tuvo tiempo, quién sabe cómo, de pensar en lo absurdo que debía parecer todo aquello: una mujer de mediana edad rescatando a un chico del río como si fuese un saco de ropa sucia, sosteniéndole en alto durante una fracción de segundo hasta que sus músculos acusaron el peso y se volvieron a hundir los dos. Pero ella aún le tenía asido. Siguió aferrándole. Con gran esfuerzo, le aupó por encima del agua pese a que ella estaba prácticamente sentada en el fondo. Consiguió levantarse e irse acercando hacia la orilla, tropezó, cayó, se levantó y siguió trastabillando, sujetándole por las axilas. (Era una suerte que estuviese tan encanijado, de lo contrario no lo hubiese conseguido, ni con toda su adrenalina.) Ahora, entre tos y tos, el chico tragaba con dificultad grandes e irregulares bocanadas de aire, y una o dos veces le dieron arcadas. Rebecca lo arrastró a trancas y barrancas por las rocas hasta la hierba, donde lo depositó. Se dobló por la cintura para despejarse la cabeza y en esa posición advirtió que su falda chorreaba agua, así que escurrió todo el trozo de dobladillo que le cabía en las manos.

El primero en llegar hasta ellos fue Barry. Se acercaba a grandes zancadas, gritando:

—¡Peter! ¡Peter! ¿Pero qué diablos estabas haciendo?

Peter no contestó. Estaba tiritando y castañeteando, acurrucado en el suelo. Barry se quitó la cazadora y lo arropó con ella. Mientras tanto había llegado Zeb, el cuñado de Rebecca. Le seguían los niños y el resto de los mayores, que aminoraron el paso cuando vieron que todo estaba bajo control.

Zeb era pediatra, así que Barry y Rebecca le hicieron sitio. Se agachó y preguntó:

—¿Estás bien?

Peter asintió, secándose la nariz con la manga de la cazadora de su padre.

—Está bien —anunció Zeb.

Bueno, eso también lo podía haber hecho un profano.

—Comprueba sus pulmones —le ordenó Rebecca.

—Sus pulmones están bien —afirmó Zeb, sin dejar de observar a Peter—. ¿Cómo ha ocurrido, hijo? —le preguntó.

Rebecca se puso tensa, temiendo la respuesta, pero Peter permaneció en silencio. Su expresión no revelaba absolutamente nada: la vista baja, la boca fruncida en una mueca de obstinación. Ya antes del remojón tenía el aspecto de un gato desollado, pero ahora se le podía ver el rosa del cuero cabelludo bajo el cabello descolorido. De cuando en cuando se daba golpes en la nariz con gesto displicente, como si le estuviese molestando un mosquito.

—Bueno —dijo finalmente Zeb, poniéndose en pie con un suspiro. Era un hombre larguirucho, desgarbado y con gafas, tan acostumbrado a tratar a los niños pobres de la ciudad que su rostro amable mostraba permanentemente una expresión de resignación—. Vamos a buscar ropa seca para estos dos —ordenó—. Venga. Se acabó la función.

Mientras se dirigían hacia la zona del merendero, Rebecca se abrazaba las costillas intentando que se le pasara la tiritona. Barry se le acercó.

—No sé cómo voy a poder agradecérselo... agradecértelo, Beck —le dijo.

—Oh —protestó ella—. ¡Por favor! Estoy segura de que habría terminado agarrándose a una rama o a algo.

—Bueno, pero aun así te agradezco mucho que lo hayas rescatado.

Eso por ahora, pensó ella. Hasta que descubra que, si no hubiese sido por mí, Peter no se habría caído.

Ya no siguieron con el juego. Incluso se habló de volver a casa temprano y, por una vez, Rebecca les dejó discutir sin intervenir. Se sentó calladamente a la mesa, arrebujada en una manta llena de hojas, mientras los demás lo decidían entre ellos. «Mira qué azules tiene los labios Peter. ¡Va a coger una pulmonía!», dijeron varias mujeres. Pero, evidentemente, los nietos querían quedarse, y el tío, siempre preocupado por el despilfarro de energía, señaló el desperdicio de gasolina que representaba el haber ido hasta allí sólo para dar media vuelta y regresar.

—Por lo menos vamos a comer, por lo que más queráis —dijo.

Biddy, que se había esforzado mucho con la comida, brincó como si eso zanjara el asunto y empezó a vaciar las neveras.

Para entonces a Rebecca ya se le había secado el pelo, volviendo a su habitual forma de tienda de campaña, y la blusa había dejado de ser una capa de hielo para convertirse en una tibia y húmeda segunda piel bajo la manta. Se recolocó la manta alrededor de la cintura y aceptó que Zeb le prestara su chaqueta de punto. Peter tuvo más suerte: de los asientos traseros y del suelo de varios vehículos sacaron con qué componer un modelo muy conjuntado. Emmy donó una sudadera, Danny unos pantalones de béisbol de rayas y Jeep un par de calcetines de gimnasia casi blancos. Ignorando las miradas curiosas de los demás niños, Peter se puso a desnudarse en el acto, allí mismo, exponiendo unas tetillas pálidas y minúsculas y unos calzoncillos raídos, deshilachados y dados de sí. (Eso es lo que ocurre, se dijo Rebecca, cuando se le concede la custodia al padre.) Todo le quedaba demasiado grande. Hasta los pantalones de Danny

—y eso que Danny tenía apenas trece años— le colgaban haciendo pliegues y sólo se le sujetaban gracias a que en algunas partes la humedad los adhería a los calzoncillos.

A Rebecca le llamó la atención, por poco habitual, que a un chico de esa edad no le importara cambiarse de ropa en público. Y se palpaba cierta necesidad de llamar la atención del padre en el modo en que permanecía pegado a él. Una vez instalados en la manta de NoNo, no cesaba de interrumpir la conversación tirando de la manga de Barry y hablándole sin parar al oído, como si no sólo fuese muy menudo para su edad, sino también demasiado infantil.

—¿Tiene algún problema ese niño? —le preguntó Rebecca a Zeb.

—No, claro que no. Sólo es un poco tímido, supongo —le respondió.

Pero una buena parte del trabajo de Zeb consistía en apaciguar las ansiedades de los padres, así que se dirigió a Biddy.

—No le he oído dirigirle la palabra a NoNo ni una sola vez —dijo—. Espero que no surja ningún problema con eso de que va a ser su madrastra.

—Bueno, al menos estaba jugando con los otros niños junto al río. Eso ya es una buena señal —opinó Biddy.

—Pero no quería hablar con nosotros —intervino una de las niñas.

Era Emmy, una muchacha de largas piernas que estaba sirviéndose limonada del termo. Rebecca no se había dado cuenta de que estaba escuchando y se apresuró a comentar:

—¡Claro, es normal que no quiera hablar! ¡Imagínate, conoceros a todos así de golpe! Apuesto a que en cuanto coja más confianza va a hablar hasta por los codos.

—En realidad tampoco estaba jugando. Sólo estaba como merodeando alrededor de nosotros.

—Quizá debería darle una fiesta de bienvenida, ¿sabes? —sugirió Rebecca—. Lo mismo que hago cuando nace un bebé. Podría... ¡ya sé! ¡Organizar una búsqueda del tesoro! Y todas las pistas estarían relacionadas con los Davitch, o sea, cosas que tendría que preguntarles a los demás niños para...

—Eso lo odiaría —afirmó rotundamente Emmy.

Rebecca se hundió en su asiento.

Biddy estaba destapando una bandeja de quesos derretidos con guarnición de flores comestibles, un mosaico de diminutos canapés tachonados de huevas de salmón y un medallón de guisantes relleno de trucha ahumada y eneldo. Dos días a la semana, Biddy trabajaba como nutricionista para una residencia de la tercera edad (su hoja informativa mensual, *¿Qué vino combina con la harina de avena?*, había sido mencionada por el diario *Baltimore Sun*), pero ella soñaba con convertirse en chef de alta cocina, y eso se notaba. «¡Uf!, ¿qué es esto?», preguntaban indefectiblemente los niños, señalando algo relleno, o esculpido, o envuelto en nidos, o disfrazado de algún otro modo; y hoy estaban todavía más desconsolados porque por el río había empezado a llegar el olor a carne asada de la barbacoa de otra gente.

—¿Es que no podemos comer nunca hamburguesas? —preguntó Joey.

—¡Hamburguesas! —intervino Rebecca— ¡Las hamburguesas las puedes comer en cualquier sitio! Sólo en las fiestas de los Davitch se pueden probar estos... eh... estos...

Estaba mirando una fuente con dedales de pasta rellenos de algo que parecía barro.

—Caracoles en copa de hojaldre —informó Biddy.

—¡Puf! —exclamó Joey.

—¿Cómo...? —se escandalizó Biddy, pero Rebecca cogió a Joey de la cintura, lo abrazó y le hizo cosquillas con la nariz en el cuello.

—¡Vaya un quisquilloso! —se burló—, y qué presumidillo... —el niño se retorcía entre risas. Olía a sudor fresco y a sol.

—¡Abuela! —protestó. Rebecca le soltó y él partió dando tumbos hacia donde estaban sus primos.

—Este niño necesita que le enseñen modales —dijo Biddy—. Poppy, ¿quieres un caracol? —le preguntó a su tío abuelo.

Poppy estaba sentado al otro lado de la mesa, con ambas manos apoyadas en el bastón, encorvado hacia delante, hambriento y a la espera de algo, pero se apartó bruscamente y dijo:

—Oh, bueno, no, ahora mismo no, no creo. Gracias de todas formas.

Biddy suspiró.

—No sé por qué me molesto —le dijo a Rebecca—. ¿Por qué no hacer simplemente un montón de perritos calientes, o sacar un paquete de pan de molde y un bote de mantequilla de cacahuete?

¿Por qué no, en efecto?, tuvo ganas de preguntar Rebecca. Porque tampoco es que Biddy se estuviera dando gusto a sí misma, ya que ella no comía. Estaba tan lamentable y espantosamente flaca que le sobresalían todas las vértebras a lo largo de la espalda; hasta la coleta, corta y negra, resultaba pobre, como hecha de filamentos, y los pantalones anchos, junto al suéter largo y rojo, parecían poco menos que vacíos. Que alguien le ofreciese un bocado y replicaría: «Oh, no, no puedo», y eso que hablaba de comida sin parar, leía libros de cocina como otras mujeres leen novelas de amor y estudiaba detenidamente las fotos de las revistas donde aparecían ensaladas brillantes y delicadas, y suculentos asados de lechón.

—Dile a la gente que venga a comer —le estaba diciendo ahora a Rebecca—. ¡Se está quedando todo reseco! ¡Diles que vengan! —como si a ella misma no la pudiesen oír; como si su única forma de comunicación fuese la comida.

Obediente, Rebecca se puso de pie. Sabía por experiencia que a esta familia había que acorralarla, un simple grito nunca bastaba.

—¡Niños! —gritó, avanzando entre las hierbas que le llegaban hasta las rodillas—. ¡La comida está lista! —los zapatos chapoteaban de tan mojados que los tenía y la manta empezó a recoger pelusas, espinas y polen—. ¡A comer, Troy! ¡A comer, Hakim! ¡A comer todos!

Debería llevar un silbato colgado del cuello para estas ocasiones. Siempre amenazaba con hacerlo, pero luego se le olvidaba hasta la siguiente vez.

Patch y Jeep parecían discutir. O más bien, Patch estaba discutiendo. Jeep simplemente golpeaba el suelo con su enorme zapatilla de deporte llena de barro, las manos metidas en los bolsillos traseros y la mirada perdida en el vacío.

—¡Vosotros dos, a comer! —les gritó Rebecca. Agarró de golpe al más pequeño de los nietos, pero en eso perdió el equilibrio, y la manta drapeada se le enredó, tropezó y ambos cayeron al suelo, riendo, sobre una mata salpicada de florecillas blancas.

—¡Mamá, por favor! —la reprendió su hija mientras les ayudaba a levantarse.

—Lo siento —se excusó dócilmente Rebecca.

En otros tiempos fue la más digna y serena de las mujeres. Ese pensamiento la asaltó de repente. Entonces llevaba el pelo trenzado y recogido en forma de corona, y los amigos le alababan el porte de su cabeza erguida, que daba a su robusta figura una prestancia casi regia. La Reina Rebecca, la llamaba su compañera de cuarto.

Bueno, todo eso pertenecía al pasado.

Cuando volvió junto a la mesa, Poppy había empezado con el menos oloroso de los quesos.

—¡Espera, Poppy! —le detuvo—. ¡Todavía no hemos propuesto el brindis!

—¡Quién sabe si para entonces seguiré vivo! —le espetó malhumorado, pero soltó el cuchillo. Era uno de esos ancianos que parecen enroscarse sobre sí mismos con la edad, y su barbilla reposaba prácticamente sobre la mesa.

Biddy estaba construyendo un bodegón de frutas exóticas: kiwis, mangos y papayas, y una cosa parecida a una granada de mano de color verde.

—¡Qué bonito! —observó Rebecca, aunque estaba casi segura de que nadie se iba a aventurar a probar ninguna. Alargó la mano por delante de Biddy para coger una botella de champán y se la tendió a Barry.

—¿Puedes abrir esto, por favor? —le preguntó. (Siempre hay que darles a los invitados algo útil que hacer, si quieres que se sientan integrados.) A Zeb le adjudicó otra botella y a Patch le encargó sacar las anticuadas copas de sorbete que los Davitch seguían usando para el champán.

—¿Por qué traes al campo copas de cristal? —empezó a decir Patch.

Pero Rebecca la atajó:

—¿Qué mejor ocasión, vamos a ver, que para mis seres más cercanos y queridos?

—La mitad van a acabar hechas añicos antes de irnos de aquí, fíjate en lo que te digo —vaticinó Patch.

Seguía malhumorada por lo del compromiso, dedujo Rebecca. No era muy propio de Patch preocuparse por la posible rotura de la cristalería. Le rodeó los hombros con el brazo y le susurró:

—Cielo, todo va a salir bien. Tenemos que confiar en el buen juicio de NoNo. Seguro que sabe lo que hace.

Lamentablemente, justo en ese momento sonó el móvil de Barry. Lo sacó de una funda que llevaba en el cinturón e inquirió:

—¿Diga?

Patch le dirigió a Rebecca una mirada significativa, pero ésta se limitó a sonreír evasivamente y se recostó en la silla.

Los niños se estaban quejando de sus raciones de champán. Consideraban que tenían que servirles lo mismo que a los adultos, ¿y qué era lo que les daban? Apenas una gotita, ni siquiera un trago.

—Cuando cumpláis la mayoría de edad —sentenció Rebecca.

—¡A Dixon siempre le dejas que se beba una copa llena y todavía no es mayor de edad!

—Bueno, pero Dixon es más mayor que vosotros y, además, antes estaba permitido beber con la edad que él tiene.

A Jeep tampoco le gustaba lo que le habían servido; prefería la cerveza.

—¿No habíamos traído un paquete de seis cervezas? —preguntó—. ¿Dónde están las cervezas? Demonios, Patch, sabes muy bien que el champán me hace eructar —y siguió revolviendo en las neveras.

Luego Poppy se empeñó en ponerse a recitar sus poemas.

—«Te reciben con revuelo / cuando llegas tarde al cielo» —declamó con voz sonora.

Era el poema que había escrito para el funeral de su mujer, treinta años atrás, y nunca perdía una oportunidad de recitarlo. Cada vez que Rebecca oía ese primer verso, creía que era una alusión a la tendencia de los Davitch a retrasarse indefectiblemente. «¡Eran capaces de llegar tarde hasta a su propia muerte!», pensaba siempre. Aunque el segundo verso desmentía esa interpretación.

—«Cuando eres el que ha quedado, / compungido y enlutado» —prosiguió Poppy, vocalizando con énfasis.

—Vale, pero mira, Poppy —le interrumpió suavemente Rebecca, alargando el brazo por encima de la mesa para cogerle la mano—. Ésta es más bien una celebración alegre, ¿sabes?

La miró airadamente, pero calló. Su mano, liviana y hueca como si fuera un caparazón seco de langosta, permanecía inerte dentro de la suya.

La verdad era que nadie se paraba a pensar cómo habían de acabar todos y cada uno de los compromisos que se celebraban sobre la tierra, pensó Rebecca. Se pasaba por alto eso de «hasta que la muerte nos separe».

Pero enderezó los hombros e inquirió:

—¡Bueno! Barry, NoNo, contadnos cómo os conocisteis. ¡Nos ha pillado tan de sorpresa!

En ese momento Barry estaba enfundando de nuevo el teléfono. Miró a NoNo y ella se enganchó a su brazo con ambas manos, sonriéndole.

—Pues bien —empezó con su áspera vocecita—, ya sabéis que yo siempre he sido un poco clarividente.

Sus hermanas asintieron con la cabeza, pero se oyó carraspear a alguno de los hombres.

—Bueno, pues una mañana estaba yo en mi tienda, y entra Barry. Me pide una docena de rosas. «Muy bien», le digo, y me vuelvo a cogerlas, y de repente, con el rabillo del ojo, veo la cosa más extraña. Me veo a mí, de pie junto a él, con un vestido de novia de gasa blanca y un ramillete de flores de verano con varios matices de amarillo y dorado: caléndulas, rubiáceas, cosmos y margaritas.

A Rebecca le pareció de lo más natural que NoNo se centrara particularmente en las flores, pero aun así no pudo contener la risa. Los demás se la quedaron mirando.

—Lo siento —se disculpó.

—Y entonces parpadeé y lo vi otra vez solo. Esperando junto al mostrador y seguramente preguntándose a qué se debía tanta tardanza. Así que fui a por las rosas, las preparé, las envolví y durante todo ese tiempo no paraba de pensar frenéticamente. Pero frenéticamente. Y por fin le digo: «¿Qué desea que ponga en la tarjeta?». Lo cual, por supuesto, no es lo que se suele hacer. Normalmente, cuando el cliente viene en persona no se molesta en poner una tarjeta. O si la pone, escribe él mismo el mensaje. Pero yo temía que estuviese casado o algo. Quería averiguar para quién eran las rosas.

—Bueno, yo no sabía que se suele hacer así —intervino Barry—, y entonces propuse: «Para Mamie con cariño».

—Y yo le pregunté: «¿Quién es Mamie?».

Patch, que estaba repartiendo servilletas, se quedó parada.

—¡No serías capaz! —exclamó.

—¡Ya lo creo que sí! ¡Estuve absolutamente descarada! Y Barry me contestó: «Mamie es mi secretaria. Es que hoy es el Día de la Secretaria, ¿sabe?».

—¿Y le mandas rosas a tu secretaria *con cariño*? —le preguntó Patch a Barry.

Él se encogió de hombros.

—No es más que una expresión —señaló.

Patch se le quedó mirando unos instantes y luego volvió a sus servilletas, sacudiendo la cabeza. Pero NoNo no se percató de nada.

—Mientras —siguió contando a los demás—, se puso a sacar el dinero de la billetera, y yo pensando: ¡Miér... coles! ¡Va a pagar al contado! ¡No voy a poder averiguar cómo se llama! Así que escribí en la tarjeta: «Para Mamie, con cariño de tu jefe y de Elaine Davitch, a quien le gustaría llegar a conocerle mejor».

Patch miró al cielo con desesperación.

—¿A que fue lista? —preguntó Barry, con una luminosa sonrisa dirigida a NoNo—. Se imaginó que Mamie me pregunta-

ría quién era esa Elaine Davitch. Y por supuesto que lo hizo.
Y yo: «¿Que quién es quién?». Mamie me enseñó la tarjeta, y
yo le dije: «¡No me digas!... Debe de ser la chica del Budding
Genius*». Y volví allí después del trabajo y le pregunté si quería ir a tomar algo conmigo.

—Congeniamos en seguida —prosiguió NoNo—. Ya lo sabía yo. ¿Me he equivocado alguna vez? ¿Os acordáis de cuando
le vi a Patch una enorme barriga justo cuando estaba intentando quedarse embarazada? ¿Os acordáis de cuando le pregunté
a Dixon que por qué llevaba una camiseta de la Universidad
Johns Hopkins? Me dijo: «Ésta es una camiseta de la Camp
Fernwood, tía NoNo, pero ojalá fuese de la Johns Hopkins,
porque la Hopkins es la universidad que he elegido en primer lugar». ¡Y yo ni siquiera lo sabía! ¡Nadie me había dicho
nada!

Patch volvió a sacudir la cabeza.

—Ridículo —musitó en atención a Rebecca.

—Bueno, es verdad que tiene esa forma extraordinaria de...
—empezó a decir Rebecca.

—Pero éste no es el caso, Beck. ¿Qué hay de extraordinario
en que ella misma cumpliese su profecía escribiendo inmediatamente esa nota? ¡Vamos, hombre! ¿Pero tienes idea de cuándo se celebra el Día de la Secretaria?

—Pues... —titubeó Rebecca.

—¡En abril!

—Abril —repitió Rebecca, todavía sin comprender.

—Eso fue hace apenas dos meses, o menos. Más bien hace
un mes, porque creo que es hacia finales de abril. ¡Hace ape-

---

* *Budding Genius:* «El genio en ciernes». El nombre de la floristería de NoNo
juega con esta expresión y con la referencia floral de la palabra *bud,* que significa
capullo. *(N. de la T.)*

nas un mes que NoNo conoce a este hombre y ya se va a casar con él!

Rebecca iba a recordarle que no se iban a casar hasta agosto, al fin y al cabo. Pero en el silencio que se había hecho de repente, en el que sólo se oía el río distante y el chirriar de los insectos, le preocupó que NoNo pudiese oír su conversación. Lo que hizo fue optar por alzar su copa de champán.

—¡Ha llegado el momento del brindis, chicos! —gritó.

Uno por uno fueron cogiendo sus copas. Los niños eran los más entusiastas. Blandían los vasos muy por encima de sus cabezas, como si estuvieran llamando a un taxi. La única excepción era Peter, sentado en la manta de NoNo entre un revoltijo de sudaderas de color grisáceo, con la copa colgando de la mano inerte.

Rebecca respiró hondo y comenzó:

Brindemos en este día por estar aquí reunidos
En tiempo de primavera bajo un sol esplendoroso,
Por Zeb, que a este bello lugar nos ha traído
Y por Biddy y sus manjares tan sabrosos.

Sus brindis rimados eran una tradición. No se hacía ilusiones sobre sus méritos literarios; sabía que no pasaban de ser unos ripios. (Más de una vez, en un apuro, se había visto obligada a recurrir a sílabas de relleno: *tralalalala* o *dubidubidu,* para terminar un verso.) Pero su familia ya estaba hecha a ello, así que tomó aire otra vez y prosiguió:

Mas por encima de todo
Dejad que mi copa alce
Para que Barry y NoNo
Sean felices en su enlace.

—¡Bien dicho! —murmuraron los demás.

La copa de Joey tenía una abeja en el borde y hubo un pequeño revuelo, ya que Joey era mortalmente alérgico a su picadura; finalmente todos pudieron beber un trago. Barry dijo:

—Bueno, muchas gracias, chicos —y tímidamente se pasó la mano por el cabello rubio y erizado, cortado a cepillo.

¿Es que no se le ocurría nada mejor que decir?

Claro que Rebecca siempre desconfiaba de quienes conquistaban el corazón de sus seres queridos. ¡Se preocupaba, no podía evitarlo! Pero ése era su íntimo y oscuro secreto, porque invariablemente, ella era la primera en precipitarse a darles una cálida bienvenida. Ahora volvió a levantar su copa y anunció el último brindis:

> *Por Peter también brindemos,*
> *Ya que en la familia es nuevo*
> *Y nos encanta tenerlo.*

—¡Bien, bien dicho! —repitieron, esta vez más alto.

—¡Caray! —exclamó Barry levantando su copa por Rebecca—. Eres muy amable —le dijo.

—Yo no soy de vuestra familia —protestó Peter.

Su voz, pese a resultar aguda, débil e infantil, consiguió acallarlos a todos.

—Yo ya tengo una familia —afirmó.

—Yo no pretendía... ¡Lo siento!..., de verdad que no quería... —balbuceó Rebecca.

Peter se puso en pie, tirando la copa a un lado. (De la copa salpicaron unas gotas cristalinas antes de que aterrizara, intacta, sobre la manta.) Los pliegues de los calcetines que le habían prestado estuvieron a punto de hacerle tropezar, pero se enderezó y echó a correr.

No hacia el río, por fortuna. Se dirigía más bien hacia el coche de Barry, aunque era difícil asegurarlo. Rebecca, que se había levantado del asiento tapándose la boca con los dedos, pensó que parecía una de esas pavesas que flotan sobre las hogueras, gris e ingrávida, revoloteando sin parar. Ya cerca del coche Peter echó un vistazo por encima del hombro y, al ver que Barry lo seguía sin prisa, se desvió hacia la izquierda sin aflojar el paso. Delante había un matorral verde. Se lanzó directamente hacia él.

—¡Detenedlo! —gritó de repente Zeb.

Todo el mundo le miró.

—¡Va hacia el meandro del río! ¡Se dirige hacia el agua! —dijo Zeb, echando a correr a grandes zancadas—. ¡Barry! —gritó—. ¡Detenlo! ¡Va a terminar otra vez empapado!

Barry cogió velocidad.

Peter se internó en los matorrales y desapareció.

Un segundo después, Barry también había desaparecido.

Y fue entonces cuando la idea asaltó a Rebecca por primera vez y, surgiendo de la nada, le empezó a rondar la cabeza como el ala de la más delicada mariposa:

¿Cómo demonios me he podido convertir en esto? ¿Cómo? ¿Cómo he llegado a convertirme en esta persona que en realidad no soy?

Dos

Aquella noche soñó que viajaba en tren con su hijo adolescente.

No importaba que no tuviese ningún hijo. Y aunque lo hubiera tenido, ahora ya sería un hombre adulto. En su sueño daba por sentado que ese joven larguirucho, callado y desgarbado le pertenecía sin ningún género de duda. Tenía el cabello rubio, como ella, excepto que él lo llevaba todo hacia un lado. Era más delgado de lo que Rebecca había sido jamás, pero tenía sus mismos ojos grises y su nariz puntiaguda. Y lo que más familiar le resultaba era la peculiaridad de su expresión, entre melancólica y esperanzada, como si tuviese la sensación de estar al margen de las cosas. ¡Si conocía ella esa sensación! Reconoció inmediatamente ese tic nervioso de timidez, de inseguridad, en la comisura de sus labios.

Iba sentado junto a la ventanilla y ella en el lado del pasillo. Él contemplaba el paisaje y ella aparentemente también, pero en realidad aprovechaba la ocasión para recrearse en su entrañable perfil. Sintió una oleada de amor hacia él: ese amor hondo, completo, perdurable, que una siente por alguien de su carne.

Al despertar se sintió afligida y quiso recuperar su sueño, pero ya no pudo.

Permaneció despierta en el lecho que había presenciado su noche de bodas, en la habitación donde había dormido durante más de treinta años. Durante la mayor parte de su vida, de hecho. ¿Por qué, entonces, seguía pensando en esa casa como si fuese de otros? La casa de los Davitch, no la suya. La decimonónica casa de los Davitch, en Baltimore, ornamentada pero ruinosa, con sus dos salones de altos techos, uno delante y otro en la parte trasera; su cocina anticuada, que daba al jardín de atrás y se comunicaba con el comedor mediante un pasadizo añadido; sus molduras finamente labradas; sus suelos de parqué de punto de Hungría; y sus siete chimeneas de mármol esculpido, de las cuales cinco habían pasado a mejor vida.

La planta baja proporcionaba el sustento familiar: la alquilaban para fiestas, bautizos, tés de graduación, banquetes de bodas, cenas de jubilación... «Todas las grandes ocasiones de la vida, desde la cuna hasta la tumba», así rezaba el anuncio que habían insertado en las Páginas Amarillas. «Para el próximo acontecimiento social importante que celebre, disfrute del encanto de Open Arms*.»

Curioso nombre para una casa tan estrecha y con tantos postigos en la fachada, había pensado siempre.

Lo pensó la primera vez que fue allí, con diecinueve años y vestida de azul de la cabeza a los pies, una jovencita tímida y más bien corpulenta, parada en mitad de la acera y contemplando el rótulo en forma de escudo: «The Open Arms, Est. 1951». Lo de «abierta» ella no se lo veía por ningún lado. Aunque quizá le influyera el hecho de que para ella cualquier fiesta, del

---

* *Open Arms* significa brazos abiertos. La palabra *arms* también significa armas, y se encuentra en el nombre de muchos establecimientos de hostelería. *(N. de la T.)*

tipo que fuese, era lo más parecido a la idea que se hacía de la tortura.

¡Ay! ¡La vida tomaba a veces unos derroteros tan inesperados...!

La oscura franela del cielo se tornó blanca y luego transparente, los pájaros empezaron a cantar en el álamo vecino y el reloj del abuelo dio seis lúgubres campanadas en la planta baja. Finalmente, Rebecca se levantó de la cama, se estiró los pliegues del camisón sobre los tobillos y se acercó a la ventana para subir la persiana. Iba a ser otro día de sol. Se veían pedacitos de cielo azul entre los tejados. Observó un helicóptero de Tráfico atravesando el espacio entre dos edificios lejanos, coronado por el veloz y borroso tremolar de su hélice.

Ése no era el dormitorio principal. (No se sabía cómo, éste le había tocado a Poppy tras las muerte de su suegra.) Era el dormitorio de soltero de su marido y todavía se podían observar aquí y allá restos de sus aficiones infantiles: media docena de rocas de extraños colores dispuestas sobre la estantería de los libros, una vitrina con peniques antiguos en una de las paredes, una calcomanía de los *Baltimore Colts* irreversiblemente pegada en el interior de la puerta del ropero. Joe Davitch había sido una persona llena de entusiasmo, incluso de mayor. Era tan ancho de miras como de complexión, exuberante y extrovertido, de voz sonora y risa fácil, muy dado a abrir impetuosamente los brazos en señal de cálida bienvenida.

En realidad, era Joe quien tenía los brazos abiertos.

Se apartó de la ventana y recogió su ropa: una blusa india con pavos reales bordados, una falda de calicó con volantes, y la ropa interior de algodón que usan las mujeres mayores, por la que había optado desde que ya no había nadie más que se la viera. Lo estrechó todo contra su pecho y atravesó el pasillo en dirección al cuarto de baño, que desprendía un olor reconfortante a esmalte antiguo y jabón Ivory. El radiador era tan afiligranado y barroco como una tetera de plata. La bañera de patas era tan grande que se podía dormir en ella.

Y cuando estaba a medio ducharse, *¡pam, pam!,* Poppy empezó a aporrear la puerta del baño. Rebecca arrugó la cara bajo el chorro del agua y se puso a canturrear, porque quería seguir meditando sobre el chico de su sueño. Sus pestañas, cortas y rubias (como las suyas, que no se veían a menos que se acordase de ponerse rímel, cosa que rara vez sucedía). Los dedos largos, las manos angulosas (las manos no eran las de ella, pero entonces, ¿de quién?, ¿a quién le recordaban?).

En algún momento Poppy desistió y se alejó, pero ella no hubiera podido decir exactamente cuándo.

—He tenido un sueño de lo más extraño —le dijo a Poppy durante el desayuno.

—¿Salían números en él?

Se quedó boquiabierta, pero no tanto por la pregunta como por el hecho de que él la hubiese oído. Últimamente parecía estar ausente muy a menudo. Le miró por encima de la taza de café y reparó, aunque mucho más tarde de lo que hubiera debido, en lo mal que se había vestido. Llevaba los pantalones de un traje marrón y una camiseta interior sin mangas, pero iba sin camisa, así que los tirantes se le clavaban directamente en los peludos hombros. Después del desayuno tendría que convencerle para que se pusiera algo más adecuado.

—Si recuerdas algún número —explicó Poppy—, mi amigo Alex (¿te acuerdas de mi amigo Alex Ames, de mis tiempos de maestro?) siempre está pidiéndome que le diga números para jugar a la lotería. Quiere que le diga los números con los que sueño, pero yo ya no tengo sueños.

—No, lo siento —contestó Rebecca—. Era sobre un chico. Al parecer, mi hijo.

—¿Qué hijo?

—¿Cómo dices?

—¿Cuál de tus hijos era?

—Poppy —le dijo—, yo no tengo ningún hijo.

—Y entonces, ¿por qué sueñas con un hijo tuyo?

Rebecca suspiró y tomó otro sorbo de café.

Poppy no era nada suyo, sólo su tío político. El hermano de su difunto suegro. Y aun así, estaban viviendo juntos como una extraña pareja. Su suegra y Joe habían invitado a Poppy a que se quedara un tiempo con ellos cuando murió su mujer, antes de que llegara a convertirse del todo en adicto al teléfono. (Llamaba a todas horas: «Pero francamente, ¿cómo se supone que puedo vivir sin mi Joycie?».) Luego su suegra murió, y luego murió el propio Joe —se mató en un accidente de coche justo a los seis años de su boda— y, por lo que fuese, Poppy nunca llegó a marcharse. Rebecca llevaba ya más años con Poppy que con ninguna otra persona que hubiese conocido; el hombre ni siquiera le caía especialmente bien, lo cual tampoco quería decir que le tuviese antipatía. Pensaba en él simplemente como en una especie de huésped-compañero. Daba la casualidad de que le había tocado a ella ser la que tenía que enterarse del estado de sus intestinos cada mañana, la que le acompañaba a caminar para que hiciese algo de ejercicio y la que le llevaba al médico, al dentista y al fisioterapeuta.

Pero al menos era alguien con quien hablar, así que lo intentó de nuevo.

—En el sueño, iba en un tren —prosiguió— y ese chico estaba sentado junto a mí. No sé, tendría catorce o quince años, esa edad en la que se vuelven torpes y larguiruchos después de dar un buen estirón. Y al parecer se trataba de mi hijo.

—¿Recuerdas qué número de tren era?

—No y tampoco sé adónde íbamos. Sólo que estábamos viajando.

Y que le quería, se quedó con ganas de añadir. Pero eso hubiera sonado demasiado teatral en una cocina tan normal y corriente como aquélla, con el linóleo ennegrecido y los ladrillos de la chimenea marcados de cicatrices, el hule a cuadros de la mesa lleno de migas de tostadas, y unos reflejos de sol amarillo en las puertas de cristal de la alacena.

—Bueno —juzgó Poppy—, yo diría que a ese sueño le falta argumento. De hecho, tiene bastante poco interés, así que me gustaría que hablásemos más bien del tema de mi cumpleaños.

—¡Tu cumpleaños! —exclamó, perpleja—. ¿Tu último cumpleaños?

—Mi próximo cumpleaños.

—¡Pero si no es hasta diciembre!

—Sí, el 11 de diciembre. Voy a cumplir cien años.

—Sí, ya lo sé, Poppy —asintió.

No los aparentaba. Había alcanzado una especie de tope en su proceso de envejecimiento; se le veía viejo, pero no exageradamente, sólo un poquito más encogido que cuando ella lo conoció. Su bigote blanco todavía estaba bien poblado, y su rostro (sin afeitar hasta después del desayuno) lucía sólo unos cuantos surcos y no una maraña de arrugas como sería de esperar.

—Supongo —prosiguió, absorto de repente en aplastar las migas de pan con el pulgar— que estás planeando algún gran festejo para mí. Me refiero a algo más importante de lo habitual.

—Pues sí, claro que sí —respondió. Fue la mirada de soslayo que él le echó lo que le dio a entender que quería un gran festejo, que no era precisamente para disuadirla por lo que sacaba el tema a colación—. Aún falta mucho para diciembre —repuso Rebecca—, pero cuando se acerque la fecha, claro, voy a necesitar tu opinión para un montón de cosas.

—De hecho, tengo una lista de invitados —ofreció él.

—Estupendo, Poppy.

Creía que se refería a que tenía una lista hecha en alguna parte, pero él empezó a hurgar en los bolsillos de los pantalones y finalmente extrajo un pequeño y grasiento trozo de papel doblado. Se lo alargó por encima de la mesa y, en ese momento, sonó el teléfono. Rebecca se levantó para contestar, no sin antes meterse la lista en el bolsillo de la falda y comprobar con la mano que estaba bien guardado.

Quien llamaba era NoNo.

—Quería darte las gracias por la fiesta campestre —le dijo—. Barry también te da las gracias. Va a escribirte una notita.

—Oh, cariño, no es necesario que lo haga —repuso Rebecca. Estaba observando a Poppy, que se había puesto a comer mermelada directamente del tarro—. Me alegro de que os lo hayáis pasado bien.

—Le ha gustado mucho nuestra familia —aseguró NoNo.

Sus palabras quedaron suspendidas en el aire, a la espera; por eso Rebecca añadió:

—¡Y él a nosotros! Nos ha gustado mucho a todos.

Poppy la miró arqueando las cejas. Ella miró para otra parte y protegió el receptor con la mano.

—¿Cómo está el chico? —inquirió—. Espero que no se haya resfriado.

—Está bien, supongo, pero hoy no les he llamado todavía porque Barry está tan liado por la mañana... ¡Si vieras cómo viven esos dos! Por la noche el niño se acuesta con la ropa que va a llevar al colegio al día siguiente, para ahorrar tiempo.

—¡Vaya por Dios! —exclamó Rebecca—. Bueno, ¿y dónde está la madre de Peter exactamente?

—¡Quién sabe! Se marchó con un grupo de budistas o algo así y vive en una especie de comuna por ahí.

No era muy distinto a lo ocurrido con la madre de NoNo, que había abandonado a sus tres hijas por una carrera de cantante (o aspirante a cantante) en un club nocturno de Nueva York. Pero a Rebecca le pareció más sensato no sacarlo a colación. En su lugar, dijo:

—Vas a serles de mucha ayuda cuando os caséis.

—Sí, he pensado que al principio podría cerrar la floristería un poco antes, para que Peter no tenga que pasar tanto tiempo solo después del colegio.

—Y ahora, en verano, ¿qué va a hacer?

—Bueno, hay escuelas de verano, pero hasta que no empiecen se queda en casa. Está bastante acostumbrado a apañárselas solo.

—A lo mejor hace buenas migas con Danny. Al fin y al cabo, son casi de la misma edad.

—Bueno... —repuso NoNo dubitativamente.

Rebecca no se lo reprochaba. Danny era un auténtico atleta, con una confianza natural en sus cualidades físicas. Los dos chicos parecían casi de dos especies distintas. Así que no insistió. Con el rabillo del ojo vio a Poppy salir de la cocina con el tarro de mermelada escondido debajo del brazo, y concluyó:

—Tengo que dejarte. ¡Que pases un buen día, cariño!

—Gracias, Beck —dijo NoNo—. Y gracias otra vez por la fiesta.

Rebecca colgó y fue tras Poppy, que podía alcanzar una velocidad inusitada para un anciano con bastón.

Su sueño era de esos persistentes e impregnó todos los acontecimientos de por la mañana. Algunos fragmentos se desprendieron de la almohada como un polvillo cuando ella la ahuecó —una sensación de estar de viaje, un sentimiento de añoranza. Al oír silbar el tren en la estación de Penn con su sonido de armónica, sintió una punzada de soledad en lo más profundo del pecho.

Llamó el albañil; luego Biddy; después telefoneó una mujer para informarse sobre una despedida de soltera. (La vida de Rebecca estaba regida por el teléfono, como ella siempre decía.) Cada vez que intentaba concentrarse en lo que tenía que contestar, sentía la cabeza como si la tuviera llena de algodón, con esa sensación casi de náusea que produce el volver demasiado bruscamente de un sueño muy profundo. Más de uno de sus interlocutores tuvo que preguntar: «¿Oiga? ¿Sigue usted ahí?».

Al abrir el armario de Poppy para buscarle una camisa, el olor dulzón de la ropa usada le devolvió el olor de su «hijo». Cuando se instaló en el sofá para zurcir unos calcetines, el tacto de la tapicería le recordó a los asientos del tren que, según recordaba, estaban cubiertos de una felpa de color vino, como aquellos que habían dejado de verse en los trenes hacía unos cuarenta años.

Su hija pasó a dejar a sus dos niños mientras ella iba al tocólogo. «¿Hay alguien en casa?», se oyó, y la puerta de entrada golpeó, como siempre lo hacía, contra la puerta del armario. (Armario, tocador, lavabos: todo eso lo habían concentrado, más mal que bien, a un lado del vestíbulo, cuando el Open Arms empezó a abrirse al público.) Rebecca la invitó a entrar, casi con la esperanza de que se negara, porque se le estaba yendo la mañana. Pero Min Foo aceptó:

—Bueno, un minuto tal vez —y mandó a los niños arriba con su pila de cintas de vídeo—. Me faltan dos meses enteros —declaró, precediendo a su madre hasta la cocina— o tres, si éste es otro embarazo de diez meses, y ya he engordado nueve kilos y medio, parezco una vaca.

En realidad parecía más bien una ciruela, o alguna otra fruta madura y suculenta. Llevaba un vestido de premamá de seda negra y varias vueltas de cadenas doradas con una ristra de discos dorados, y caminaba con un movimiento lento, ondulante y provocativo que a Rebecca le resultaba hipnótico. En la cocina se dejó caer en una silla con el exótico tintineo de su bisutería.

—¿Quieres café? —le ofreció Rebecca.

—¡Mamá! El café no puedo ni probarlo.

—Ah, sí —asintió Rebecca. Vaya reglas estúpidas que seguían ahora—. Bueno, creo que hay algo de zumo de naranja por ahí.

Empezó a buscar en el refrigerador, que estaba lleno de sobras de la merienda campestre.

—Anoche tuve un sueño de lo más extraño —dijo por encima del hombro. Cambió de sitio una fuente envuelta en papel de aluminio—. Soñé que tenía un hijo.

—A lo mejor es una señal de que mi bebé va a ser niño —fue la respuesta de Min Foo.

La observación le pareció a Rebecca un poquitín egocéntrica.

—No —prosiguió—, a ti no se te veía por ningún lado. Y además, no tenía tu color de pelo, era rubio.

Min Foo, como sus tres hermanastras, era morena y tenía la piel aceitunada de Joe, así como sus ojos rasgados y soñolientos —casi asiáticos en el caso de ella, de ahí que le hubieran puesto ese apodo. Su verdadero nombre era Minerva (lo había elegido Rebecca, imaginando que esa hija que sería de su carne tendría el mismo carácter tranquilo, callado y aplicado que había tenido ella), pero Joe había echado un vistazo al bebé en la cuna del hospital, con ese pelo de cepillo y esos ojos como dos ranuras y había exclamado: «¡Hola, pequeña Min Foo!». Desde entonces nadie la había llamado de otra manera. Y Minerva pasó a mejor vida.

En cuanto a la calma, ¡mejor olvidarse! ¡Lo mismo que del silencio! Aquí estaba ahora, completamente erizada e indignada.

—¡Podría tener un hijo rubio! Podría perfectamente. Recuerda que la mitad de mis genes son los tuyos.

—Bueno, quizá con Lawrence los hubieras tenido —observó Rebecca—, pero dudo muy seriamente que puedas esperar algún tipo de gen rubio de Hakim.

—¡Ah! —exclamó Min Foo.

Rebecca renunció a la búsqueda del zumo de naranja y cerró el refrigerador lo más discretamente que pudo.

—Min Foo, cariño —inquirió—, cuando nazca este bebé, ¿no mandarás a Hakim a paseo, verdad?

—¿Mandarle a paseo?

—Como hiciste con los demás.

Min Foo le dirigió una mirada de asombro e incomprensión.

—No he podido dejar de observar —prosiguió Rebecca— que siempre te divorcias de tus maridos en cuanto tienes a sus hijos.

—¡Siempre! —repitió Min Foo—. ¡Hablas como si hubiera tenido cincuenta maridos!

—Bueno, tres... no es un número despreciable, admítelo.

—No es culpa mía si resulta que me ha tocado una pequeña racha de mala suerte —repuso Min Foo—. ¡Hay que ver la que montas por eso! En cuanto me doy la vuelta, sueltas algún comentario burlón o hiriente: «Este fin de semana no estarás ocupada, ¿verdad? ¿Casándote o algo así?». O: «Esto es un regalo de aquél... ¿cómo se llamaba?... De uno de los maridos de Min Foo».

Rebecca se echó a reír, impresionada con sus propias ocurrencias, pero Min Foo seguía seria.

—Para ti todo se reduce a una broma —añadió con amargura—. Incluso en el banquete de mi boda, todo el mundo diciendo que qué fiesta tan bonita, y tú vas y sueltas: «Bueno, ya puede ser bonita, con toda la práctica que he cogido con Min Foo» —recogió los pliegues de su vestido y se levantó—. No te molestes en acompañarme —dijo—. Me voy.

—¡Cariño!

—Se me hace tarde para la cita, de todas formas.

—Ah, bueno —dijo tristemente Rebecca, y la siguió hasta la puerta de la casa, intentando pensar en alguna despedida que suavizase las cosas. Pero no se le ocurrió nada.

Su cuñado tenía la teoría de que los numerosos matrimonios de Min Foo no eran sino su forma de probar vidas distintas. Su primer marido fue un profesor sesentón, y Min Foo (que entonces tenía veintiún años) se había convertido instantáneamente en una matrona acomodada del cuerpo docente. Pero con su segundo marido, que era negro y ocho años menor que ella (*dos* diferencias, había señalado Zeb; muy eficiente de su parte), se había convertido en una jovenzuela y se había aficionado a llevar turbante. Y ahora, con Hakim, iba toda adornada de medallas sagradas musulmanas. A Rebecca le gustaba Hakim, pero se cuidaba de involucrarse demasiado con él. Por eso seguía pretendiendo no saber de dónde era. Por supuesto que sabía de dónde era, no estaba senil. Pero cuando le preguntaban solía decir: «Oh, es algo así como... sí, de Oriente Próximo, creo».

¡Huy! Precisamente el tipo de comentario que había estado censurando Min Foo.

Los niños estaban arriba, en el antiguo cuarto de juegos que ahora servía de salita a toda la familia, ensimismados con un vídeo de dibujos animados. Con sólo mirarlos se podía adivinar toda la historia de Min Foo: Joey, de ocho años, tenía pecas, el pelo negro liso y los ojos azules; y Lateesha, cuatro años menor, iba peinada con diminutas trencillas con cuentas de colores, y su piel tenía el cálido matiz moreno de una patata dorada al horno.

—¡Eh, niños! —exclamó Rebecca—. ¿Quién quiere ayudarme a decorar la casa para una fiesta?

Aunque no apartaron los ojos de la pantalla, Joey preguntó:

—¿Qué tipo de fiesta?

—De graduación; graduación de bachillerato. ¡Adolescentes a porrillo! Necesito consultar con vosotros dos para no quedar como una carroza.

Eso captó su atención de inmediato.

—¿Habrá disc-jockey? —preguntó Joey.

—¿Disc-jockey? ¡Claro! Van a traer su propio equipo de sonido, luego, por la tarde.

Joey pulsó el mando a distancia y una silueta parecida a Superman se congeló a media pantalla, temblando ligeramente. Luego los dos niños se bajaron del sofá y siguieron a Rebecca abajo. Las cuentas de Lateesha tintineaban como las de un ábaco. (Vaya familia enjoyada la de Min Foo. Sobre todo contando el reloj de pulsera de Joey, un artefacto digital de plástico negro, cuya esfera era dos veces más ancha que su muñeca.)

—Biddy va a preparar la comida —dijo Rebecca— y he intentado convencerles de que le encarguen las flores a NoNo, pero dicen que siempre han acudido a Binstock.

—Gente rica... —dijo Joey.

—Bueno, sí, deben de serlo, supongo.

Estaban en la cocina. Rebecca empezó a sacar cajas de un armario que había junto a la pila.

—Mirad los adornos que he comprado —les dijo a los niños—. Pequeños diplomas enrollados. ¿A que son bonitos?

Pero a Lateesha le atraía más una ristra de viejas lucecitas amarillentas en forma de campanillas de boda.

—Quiero éstas —afirmó tajantemente.

Y Rebecca repuso:

—Bueno, es que éstas... —luego rectificó—. Vale, ¿por qué no? Diremos que son las campanas del colegio.

Las sostuvo en alto sujetándolas del cable, que era de esos antiguos de rayas, recubiertos de hilo, probablemente no muy seguro.

—Éstas estaban colgadas en la repisa de la chimenea la primera vez que vine aquí —rememoró.

—No, yo quiero que cuelguen arriba, en el aire.

—Bueno, lo podemos intentar.

Llevaron las cajas al salón principal y luego Rebecca fue a buscar una escalera de mano. Cuando volvió al salón, Joey estaba aporreando el piano con el tema de *Tiburón*.

—Toma —le dijo mientras abría la escalera—. Súbete y cuelga las campanillas de los ganchos de las molduras.

Luego le dio a Lateesha los pequeños diplomas para que los distribuyera por ahí y desplegó un tapete de ganchillo que colocó encima del piano para ocultar las manchas y las marcas de vasos.

—La primera vez que entré en este salón —empezó a narrarles a los niños— las campanillas estaban colgadas en la chimenea, y habían conseguido un efecto como de pagoda o de cúpula enroscando papel crespón blanco desde la lámpara de araña hasta el techo. Era la fiesta de compromiso de mi ex compañera de cuarto, Amy, y su familia montó un enorme jolgorio. Y yo había venido sola —tenía novio, pero esa noche estaba ocupado—, y cuando entré estuve a punto de dar media vuelta. Ya sabéis lo lujoso que puede parecer este salón cuando se tapan los rincones más vacíos. Había flores por todas partes, lilas blancas y moradas, había tantas que parecía que la casa vibrara con ese intenso olor como a naftalina que desprenden las lilas. ¡Me quedé patitiesa! Y no conocía a nadie, sólo a Amy. Ella se había trasladado a Goucher después de nuestro primer año en Macadam y había venido con toda su pandilla de amigas de Goucher, que yo no conocía. Así que allí estaba yo con la boca abierta, y Amy ni se había percatado de que había llegado porque no paraba de hablar de su anillo de compromiso, de que ella había querido platino pero su novio quería oro porque el anillo de su madre había sido... y de repente me di cuenta de que la música que sonaba era *Band of Gold*. Pensé: «Qué oportuno», y miré al pinchadiscos, que no era otro que Zeb, sólo que por supuesto yo aún no sabía quién era. Para mí era sólo un adolescente sentado junto al equipo de música, que me miraba directamente a los ojos y sonreía como si compartiéramos un secreto. ¡Había elegido esa canción a propósito! Me hizo reír. Y justo en ese momento, precisamente cuando me eché a reír, se me acercó un hombre y me dijo: «Ya veo que te lo estás pasando en grande». Se trataba de vuestro abuelo.

Resultaba raro referirse a Joe llamándole «abuelo». Había muerto antes de cumplir los cuarenta. En la mente de Rebecca seguía siendo eternamente joven y guapo, y cuando intentaba imaginar cómo hubiera sido de viejo, tenía que deducirlo de la forma en que había envejecido Zeb: aquellos hombros anchos y magros de espantapájaros se habían encorvado, la melena de pelo negro y enmarañado se había ido entremezclando con anchos mechones grises. Aunque Zeb no tenía el carácter extrovertido ni la gracia de Joe. Siempre había sido más... desgarbado, por así decirlo.

Levantó la tapa de la banqueta del piano y rebuscó entre las partituras allí guardadas. Incluso en esas fiestas de adolescentes, siempre había algún pariente que terminaba tocando algún tema para que los demás cantaran. Canciones de los cincuenta, swing... Colocó la colección de canciones populares en el atril. Había observado que se habían vuelto a poner de moda los sesenta.

—Apuesto a que ninguno de los dos habéis oído *Band of Gold* —les dijo.

Desde lo alto de la escalera Joey negó con la cabeza. Lateesha se conformó con colocar otro diploma sobre la mesita de café.

—Bueno, tampoco os habéis perdido nada —prosiguió Rebecca—. Es una canción simplona. En aquel entonces ya estaba anticuada. Con ese estúpido coro de fondo: *lala, lalala...* Así que allí estaba yo, sin dejar de reírme, y vuestro abuelo me dijo: «Me llamo Joe Davitch; mi familia es la dueña de esta casa, y ese personaje que está coqueteando tan descaradamente contigo es mi hermano pequeño, Zeb». Eso significaba que yo también tenía que presentarme, pero al mismo tiempo me preguntaba por qué se quedaba allí parado y no circulando entre los invitados, porque en aquel momento yo no tenía idea de que los Davitch solían dejar que las fiestas se hundieran o salieran a flote por sí solas. Me preguntó: «¿Te traigo champán?», y yo contesté: «No, gracias, no bebo...». Era verdad que en aquel tiempo no bebía. Y él insistió: «Entonces tendré que conseguirte un ginger-ale. Ven conmigo». Y me cogió del brazo y me llevó al comedor. Y justo al entrar, salía precipitadamente una mujer por el pasillo de la cocina. No era otra que la madre, la señora Davitch. Vuestra... bisabuela, ¡Dios mío! Llevaba un jamón en una bandeja y supongo que la pillamos por sorpresa, porque al vernos exclamó: «¡Oh!» y se paró de golpe, y el jamón continuó su trayectoria solo. Resbaló de la bandeja y aterrizó justo encima de mis pies. ¡No podéis imaginaros el desastre!

Esto pareció interesar a los niños mucho más que el encuentro entre sus abuelos. Ambos dejaron lo que estaban haciendo para concentrar su atención en Rebecca.

—La pobre mujer rompió a llorar —prosiguió Rebecca, exagerando un poco con el fin de seguir captando su atención. (En realidad, lo que hizo la madre de los Davitch estaba más dentro de su estilo: dejó escapar alguna lagrimita, temblorosa y descompuesta)—. Bueno, y yo sin saber qué hacer. ¡No era más que una colegiala grandota y estúpida! Y me preocupaban horriblemente mis zapatos: unos escarpines teñidos de azul pálido para hacer juego con el vestido. Estaban llenos de una gelatina rosa y pegajosa. Pregunté: «¿Dónde puedo conseguir un trapo mojado, por favor?», y la madre me entendió mal. Se enderezó rápidamente y me dijo: «Oh, no te preocupes, ya se encarga Joe. Pero sí te dejaré que me ayudes con los demás platos». Y ése no fue el único malentendido, porque mientras me llevaba a la cocina no dejaba de decir que le hubiera gustado saber de antemano que yo iba a ir, que la cena de esa noche consistía sólo en algunas cosas de picar, debido a la fiesta, pero que de todas formas era bienvenida; le preocupaba muchísimo que Joe nunca llevase a casa a ninguna novia. Objeté: «Oh, yo no soy...», pero no sirvió de nada, a ella ya se le había metido esa idea en la cabeza. Imaginaos lo que sentí. Y luego entramos en la cocina y allí estaba Biddy, subida a una banqueta e intentando mezclar la ensalada. Debía de tener entonces unos cinco años. Sí, cinco: demasiado pequeña para poder hacerlo bien.

Había más ensalada en el suelo que en la ensaladera. La señora Davitch me preguntó: «¿Ya conoces a la mayor de Joe, verdad?». Respondí: «¿La mayor? La mayor... ¿de sus hijos?». Porque interiormente, supongo, ya me sentía atraída por él. Oh, pensé, está casado. Pero ella me lo aclaró en seguida. Me contó cómo la mujer de Joe se había fugado para buscar fortuna y había abandonado a sus tres hijas en manos de su suegra. Se había *deshecho* de ellas, ésa fue su expresión. ¡Y delante de Biddy! «Se deshizo de toda su tropa y se fugó a Nueva York.» Pero ya conocéis a Biddy. Biddy la defendió con toda la calma del mundo: «Mamá se va a convertir en cantante de cabaré famosa», le espetó. Y la abuela objetó: «Eso es lo que algunos quisieran hacernos creer...», y me lanzó una mirada llena de intención, pero Biddy insistió: «Tiene un vestido precioso, con tirantes de diamantes». «De cuentas de vidrio», dijo la señora Davitch, pero Biddy insistió: «¡De diamantes!».

Lateesha dejó de arreglar el lazo de un diploma para preguntarle a Rebecca:

—¿Diamantes de verdad?

—Bueno, según Biddy, sí.

Lateesha (que pensándolo bien era sólo un poco más pequeña de lo que en aquella época era Biddy) soltó un suspiro de satisfacción.

—Mientras tanto —continuó Rebecca—, vuestro abuelo iba y venía, limpiando el comedor con agua caliente y unos trapos. Y finalmente se puso a gatas y empezó a limpiarme los zapatos, justo cuando estaba ayudando a Biddy a mezclar la ensalada.

El más memorable de todos los sentidos, pensaba a menudo, era el sentido del tacto. Después de todos esos años todavía podía sentir el calor del trapo mojado empapándole los pies a través del zapato, y los gestos firmes y decididos de Joe, como los de una gata que lame concienzudamente a sus gatitos, había pensado entonces. Y recordaba que cuando hubo terminado se levantó y la cogió del brazo para llevársela de allí, con una firme presión de sus cálidos dedos en su brazo desnudo, justo por encima del codo. «¿Adónde te la llevas?», inquirió la madre, alarmada porque la cocina era un desastre, y el jamón aquel era el único plato que hasta ese momento había conseguido llegar hasta el comedor. Pero Joe le dijo por encima del hombro: «No te preocupes, la vamos a ver más veces». Con sólo volver a pensar en ello, sentía una oleada de placer.

—Porque te volveremos a ver, ¿verdad? —le preguntó cuando entraban en el salón de atrás—. ¿Estás en la guía de teléfonos de Baltimore?

—Oh, no vivo en Baltimore, vivo en Macadam —le contestó Rebecca—. Estoy en la Universidad de Macadam.

Al hablar miraba hacia otro lado, intentando dar la impresión de que estaba ofreciendo esa información sin ningún propósito en particular. Observó a los demás invitados desde lo que le parecía una enorme distancia, reparando en lo frívola que se veía Amy y en lo inmaduras e infantiles que parecían sus amigas. (Joe Davitch, conjeturó Rebecca, tenía por lo menos treinta y tantos.) El novio, típico miembro de una asociación estudiantil, barajaba con voz estentórea algunos lugares para una posible despedida de soltero. Paul Anka cantaba *Diana* desde el estéreo, y el pinchadiscos le dedicó a Rebecca una sonrisa, ladeando la cabeza con intención, aunque ella no entendió por qué.

—Yo voy a Macadam bastante a menudo —le dijo Joe—. Tal vez pueda ir a verte.

Ella le miró entonces a los ojos.

—Bueno, que disfrutes de la fiesta. Hasta la vista, Rebecca —se despidió.

Luego dio media vuelta y se dirigió a la cocina.

Rebecca permaneció allí un minuto, sola como a su llegada, pero ahora con una enorme diferencia. Sentía que su corona de trenzas rubias, su vestido azul e incluso sus zapatos llenos de salpicaduras eran irresistiblemente atractivos. Observó a los demás invitados desde una posición de... poder, podría decirse.

—En cierto modo, fue amor a primera vista —les dijo a los niños.

Joey contestó simplemente «¡Ah!», pero Lateesha la miró intensamente, con los ojos muy abiertos.

—Yo también voy a tener un amor a primera vista —declaró.

—Bueno, espero que sí, cielo —asintió Rebecca.

Min Foo tardaba tanto en volver del médico que Rebecca les dio de comer a los niños —sándwiches de queso en crema con mermelada de fresa. Poppy bajó y comió con ellos, aunque se pasó casi toda la comida advirtiendo a los niños de lo que les esperaba cuando se hicieran viejos.

—Te levantas de la cama por la mañana y los tobillos se niegan a doblarse —decía—. ¿Sabéis lo que se siente? Probad alguna vez. Probad a caminar sin doblar los tobillos. Voy andando hasta el cuarto de baño como el monstruo de Frankenstein. Y entonces no puedo orinar. Una cosa tan simple como orinar, que cualquiera lo daría por hecho. Gotita a gotita, finalmente sale...

—¡Uf, qué asco! —intervino Lateesha, arrugando la cara.

Poppy hizo caso omiso.

—Y luego vestirse —prosiguió—. ¡Los calcetines!, ¡los zapatos! Necesito utilizar una técnica especial sólo para ponerme los zapatos. Y me los tiene que atar Beck. Es como si tuviese dos años: «Mami, ¿me atas los zapatos, por favor?».

Se oyó el portazo de la puerta de entrada contra el armario, y la voz de Min Foo: «¡Hola!».

—Estamos en la cocina —gritó Rebecca.

Min Foo apareció por el pasillo, acompañada de un frufrú y un tintineo.

—¡Hola a todos! ¡Oh, estáis comiendo!

De la clínica traía el olor a sala de espera con tapicería de vinilo y a alcohol etílico de 96 grados.

—¿Qué tal tu revisión? —inquirió Rebecca.

—El doctor Fielding dice que estoy demasiado gorda.

—Estoy segura de que no lo ha dicho con esas palabras —repuso Rebecca—. ¿No quieres un sándwich?

—¡Mamá!, te digo que estoy demasiado gorda y me ofreces algo de comer. Terminad, chicos, vamos a llegar tarde a la cita con vuestros amiguitos.

—¿Te sirvo un poco de leche? ¡Desnatada, claro! —precisó Rebecca.

—No, gracias. Tenemos que irnos.

—Intenta conducir un coche sin poder doblar los tobillos —soltó de repente Poppy.

—¿Qué, Poppy? —Min Foo se giró hacia Rebecca—. He estado pensando en tu sueño —le dijo.

—Mi sueño... —repitió Rebecca.

Con el jaleo de la comida, había empezado a olvidarse del sueño. Ahora volvía, pero con el chico más distante, más parecido a un extraño.

—¿Qué has pensado? —le preguntó a Min Foo.

—Si has soñado que tenías un hijo y ninguna hija, y si ese hijo era rubio y no moreno... —Min Foo estaba conduciendo a los niños hacia la puerta de la casa, así que Rebecca tuvo que ir tras ella—. Bueno, a mí me parece —prosiguió— que estabas soñando cómo serían las cosas si hubieses elegido otro camino en la vida, ya me entiendes, si te hubieses decidido por un tipo de vida distinto al que llevas ahora.

Eso le pareció a Rebecca tan acertado, tan evidente y diáfano, cuando un momento antes no lo era, que se quedó de piedra. Desde luego, de vez en cuando sus chicas podían sorprenderla de veras.

—Sea como sea —proseguía Min Foo—, gracias por cuidar de los niños. Niños, decidle adiós a la abuelita.

—¡Espera! —exclamó Rebecca. Pero entonces sonó el teléfono y tuvo que volver a la cocina.

Poppy, que nunca cogía el teléfono aunque estuviese sentado justo al lado, levantó la vista de su cuchara llena de mermelada de fresa. Rebecca le lanzó una mirada furiosa y descolgó el auricular.

—¿Diga? —inquirió.

—¿La señora Davitch?

—Sí

—Soy la madre de Katie Border. La de la fiesta de graduación.

—Ah, sí.

—Pues el problema es que mi hija no se ha graduado.

—¿No se ha graduado?

—¿Se da cuenta? La muy descarada no nos había dicho ni una palabra. Y si nos han mandado alguna notificación de la escuela, supongo que la habrá interceptado. Así que esta mañana estaba colgando su vestido (la ceremonia estaba prevista para las tres, su padre se las había arreglado para volver temprano a casa y sus cuatro abuelos habían cogido el avión durante el fin de semana) y de repente dice: «Por cierto, no sé si os lo he dicho, me han cateado en química». Al principio no lo capté, no entendí que un suspenso en química significaba que no podía graduarse. «¡Estupendo, Katie! —le dije—, ¿y si más tarde en la vida necesitas saber de química? No sé, ¿y si tienes que comprar abono para las rosas o algo así?». Y me dice con toda desfachatez...

Rebecca empezó a calcular silenciosamente sus pérdidas. La organización, los adornos, los adelantos al pinchadiscos y al camarero. Alice Farmer, la señora de la limpieza, exigiría que se le pagara todo, aunque quizá el camarero (Dixon, el hijo de Biddy) fuera más comprensivo. Los Border tendrían que renunciar a su propio depósito, desde luego, pero eso no lo cubría todo. Y a Biddy le iba a dar un ataque. La mayoría de sus platos eran perecederos y no se podían congelar. Sin hablar de todo su trabajo y el tiempo que había dedicado a decidir el menú.

—Bueno, ¿no le parece una suerte —dijo Rebecca a la señora Border— que ya hubiesen planeado esta fiesta? Es una señal, ¿no cree?

— ... «mamá», me dice... ¿Una señal?

—En estos momentos en que su hija debe sentirse tan desilusionada, tan descontenta consigo misma. Pues ahí va esta magnífica fiesta, para demostrarle lo mucho que la quieren.

—Oh, señora Davitch, no creo que...

—Y una señal para sus amigos, también. Una especie de declaración de principios.

—¡Mis amigos! No sé con qué cara voy a mirarlos. Van a sentir todos tanta lástima de mí... Y, entre ellos, empezarán a comentar a mis espaldas...

—Señora Border, ¿se ha parado alguna vez a pensar en el maravilloso propósito que cumplen las fiestas? ¡Piénselo! En esta ocasión, en que lo normal sería que su hija y usted no se hablaran, cuando sabe que debe sentirse avergonzada ante el mundo entero y que todos deben de estar pensando qué decirle a usted, pues nada, todo el mundo se reúne para celebrar una gigantesca fiesta. Y no tienen más remedio que abrazarse, besarse y proponer brindis por los demás graduados, y anunciar a todos los demás que lo importante es lo mucho que se quieren entre sí. Es como ese descubrimiento científico de hace unos años, ¿se acuerda? Descubrieron que, si uno simula una sonrisa, los músculos que intervienen disparan algún tipo de reacción en el cerebro y uno empieza a sentirse como fingía sentirse, feliz y relajado. ¿Lo recuerda?

—Bueno...

—¡Imagínese que no hubiera tenido la previsión de encargar esta fiesta! Porque en esta época del año hay que reservar con meses de antelación. Usted nos hubiese llamado preguntando: «¿Tienen libre una noche de esta semana para darle una fiestecita a nuestra hija? Está pasando por... bueno... por una racha de baja autoestima». Sí, ése es el término, autoestima. «Y queremos demostrarle que la queremos.» Y yo hubiera tenido que decirle: «Lo siento, señora Border...».

—Es verdad que va a ser difícil desconvocar a nuestros invitados —admitió la señora Border—. Si supiera que iban a responder los contestadores automáticos, empezaría a telefonear ahora mismo, pero ya sabe que la gente tiende a descolgar el teléfono justo cuando una no tiene ganas de hablar. Me vería obligada a presentar un montón de excusas.

—Sí, sería muy complicado —aseveró Rebecca.

—Incluso pensé en poner una nota en su puerta que dijese que la fiesta se había aplazado debido a circunstancias imprevistas. Cobardemente, lo admito, pero...

—¡Y también sería un desperdicio! —afirmó Rebecca—. Sería perder esa oportunidad que sólo se tiene una vez en la vida de crear un recuerdo perdurable hasta mucho después de que su hija consiga aprobar química y se gradúe y vaya a la universidad, y de que hayan olvidado este pequeño contratiempo momentáneo...

Se detuvo para coger aire, y la señora Border dijo:

—Supongo que lo que tenemos que recordar ahora es lo verdaderamente importante.

—Por supuesto —dijo Rebecca, enderezando los hombros—. Oiga, una cosa que pensaba preguntarle: ¿cuándo van a traer las flores de Binstock?

—Bueno, las prometieron para las tres, pero ahora no sé si...

—Está bien —dijo Rebecca, tranquilizadora—. Me las arreglaré para estar aquí. Nos veremos esta noche, señora Border.

—Bueno... sí, supongo que sí —asintió la señora Border.

Rebecca colgó y se desplomó en una silla.

—Así se hace, Beck —intervino Poppy, apartando el tarro de la mermelada.

—Estoy exhausta —repuso ella.

Y también... también sentía algo más, pero ¿qué? Se sentía atrapada. Era una farsante.

Pero cuando Poppy preguntó: «¿No es la hora de mi siesta?», una vez más se metió de inmediato en su papel de cuidadora y le dijo, llena de brío:

—Tienes toda la razón. ¡Mira qué hora es! Te acompañaré a tu habitación —y se levantó para apartarle la silla.

Estaba ligero como una pluma últimamente. Se apoyó en ella, con el resuello rápido y corto, aferrando su bastón con la mano libre pero buscando en ella su sostén.

—Y luego está el tema de los dolores —le anunció cuando llegaron a las escaleras. El aliento le olía a fresas—. Si empiezas a hacer inventario en cualquier momento que te lo propongas, tienes que contar los dolores de espalda, el dolor de hombros, las rodillas tiesas, el cuello que cruje...

—La moraleja del cuento es que no debes hacer inventario —afirmó Rebecca—. No pienses en ello. Pon la mente en otra cosa.

—Para ti es fácil decirlo. Tú apenas estás en los cuarenta.

—¡Los cuarenta! ¡Si tengo cincuenta y tres! —le corrigió.

—¿Ah, sí?

Le ayudó a subir otro escalón.

—¿Cómo ha pasado el tiempo tan rápido?

Rebecca se echó a reír.

Después de dejarlo en su habitación, atravesó el vestíbulo en dirección a la salita. Superman se había cansado de estar congelado y en la pantalla se veía ahora un anuncio publicitario: una mujer preguntaba por qué a sus suelos de parqué les faltaba brillo. Rebecca apagó el televisor y se sentó ante un pequeño escritorio para emitir unos cheques. El servicio de limpieza de las ventanas, el gas y la electricidad, el hombre que había arreglado las escaleras de la entrada...

Poco a poco el bolígrafo empezó a discurrir más lentamente. Le llevaba cada vez más tiempo buscar las facturas, hasta que finalmente interrumpió su tarea y se quedó sentada mirando al vacío.

«Ya veo que te lo estás pasando en grande», le había dicho Joe Davitch.

Las primeras palabras que le había dirigido.

¿No resultaba extraño que algunos momentos cruciales de la vida, ciertos cambios de dirección de esos que sólo se producen de vez en cuando, contuviesen ya, ovillada, expectante, la semilla de todo lo que iba a venir después? *Ya veo que te lo estás pasando en grande:* ésa era la visión que Joe conservaría ya siempre de ella, inquebrantablemente convencido de que llevaba la fiesta en la sangre. ¿Y qué se le ocurrió a ella por toda respuesta? «Sí —dijo—, ¡gracias!», con voz fuerte y enérgica para ser oída por encima de la música. Y desde entonces, al parecer, había confirmado esa visión, aunque en el fondo ella era en realidad lo opuesto, callada y retraída, profundamente aplicada en sus estudios, hija única de una viuda de la pequeña población de Church Valley, Virginia, futura prometida o comprometida ya con su novio del instituto.

Pero había elegido un camino totalmente distinto (como habría dicho Min Foo).

Durante un breve instante de añoranza, Rebecca consideró la ilusión de retroceder en el tiempo, volviendo sobre sus pasos hasta donde empezó a desviarse del primer camino. Al fin y al cabo, Church Valley todavía existía. Su madre seguía viva. Aunque su novio del instituto habría encontrado otra con quien casarse, sin lugar a dudas. Se imaginó volviendo allí con el vestido que llevaba en aquella fiesta —azul celeste, de manga corta y con un gran escote redondo— y los zapatos celestes todavía ligeramente salpicados de gelatina de jamón. Con aquel gracioso (así se lo parecía entonces) bolsito de charol en forma de fiambrera de albañil, que era, eso sí, también azul cielo.

En aquel tiempo nada se salía de tono. No había sorpresas.

—¡Holaaaa! —gritó Biddy, y tras el golpe de la puerta se oyó el tintineo de las bandejas de comida. Luego llegaron los de Binstock con las flores, una mujer llamó para encargar un cóctel para su empresa y apareció el albañil para arreglar el agujero del techo del comedor.

En otras palabras, la vida seguía su curso.

Rebecca extendió un mantel de color vivo sobre la mesa del comedor y lo adornó con uno de los centros de mesa de Binstock.

—¡Qué bonito! —dijo el albañil desde lo alto de la escalera.

Había jurado con los dedos cruzados que no ensuciaría nada, pero Rebecca observó que ya había varias salpicaduras blancas en la alfombra.

—¡Rick...! —exclamó.

—Ya lo sé, ya lo sé. Confíe en mí, pasaré la aspiradora y todo quedará como nuevo.

Qué triste cuando el albañil va tanto a tu casa que ya sabe lo que vas a decir antes de que abras la boca.

Biddy estaba intentando meter las bandejas en el refrigerador.

—¿Qué es todo esto? —le preguntó a Rebecca—. Parece como si fueses a alimentar a todo el ejército rojo.

—Son restos de la merienda campestre.

Para cocinar, Biddy siempre iba vestida de cirujana: una túnica larga y unos amplios pantalones verdes que ocultaban su escuálida figura. Se había recogido higiénicamente la cola de caballo en una redecilla.

—¿Puedes alcanzarme la bandeja de las tartas? La de cristal, la que tiene pedestal —pidió.

—Espero que no hayas escrito nada en la tarta.

—Únicamente «Felicidades, Katie».

—¿Podríamos quitar lo de «Felicidades» y dejar sólo lo de «Katie»?

—No. Sin que se note, imposible.

—Por lo menos no lo han cancelado —dijo Rebecca, sacando la bandeja de una estantería de arriba—. Tuve que ingeniármelas para convencerla, como podrás imaginarte. ¿Dónde está la tarta?

—En esa lata, junto a la cocina.

La lata era una caja de metal blanco oxidado que había pertenecido a la madre de los Davitch. Rebecca levantó la tapa y miró en su interior.

—Tal vez la podríamos cubrir con otra capa de chocolate —sugirió.

—Yo no tengo chocolate. ¿Y tú?

—Tengo mantequilla de cacahuete.

Biddy se la quedó mirando por toda respuesta.

A veces Rebecca se preguntaba qué pensaría Biddy realmente de ella. Qué pensaría de ella cada una de sus hijastras, de hecho. Desde luego, al principio había tenido que soportar más de un numerito de esos de «¡Tú no eres mi madre!». («¡Vaca!», le había gritado una vez Patch. «¡Espantajo, vaca vieja, gorda! ¡Vas a ver cuando vuelva mi madre!») Pero ahora las tres parecían cordiales, e incluso afectuosas, a su manera un poco brusca. Cuando a los veinte años Biddy pasó por una etapa muy difícil, porque perdió a su novio por un ataque de asma y a los dos días descubrió que estaba embarazada, acudió directamente a Rebecca, no a su madre. Le había contado a Rebecca toda la situación y le había pedido consejo. Aunque también había desoído dicho consejo. No sólo había decidido quedarse con el bebé, sino que a la semana siguiente había vuelto para discutir la posibilidad de mudarse a vivir con el hermano homosexual de su novio. Y entonces también había hecho caso omiso de sus consejos. «¿Que vas a hacer qué?», se había asombrado Rebecca. «Mira, Biddy, Troy es tremendamente amable al hacerte esa oferta, pero, por favor, piénsatelo un poco. No es justo para ninguno de los dos. Algún día te apetecerá conocer a alguien, tanto si te lo imaginas ahora como si no, y la cosa no será nada fácil si estás instalada en casa de otro hombre. Y sabes que, por su parte, Troy también encontrará a alguien algún día. ¡Es un error, créeme!»

Biddy no la había creído. Se había mudado rápidamente a la casa de Troy.

Bueno, de acuerdo, Rebecca no tenía ni idea de cómo habían arreglado las cosas entre ellos, pero tenía que admitir que aparentaban ser una pareja muy bien avenida. Y Dixon no habría podido pedir un padre mejor.

Aun así, ¿no era lógico pensar que Biddy debería haber tenido en cuenta las palabras de Rebecca? ¿O al menos haber fingido hacerlo, aunque sólo fuese durante medio minuto?

Sonó el timbre de la puerta y Rebecca salió a abrir. En la entrada encontró a una mujer elegante, de unos cuarenta años, menuda, con un traje sastre de pantalón color beis y unos diminutos botines.

—¿La señora Davitch? —preguntó.

—Sí.

—Soy Susan Arnette. ¿Puedo hablar con la persona encargada de la comida?

—Sí, claro —asintió Rebecca. Se le había olvidado esa cita—. Entre, por favor.

De repente tomó conciencia de su propia indumentaria. Su ropa resultaba demasiado ancha, demasiado arrugada, demasiado descuidada.

Mientras caminaban hacia el salón posterior, la señora Arnette se rezagaba profiriendo ¡ohs! y ¡ahs!

—¡Qué cornisas! —decía—. ¡Y fíjese en esos calados!

—Sí, de hecho la casa data de... perteneció originalmente a... —recitó Rebecca por milésima vez.

Sólo por una vez le hubiese gustado replicar, para variar: «¡Y esas puertas desvencijadas! ¡Fíjese en esa mancha seca de moho!».

Hizo sentar a la señora Arnette en el sofá y fue a llamar a Biddy, que llevaba la tarta para colocarla en la mesa del comedor. («¡Hum!», dejó escapar Rick.) Biddy la siguió hasta el salón, limpiándose las manos en la parte de atrás del pantalón.

—Es la señora Arnette —presentó Rebecca—. Quiere comentar lo de la comida para el cincuenta aniversario de sus padres. Señora Arnette, Biddy Davitch.

Luego se retiró discretamente, volviendo al comedor.

—¿Cómo va eso? —le preguntó a Rick, con su voz más sonora y enérgica, para que no pareciese que estaba espiando. Aunque, desde luego, eso era lo que estaba haciendo. (La señora Arnette había comentado que podría encargarle la comida a su propia asistenta, así que Biddy iba a tener que ingeniárselas para convencerla.)

—Oh, ya estoy terminando —contestó Rick.

Rebecca acercó una silla y se sentó a observar cómo trabajaba. Había algo en las pasadas de la paleta por el techo que resultaba satisfactorio. Lo único que quedaba del agujero era un trozo más blanco y brillante. Y en el pelo de Rick, espeso y lanudo como un gorro de astracán, una nube de polvo blanco; pero había conseguido circunscribir casi toda la suciedad a la lona que había colocado en el suelo.

—¿Lo ve? ¡Don Limpio en persona!

—Bien hecho, Rick.

Al parecer, la señora Arnette le estaba contando a Biddy el tormentoso matrimonio de sus padres.

—De hecho, es casi un milagro que sigan juntos —decía—. Que yo recuerde mamá hizo dos veces las maletas para irse a vivir con su hermana.

—¿Tienen alguna alergia o aversión? —preguntó Biddy.

—¿Qué? ¿Aversión?

—Muchas veces algunos de mis clientes ya mayores aborrecen las especias fuertes, por ejemplo.

La señora Arnette contestó:

—No, no que yo... Bueno, una vez mi madre estuvo fuera durante dos años, en mis tiempos de estudiante. Lo cual, pensándolo bien, tal vez signifique que al fin y al cabo no son sus bodas de oro. ¿Usted cree que sigue contando como cincuenta años?

—Por ejemplo, los corazones de alcachofas —proseguía Biddy—, yo los sirvo con una salsa de curry muy picante.

Vaya, Biddy simplemente se parapetaba detrás de la comida. Era exasperante. Rick, en cambio, era harina de otro costal: un chismoso descarado, como muchos otros trabajadores, al parecer.

—Claro que cuenta —le dijo a Rebecca mientras limpiaba la paleta con un trapo—. ¿Recuerda que Deena y yo nos separamos seis meses y luego volvimos? Pues ese año lo seguimos considerando como un año de matrimonio completo —y gritó en dirección al salón—: Sólo se descontarían esos dos años si hubiese habido una separación judicial.

Siguió una leve pausa, y luego la señora Arnette bajó el tono de voz para preguntar por los precios.

Rebecca telefoneó al techador y luego al electricista, y finalmente al exterminador. (Esa casa terminaría siendo su ruina.) Después llamó una mujer para quejarse de la comida de la cena de negocios de su marido. Todo había sido extranjero, dijo. Rebecca inquirió:

—¿Extranjero?

—Era casi... ¡vegetariano!

—Bueno, lo siento —se disculpó Rebecca—, pero mi hijastra hace todo lo que está en su mano para seguir las últimas tendencias en...

Ni siquiera tenía que pensar lo que decía. Había estado atendiendo llamadas como ésta desde los primeros tiempos de su matrimonio, porque los Davitch eran notoriamente recelosos con el teléfono. (Incluso Joe, para su asombro: Joe que la había llamado por teléfono tan persistentemente cuando salían juntos.) Cada vez que sonaba el teléfono, pasaban un tiempo inusitado debatiendo: «¿Quién será?». «Para mí no es.» «Bueno, yo no espero ninguna llamada.» «Cógelo tú.» «No, te toca a ti.» A menudo, el interlocutor colgaba antes de que se decidieran a contestar. También odiaban hacer llamadas, y podían postergarlas días y días. «Lunes: llamar a la licorería», solía rezar el calendario de la cocina; «martes: llamar a la licorería»; «miércoles: llamar a la licorería»; hasta que el jueves, o el viernes tal vez, llegaba Rebecca y, aunque sólo era la joven e inexperta prometida de Joe, sin ninguna noción administrativa, telefoneaba ella. Por eliminación, terminó encargándose del teléfono. Ahora ya era automático: «Ni que decir tiene que nos preocupamos enormemente de que nuestros clientes se sientan satisfechos con nuestro...».

Colgó justo cuando Poppy, recién levantado de su siesta, apareció en lo alto de la escalera. Oyó el golpeteo de su bastón y acudió a ayudarle.

—Mira —dijo cuando la vio, parándose a buscar en los bolsillos—. Espera, a ver... sé que lo puse... —sacó otro trozo de papel doblado—. Precios de habitaciones.

Rebecca al principio no le entendía.

—¿Para mí? —preguntó, extrañada.[*]

—Para que mandes una lista de hoteles junto con las invitaciones.

—Hum...

—¡Las invitaciones de mi fiesta de cumpleaños, Beck! ¿Dónde tienes la cabeza últimamente?

—¡Ah! Tu fiesta de cumpleaños.

—Ya sabes que mis primos segundos van a querer venir: Lucy, de Chicago, y Keith, de Detroit. Y otros; tiene que haber

---

[*] La autora juega con un equívoco entre las expresiones *room rates* (tarifas de habitaciones) y *roommates* (compañeros de cuarto o de piso). *(N. de la T.)*

más gente de fuera de la ciudad, sólo que ahora no me acuerdo de sus nombres. Es imposible que tengas espacio suficiente para que se queden todos en casa.

—¿Has llamado tú a todos estos hoteles? —inquirió Rebecca. Había desdoblado el papel y estaba estudiando la lista: una columna de nombres y de números laboriosamente anotados a trompicones con un bolígrafo despuntado—. ¿Cuándo lo has hecho? —le preguntó.

—Cuando me he despertado de la siesta. ¿Podemos ir ya a dar nuestro paseo?

—Sí, claro —volvió a doblar el papel y se lo metió en el bolsillo, donde se reunió con la otra lista que le había dado antes.

La primavera había sido tan inusualmente fría que Poppy, por costumbre, llevaba su chaqueta de punto gris con escote de pico; pero Rebecca no se molestó en ponerse ningún suéter. Ese día se había abierto lo suficiente al mundo exterior como para percatarse de que la temperatura era mucho más cálida. Al cruzar el umbral, le dijo a Poppy: «¡Mira qué maravilla!», y Poppy inclinó la cabeza hacia atrás con los ojos cerrados y soltó un ¡ah! El lechoso sol de junio le iluminó la cara. Los arbolillos que bordeaban la calle eran de un verde fresco y nuevo, e incluso, por encima del tráfico, Rebecca alcanzó a oír algunos pájaros.

Es curioso cómo caminar despacio puede cansar antes los músculos que caminar deprisa. Pero reprimió el impulso de compartir esta idea con Poppy: él lo tomaría por una queja. Optó por comentar el panorama que se iba ofreciendo a sus ojos pasito a pasito, conforme avanzaban.

—¡Oh, qué pena! Han clausurado con tablas la casa del tejado azul!

—Muy pronto la única casa que no va a estar clausurada va a ser el Open Arms —sentenció Poppy.

Era cierto: esa calle apacible y antigua, que fue otrora el no va más de la elegancia, sufría continuamente nuevas mellas. La casa de al lado la habían convertido en un centro de meditación, y por encima de las escaleras de entrada ondeaba un banderín decorado con un mandala. A la vuelta de la esquina, unas majestuosas mansiones ostentaban carteles de fiadores, de quirománticos y de seguros de automóvil con descuento. Una casa con un imponente porche sustentado por columnas estaba sufriendo algún tipo de reforma y, cuando se detuvieron a investigar, descubrieron un cartel en la ventana que anunciaba la apertura de un local de *piercings*.

—No hay vuelta atrás, ya ves —dijo Poppy.

—¿Cómo?

—Las cosas nunca cambian para mejor.

—No.

—Por supuesto que cuando Joe puso en marcha el Open Arms a la gente no le hizo mucha gracia. Alegaban que le quitaba categoría al barrio.

—Bueno, ¡no tenía otra alternativa! —repuso Rebecca—. Al morir su padre, ¿cómo, si no, iba a sustentar a la familia?

—Su idea original —explicó Poppy— era convertirla en un hostal. ¿Recuerdas los hostales? Ahora los llaman *bed-and-breakfasts* y se consideran de muy buen tono, pero en aquel entonces... Bueno, a su madre casi le da un ataque. Le dijo: «No pienso estar cambiándoles las sábanas a unos extraños. Ni permitir que cualquier persona pase la noche bajo mi techo. ¿Qué dirían los vecinos?». Si mal no recuerdo, Joe había comprado un viejo rótulo en no sé qué derribo. HOTEL. COMPLETO, rezaba. Con el «completo» de quita y pon, para cuando hubiese habitaciones libres. Pero su madre afirmó: «¡Por encima de mi cadáver!». Fue a Zeb a quien se le ocurrió lo de las fiestas. Y eso tampoco podía decirse que casara bien con el temperamento de Liddy. Pero tuvo que admitir que era un poco mejor que lo de «Hotel. Completo».

Rebecca sonrió.

—Pues ahora me entero de todo eso —dijo.

—Ah, usted no lo sabe todo, señorita Beck.

Rebecca le tomó del brazo y prosiguieron su paseo. Otros viandantes en mejores condiciones físicas les adelantaban: un muchacho con patines de ruedas en línea, dos chicas con un perro que parecía el mocho de una fregona, una pareja de mediana edad con bolsas de la compra. La pareja iba andando justo delante de ellos; no hablaban, pero había algo simpático y entrañable en su forma de llevar el mismo paso, hombro con hombro.

A veces, Rebecca tenía que combatir la sensación de que la vida la había tratado injustamente.

Como si le hubiese leído el pensamiento, Poppy preguntó:

—¿Todavía piensas en Joe alguna vez?

—Por supuesto que pienso en él —replicó, casi ofendida.

—Pero ¿todavía resuena su voz en tu cabeza? ¿O te vienen imágenes del aspecto que tenía en ciertos momentos especiales, como si siguiese estando aquí?

Rebecca le apretó el brazo con más fuerza.

—Sí —admitió—, me ha pasado alguna vez.

—Joycie solía decir: «¡Madre del amor hermoso!». ¿Recuerdas su forma de decirlo? Todavía lo oigo algunas veces cuando estoy a punto de quedarme dormido. «¡Madre del amor hermoso!», con esa especie de chillido suyo. Lo oigo tal cual. ¡Absolutamente real! Como si estuviese en la habitación. Y el corazón me empieza a dar brincos.

—Sí, te entiendo —asintió Rebecca.

A ella lo que le pasaba es que sentía la presión de la mano de Joe en la cintura para ayudarla a cruzar la calle.

—Y entonces le digo: «Joycie, si piensas volver del más allá para traerme algún mensaje, ¿no podría ser algo más útil que "madre del amor hermoso"?».

Rebecca se echó a reír y, al llegar a la esquina, dieron media vuelta para regresar a casa.

Patch pasó por casa de Rebecca con su hija menor, Meredith, de siete años, y le preguntó si podía dejársela mientras Jeep y ella iban a un partido.

—Claro —dijo Rebecca—, puede ayudarme a preparar la fiesta.

Tenía que hablar a gritos, porque había llegado el disc-jockey y estaba probando el equipo. Las notas, profundas y graves, hacían vibrar las tablas del parqué.

—Todavía no ha... —intentó decirle Patch.

—¿Qué? ¿Qué no ha qué? —gritó Rebecca.

—¡Todavía no ha comido nada! —gritó Patch demasiado fuerte, ya que coincidió con un brusco silencio—. Se nos ha ido el tiempo no sé cómo.

—Está bien. Nosotros tampoco hemos comido todavía —la tranquilizó Rebecca—. Le daré de cenar.

Entonces empezó otra vez la música, y Patch les dijo adiós con la mano.

De vuelta en la cocina, Rebecca puso a Merrie a pelar unos huevos duros.

—Vamos a comer arriba, en la salita —le dijo—. La fiesta de esta noche empieza muy temprano.

Con gran habilidad levantó el envoltorio de plástico de una de las bandejas que había preparado Biddy y sustrajo tres mini sándwiches. Luego reordenó los otros para tapar los huecos. Mientras tanto Merrie iba quitando diminutos fragmentos de cáscara de huevo, mordiéndose el labio inferior. Estaba de pie sobre la banqueta, y Rebecca recordó a Biddy mezclando la ensalada muchos años atrás. Aunque Merrie no se parecía nada a Biddy. (Era una réplica exacta de Patch, toda huesos y músculos, e iba embutida en un pantalón de ciclista de licra.) Pero todo lo demás era idéntico: la banqueta metálica de color marfil con sus peldaños de caucho ondulado, el mismo fregadero con sus manchas y desconchones, y los armarios con tantas capas de pintura que las puertas nunca cerraban del todo.

—Anoche tuve un sueño realmente extraño —le dijo Rebecca a Merrie. (¿A qué se debería que lo recordase justo en ese momento?)—. Soñé que iba en un tren con mi hijo adolescente.

Por toda respuesta, Merrie dijo:

—Nosotras sí que hemos ido en tren. Yo y Emmy y mamá. Fuimos en un tren a Washington la semana pasada. Pero Danny se quedó en casa porque íbamos sólo chicas.

Así que Rebecca volvió a poner su voz de abuela y exclamó:

—¡Qué divertido! ¿Qué fue lo que visteis? ¡Cuenta!

Adoraba a esos niños, a todos y cada uno de ellos. Habían enriquecido su vida más de lo que nunca hubiera imaginado. Pero a veces resultaba pesado tener que hablar con voz de abuela.

Mientras escuchaba a Merrie contar su epopeya de Washington, puso platos y cubiertos en una bandeja, llenó tres vasos de leche y apiló unas frutas en un bol. Pero, en el fondo de su mente, su hijo seguía viajando. Iba contemplando el paisaje mientras Rebecca observaba sus manos, esas manos extrañamente familiares, con los pulgares doblados en ángulo recto y un dedo envuelto en una tirita rosa.

Arriba, en la salita, Poppy estaba sentado casi a oscuras viendo un concurso de televisión. (Su caballo de batalla eran las luces que se encendían sin necesidad.)

—¡La respuesta es Napoleón, estúpido! —murmuraba cuando entró Rebecca—. ¿Es que ya no enseñan nada en la escuela? —sin apartar la vista de la pantalla, bajó los pies a su sillón anatómico para que Rebecca pudiese colocar una mesa plegable delante de él—. ¡Pero mira! Ahora la mujer le lleva seis puntos de ventaja y él está a punto de perderlo todo.

La mujer a la que se refería estaba dando brincos, batiendo palmas y soltando chillidos. Los concursantes televisivos eran elegidos en función de su vitalidad, había oído decir Rebecca. Como las animadoras deportivas: el mismo criterio. La mujer llevaba incluso —igual que las animadoras— una cola de caballo, que se elevaba como una especie de géiser cada vez que ella rebotaba en el suelo.

—Deberías presentarte a ese concurso, Beck —le sugirió Poppy.

—¿Yo?

—Seguro que estarías perfecta.

Rebecca se volvió hacia él y se le quedó mirando, pero él seguía con la vista fija en la pantalla y no advirtió nada.

Katie Border —Katie, la que no se había graduado— llevaba un vestido de calados blanco y una corona de margaritas, exactamente como si en realidad se hubiese graduado.

—¡Vaya, qué guapa estás! —gritó Rebecca por encima de la música.

—Hum —contestó únicamente Katie.

Rebecca siguió su mirada y se encontró, claro está, con Dixon.

Las chicas siempre tenían los ojos puestos en Dixon: dieciocho años, algo más de un metro ochenta, pelo negro, ojos oscuros, mucha soltura y una elegancia informal, incluso con su chaqueta blanca de camarero. Pero él parecía indiferente a sus conquistas —de hecho, tenía una novia estable, una chica de cara decepcionantemente anodina— y nunca correspondía a las jóvenes que revoloteaban a su alrededor en las fiestas. En ese momento estaba inclinado hacia delante, poniendo una bandeja de champiñones rellenos en las manos extendidas de Merrie. Mientras Katie, como si tiraran de ella con unos hilos, se abría paso como podía hacia él, Dixon observaba cómo Merrie avanzaba entre la gente. A Merrie parecían fallarle las piernas, advirtió Rebecca. ¡Pero si llevaba zapatos de tacón! ¿Cómo diablos...? También llevaba un largo collar de cuentas de colores —un collar de Rebecca, por cierto—, que colgaba sobre los champiñones. Rebecca reprimió una carcajada y se volvió hacia la señora Border para enterarse de lo último que estaba diciendo.

—¿Las qué? —preguntó—. Ah, sí, las cornisas...

Merrie pasó tambaleante por delante de una pareja mayor sentada en un confidente, por delante de una mujer con vestido de brocado y un busto que parecía acorazado, y por delante de dos hombres muy trajeados, sin ofrecerle comida a ninguno de ellos, aunque uno de los hombres hizo ademán de alargar la mano para coger algo. Merrie alcanzó su meta: cuatro chicas adolescentes, todas ellas vestidas de blanco. Elevó con arrobo y adoración la vista hacia ellas, ofreciéndoles la bandeja. Entonces se acercó Dixon y las chicas se volvieron hacia él, todas al unísono, derritiéndose.

—¿Champiñones rellenos? —propuso Merrie.

—Pues Harold, aquí presente, prepara unos martinis deliciosos —le decía Rebecca al señor Border—. O si prefiere algo sin alcohol... Tiene razón, desde luego ésta es una excelente ocasión para tomar algo fuerte. Voy a pedirle que le prepare uno, ¿le parece?

Un ligero toque en el codo al señor Border, una amplia y rápida sonrisa dirigida a Harold. Una inclinación de cabeza en dirección a Dixon: *¿Quieres apartar a Merrie de esas chicas y pedirle que circule, por favor?*

En una recepción perfecta, Rebecca sería prescindible. Las bebidas circularían, las bandejas se mantendrían milagrosamente llenas, los invitados se entremezclarían libremente, nadie se quedaría aislado en un rincón. Entonces Rebecca podría retirarse a la cocina, o tal vez subir un rato a su habitación para descansar los pies. Pero no existía la recepción perfecta. Existía algo así como un sentido de la oportunidad que Rebecca conocía por instinto; en cambio los Davitch, benditos sean, no tenían ese instinto ni por asomo. Ni siquiera Joe. (Él, que apareció de repente a su lado afirmando tan equivocadamente: «Ya veo que te lo estás pasando en grande».)

Según los Davitch, el Open Arms existía simplemente para ofrecer un espacio físico, a veces con comida y bebida, si el cliente tenía la desafortunada idea de no contratarlas por otro lado. Pero no habían entendido que más importante, si cabía, era conseguir engrasar el mecanismo sin que se notara (por así decirlo): indicarle a uno dónde estaban los licores y alejar a otro de los mismos, encontrarle un asiento a una persona mayor o servirle la comida en el plato o ir a buscarle su suéter, o calmar a un niño sobreexcitado, o pedirle al disc-jockey que bajara el volumen, o avisar a la gente de los brindis, o intervenir para llenar un incómodo silencio. Sí, en realidad, gran parte del trabajo de Rebecca tenía que ver con el ruido. No debía haber demasiado ruido, pero tampoco demasiado poco, y a menudo sentía que su principal función en una fiesta consistía en mantener el nivel de sonido en un alegre y agradable parloteo, aunque eso la obligase a parlotear a ella también.

¿No le apetece un *petit four*? ¡Oh!, ¿pero qué dice? ¿Que ya le sobran kilos? ¡Más bien le faltan! Claro, voy a enseñarle dónde está. El interruptor de la luz está a la derecha, justo al lado de... ¿No quiere que le sirva otra copa? ¡Atención, vengan todos! Me han dicho que esta noche tenemos a un auténtico músico entre nosotros. ¿Una tónica light? ¡Sí, claro! Se la traigo en seguida. ¿Quién es tu mamá? ¡Qué vestido tan bonito! ¡Bienvenidos! ¡Feliz cumpleaños! ¡Enhorabuena! ¡Felicidades!

Ya veo que te lo estás pasando en grande.

—Estoy pensando en irme de viaje —le anunció a Zeb por teléfono.

A menudo, desde la cama, los dos repasaban sus respectivas jornadas: sus pequeños triunfos y sus ligeras irritaciones. Ella sabía que era patético. La mayoría de la gente tenía marido o mujer a quien aburrir con esas minucias. Al único que tenía Rebecca era a su cuñado, más joven que ella —aunque lo de «joven» no era precisamente el término más adecuado para referirse a un médico solterón de mediana edad.

La fiesta de esa noche había tenido tal éxito que le había faltado valor para interrumpirla a la hora prevista. Ahora temía estar llamando a Zeb demasiado tarde, pero él le dijo que no, que estaba leyendo.

—Un viaje te sentaría bien. Sería un verdadero descanso. Tal vez un crucero... —le contestó.

—No me refiero a ese tipo de viajes —repuso—. Había pensado en ir a ver a mi madre. Pasaría allí sólo una noche. ¿Te importaría venir a casa a quedarte con Poppy un día de éstos?

—Pues claro que no, cuando quieras. ¿Le ocurre algo a tu madre?

—No, ella está bien —dijo Rebecca—. Pero he pensado que me gustaría volver a casa para hacer una especie de... reconocimiento. Explorar mis raíces —explicó con una risita—. Zeb —prosiguió—, ¿tienes alguna vez la impresión de haberte convertido en una persona completamente diferente a la que eras?

Probablemente no (vivía en la misma ciudad donde había nacido, haciendo lo que había planeado hacer desde la infancia), pero pareció considerar seriamente la cuestión.

—Hum..., bueno...

—Mírame a mí, por ejemplo —le dijo—. ¡Soy organizadora profesional de fiestas! Ya nunca leo, ni hablo de temas importantes, ni asisto a actos culturales. Ya ni siquiera tengo amigos.

—Sí tienes amigos —repuso Zeb—. Me tienes a mí, tienes a las chicas...

—Vosotros sois mi familia. Y fuera de ahí sólo conozco a reparadores de todo tipo.

—Tus familiares también pueden ser tus amigos. También puedes tener amigos reparadores.

—¿Pero qué ha pasado con mis amigos de la universidad? ¿O los del instituto? Amy Darrow, la chica que celebraba su fiesta de compromiso la noche en que conocí a Joe, ¿te acuerdas? ¿Qué habrá sido de Amy? ¡Ni siquiera asistí a su boda! Cuando la celebró yo ya estaba casada y las tres niñas estaban con varicela.

—Seguro que podrías encontrarle la pista si lo intentaras.

—Debería comprarme un perro —sugirió Rebecca.

Zeb resopló.

—Si tuviera un perro que pasear, me sería más fácil conocer gente.

—No necesitas un perro —sentenció Zeb.

—Bueno, es verdad que dan mucho trabajo —reconoció. Recorrió con el dedo el pespunte de la sábana de arriba—. Hay que darles de comer y de beber, hay que llevarlos al veterinario y todo eso.

—Dan tanto trabajo como los bebés —añadió Zeb.

—Y, además, ni siquiera me gustan los perros.

—Entonces está claro que no te conviene.

—Ladran por la noche, muerden las cosas...

—Rebecca, olvídate del perro.

—Pero entonces, ¿cómo voy a hacer amigos? —inquirió. Sabía que estaba resultando ridícula, pero al parecer no podía dejar el tema una vez que se había metido en él de cabeza—. No se me da bien eso de iniciar conversación con desconocidos por la calle.

—Podrías salir simplemente con un collar vacío y una correa.

—¿Qué? ¿Y eso para qué?

—Te cruzarías con una mujer y te preguntaría: «Perdone, ¿dónde está su perro?». Y tú contestarías: «¡Oh no! ¡Mi perro! ¡He debido de perderlo! ¿Podría ayudarme a buscarlo, por favor?».

—Y entonces las dos podríamos seguir caminando juntas y trabaríamos amistad...

—Pero tendrías que andar con cuidado para que luego no te viera haciendo lo mismo con otra persona. Te vería caminando delante de ella, con el collar vacío, diciéndole a otro: «¡Oh, no! ¡Mi perro! ¡He debido de perderlo!».

Para entonces a Rebecca ya le había dado la risa floja y Zeb también se había echado a reír.

Pero finalmente suspiró y dijo:

—Bueno, mejor te dejo dormir. Ya te llamaré en cuanto sepa cuándo me puedo ir.

—Cuando quieras —aseguró Zeb.

Se despidieron y Rebecca se recostó en la almohada. La mejor forma de ir a Church Valley era en coche. Aunque también se podía ir en autobús. Podría hacerlo si no le importara hacer trasbordo. Lo que no era posible era ir en tren, pero aun así, sin saber por qué, se imaginó yendo en tren. Se imaginó en un asiento del pasillo, junto al hijo que habría sido suyo si hubiese seguido llevando el tipo de vida que una vez inició.

Tres

—En cuanto ponga en orden mis cosas me iré a una residencia de ancianos —anunció la madre de Rebecca—. Ya la tengo elegida. Lo único es que antes necesito dejarlo todo arreglado.

Estaban sentadas en la salita de la madre de Rebecca: ésta en un sillón y su madre en el sofá. La madre lucía su atuendo habitual: blusa de poliéster de color pastel y pantalón ajustado de punto oscuro, con la raya marcada por un pespunte. Tenía ochenta y siete años y parecía una muñequita de cáscara de maíz: pajiza, reseca, quebradiza. Rebecca le había sobrepasado en peso desde la pubertad, pero siempre la había considerado una mujer fuerte. Le impresionó imaginársela en una residencia.

—¿Qué te ha hecho pensar en mudarte? —inquirió—. ¿Tienes problemas de salud?

—No, no, ninguno. Pero Church Valley ya no es como cuando tú vivías aquí, Rebecca. Desde que construyeron ese centro comercial donde antes estaba la granja de patos, bueno, parece como si se hubiera quedado hueco por dentro. El centro del pueblo ya ni siquiera es el centro. Así que he reservado plaza en Havenhurst, pero no sé cuándo estaré lista para ir, con todas las cosas que tengo que organizar.

Rebecca echó un vistazo a su alrededor. No vio traza alguna de que hubiese empezado a recoger. No es que hubiese mucho que hacer —se trataba de una casa pequeña, limpia hasta el aburrimiento—, pero todos los objetos parecían estar pegados a su sitio, como cosas que han permanecido en la misma posición durante décadas. Había dos quinqués colocados simétricamente sobre la repisa de la chimenea, un jarrón oriental ocupaba exactamente el centro de la ventana delantera y en la mesita que Rebecca tenía a un costado los objetos se distribuían como si de un altarcillo se tratara: tres fotografías de marco dorado, una bombonera y un cuenco con flores de seda descoloridas. Si se le ocurriera, por ejemplo, coger la foto de boda de sus padres y volverla a dejar, sabía que en menos de dos segundos su madre correría a devolverla a su posición exacta, aunque sólo fuera cuestión de milímetros.

—Quizá te pueda ayudar —propuso.

—Oh, no, gracias —repuso su madre—. Todavía no se me ha olvidado lo que ocurrió cuando tu tía Ida intentó ayudarme. ¡Me llevó varios días deshacer lo que ella había hecho! Y hubo cosas que ya no tenían arreglo. Por ejemplo, me tiró una hoja entera de sellos de tres centavos. No me di cuenta en seguida porque no estaba en la sala, le estaba preparando algo de comer. Eso es lo que pasa cuando la gente te intenta ayudar, necesitan tentempiés y tazas de té, y antes de que te des cuenta te han dado más quebraderos de cabeza que si se hubiesen quedado en su casa. Le saco una fuente de esas chocolatinas de menta que siempre le han gustado tanto, y va y me dice que está a régimen. Le pregunto: «¿Qué quieres decir, qué régimen? Toda la vida te he estado dando la lata para que te pusieras a dieta sin el menor resultado, y ahora, ¿por qué se te ha metido eso en la cabeza a estas alturas, a tus ochenta años?». ¿Y sabes qué me contesta Ida?...

—Pero esos sellos... —apuntó Rebecca. Luego se preguntó por qué se molestaba, ya que los sellos no eran ni siquiera el tema de la conversación.

—La cuestión es que yo ni me enteré de que los había tirado. Yo en la cocina, atendiéndola hasta en sus menores deseos, y mientras tanto Ida en el salón, deshaciéndose alegremente de mis sellos. Después, cuando unos días más tarde me puse a buscarlos, no los pude encontrar. Telefoneo y le pregunto: «Ida, ¿qué has hecho con los sellos?». «¿Qué sellos?», me dice, inocente como un ángel. «Esa hoja de sellos que estaba en el cajón del escritorio —le digo—, y ahí ya no quedan más que bolígrafos de publicidad sin tinta». Y me contesta: «Espero no haberlos tirado». «¡¿Que los has tirado?!», le digo.

Rebecca intervino:

—Bueno, por suerte esos sellos eran...

—Y le pregunto: «¿Adónde los has tirado?», y ella me dice: «No he dicho que sea seguro que los haya tirado, ¿me entiendes?». «¿Adónde?», le digo, y ella: «A lo mejor están en la bolsa del papel para reciclar, debajo de la pila», y yo: «No lo dirás en serio. No habrás sido capaz». Porque había tirado la bolsa el día de la recogida del papel.

—Por suerte —observó Rebecca—, sólo se trataba de sellos de tres centavos.

—Cien sellos de tres centavos, añadiría yo. A lo que vamos es que mi hermana tiró tres dólares a la basura. Y así mismo se lo dije. «Está bien, te debo tres dólares», me contesta. «La próxima vez que vaya a visitarte, te llevaré tres billetes de dólar.» Típico de ella, ¿verdad? Le dije: «¿Y qué ganamos con eso? Eso no impide que hayas desperdiciado tres dólares a lo tonto. Es como si los hubiéramos quemado, ese dinero se ha perdido y ya está. Convertido en pasta de papel en la planta de reciclaje».

Rebecca empezó a mover nerviosamente un pie.

—Así que arreglaré mis cosas yo sola —concluyó su madre—. Que no se diga que no soy capaz de aprender de la experiencia. Y se miró modestamente el regazo, metiendo la barbilla, mientras Rebecca descruzaba y volvía a cruzar las piernas para menear el otro pie.

Había tardado más de un mes en encontrar tiempo para hacer ese viaje y ahora el verano estaba en pleno apogeo —era un jueves de mediados de julio. Cuando salieron después de comer a dar un paseo hasta la casa de Ida, la ciudad parecía licuada por el calor, toda trémula y borrosa como vista a través un cristal antiguo. El camino de arcilla que bajaba hasta el río estaba tan requemado y duro que parecía linóleo y la barandilla de metal oscuro del puente le quemó la mano a Rebecca. El propio río —ancho y poco profundo, tapizado de cantos rodados— parecía indolente y exhausto, y su rumor no era el de una corriente de agua sino una serie de lentos gorgoteos. Rebecca se detuvo a medio camino para observarlo.

—¡Qué curioso! —le dijo a su madre—. Últimamente les he cogido mucho cariño a los ríos.

—¿Cariño?

—Siempre me habían gustado, claro; pero ahora miro un río y es que me llena mucho la vista, ¿entiendes? Me parece algo tan... de otros tiempos.

—Quizá deberías mudarte aquí, entonces.

—Bueno...

—¿Por qué no? Las chicas ya son mayores, no tienes responsabilidades.

—Sólo el Open Arms —puntualizó Rebecca.

—¿El qué? ¡Ah, el Open Arms! Bueno, ése es el negocio de los Davitch, no el tuyo.

—No, en realidad, es mío —repuso Rebecca. Sin saber por qué, ese pensamiento la perturbó. Y añadió—: Así es como me gano la vida, por poco que sea. ¿De qué iba a vivir en Church Valley?

—Seguro que encontrarías algo —afirmó su madre.

—Y además, tengo que pensar en Poppy.

—¡Poppy! ¿Todavía vive el viejo?

—Claro que vive. En diciembre cumplirá cien años. Estoy planeando darle una gigantesca fiesta de cumpleaños —prosiguió Rebecca. Luego calló para reflexionar sobre el matiz de orgullo que curiosamente se le había colado en la voz.

—Lo que haré —prosiguió su madre, como si Rebecca no hubiese abierto la boca— es poner mi casa a tu nombre en vez de venderla. Para que te puedas mudar directamente. Incluso te puedo dejar la mayoría de los muebles.

—Me temo que tendrás que vender la casa para pagar la residencia —objetó Rebecca.

—Sólo he reservado un pequeño estudio. El modelo menos caro. Puedo pagarlo con mi pensión.

Había trabajado durante casi treinta años en el sótano de los juzgados del condado, encargada de los archivos. Rebecca sospechaba que su pensión no sería muy sustanciosa.

—Gracias de todas formas, madre —le dijo afectuosamente.

Pero mientras ascendían por la empinada senda del otro lado del río, acercándose al barrio de su tía, fantaseó fugazmente sobre la posibilidad de volver a vivir allí. Se imaginó su rutina diaria: cruzar el río para comprar unas magras provisiones en la tienda de alimentación, deteniéndose de paso en la biblioteca como solía hacer de niña. Ahora se daba cuenta de que había sido el tipo de niña que le encantaba a todo bibliotecario: tan pálida, tan educada, tan considerada, procurando siempre comprobar que sus manos estuviesen perfectamente limpias antes de seleccionar reverentemente un nuevo libro de Louisa May Alcott. Eso sucedía a finales de los cincuenta, época en que otros niños se encomendaban a la televisión, pero Rebecca —ya en aquel entonces regordeta y vestida sin gracia, huérfana de padre e hija de una mujer bastante más mayor que las madres de sus compañeras de clase— no entonaba con la mayoría de los niños. Siempre había sido la lista del pueblo. («Cerebrito», era el mote que le habían asignado.) Tenía cierta tendencia a quedarse al margen, a observar desde lejos, y había notado que lo que observaba solía estar fuera del encuadre normal. Era como si ella no tuviese ningún encuadre, y así por ejemplo, durante la función de Navidad, lo que captaba su atención era un pequeño drama personal entre alguien del público, mientras todos los demás tenían los ojos puestos en el escenario. Pero no era infeliz. Tenía bastantes amigos, y en el instituto había tenido un novio. Y también se le daba bien entretenerse ella sola. De hecho, se sentía muy conforme con el estado de las cosas; su apartamiento le había resultado cómodo y descansado.

Cuando se hizo mayor y se fue a la universidad, la bibliotecaria le hizo un regalo de despedida: un libro en blanco con tapas de cuero titulado *Lista de una vida de lector.* Pero Rebecca sólo utilizó las primeras páginas, porque estando en la universidad fue cuando todo cambió.

Fue entonces cuando conoció a Joe.

—No creo que la señora Bolt siga trabajando en la biblioteca, ¿verdad? —le preguntó a su madre.

—Cielo santo —exclamó su madre—, hacía siglos que no me acordaba de la señora Bolt. Seguro que ya se habrá muerto. De todas formas, ahora emplean a voluntarios, y la biblioteca sólo abre media jornada, tres veces por semana.

Era absurdo imaginar su vuelta allí. Rebecca no conocía ni un alma.

—¿Lo ves? —le quiso hacer ver—. En Church Valley ya todos me son extraños.

Pero su madre replicó:

—¡Tonterías! Conoces a la tía Ida. Conoces a los Finch. Y a Abbie Field, y a Sherry, y a los gemelos Nolan.

—¿Sigues viéndolos a todos?

—¡Pues claro! En este pueblo estamos muy unidos.

Pero debía de referirse a la gente mayor del pueblo, porque estaba claro que no reconoció a varios adolescentes ni a unas jóvenes madres con quienes se cruzaron en Grove Street. Pasó entre ellos sin dirigirles un solo vistazo, y en cuanto a ellos, le dedicaron la misma atención que si hubiera sido invisible.

La tía Ida vivía encima de la farmacia Gates. Había estado casada con Arnold Gates, el farmacéutico, pero tras la muerte de su esposo había vendido la farmacia, aunque reservándose para vivir las cuatro pequeñas habitaciones del piso de arriba. Nadie hubiera podido adivinar que se trataba de la hermana de la madre de Rebecca. Era más bien gordita, se teñía el pelo de un rojo metálico y lucía llamativos vestidos de jovencita y un pronunciado maquillaje. Ese día iba toda de rosa: sandalias de tiras rosas e incluso esmalte rosa en las uñas de los pies, y una especie de echarpe de gasa rosa anudado al cuello. Y su apartamento estaba tan sobrecargado como su indumentaria.

—Dejad que os haga sitio —les dijo al entrar—, pero ¿qué hace esto aquí? —añadió refiriéndose a una muñeca de trapo que les sonreía desde la alfombra. Una pregunta razonable, dado que Ida no tenía hijos ni nietos. (La gran tragedia de su vida, había dicho siempre.) Pero lo que hacía era tener siempre su puerta abierta para los retoños de los demás.

Cuando Rebecca era muy pequeña, abrigaba el sueño secreto de que sus padres muriesen de forma indolora para poder ir a vivir con su tía. Ida era tan acogedora y complaciente... Su hogar parecía tener una capacidad expansiva sin límites, y casi siempre que Rebecca aparecía por allí, encontraba a alguien pasando en la casa una o dos semanas: un niño cuya madre estaba enferma o el tarambana del sobrino de Arnold Gates o, en una memorable ocasión, tres miembros de un equipo de lucha polaco que visitaban el instituto de Church Valley en una especie de programa de intercambio deportivo. Cuando el padre de Rebecca murió de verdad (arrebatado por una apoplejía nada más cumplir ella los nueve años), se sintió tan culpable que evitó a su tía durante meses. Y, además, su madre la necesitaba en casa.

—Pero acércate que te vea —le requirió la tía Ida—. ¡Caray! Yo nunca me atrevería a combinar cachemir con cuadros escoceses, ¡pero en ti queda tan artístico!

La madre de Rebecca, quitando una brazada de revistas de una mecedora para sentarse, intervino:

—No me habías dicho que estaban pintando la ferretería, Ida. Hemos pasado por delante y me he topado con ese color tan chocante. Yo lo llamaría sangre de buey; o, no, más bien tirando a magenta. Le he dicho a Rebecca: «¡Vaya color tan agresivo!». Y luego, claro, lo de Woolworth's; Rebecca no había estado aquí desde que cerraron Woolworth's, y ni siquiera recuerdo cuál era la tienda de al lado, ¿tú te acuerdas? Estaba intentando recordar. No era la joyería, ésa estaba en la otra acera. Tampoco la tienda de animales. Bueno, ya me acordaré. ¡Espera!... No, no era el zapatero...

—Siéntate aquí mismo; aparta al gato —le dijo Ida a Rebecca—. ¡Mirad lo que os he preparado! Son lazos de cortezas de frutas caramelizadas. He sacado la receta del periódico. ¿A que quedan bonitas? Las manchas brillantes son de la fruta y las más claras son trozos de malvavisco de colores. Primero se los he dado a probar al niño de los vecinos, que se ha quedado aquí un buen rato porque... ¡oh, es una historia tan triste...!

—¡Un salón de manicura! —interrumpió la madre de Rebecca—, ¡eso era! ¿Te imaginas, un local dedicado únicamente a arreglar uñas? ¡No me extraña que lo hayan cerrado!

Rebecca dio un mordisquito a su caramelo, que parecía más bien alguna novedosa pastilla de jabón de tocador. En cuanto pudo despegárselo de los dientes, le preguntó a su tía:

—¿Éste es Percival?

Se refería al gato —un animal gordo, gris atigrado.

—Qué va, cariño —replicó Ida—, ésta es Daisy. Percival murió la pasada Navidad.

—Oh, ¡cómo lo siento!

—Sí, tuve que hacerlo sacrificar porque tenía problemas de riñones. Yo quería que lo hiciera el doctor More antes de jubilarse, ya sabes que él atendió a Percival desde que era un recién nacido.

—Yo, por ejemplo —continuaba la madre de Rebecca—, nunca en mi vida me he hecho una manicura profesional y no creo que mis uñas estén más feas por eso. ¿Quién sabe lo que puedes coger en esos sitios? Porque compartes los mismos instrumentos con extraños: las limas, los cortaúñas, las tijeras y todo eso...

—El doctor More se jubiló al terminar el año en que cumplió los sesenta y cinco —siguió contando Ida—. Dijo que se iba a Florida.

—Bueno, allá él —se apresuró a cortar la madre de Rebecca.

Hubo un brusco silencio, como si las propias hermanas se hubieran sorprendido con esa momentánea convergencia en su conversación. Luego Ida se inclinó hacia delante, juntó las manos, rollizas y llenas de anillos, y preguntó:

—¿Cuánto tiempo te vas a quedar, Rebecca?

—Sólo hasta mañana. He dejado a Poppy con Zeb esta noche, pero debo volver a tiempo para hacerle la comida.

—Pero cuéntanos: ¿qué tal NoNo? ¡Estoy tan emocionada con su compromiso!

Eso era lo que a Rebecca le encantaba de su tía. Su madre no le había preguntado por NoNo, ni por Patch, ni tampoco por Biddy: no eran sangre de su sangre. Sólo había preguntado por su «verdadera» nieta, Min Foo —¿cómo iba su embarazo?—, y al hacerlo esgrimió una expresión remilgada y distante, porque no la veía con buenos ojos desde que se casó por segunda vez, con LaVon. Pero Ida parecía tenerles el mismo cariño a las cuatro chicas y seguía mandándole a cada una un billete de dólar dentro de una tarjeta de felicitación por su cumpleaños.

—Tu madre dice que NoNo no piensa hacer una gran celebración —decía ahora—, pero espero que cambie de opinión. ¿Acaso se considera demasiado mayor? Hoy en día hay mucha gente que no se casa hasta los cuarenta. Y ella ha esperado tanto tiempo al Hombre de su Vida que... mayor razón para celebrarlo.

—Sí, claro que lo va a celebrar —dijo Rebecca—. Con vosotras dos incluidas, espero —añadió, mirándolas a las dos. Ida sonrió encantada y asintió. La madre de Rebecca miró pensativamente la manta de punto multicolor que hacía las veces de alfombra—. Lo que dice es que no quiere una cosa formal. Y en parte es por su edad, pero también, creo, porque Barry ya ha estado casado antes.

—Bueno, ¿y qué tendrá que ver la velocidad con el chorizo? —inquirió Ida.

—Tocino —corrigió la madre de Rebecca.

—¿Qué?

—La velocidad con el tocino.

—Lo que cuenta es la novia —prosiguió Ida—. Díselo, Rebecca. Dile que se ponga de blanco, con vestido largo, con velo, toda la parafernalia: muchachas con flores, damas de honor... Dile que Barry debe llevar padrino. Tal vez a su hijo, si tiene edad suficiente. ¿Tiene edad suficiente?

—Tiene doce años.

—¡Tiene edad de sobra!

—Bueno, no sé —dijo Rebecca—. Es algo pequeño para su edad.

—¿Qué tal se lleva con NoNo?

—Bien, supongo. Es difícil saberlo. Es muy callado. Cuando hicimos la barbacoa del 4 de Julio, se quedó sentado en un rincón leyendo un libro.

—Bueno, os va a querer a todos en cuanto os vaya conociendo —afirmó Ida.

Volvió a ofrecerles caramelos, pero esta vez ambas declinaron la oferta. Ida fue la única que repitió.

—Lo que es la vida —añadió—, parece que fue ayer cuando estábamos las tres preparando tu boda. Eras una novia preciosa.

—Bueno, desde luego llevaba un vestido precioso —asintió Rebecca, ya que el vestido se lo habían cosido su madre e Ida, que habían trabajado casi día y noche. (Había anunciado su boda con dos semanas de antelación.)

—Te tomamos todas las medidas y luego perdiste cuatro kilos, ¿te acuerdas? Fuimos a Baltimore el día de la boda y no eras más que la sombra de ti misma. Hasta el último momento antes de la ceremonia tuvimos que hilvanar, que probar, que encoger... ¡Te habías convertido en un esqueleto! Supongo que fueron los nervios de la boda.

Rebecca no había parecido un esqueleto en su vida; sólo se había quedado un poco menos gorda de lo habitual. Y fue debido a la felicidad, no a los nervios. Era inmensamente feliz. No podía comer, no podía dormir... Andaba de un lado para otro como en trance.

Y eso que su matrimonio disgustó a mucha gente. Al novio que abandonó, ni que decir tiene, pero también a su madre y a Ida, que ni habían oído hablar de Joe antes de que las dejara pasmadas con la noticia, en una visita repentina a su casa. «Un momento. Creía que te ibas a casar con Will», le había increpado su madre. Y también: «¿Cuánto tiempo hace que lo conoces?, ¿de qué vive?». Y finalmente: «Me veo obligada a advertirte, Rebecca, que a él le viene de maravilla. Una situación en la que el hombre se ve tan necesitado, y en la que una mujer resulta tan útil. ¡Tres niñas que cuidar! ¡Y quién sabe dónde andará su madre! ¡No me extraña que se quiera casar!».

Rebecca había acusado a su madre de poner en duda que alguien la pudiese amar. Había salido llorando de la casa, dando un portazo y jurando que no volvería. «¡Yo no he dicho...!», gritaba su madre, persiguiéndola por el camino. «¡Yo sólo quería decir...! ¿No podríais estar de novios un poco más de tiempo? ¿Qué prisa tenéis?»

Una pregunta que también se hacía otra gente de Macadam, tanto su jefa de estudios como su profesor de historia. ¿Por qué sacrificar un año de universidad —le decían— para casarse con un extraño que le llevaba casi trece años? ¿Por qué no esperaba hasta que se graduara?

Y por el lado de Joe, estaban sus hijas... En cuanto a su madre, estaba extasiada: diríase que todo el romance había sido idea suya. Y los demás adultos también parecían encantados. Pero sus hijas se resistían y ponían caras largas. Dejaban los esforzados comentarios de Rebecca estúpidamente suspendidos en el aire, y encontraban mil razones para mencionar a su mamá en su presencia... Durante esas dos semanas que precedieron a la boda hicieron llorar a Rebecca en más de una ocasión.

¡Cuántas lágrimas, si miraba hacia atrás! Finalmente no todo había sido pura felicidad. Durante parte de ese tiempo había sido desgraciada.

Pero siempre estaba Joe.

Joe la abrazaba y ella apretaba la cara contra su áspero cuello moreno. La llamaba su lustrosa granjerita, su pastelito de nata, su hermosa lechera rubia. (Cuántas referencias a los productos lácteos.) Le enjugaba los ojos con su pañuelo, impregnado de su propio olor a tostada caliente.

Entonces, ¿fue la felicidad o fue la aflicción lo que la hizo perder aquellos cuatro kilos?

Kilos que, por cierto, no había tardado nada en recuperar después de la boda.

Su madre y la tía Ida ya habían pasado al tema siguiente —o al tercero de ellos. Su madre estaba diciendo que últimamente todas las sillas en las que se sentaba le suponían un esfuerzo a la hora de levantarse, y simultáneamente Ida decía que no sólo se había jubilado su veterinario, sino también su médico y su podólogo, ambos sustituidos por unos mocosos jovenzuelos. Hubo una pausa y luego Ida añadió:

—Nada nuevo bajo el sol —lo que anunciaba otra convergencia de temas. Entonces suspiraron y reemprendieron dos nuevas conversaciones paralelas.

Para cenar, su madre sirvió ensalada de pollo y guisantes. Pasó mucho tiempo preparándolos, porque ella no creía en los atajos. Primero tuvo que trocear una gallina y hervirla, y luego hizo una mayonesa a mano, con una pequeña batidora de manivela. No permitió que Rebecca la ayudara porque, según decía, era demasiado chapucera.

—Lo que sí puedes hacer es poner la mesa —sugirió, como quien otorga un privilegio, pero cuando Rebecca terminó lo rehízo todo de nuevo, enderezando los salvamanteles y recolocando los cubiertos. Rebecca se dio por vencida y se sentó a observar cómo su madre echaba agua en una jarra y la vaciaba tres veces antes de llenarla definitivamente.

—Me estaba preguntando —dijo Rebecca— por qué, en lugar de mudarte a Havenhurst, no invitas a la tía Ida a que se venga a vivir contigo. Ella está sola y tú también. ¿No sería una buena idea?

—Santo cielo, no, habla demasiado —objetó su madre—. Y además, no se trata de que quiera vivir con alguien. Simplemente no quiero vivir sola.

Rebecca se echó a reír, pero entendió lo que su madre quería decir.

—Y luego, Ida es muy desordenada —prosiguió su madre—, y es más difícil llevarse bien con ella de lo que tú te crees. ¿No has probado sus cortezas de fruta caramelizadas? ¡Estaban tan dulces que era como para dar dolor de muelas! Y en cambio no quiso comerse esas chocolatinas de menta en mi casa. Pues ya sé por qué las rechazó. No es que estuviese a régimen, no señor. Es que considera que la generosa es ella. No le gusta que le cambien los papeles. Interfiere con su teoría del universo el que sea yo quien le ofrezca un plato de golosinas.

Mientras hablaba recogió las servilletas que había puesto Rebecca y trajo otras, ni mejores ni peores, simplemente distintas. Rebecca sonrió para sí.

Después de la cena (que había sido, como siempre, desabrida e insípida, tan falta de condimentos que no había sal en el mundo capaz de darle algo de sabor), vieron las noticias en el enorme televisor en blanco y negro del salón. «¡Oh, francamente!», increpaba al presentador sin cesar. «Oh, ¡por el amor de Dios!», decía al tiempo que tiraba con irritación de la costura del pantalón.

—¡Fíjate! —le espetó cuando apareció en pantalla un grupo de congresistas—. Ahora el país lo dirigen los niños. Todos esos hombres son más jóvenes que yo.

—Bueno, pero... —comenzó a decir Rebecca, aunque vaciló un instante— a estas alturas, casi todo el mundo, lo cojas por donde lo cojas, es más joven que tú.

—Sí, ya soy consciente de ello, gracias. Pero de alguna manera es todavía más evidente cuando se trata del gobierno. ¿Sabes? Si me parara a pensarlo, todo el país en manos de esa gente... no podría dormir por la noche.

—A mí me pasa todo lo contrario —repuso Rebecca—. Esos hombres son también más jóvenes que yo, o al menos muchos de ellos. Pero miro su pelo gris y pienso: «Vaya con los viejos», como si no me diese cuenta de que yo también me estoy haciendo vieja.

—Tú no tienes ni idea —prosiguió su madre—. ¡Cincuenta y tres años! ¡Apenas una niña!

Los congresistas se esfumaron y apareció una tropa de soldados, con uniformes antiguos, pero evolucionando por el campo con movimientos inconfundiblemente bruscos y actuales. Estaban representando una de las principales batallas de la Guerra Civil, explicó un reportero. No se habían escatimado esfuerzos para garantizar que su indumentaria fuese auténtica, aunque por supuesto no utilizaban munición real.

—Los hombres —sentenció la madre de Rebecca—, si no encuentran una buena razón para pelearse, se la tienen que inventar.

En el reloj de la chimenea sonaron los cuartos para la hora, interpretando el fragmento de un himno. Uno de los hombres cayó sobre un montículo de hierba.

—¿Recuerdas ese trabajo que hiciste sobre Robert E. Lee? —le preguntó su madre.

—Sí, claro.

—Te inventaste toda una teoría nueva sobre sus motivos para elegir el bando sudista. ¿Te acuerdas? Tu profesor se entusiasmó.

—El profesor Lundgren —recordó Rebecca. Hacía años que no se acordaba de él, con su frente amplia surcada de venillas y su cabello traslúcido.

—Te dijo que fueras a verle a su despacho. ¡Tenía unos planes tan importantes para ti! Fue entonces cuando decidiste cambiarte a la especialidad de historia.

—Bueno... —Rebecca temía que estuviesen a punto de abordar el tema de por qué abandonó la universidad—... en realidad no fue una gran pérdida. No creo que fuese la historia lo que me interesaba, sino más bien... el seguir las pistas, ¿sabes? Algo así como en las novelas de detectives. El dar con ese libro que nadie se había molestado en leer todavía. Por primera vez entendí lo divertida que podía ser la investigación independiente.

—Quería que ampliases tu trabajo y lo presentaras como proyecto para el cuadro de honor. Pero antes siquiera de empezar, ¡zas!, apareció Joe Davitch.

—Eh, bueno...

—Y el pobre de Will Allenby. ¡Pobre Will! —prosiguió su madre, dando un brusco giro de noventa grados—. ¡Ni siquiera llegó a enterarse bien de lo que se le había venido encima! Un día estabais comprometidos y al día siguiente te casabas con un desconocido.

—No fue al día siguiente —puntualizó Rebecca—. No fue así de repentino.

—Por lo que todo el mundo supo por aquí, sí que lo fue.

Puede que tuviera razón, pensó Rebecca. Era cierto que había mantenido a Joe en secreto. Pero al principio parecía algo tan inocente: simplemente una visita casual cuando coincidía que estaba en Macadam. (Aunque, si realmente era tan casual, ¿por qué no se lo había mencionado a Will?) Habían ido a tomar un bocadillo a una cafetería cercana al campus, la había entretenido con un par de anécdotas graciosas de su trabajo. La noche anterior, le contó, la fiesta había consistido en un banquete de bodas en el que las madres de los novios casi llegan a las manos. «¡Todos sabemos perfectamente bien —había gritado la madre del novio— por qué su hija se casa con un vestido de línea imperio!». Rebecca se echó a reír y Joe se recostó en su silla y la contempló con una mirada afectuosa y pensativa que le hizo preguntarse de repente si no se habrían conocido en alguna circunstancia anterior ya olvidada. Pero no, sin duda alguna ella recordaría a ese hombre exuberante, con un labio superior tan perfilado que le recordaba a una letra *m* manuscrita.

—También te estabas riendo la primera noche que te vi —observó él—, te estabas divirtiendo en la fiesta como nadie.

Ella no le contradijo.

Si lo hubiera hecho, quizá todo habría sido diferente.

Joe le contó que había inaugurado el Open Arms en 1951, cuando dejó la universidad por motivos económicos, tras la muerte inesperada de su padre —irónicamente, un agente de seguros sin seguro de vida.

—Entonces, ¿te dedicas a eso? —le preguntó Rebecca—. Quiero decir que si ésa es tu verdadera profesión.

—Sí, tú lo has dicho. En mi vida no hay más que fiestas, fiestas y más fiestas.

Le miró con la sensación de haber detectado un ligero tinte de amargura en su voz. Pero luego Joe siguió relatando una anécdota muy divertida de un bautizo en el que un niño había tirado al bebé a la ensaladera del ponche, y se convenció de que no eran sino imaginaciones suyas.

A él sí le habló de Will Allenby. O al menos aludió a él. Dijo: «Mi chico y yo», cuando comentaban una película que había visto. Desde luego, no había utilizado el término «novio». Pero eso habría sido como una falta de tacto, ¿no? Un poco presuntuoso y desconsiderado.

Will Allenby era un tipo alto, delgado y reservado, con una nube de rizos amarillos y una expresión dulce y luminosa. Él también asistía a Macadam —desde luego no por casualidad—, y ambos planeaban casarse en cuanto se graduaran. Eran los años sesenta, cuando la mitad de sus compañeros de clase parecía estar acostándose con la otra mitad, pero ellos habían decidido esperar a la noche de bodas. Al final de cada velada se besaban interminablemente, temblorosos y aferrados el uno al otro, pero luego se separaban para dirigirse cada cual a su dormitorio. *Au revoir,* le decía siempre Will, porque utilizar la palabra «adiós» le habría puesto demasiado triste, según él. A Rebecca todo eso le parecía increíblemente romántico, sobre todo cuando él se acordaba de pronunciar la primera *r* a la francesa, con su sonido gutural.

Pero de nada de eso se habló durante su conversación con Joe en la cafetería, ni en ninguna otra de sus conversaciones. Porque hubo otras conversaciones. A los dos días le telefoneó para consultarle sobre una fiesta de puesta de largo. Rebecca nunca había celebrado su propia puesta de largo (a los dieciséis años se sentía madura como una cuarentona), pero nadie lo habría adivinado a juzgar por la gran cantidad de sugerencias útiles que se le ocurrieron. Y cuando Joe apareció la semana siguiente, de camino a unos almacenes de ropa para el hogar —aunque en realidad Macadam no le pillaba de paso en absoluto—, Rebecca habría sorprendido a sus amigos si hubiesen visto lo poco que tardó en deslizarse dentro del coche de Joe para acompañarlo, y con qué autoridad le guió en la elección de servilletas de cóctel, toallas bordadas y tapetes de mesa estarcidos.

«Pasaba por Macadam» se convirtió en su excusa habitual, aunque Macadam estaba a cerca de una hora en coche de Baltimore, ya casi llegando al Distrito de Columbia. «Pasaba por Macadam y me preguntaba si te gustaría...» Tomar un café. Buscar un libro en la librería de la universidad. Ayudarme a elegir unas copas. En el transcurso de tres semanas la visitó siete veces y, después de cada visita, lo primero que hacía ella era entrar a su habitación y observarse en el espejo. Sus mejillas sonrosadas, sus ojos brillantes, todavía algo humedecidos por la risa y su gruesa corona de trenzas. ¿Era así como Joe Davitch la veía?

Una vez se pasó una hora haciendo garabatos que parecían pájaros volando —esas dobles tildes de taquigrafía con que los niños llenan los cielos de sus dibujos— antes de darse cuenta de que lo que intentaba captar era la forma del labio superior de Joe.

Era inevitable que Will se enterase. Su compañero de cuarto le contó que la había visto con «un hombre» en el centro de Macadam.

—¡Cielo santo, pero si era Joe Davitch! Tiene treinta y tres años. Es sólo un amigo —explicó Rebecca.

Y mientras así hablaba, advirtió lo feliz que se sentía de tener una excusa para pronunciar su nombre.

Pero creía ser sincera en lo que decía: no estaba enamorada de Joe. Era más bien que se sentía *arrastrada* por él, o así definía ella su estado de ánimo. Siempre que estaba con Joe, caía en una especie de aturdimiento, riéndose incontroladamente, actuando con total desenfado. *Actuando* con desenfado. No era su auténtica naturaleza.

Una vez, cuando iban en el coche, sufrió tal ataque de risa que se le cayó el botón de la cinturilla de la falda. (Estaban escuchando la transmisión de un partido y él empezó a imitar a uno de esos comentaristas deportivos tan charlatanes y a inventarse historias de interés humano sobre los jugadores, ya que, según él, el béisbol era tan lento que si no los dos se iban a morir de aburrimiento. «¿Cómo lleva el pitcher lo de enseñarle a su hijito a utilizar el orinal, lo sabes?», le preguntaba a un colega imaginario.) Y una de las veces llevó con él a sus tres hijas, y Rebecca, con la misma naturalidad con que respiraba, las agrupó a las tres y se las llevó corriendo al pequeño estanque de detrás del gimnasio, y al pasar por delante de la cafetería les compró unas rosquillas. «¡Mirad!», les dijo al acercarse al estanque. «¡Peces! ¿Quién quiere echarles de comer a los peces?» Las niñas la miraron en silencio: Biddy, impasible, al parecer sin recordar que ya se habían conocido antes; Patch, beligerante, y la pequeña NoNo, recelosa. Al final aceptaron las rosquillas y las desmigaron en el agua. «¡Genial!», dijo Rebecca dando palmas. Joe permanecía un poco apartado, sonriéndole de aquella manera tan afectuosa.

Con los pulgares metidos en los bolsillos del vaquero.

Con aquellas caderas tan bien puestas.

Y sus ojos oscuros y rasgados puestos sólo en Rebecca.

Un miércoles por la tarde telefoneó para invitarla a cenar a su casa la noche siguiente.

—Mi madre quiere resarcirte —le dijo—. Está avergonzada de haberse atribulado la primera noche que viniste.

Rebecca vaciló. Sin saber por qué, lo sentía un poco como una imposición. Casi se arrepentía de haber contestado al teléfono.

—Por favor, di que sí —insistió—, a mamá le preocupa que pienses que siempre tira jamones a los pies de los invitados.

Entonces ella se rió y aceptó:

—Bueno, de acuerdo.

Pero en el momento de colgar ya se estaba arrepintiendo. ¿Pero qué estaba haciendo?

Y no tenía ni la menor idea de lo que se iba a poner. Empezó probándose algo que podía ser adecuado para ir a misa, un clásico vestido camisero beis, pero en el último momento lo cambió por un vestido de campesina, con bordados y de escote fruncido, porque una vez Joe le había preguntado con admiración si era de origen sueco (cosa que no era). La falda era muy amplia y se dio cuenta —demasiado tarde para volverse a cambiar— de que le hacía las caderas todavía más anchas de lo que eran. «Tiene una cara preciosa», imaginó que decía la señora Davitch a sus espaldas, dejando sobreentendido el resto de su comentario: *Es una pena que esté tan gordita.*

Se fue en el coche de su compañera de cuarto, un Volkswagen escarabajo. Le había contado que se iba a cenar con un amigo y su familia, algo que casi sonaba como «con amigos de la familia». (Ninguna de sus amigas conocía la existencia de Joe. No le había hecho confidencias a nadie; no quería otorgar a Joe ningún significado especial, ninguna importancia.) Dejó el papel con las indicaciones sobre el asiento del pasajero, aunque confiaba bastante en su capacidad para encontrar el Open Arms por segunda vez, y condujo con la radio apagada, cogiendo el volante con las dos manos, el semblante sereno e impasible.

No tenía nada de malo lo que estaba haciendo. Era del todo inocente. Honestamente, era verdad que los Davitch no eran más que la familia de un amigo.

Le abrió la puerta Joe, aunque su madre estaba justo detrás de él.

—¡Bienvenida, querida! —le gritó, y luego acercó su suave mejilla a la de Rebecca. Las ondas de su pelo estaban tan rígidas que crujían.

—¡Y feliz cumpleaños!

—¿Cumpleaños? —se extrañó Rebecca.

—Sí, ya sé que no es hasta el sábado, pero por lo general el sábado lo tenemos reservado, por eso los jueves los dedicamos a nuestras celebraciones familiares.

Rebecca miró a Joe, que estaba sonriendo.

—Le eché un vistazo a tu carné de conducir —explicó—. El 7 de mayo. Cumples veinte años.

¿Habría mirado también su peso?, fue lo primero que pensó.

—Cuando yo cumplí veinte años, ya tenía un hijo de dos —intervino la señora Davitch—. Pero no sé, hoy en día parece que las jóvenes se concentran más en sus carreras.

Esta vez el Open Arms le pareció menos grandioso, quizá porque no había ninguna aglomeración de invitados para ocultar los defectos. Las tablas del parqué crujían bajo los pies de Rebecca, el sofá del salón principal parecía hundido y combado y las lámparas de cristal estaban grises, con polvo. Colgada en la chimenea se extendía una banderola de satén azul pálido que rezaba «FELIZ CUMPLEAÑOS» escrito con lentejuelas plateadas, de las cuales algunas se habían despegado y brillaban en el suelo. Rebecca protestó:

—¡Oh, no tenían por qué...!

Pero la señora Davitch la interrumpió:

—¡Querida, todo es poco para ti!

Rebecca experimentó la misma sensación enigmática que con la afectuosa sonrisa que Joe solía dedicarle. ¿La conocería esa mujer de antes?

Entonces entró el hermano menor, irrumpiendo en la habitación como un perrito travieso. ¿Zeb? Sí, ése era su nombre. Las mangas del traje le quedaban cortas y llevaba mal hecho el nudo de la corbata. Antes de que le diese tiempo a estrecharle la mano, mientras se le acercaba dando traspiés en la alfombra para saludarla, se abrió de golpe, con un gran ruido, la puerta de entrada.

—¡Sólo somos nosotros! —gorjeó una mujer. Una llamativa rubia de labios muy pintados, enfundada en un ajustado vestido de punto negro, y un hombre canoso con un bigote en forma de manillar. El hombre le resultaba sorprendentemente familiar. Era el que servía los aperitivos en la fiesta de Amy, recordó Rebecca; sólo que entonces llevaba una chaqueta blanca de camarero y ahora iba con un batín marrón de solapas acolchadas.

—Te presento a la tía Joyce —le dijo Joe a Rebecca— y a mi tío Poppy. Tíos, ésta es Rebecca.

—¡Caramba! —exclamó la tía Joyce, abrazándola con fuerza—. ¡Joe no exageró nada cuando nos dijo lo guapa que eras! —se acercó a su marido y le dio una palmadita en el hombro—. Poppy es el hermano del padre de Joe. No sé si lo sabes, pero él y el padre de Joe eran gemelos, así que si quieres hacerte una idea de cómo era el padre de Joe...

—Bueno, he pensado enseñarle el álbum de fotos después de la cena —terció la señora Davitch—. ¿Puedes creer que finalmente he conseguido poner el álbum al día? Me he pasado la mitad de la tarde pegando fotos, para que Beck pueda conocer a la familia.

Rebecca (a quien nadie antes había llamado Beck, ni ningún otro diminutivo) sintió una mezcla de placer y de pánico. La situación parecía estar precipitándose hacia delante sin su intervención. Zeb protestó:

—¡Por favor, mamá, no irás a enseñarle esas viejas fotos! ¡Es que dan vergüenza!

Y mientras, Poppy corregía a la tía Joyce:

—En primer lugar, no éramos gemelos, sino mellizos. Y en segundo lugar, no nos parecíamos nada. Pero nada de nada.

—¡Oh, cielo, lo que pasa es que no quieres reconocer que no eres único! —repuso la tía Joyce—. ¡Tienes que ir acostumbrándote! ¿Y tú? —le preguntó a Rebecca—. ¿Tienes hermanos?

—Pues no...

—¡Qué coincidencia! —intervino la señora Davitch—. También Joe estuvo a punto de ser hijo único. Durante un montón de tiempo no pude quedarme embarazada por más que lo intentara, eso explica por qué tengo un hijo de treinta y tres años y otro de apenas dieciséis.

—Estupendo, mamá —gruñó Zeb—. Tenías que decirle mi edad, ¿verdad?

—Bueno, no es un secreto de estado, Zeb. Poppy, ¿puedes pasar tú los aperitivos? Voy a ver cómo va la cena.

—¿Por qué no pasa los aperitivos Zeb? —preguntó la tía Joyce—. Esta noche Poppy no está de servicio.

—¿Acaso he dicho yo eso? Sólo le he preguntado si podía echar una mano.

—Sí, encantado —respondió Poppy, inclinándose para coger la bandeja de la mesita de café. Pero la tía Joyce le cogió del brazo y, volviéndose hacia la señora Davitch, le espetó:

—El hecho de que a veces eche una mano, cuando hay un apuro, no significa que tenga que pasar todas las veladas familiares atendiendo las mesas, Liddy Davitch.

—Tranquila, Joycie —intervino Poppy, mientras que la señora Davitch, temblándole la barbilla, repuso:

—Oh, ¡eres tan injusta!

—¿Le pedirías a tu médico que te examinara el apéndice si te lo encontraras en un acto social?

—¡Eso no viene a cuento!

—¿Qué tal si los paso yo? —sugirió Rebecca, y se interpuso entre las dos mujeres para coger la bandeja (palitos de apio y de zanahoria que por su aspecto llevaban demasiado tiempo cortados, con una salsa en el centro, mezcla de crema agria y sopa de cebolla).

—Sírvete —le dijo a Zeb, que estaba de pie a su lado, prácticamente encima de ella. Zeb cogió un trozo de zanahoria, se le cayó y se agachó a recogerlo.

—¿Joe? ¿Apio?, ¿zanahoria? —preguntó.

—Gracias —contestó, pero siguió mirándola y sonriéndole sin coger nada. Rebecca se sonrojó y terminó por seguir su ronda.

—¡Qué amable eres! —le dijo la señora Davitch. Se enjugó los ojos con ambos dedos índices y le dedicó a Rebecca una sonrisa lacrimosa.

—¿Qué queréis de beber? —les preguntó Poppy en ese momento, y se acercó al carrito de las bebidas. Esta vez la tía Joyce no puso ninguna objeción.

Durante la siguiente media hora llegaron bastantes más personas: dos primos, otro tío y una mujer de mediana edad llamada Iris, cuya relación con los demás no llegó a especificarse. Todos ellos entraban sin llamar, golpeando la puerta de entrada contra la puerta del armario, y todos parecían saberlo todo de Rebecca.

—¿Has encontrado ya un trabajo de verano? —le preguntó uno de los primos.

E Iris le explicó:

—Yo también me especialicé en historia, supongo que Joe te lo habrá mencionado.

El salón de atrás se llenó; las mujeres estaban sentadas hacia delante, casi en el borde del sofá, todas con las rodillas dobladas en el mismo ángulo, como una fila de coristas, y, aunque hablaban de gente que Rebecca no conocía, no dejaban de dirigirle sonrisas cómplices para que no se sintiera excluida. Finalmente se sirvió la cena (al cabo de demasiado tiempo y después de cierta crisis que al parecer había estallado en la cocina), que consistía en carne asada con puré de patatas y ensalada. El asado estaba seco, el puré lleno de grumos, las hojas de la ensalada transparentes y con aderezo de bote. La señora Davitch reconoció todo eso con una risita quejosa, pero sus invitados dijeron que todo estaba perfecto. Pasaron la mayor parte de la cena discutiendo sobre otro primo —un primo ausente—, debatiendo si había estado o no grosero con lo que le había dicho a la señora Davitch respecto a la muerte de su marido. La señora Davitch opinaba que aquel comentario había sido muy hiriente, pero la tía Joyce señaló que un suicidio era un suicidio y que más le valía afrontar el hecho. La señora Davitch posó el tenedor en la mesa y se tapó los ojos con la mano.

Rebecca no sabía que el padre de Joe se había suicidado. Miró a Joe, sentado al otro lado de la mesa, pero él parecía estar concentrado en su plato.

El postre era una tarta de chocolate con veinte velas encendidas. La capa superior estaba un poco ladeada y la habían sujetado con palillos de dientes. Entonces hicieron bajar de la planta superior a las niñas, que aparecieron las tres en pijama, con caras largas y entornando los ojos después de estar toda la velada viendo la televisión a oscuras.

—Ahora dadle un beso a Beck por su cumpleaños —ordenó la tía Joyce y, aunque primero se resistieron, terminaron obedeciendo y dejando cada una de ellas una pequeña estrella de humedad en la mejilla de Rebecca. Luego todos cantaron el

Cumpleaños feliz mientras Rebecca, con una mirada circular alrededor de la mesa, fingía sentirse parte de ellos, ser un miembro muy querido de una familia numerosa y bulliciosa, exactamente lo que hubiera deseado de niña.

Más tarde, todos los adultos volvieron a acomodarse en el salón y la señora Davitch le puso el álbum de fotos a Rebecca sobre las rodillas, para que todos pudiesen explicar quién era quién. Allí estaba la propia señora Davitch, irreconociblemente juvenil con unos pantalones cortos color caqui, acampanados como se llevaban en los años cuarenta. Allí estaba el señor Davitch, con la sonrisa amplia de Joe pero, sí, quizá con una ligera sombra alrededor de los ojos. Allí estaba Zeb de bebé, mordiendo un anillo de dentición, y luego Joe adolescente —aquí unos codazos de complicidad—, luciendo un pesado abrigo sport de pata de gallo, con unas hombreras tan exageradas que parecían alas. No se había intentado seguir ningún orden cronológico: a la tía Joyce actual, afectada y oronda, le seguía una esbelta tía Joyce luciendo talle de avispa con su vestido de novia. Y no había ni rastro de la ex mujer de Joe, aunque varias instantáneas de sus hijas estaban recortadas.

Rebecca permanecía sentada con la espalda muy recta y evitaba tocar las fotos incluso cuando preguntaba algo sobre ellas. No quería que nadie pensase que se tomaba demasiadas libertades. Es decir, que sabía que no dejaba de ser una invitada. Sabía que esos parientes tan pintorescos no eran los suyos.

Pero cuando Joe la acompañó hasta el coche al final de la velada le dijo:

—A todo el mundo le ha parecido que eras como un miembro más de la familia. Me han comentado que encajas muy bien.

—Bueno, han sido muy hospitalarios —replicó ella.

—Dicen que debería casarme contigo.

—¿Qué?

—Antes les había dicho que a mí me gustaría.

Ella se detuvo junto al bordillo y se volvió hacia él.

—Joe... —empezó a decir.

—Ya sé —admitió él.

De súbito tomó conciencia de la tranquilidad de la noche, de la ausencia de tráfico, del susurro de las hojas nuevas en el arbolillo que tenían al lado. Cuando él se le acercó, pensó que quería besarla, y sabía que ella le devolvería el beso. Pero, en lugar de eso, lenta, solemne y delicadamente le anudó el cordón del escote.

¿Por qué una cosa así le dejó las piernas flojas?

Soltó una risa trémula y se dio la vuelta para subirse al coche.

—Bueno —dijo—, gracias por la cena. Adiós.

—Adiós —respondió él.

Una vez instalada dentro, Joe cerró su puerta con tanta suavidad que creyó que había quedado mal cerrada. Pero no era así.

El viernes no tuvo noticias de él. Bueno, gracias a Dios. El viernes por la noche fue al cine con Will. El sábado compartieron una pizza por su cumpleaños, y Will le regaló un medallón con su foto. No dejaba de pensar que Joe aparecería en cualquier momento. Caminaba con afectación, irguiendo la cabeza. Pero él no apareció.

El domingo, la madre de Will y la de Rebecca se reunieron con ellos para almorzar en el restaurante familiar de Myrtle. Era tradición, una vez al mes o así, ya que de Church Valley a Macadam se llegaba en seguida en coche. Cuando terminaron de comer, la madre de Rebecca dijo que le tocaba pagar a ella. La cuenta no era muy elevada, pero a Rebecca se le encogió el corazón cuando su madre sacó del bolso su viejo monedero de tela. Más tarde, cuando caminaban hacia el campus, Rebecca le preguntó a Will:

—¿Por qué nunca pagamos nosotros la cuenta?

—Bueno, ya sabes que a tu mamá y a la mía les gusta agasajarnos —contestó.

Fue la palabra «mamá» la que le llamó la atención, esa palabra pusilánime e infantil en sus labios.

—¡Uf! —exclamó Rebecca—. ¡Estoy tan harta de este eterno... estado estudiantil! ¡Cada cosa a su debido tiempo, cada etapa de nuestra vida a la espera del momento oportuno y razonable!

—¿Cómo dices? —se extrañó Will.

¡Qué joven le parecía de repente! ¡Tan inconsistente y con esa mandíbula tan estrecha! Realmente, le faltaba un hervor.

—¿Rebecca? —inquirió—. ¿Te ocurre algo?

—No —contestó—. Supongo que estoy cansada.

Se le ocurrió que llevaba una existencia completamente estancada. No había nada en ella con lo que pudiera ilusionarse. Nada en absoluto.

El lunes por la tarde, como de costumbre, quedaron en la biblioteca para estudiar. Rebecca llegó primero, y a los pocos minutos Will se reunió con ella y abrió su portafolios de cuero. Con un susurro de papeles emergieron sus apuntes, luego dos pesados libros de texto, seguidos de un clasificador de hojas sueltas y finalmente un gran despliegue de bolígrafos y lápices. El bolígrafo rojo para corregir, la pluma de tinta negra para redactar, un lápiz para apuntar en los libros de préstamo y el bolígrafo azul para hacerlo en sus propios libros. Todos ellos perfectamente alineados sobre la mesa. Mientras lo observaba, Rebecca sintió una gran irritación.

Will abrió su clasificador y alisó una hoja que ya estaba lisa. «El 19 de abril de 1861 —se forzó a leer Rebecca—, las tropas recibieron la orden de trasladarse a...».

Algo la impulsó a levantar la vista hacia la puerta de la biblioteca, algún movimiento fugaz. Miró por el cristal central de la puerta y se encontró con los ojos risueños de Joe Davitch. Corrió la silla para atrás. Will puso el dedo índice en la página y levantó la vista.

—Adiós, Will —dijo Rebecca.

—¿Eh? —se extrañó él—. ¿Te vas? ¿Tan pronto? ¡A mí todavía me queda trabajo!

—Está bien. Quédate donde estás.

—Ah, bueno, vale... Entonces... *au revoir,* pues.

—No —replicó ella—. Adiós.

Entonces cruzó la puerta y se echó directamente en los brazos de Joe.

O así fue como se lo describió a sus nietos, años más tarde.

Obviando las complicaciones: la segunda, la tercera y la cuarta escena de despedida que Will tozudamente pareció exigir; los cabos sueltos dejados en la universidad, los exámenes a los que no se presentó, el semestre de primavera incompleto, el disgusto general cuando se mudó con todos sus bártulos al tercer piso del Open Arms dos semanas antes de la boda.

—Sí, ya sé que esta persona debe de ser muy atractiva —le dijo su madre por teléfono—, muy guapo y muy estupendo, eso me lo puedo imaginar. Probablemente tiene un encanto sin límites. Pero tengo que preguntarte una cosa, Rebecca: ¿te das cuenta en qué te estás embarcando? Estamos hablando del hombre que te cogerá la mano en tu lecho de muerte. O al que se la cogerás tú en su lecho de muerte. ¿Te has parado a pensar en eso?

—¿Qué lecho de muerte?

—No, ya veo que no —sentenció tristemente su madre.

Y, luego, en otro momento —en varios momentos—: «¿Y qué pasa con el pobre Will? ¿Qué pasa con su madre? ¿Cómo quieres que vuelva a mirar a la cara a Maud Allenby?».

Probablemente ya nunca volvió a mirar a la cara a Maud Allenby, pensaba ahora Rebecca. Probablemente se cambiaba de acera para no cruzarse con ella, quizá todavía ahora, pese a los largos años transcurridos. Apartando la vista de un anuncio de aspirinas, le preguntó a su madre:

—¿Ves alguna vez a Maud Allenby?

—Se murió —dijo su madre sin apartar los ojos de la pantalla—. Creía que te lo había dicho.

—¡Oh! —exclamó Rebecca. Ahora recordaba que le parecía haber oído algo al respecto.

—Pero hacía tiempo que ya no andábamos juntas —añadió su madre—. Ya nunca volvió a ser igual después de que dejaras plantado a Will.

—Bueno, estoy segura de que sobrevivió —bromeó Rebecca.

—Quizá sí. O quizá no. No sabría decirlo. No sé dónde se instaló, ni lo que hace ahora, ni siquiera si se volvió a casar...

Rebecca esperó a que su madre se corrigiera sola, pero no lo hizo, así que finalmente puntualizó:

—No podía *volverse* a casar; no había estado casado antes.

—El hecho es que —prosiguió su madre— Will Allenby era tu auténtico compañero del alma. Yo sigo creyéndolo. Vosotros dos teníais tanto en común, estabais tan enamorados, os entendíais tan bien. Maud y yo lo comentábamos a menudo: «Hay que ver lo bien que se llevan», solía decirle yo. «Parece como si se conociesen de una vida anterior. Los dos son tan sensibles, tan juiciosos», le decía. «Están hechos el uno para el otro.»

Rebecca se volvió a mirarla.

—Te convertiste en una persona muy distinta después de dejar a Will —añadió su madre.

El dormitorio de soltera de Rebecca seguía con los mismos muebles: una cama de cabecera blanca y dorada, estilo «provenzal francés», una cómoda baja con un espejo oval y una mesita de noche con un tapetito. Pero toda traza de objetos personales había desaparecido hacía tiempo, y cuando entró con su equipaje para pasar la noche, sintió lo mismo que si hubiera entrado en una habitación de hotel. Ya ni siquiera tenía su olor. No es que ella supiera exactamente cuál era su olor, pero el que percibió fue el olor de su madre, limpio pero rancio, marchito.

¿Qué era lo que movía a su madre últimamente? Su vida parecía tan estancada: el desayuno de té y tostadas, los pocos platos que fregar y secar, la cama que hacer, pasar el cepillo por una alfombra que ya estaba inmaculada...

Bueno, ¿y qué era lo que movía a todo el mundo? ¿Quién era Rebecca para opinar?

Sonó el teléfono —un aparato turquesa de los de disco, modelo «Princess»—, que seguía estando sobre la mesita, y al momento oyó unos golpecitos en su puerta.

—¿Rebecca? —la llamó su madre—. Es el hermano de Joe.

—Ah, gracias —dijo, y descolgó el auricular.

Supuso que sería algo rutinario, hasta que oyó el ligero tono de angustia de su voz.

—Siento muchísimo molestarte —fue lo primero que dijo.

—¿Qué ocurre?

—El sótano se está inundando. Y no ha caído ni una gota de lluvia. No sé qué...

—¿Qué parte del sótano?

—La parte de la ventana.

—¡Maldita sea!, es la bajante principal otra vez.

—¿Qué significa? ¿Qué tengo que hacer?

—¿Estás en el piso de arriba? —le preguntó.

—Sí, estoy en la salita. ¡No sé lo que ha pasado! Bajé a meter mi ropa limpia en la secadora, había puesto una lavadora. Y directamente metí los pies en el agua, con un horrible chapoteo. ¡Como en las peores pesadillas!

Rebecca procuró que no se le notara en la voz las ganas de reír.

—Bueno, Zeb, no es tanto problema. Son las raíces del árbol que tenemos al lado, que han vuelto a taponar la tubería principal, eso es todo. El señor Burdick lo arreglará en un momento.

—¿A estas horas de la noche?

—No, habrá que esperar hasta por la mañana. Pero deberías llamarlo ahora para que sepa que lo necesitamos. Mira en mi escritorio, coge la agenda pequeña de cuero...

—¿Y si el agua sigue subiendo?

—No subirá. Únicamente, no abras más grifos de los necesarios, y trata de no vaciar las cisternas. Mañana me iré más temprano de lo que pensaba para poder estar allí cuando llegue el señor Burdick.

—Lo siento mucho, Rebecca. Quería que tuvieras un viaje sin preocupaciones.

—No estoy preocupada —replicó Rebecca—. Y tú tampoco deberías estarlo. No es un problema grave. Simplemente llama al señor Burdick, John Burdick e Hijos.

—De acuerdo —asintió Zeb—, está bien.

Se le notaba ya tranquilizado. La voz había recuperado su habitual tono grave.

—¿Qué tal va Poppy? —inquirió Rebecca.

—Bien. Se ha ido a acostar. Me ha preguntado dos veces a qué hora volvías a casa.

—Dile que... sobre las nueve de la mañana. Y díselo también al señor Burdick. No quiero que llegue allí antes que yo.

—De acuerdo, Rebecca. Gracias.

—Buenas noches, Zeb.

Colgó y alcanzó el despertador, un viejo Baby Ben que estaba parado. Primero le dio cuerda y después activó la alarma para las seis de la mañana.

Estaba convencida de que había llegado a un punto en que, más tarde o más temprano, la casa terminaría convirtiéndose en un montón de cascotes. Sólo ella conocía sus dolencias ocultas. Recordaba el día que se había mudado allí: el sobresalto que le produjo ver el piso superior, con sus camas de metal imitando la madera y sus tambaleantes estanterías de aglomerado. Los clientes ocasionales nunca sospecharían cómo se quedaban atrancadas las ventanas, cómo goteaban los grifos, ni que las paredes parecían sufrir algún tipo de enfermedad cutánea. De lejos, la casa parecía tan imponente...

Si su primer encuentro con Joe ya había presagiado el papel que a partir de entonces iba a jugar en la vida de él, pensó mientras se desnudaba, ¿acaso no había presagiado también el papel que iba a jugar en el Open Arms? Porque, al parecer, a la casa siempre le acechaba algún desastre, tanto físico como social, y Rebecca siempre, por defecto, tenía que acudir al rescate. Y no porque tuviese aptitudes especiales para ello. No era buena cocinera; no era capaz de clavar un clavo derecho; era torpe de nacimiento. Pero había ido aprendiendo paulatinamente. Se había hecho más responsable, casi mandona. «¿Es que has crecido?», le preguntó su madre en una de sus escasas visitas. «¡Te noto distinta!» Rebecca no había crecido ni un centímetro, pero reconoció que algo había cambiado. Sentía que ahora ocupaba más espacio. Su voz ahora sonaba más fuerte, incluso a sus propios oídos, y su risa se parecía más a una carcajada, mientras que antes había sido como un simple jadeo.

Desnuda en medio de la habitación donde había transcurrido su niñez, mientras se metía el camisón por la cabeza y lo dejaba caer hasta los tobillos, pensó que la Rebecca del pasado se habría quedado muda de asombro al verla ahora. La anterior Rebecca no habría reconocido a la mujer que veía en el espejo: el rostro ajado y el pelo como un manojo de copos de maíz. Le habría desconcertado la indiferencia y la apatía con que esa mujer se disponía a meterse en la cama.

Apartó la colcha y la alisó a manotazos.

Curiosamente, no le costó nada quedarse dormida. Se dio la vuelta, apartó la manta, dio otra vuelta, y Poppy estaba celebrando su cumpleaños. El Open Arms estaba atestado de invitados, las mujeres todas con miriñaques y los hombres vestidos del color gris confederado. Pero Rebecca llevaba un delantal de algodón manchado de lejía que solía ponerse para hacer la limpieza a fondo. Se miró a sí misma y exclamó «¡Ay, caramba!», con una coqueta vocecita sureña tipo Escarlata O'Hara. Entonces advirtió que uno de los invitados era Will Allenby. Se acercaba a ella sonriente, con el sombrero en la mano. No había envejecido ni un día desde la última vez que le había visto, con veinte años. Tenía la pechera cuajada de medallas y unos ceñidos pantalones de montar le moldeaban los muslos.

Abrió los ojos en la oscuridad y sintió una profunda punzada de arrepentimiento.

Cuatro

Una vida totalmente distinta, imaginaria, aquella que pudo haber sido y no fue, empezó entonces a discurrir incesantemente bajo la superficie de su existencia cotidiana.

Si no hubiese ido a la fiesta de compromiso de Amy aquella remota noche, si Zeb no la hubiese hecho reír de tal manera que durante unos instantes pareció ser una persona alegre y extrovertida, si Joe Davitch no se hubiese acercado a ella a decirle: «Ya veo que te lo estás pasando en grande», bueno, sin duda alguna ella habría seguido yendo a la universidad.

Se habría graduado con matrícula de honor.

Se habría casado con Will Allenby.

El querido Will Allenby, con sus finos bucles amarillos y su sonrisa serena, contemplativa, sus ojos casi transparentes que parecían iluminados por dentro. Rebecca descubrió con asombro que conservaba de él un recuerdo completo y detallado, como si durante todos esos años hubiese estado agazapado en espera de aparecer en el preciso momento en que ella evocara su existencia. Tenía la costumbre de pasarse los dedos por el pelo cada vez que le absorbía algún tipo de discusión intelectual, y ahora podía ver tan nítidamente aquellos dedos nudosos y ágiles (¡como los dedos de su hijo en el sueño!) y ese aspecto eléctrico de su pelo. Recordó cuánto le gustaba escuchar a Bach, cómo odiaba a las chicas que soltaban risitas sofocadas y la alergia casi física que proclamaba tenerle al color rojo.

De la nada iban surgiendo recuerdos peculiares: una reunión en el instituto, por ejemplo, en la que el Mecanógrafo más Rápido del Mundo había hecho una demostración. Rellenito, calvo, inexpresivo, se había sentado tras una diminuta mesa metálica de taquígrafo, frente al público, pero mirando por encima de sus cabezas, mientras su máquina de escribir, como por iniciativa propia, tecleaba sin pausa y escupía al suelo una hoja de papel tras otra. Will no había dejado de hablar por lo bajo durante toda la exhibición. ¿Qué pretendían demostrar con eso?, le preguntaba a Rebecca una y otra vez. La ayudante del hombre —una rubia zanquilarga, ataviada con lo que parecía ser un uniforme de camarera— comprobaba cada página y proclamaba que estaba perfecta, cien por cien exacta, tantas palabras por minuto. Pero ¿por qué habían de creerla? Desde esa distancia, las hojas igual podían haber estado en blanco. Rebecca había intentado hacerle callar, pero Will insistía. «¡Es indignante! —protestó en un audible susurro—, están haciéndonos perder un tiempo valioso para estudiar!». Ella se había molestado con él y había apartado su brazo del suyo. Ahora le agradaba recordar aquello. El recuento de sus defectos se lo hacía ver más real, más verosímil. Se recreó en el recuerdo de sus grandes dientes, cuya dureza ella solía sentir tras sus labios cuando se besaban; la torpeza de cachorro de sus abrazos; y la afectación (así lo veía ella ahora) de sus *au revoirs* al despedirse cada noche.

Cierto que no se habían acostado nunca, pero habían hablado de ello interminablemente. Por qué era mejor esperar; por qué quizá era estúpido esperar; cuáles eran los pros y los contras. Will tenía un libro titulado *Amor y matrimonio,* que había encargado porque vio el anuncio en la contraportada de una revista. Lo había recorrido con todo detenimiento de principio a fin, había estudiado todos sus diagramas: las trompas de Falopio, que parecían dos tallos de orquídea, y la postura del misionero. Se lo leía en voz alta a Rebecca y ella escuchaba poniendo una expresión con la que pretendía aparentar un tibio interés, ladeando ligeramente la cabeza, con la mirada perdida en el vacío (aunque interiormente, por supuesto, bebía cada una de sus palabras, y le parecía casi imposible creer que las parejas casadas que conocía pudiesen pasar horas juntos dedicados a cualquier otra actividad que no fuese ésa). Sí, ella y Joe tuvieron una vida sexual muy feliz, pero ahora sentía haberse perdido la experiencia de descubrir todo aquello con alguien que fuese igual de inexperto que ella. ¡Will lo hubiera hecho todo tan científicamente! ¡Tan entregado, tan cómicamente intenso!

Ella solía escribir «Will Allenby» en sus cuadernos, y también «W.A. + R.H.». Y luego, en letra muy pequeña y secreta, «Rebecca Allenby». Le molestaba el hiato que resultaba de las dos aes seguidas. «Rebecca Holmes Allenby», corrigió luego. «Sra. de Willard Allenby.»

Era de suponer que se habrían casado inmediatamente después de la universidad. Ése era uno de los pasos a dar en su plan de vida. Se habrían cambiado a otra universidad más importante y prestigiosa donde ambos pudiesen sacarse el doctorado: Will en física y Rebecca en historia de América. Podía visualizar su apartamento con tanta precisión como si también se tratase de un recuerdo: un piso destartalado pero confortable en la casa de alguna viuda, muy cerca del campus, con estanterías hechas de ladrillos y tablas, con botellas de Chianti como candelabros y una colcha de batik. Harían unas comidas muy sencillas, por ejemplo de pan y sopa, en un lado de la mesa de la cocina tras apartar algunos libros. Y todas las noches después de la cena saldrían a caminar, ellos dos solos, cogidos de la mano, comentando doctamente sus respectivos proyectos de investigación. La ciudad por la que caminaban parecía ser Baltimore y a la vez no lo era, como pasa en los sueños. Estaba más limpia y más organizada, y olía a nuez moscada recién rallada, como antes de que trasladaran la fábrica de especias a las afueras. Y en ella no había tráfico. El único sonido era el de sus pasos por la acera solitaria.

Su verdadera vida real, eso era lo que pensaba de este guión. Por oposición a su falsa vida real, con el tumulto de visitas inopinadas de parientes, de recepciones y de reparadores. Paulatinamente, se enfrascó con tal intensidad en su verdadera vida real que se tornó distante y ajena, y a veces tardaba minutos enteros en recobrarse cuando le hacían alguna pregunta. Pero nadie parecía darse cuenta.

Por el momento, su falsa vida real giraba alrededor de la boda de NoNo. Estaba señalada para el 12 de agosto, un jueves, para que no interfiriera con las celebraciones remuneradas. NoNo seguía insistiendo en que no hicieran gran cosa, pero aun así había que elaborar la lista de invitados, había que ocuparse de la familia de Barry, había que discutir el menú con Biddy. Si le hubiesen prestado atención a Rebecca también habrían hecho un ensayo, pero hasta la fecha la pareja ni siquiera tenía quién les casara. (Ninguno de los dos profesaba ningún tipo de fe religiosa.)

—No importa —seguía diciendo NoNo—, seguro que todo saldrá bien —una presunción que parecía temeraria, teniendo en cuenta que ella se había criado en el Open Arms. Y de repente, de buenas a primeras, anunció que lo único que le importaba era el jardín.

—¿El qué? —preguntó Rebecca.

—El jardín. ¿No os he dicho que quiero que la boda se celebre al aire libre?

Rebecca se quedó con la boca abierta.

Para empezar, no tenían jardín. Tenían una descuidada parcelita de apenas diez metros cuadrados, con rosales delante de la casa, sólo de adorno; y en la parte trasera un terreno un poco mayor, principalmente cubierto de malas hierbas, que llegaba hasta el muro de la cocina. Y dado que ese verano estaba siendo el más caluroso y seco que recordarse pudiera, las malas hierbas ni siquiera estaban verdes. Eran de un beis reseco y agostado, y las azaleas que plantaron bajo las ventanas del comedor se habían convertido en ramitas muertas de color marrón. Y además, ¿quién en su sano juicio iba a querer una boda al aire libre cuando la temperatura media del exterior superaba los cuarenta grados?

Pero NoNo insistía:

—Al fin y al cabo, soy florista —como si eso lo explicara todo.

—Bueno, bien —terció Rebecca—. Entonces, como florista, tal vez puedas decirme cómo conseguir un jardín medianamente decente en menos de dos semanas.

—¿Y ese chico que conoces que se dedica a cortar el césped? ¿Rock o Stone, o como se llame?

—Brick —corrigió Rebecca—. No ha venido por aquí desde principios de julio. Ya no hay césped que cortar.

—Estoy segura de que se le ocurrirá algo. Traer tierra, poner unos cuantos macetones...

Rebecca siempre había considerado a NoNo como la más fácil, la más dócil y complaciente de las hermanas. Pero ahora ya no estaba tan segura.

Y luego vino la cuestión de la comida. De repente, NoNo decidió que no quería que la preparase Biddy. Eso fue después de que Biddy tuviese ya planeado el menú y hubiese seleccionado a un grupo de camareros no pertenecientes a la familia. NoNo decía que detestaba la idea de hacer trabajar a Biddy el día de la boda de su hermana. Pero Biddy repuso:

—Yo trabajo el día de antes. Ése iba a ser mi regalo para ti y Barry. Durante la boda yo no tendría que levantar un dedo. Aparecería con mi traje de fiesta y me comportaría como cualquier otro invitado.

—Estaba pensando en la gente que se encargó de la comida en la despedida de soltera del fin de semana pasado —anunció NoNo, meditabunda—. Guilty Party, se llamaban. Tengo una copia de su menú.

Biddy miró a Rebecca y luego dijo:

—Así que resulta que por casualidad tienes una copia de su menú.

—Hacen esa comida tan buena, tan sencilla, sin complicaciones... —añadió NoNo.

Con los ojos enrojecidos, Biddy dio media vuelta y salió airadamente de la cocina. Un momento después oyeron el portazo en la entrada. Lo único que dijo NoNo fue «hum-hum-hum», un pequeño zumbido de tres notas mientras se servía otra taza de café.

No, Rebecca no estaba nada ilusionada con esta boda.

Y lo peor de todo, desde su punto de vista, era que iba a asistir Tina. La madre de NoNo, la ex mujer de Joe, acudía desde Inglaterra, donde ahora residía. Como venía de tan lejos, llegó tres días antes de la boda. Toda una caravana de coches fue a recibirla al aeropuerto —Biddy y Troy, Patch y Jeep, NoNo y Barry, y todos los niños que se encontraron a mano—, pero aun así, varios bultos de su equipaje tuvieron que viajar sobre las rodillas de los pasajeros. Viajaba como una estrella de cine, con una maleta exclusivamente para los zapatos y otra sólo para cosméticos. Y ella iba con las manos vacías, bamboleándose al frente de los sufridos cargadores, prodigando sonrisas a derecha e izquierda al entrar en la casa.

—¡Rachel, querida! —exclamó.

—Rebecca —corrigió Rebecca, dejándose envolver en un perfumado abrazo.

—¡Qué ropa tan mona! —dictaminó Tina.

Rebecca le había dedicado cierto tiempo a su vestimenta: una blusa blanca lisa, que incluso se había molestado en planchar, y una falda acampanada azul marino —muy distinta a su habitual estilo de vagabunda—, pero ahora se daba cuenta de que parecía, más que otra cosa, una azafata de vuelo entrada en carnes. En cuanto a Tina, estaba espléndida. Era alta y delgada, con una espesa melena caoba recogida en la coronilla, y con todos los rasgos fantásticamente realzados: grandes ojos de largas pestañas, labios rojos y carnosos, nariz que presumía de prominente. Con ese vestido, ceñido y vaporoso, podría haber ido directamente a la boda, pero Rebecca sabía, por anteriores ocasiones, que la indumentaria que Tina llevase a la ceremonia eclipsaría la de la propia novia. Se notaba que estaba cerca de los sesenta, pero ella convertía esos sesenta años en una edad sofisticada y sexy.

Rebecca se sumió de inmediato en una depresión. Cruzó los brazos sobre el estómago y observó inexpresiva cómo Tina revolvía en su equipaje, extrayendo lujosos regalos para todos los miembros de la familia. (Su segundo marido, ex marido ya, era un hombre muy rico.) Perfumes franceses, cristal irlandés, una brocha de afeitar de pelo de tejón auténtico para Poppy, un regimiento de soldaditos de plomo para su nuevo nieto... y para Rebecca, un delantal. El «gracias» de Rebecca sonó tan apagado que se perdió entre las voces de los demás.

A menudo se le había ocurrido pensar que la fórmula para ganarse la devoción incondicional de la familia consistía en abandonarla. ¡Había que ver cómo las hijas de Tina se apiñaban en torno a ella! Los hombres actuaban con timidez y veneración, especialmente Barry, que la veía por primera vez, y los niños estaban como alelados. Hasta Min Foo, que no tenía ningún vínculo familiar con ella, la recibió con una anhelante mirada de expectación.

—¡Minerva, cielo! —gritó Tina, estrechándola entre sus brazos, y a continuación le dio un par de alfileres de marfil tallados para su moño. Tina no utilizaba jamás diminutivos: con ella siempre eran Minerva, Bridget, Patricia, Elinor. A Rebecca eso le parecía bastante revelador. Aquí la clave residía en el distanciamiento: Tina era esa mujer seductora y misteriosa cuyos contornos no habían podido desdibujar las constantes y mezquinas abrasiones del contacto cotidiano.

—Bueno —anunció Rebecca—, iré a ocuparme de la cena.

Nadie se ofreció a ayudarla.

En la cocina, Alice Farmer estaba partiendo tomates. Su cara angulosa de un negro azulado solía ser inescrutable, pero ahora sus cejas, sardónicamente enarcadas, no dejaban lugar a dudas.

—Viene aquí a esconderse, ¿verdad? —le dijo. (Llevaba trabajando en la casa el tiempo suficiente como para haber presenciado varias visitas de Tina.)

—Me dan ganas de irme a cenar a una hamburguesería —le respondió Rebecca—. ¡Que se las apañen ellos con su dichosa cena!

Alice Farmer soltó una risa que más bien parecía un bufido y le tendió una bolsa de mazorcas de maíz para que les quitara las hojas.

Rebecca se preguntaba cómo habría actuado Joe en esa situación. Nunca había tenido oportunidad de verlos juntos. (Las dos mujeres se conocieron en su funeral, probablemente un encuentro poco ordinario, aunque Rebecca estaba demasiado abrumada por el dolor para advertirlo.) Desde luego ella le había interrogado sobre Tina durante su noviazgo.

—Supongo que será muy atractiva —había aventurado Rebecca.

—Desde luego, si a uno le gustan ese tipo de mujeres —le había respondido Joe.

—Y debe de tener una voz preciosa.

—¿Tina? Tiene voz de grajo.

—Pero ¿no es cantante de cabaré?

—*Supuesta* cantante. Lo de cantante es un decir.

Rebecca sintió un alivio que debió de ser visible, ya que Joe le sonrió y dijo:

—¿Es que te has estado calentando la cabeza por su culpa?

—Al fin y al cabo, decidiste casarte con ella —le recordó.

—Resulta que estaba embarazada, Beck.

—Bueno...

—¿Crees que nos habríamos casado si no hubiese sido por eso? ¿Por gusto suyo o mío? No éramos felices juntos. Al final del tercer embarazo, contaba los días que le faltaban hasta el parto para poder marcharse.

Pero, ahora, Rebecca oía desde la cocina las risas de las chicas, más fuertes de lo habitual, y más alegres. Cualquiera creería que tenían la madre más amorosa del mundo.

Arrancó las barbas a una mazorca y volvió a sumirse en sus divagaciones sobre su verdadera vida real, en la que Will y ella tenían un hijo juntos, un hijo biológico. Pongamos que era varón (¡las chicas son tan complejas!). Un chico como el del tren. Le habrían puesto un nombre distinguido: Ethan o Tristam. Algo que no se pudiese abreviar fácilmente. Sería un chico solemne, incluso desde muy pequeño: un bebé observador y centrado, que se conformaba con estar sentado largo rato, estudiando lo que le rodeaba. Un niño callado. Un chico investigador. De esos que son capaces de desmontar un reloj por pura curiosidad científica. «¡Tristam! ¿Qué has hecho?», le preguntaría al ver un montón de ruedecillas desmontadas. Pero en el fondo se sentiría orgullosa de él.

Le compraría —Will y ella le comprarían— libros sobre dinosaurios y sobre la Atlántida, y sobre la niñez de Thomas Edison. Quizá deberían comprarle un viejo aparato de música en una tienda de segunda mano, y más adelante una tostadora o una radio, algo roto con lo que pudiera ejercitarse y que al final conseguiría arreglar, para sorpresa de todos.

Probablemente le costaría un poco hacer amigos. Ella tendría que afrontar ese hecho. Nadie es perfecto. Los maestros de primaria les enviarían las notas: sobresalientes en las materias académicas, pero sólo aprobados en educación física, y una nota en la que observaban que carecía de espíritu de equipo. Que no rendía mucho en los proyectos de grupo. Que experimentaba ciertas dificultades para relacionarse con sus compañeros.

Ella asistiría a una reunión y asentiría, y mostraría su preocupación, y luego procuraría ocultar la satisfacción que la embargaba cuando el maestro terminaba diciendo: «Aparte de eso, por supuesto, su hijo es una joya. Ningún otro de mis alumnos es tan brillante ni tan creativo como Tristam».

—Bueno, sí, siempre ha sido muy... —murmuraría ella, mirando modestamente hacia abajo.

Su único amigo en el instituto sería un muchacho obsesionado por los ordenadores. Pasarían fines de semana completos encerrados en el cuarto de Tristam, construyendo algo incomprensible con cable eléctrico y un viejo televisor destripado. Rebecca llamaría a la puerta y les ofrecería galletas; Tristam diría: «¿Eh?

Ah, gracias». Y ella se quedaría un momento en el umbral de la puerta aspirando el olor a aceite de motor y a zapatillas sudadas. No le importaría en lo más mínimo que su hijo no le prestase la menor atención. Sabía que había alcanzado una etapa en que tenía que empezar a despegarse de ella.

Sabía que en el fondo siempre la iba a querer.

—Páseme las mazorcas, ¿quiere? —le pidió Alice Farmer—. ¿Señora Davitch? El agua está hirviendo. ¿Me da las mazorcas, por favor?

Rebecca se limitó a mirarla, parpadeando.

Había tantos comensales para la cena que los niños tuvieron que sentarse aparte. Esto causó varias discusiones, porque algunos de ellos —los que iban para adolescentes— se sentían lo bastante mayores para comer con los adultos. Y no sirvió de mucha ayuda que Tina dijese una y otra vez:

—¡Pues claro que eres lo bastante mayor! ¡Ven y siéntate a mi lado!

Al final Rebecca tuvo que intervenir.

—Tina —terció—, en esta mesa caben doce, y somos doce adultos. A los siete niños los voy a poner a cenar en la cocina.

Tina se encogió de hombros y dedicó a los chicos una mirada de conmiseración con los labios fruncidos. Luego dio unos golpecitos en la silla que tenía a su derecha y dijo:

—Bueno, Barry, entonces siéntate tú a mi lado. Y Hakim aquí, en este otro lado. (Los dos hombres más guapos de todos los presentes, como quien no quiere la cosa.)

—¡Siete nietos! —añadió en dirección a Rebecca—. ¡Entre tú y yo casi podríamos formar un equipo de béisbol!

Una parte de Rebecca se sintió halagada; Tina tenía una capacidad de inspirar confianza e intimidad que Rebecca siempre encontraba seductora. Pero la otra parte deseaba contestar que Tina no tenía ningún derecho a reivindicar a los dos hijos de Min Foo. Le dedicó una sonrisa de cortesía y luego se sentó deliberadamente entre sus dos favoritos, Troy y Zeb, aunque su sitio habitual era junto a Poppy. Poppy estaba cerca del extremo de la mesa, pidiendo sin parar que alguien apagara las luces del salón. Pero nadie se ofreció voluntario. Todos se disputaban la atención de Tina, y las chicas la llamaban «madre» más veces de lo necesario, formando la palabra en sus labios con cierta torpeza y timidez.

Era patético recordar que en una ocasión, al poco de casarse, Rebecca había sugerido a las niñas que la llamasen «mamá». «Pero tú no eres nuestra madre —habían objetado ellas—, eso sería una mentira». Claro, los niños siempre tan apegados a la verdad literal y absoluta. (Hacía unos días, para presentarle al fontanero a Peter, Rebecca había dicho: «Le presento al hijastro de mi futura hijastra, digo, al futuro hijastro de mi hijastra, o sea, mi futuro nieto político». El señor Burdick había puesto unos ojos como platos. Seguro que le había parecido poco cariñoso por su parte no haber llamado al niño simplemente su nieto. Pero Rebecca sabía por experiencia que Peter podía perfectamente contradecirla y hacerla quedar como una mentirosa.)

Apareció Alice Farmer, imponente y majestuosa, llevando muy en alto una bandeja de pasteles de cangrejo.

—¡Vaya, Alice! ¿Sigues estando con nosotros? —exclamó Tina.

La frase le produjo a Rebecca una malvada satisfacción, porque Alice Farmer detestaba que se dirigieran a ella con cualquier otro apelativo que no fuese su nombre y su apellido completos. Era una de sus manías. Alice Farmer depositó la bandeja frente a Rebecca y dirigió a Tina una mirada larga e inexpresiva, con los párpados entornados, y finalmente salió de la habitación.

—Si yo fuese Tina, contrataría a un catador antes del siguiente plato —murmuró Zeb entre dientes.

Pero Tina ya había cambiado alegremente de tema de conversación y abordaba el de la boda. Le preguntaba a Barry cómo se habían conocido NoNo y él, dónde se le había declarado, qué tipo de ceremonia habían planeado. Hacía las preguntas bajando la entonación al final de cada frase, como hacen los ingleses: «¿Y no va a hacer un calor espantoso en el jardín?». Y, al parecer, en algún momento de los largos años pasados en el extranjero, había perdido la capacidad de pronunciar las erres: *«jáadin»* era más bien lo que decía. Rebecca decidió dejar de ser tan crítica.

—¿Te apetece un pastel de cangrejo? —le preguntó a Troy, pero por desgracia la pregunta le salió con el mismo deje inglés al final. Troy reprimió una risotada. Rebecca dejó caer en su plato un pastel de cangrejo, evitando deliberadamente su mirada.

—Por fin hemos encontrado a alguien que oficie nuestra boda —le estaba contando Barry a Tina—. NoNo y yo estábamos en un restaurante el otro día, comentando cómo íbamos a encontrar a alguien que nos casara, y nuestra camarera nos dijo: «Bueno, podría hacerlo yo». Resulta que tiene no sé qué licencia que obtuvo por correspondencia. Absolutamente legal, según ella. Una señora muy amable. Dice que nos casará gratis.

Esto era nuevo para Rebecca. Lo único que había oído era que la boda la celebraría una mujer. Se había imaginado a alguna magistrada vestida con una amplia túnica negra como esa Sandra no sé qué del Tribunal Supremo. Ahora surgía una visión totalmente distinta: una persona con un deprimente uniforme de nylon rosa y una redecilla en el pelo.

—Bueno, ¿y por qué no? —exclamó alegremente Tina—.
Todo es una gran charada, de todas formas, ¿no es así? —le preguntó a Hakim. Él le devolvió una deslumbrante sonrisa—. No
es más que un primitivo ritual tribal —prosiguió—, concebido
para hacernos olvidar que estamos simplemente propagando la
especie. ¡Cuando pienso en todo lo que habría podido alcanzar
yo si no me hubiese molestado en casarme! Es como para echar-
me a llorar.

—¿El qué? —inquirió educadamente Zeb.

—¿Cómo?

—¿Qué habrías podido alcanzar?

—Bueno, eso tendrías que preguntárselo a mi profesora de
canto. Se quedó destrozada cuando me casé con Joe. Absolutamente destrozada. «Querida —me dijo—, estás tirando al tras-
te un don de Dios, nada más que para entrar en una institución
inventada por los varones para su propio interés». Y tenía razón, ahora lo sé. Bueno —añadió, volviéndose hacia Hakim para
dedicarle una sonrisa radiante—, a las mujeres puede resultar-
les útil el matrimonio durante el corto periodo del embarazo.
Pero, conforme pasan los años, las mujeres necesitan cada vez
menos a sus maridos, mientras que sus maridos las necesitan
cada vez más a ellas. Los hombres esperan de ellas que les es-
cuchen, les admiren, el «sí, cariño, qué increíble eres», las comidas equilibradas, las camisas limpias y los suelos encerados, y
más adelante el control de la tensión, el régimen bajo en sal,
y luego que les cojan de la mano cuando se jubilan y ya no sa-
ben qué hacer con sus huesos. Y mientras, las esposas anhelan
ser libres. Empiezan a acudir a comidas entre amigas y a reuniones de algún club de lectura y a viajes de aventuras sólo para
mujeres.

—Magnífico, Tina —intervino Zeb—. Desde luego, sabes
exactamente qué decirle a una pareja a punto de casarse.

Los demás se echaron a reír, algunos con cierta inseguridad, opinó Rebecca. Pero Tina alzó la barbilla y le replicó:

—Por lo que veo, tú no has tenido ninguna prisa en casarte.

—No, supongo que no —admitió—. Todavía sigo esperando a Rebecca.

Rebecca le dirigió una sonrisa de agradecimiento, pero Tina no pareció darse por enterada.

—No, en serio —añadió para los demás—, tenéis que admitir que el amor es un desperdicio. Resulta caro, poco práctico, es una pérdida de tiempo, lioso...

Volvieron a reír, esta vez más abiertamente. Debían de suponer que estaba bromeando. Vaya con Tina, qué cómica era.

Pero Rebecca no creía que Tina estuviese bromeando. O no del todo. Sospechaba que estaba expresando exactamente lo que sentía.

Lo gracioso era que ella también sentía lo mismo en algunos momentos. Echó una mirada circular a ese revoltijo de familiares y parientes políticos: los niños que llegaban de la cocina a quejarse de alguna injusticia, Poppy que anunciaba su fiesta de cumpleaños por milésima vez, Peter lamentablemente cabizbajo, al margen del grupo...

Y pensó en la vida sencilla y transparente que habría podido llevar de no ser por el amor.

«Llamar al fotógrafo», se recordó a sí misma antes de dormir. «Llamar a NoNo para preguntarle qué tipo de música quiere. Recoger el traje de Poppy del tinte.»

Sabía que debería encender la lámpara y hacer una lista, pero estaba demasiado cansada. En su lugar, intentó visionar la lista en el techo, un truco mnemotécnico que en realidad nunca funcionaba. «Preguntarle a Dixon si después de la boda puede llevar en coche a Alice Farmer a su casa», añadió. Buscó con el pie otra zona más fresca entre las sábanas. «Averiguar si Barry...»

Luego perdió el hilo de sus pensamientos y permaneció con los ojos abiertos en la oscuridad.

Imaginarse su hipotética vida incluyendo también los aspectos negativos la hacía más real. Will, por ejemplo, habría sido un adicto al trabajo. Era la típica persona que se quedaría hasta tarde en el laboratorio y respondería con monosílabos cuando tenía la mente puesta en su investigación. Allí estaría ella, sirviéndole una cena deliciosa, luciendo alguna cosa sexy, rozándole la nuca con los dedos mientras le llenaba la copa de vino, y él diría: «¿Sabes? Creo que ya he averiguado dónde me equivoqué en el último experimento».

Y en cuanto a Tristam, nunca superaría del todo su inadaptación social. Will y ella siempre estarían un poco preocupados por él. Aunque profesionalmente tendría mucho éxito, consiguiendo algún logro científico que ella ni siquiera podría aspirar a entender, seguramente no se casaría hasta bastante tarde. Tendería a perder la cabeza por rubias exuberantes y superficiales que nunca le corresponderían. (Había que ser capaz de ver más allá de su seriedad, su timidez y su torpeza.) Al igual que su padre, daría la impresión de estar un poco fuera de su contexto cultural.

—Ay, a veces las cosas no son fáciles —les comentaría Rebecca a sus amigas.

—No puedo creer que le vayas a permitir a Poppy que proponga un brindis en la boda —le dijo Tina—. ¿No me estará oyendo, verdad?

—No, está arriba, en su habitación —contestó Rebecca—. Hace horas que desayunó.

Esperaba que Tina captase la indirecta —eran más de las nueve de la mañana—, pero a Tina le pasó totalmente desapercibida.

—¡El pobre es una verdadera calamidad! —prosiguió—. Parece que sólo le queda una décima parte del cerebro, todas y cada una de sus células dedicadas exclusivamente al paladeo de golosinas.

Rebecca nunca había oído a nadie hablar del paladeo en una conversación normal y corriente. Se preguntó si a Tina también se le habría pegado esa palabra de Inglaterra. Permaneció tanto tiempo divagando sobre ello junto al hornillo de la cocina, mientras observaba cómo un trozo de mantequilla se derretía y empezaba a chisporrotear, que Tina chasqueó la lengua con impaciencia y se adelantó a coger la caja de los huevos.

—Por Dios, pero ¿qué clase de broma es ésta? —exclamó al levantar la tapa. Lo que tenía ante los ojos era una doble fila de cáscaras de huevo. Rebecca siempre volvía a poner las cáscaras en la caja cuando cocinaba. De hecho, creía que todo el mundo lo hacía. Eso es lo que pasa cuando las visitas se quedan varios días en tu casa: te obligan a ver tu vida desde fuera, a darte cuenta de que, pensándolo bien, resulta un poco grotesco tener una caja llena de cáscaras vacías. Pero aún quedaban dos huevos intactos, los cogió y los cascó en el borde de la sartén.

—En cuanto a la fiesta de cumpleaños —prosiguió Tina—, ¡no sé cómo se te ocurre siquiera! De todas formas se le olvidará que la habéis celebrado al medio minuto de terminarse. Y piensa en su conversación: machacará los mismos temas una y otra vez. Va a volver locos a todos sus invitados.

Rebecca también sospechaba que Poppy no se iba a acordar de la fiesta después de celebrarla. Todo su esfuerzo no iba a servir para nada. Pero replicó:

—No importa: se lo recordaremos.

—Sería más sencillo no hacerla y convencerle de que sí la habéis celebrado.

—Además —repuso Rebecca, revolviendo los huevos pensativamente—, el hecho de que sea repetitivo puede también llegar a ser interesante. Aparecen detalles nuevos, otros puntos de vista sobre las historias de siempre. A veces termino aprendiendo algo.

—Para lo que eso sirve —objetó Tina—. Ya era un poco pesado cuando vivía la tía Joyce, pero ahora, ¡santo cielo! Creo que ella le tapaba los fallos más de lo que nos imaginábamos.

—Bueno, ¿quién sabe? Tal vez habríamos dicho exactamente lo contrario si fuese él quien hubiese muerto —opinó Rebecca—. Tal vez entre los dos formaban una pareja que funcionaba bien, y cualquiera que hubiera sido el que nos dejase primero, el otro se habría quedado... como sesgado, o cojo, por así decirlo.

Hubo un corto silencio, durante el cual Rebecca apagó el fuego y llevó la sartén a la mesa. Sirvió los huevos en el plato de Tina, dejó la sartén en el fregadero y le preguntó:

—¿Café? ¿Té?

Sólo entonces, al darse la vuelta, se percató de que Tina la estaba observando con suma intensidad.

—¿Qué? —inquirió.

—¡Oh, nada! —dijo Tina. Se sentó a la mesa, recogiéndose la larga falda por detrás. (Como las heroínas de las películas antiguas, llevaba una bata de satén hasta los pies para desayunar)—. Café, por favor. Tú también te has debido de sentir un poco coja todos estos años.

—Bueno...

—No tienes ningún... digamos amigo, supongo.

—Oh, no —afirmó Rebecca. Se sirvió una taza de café y se sentó frente a Tina.

—Haces bien: ¿para qué ibas a quererlo? —le dijo Tina—. No son más que un estorbo.

Eso le pareció a Rebecca inesperadamente amable. Se sentó frente a Tina y dijo:

—No es eso exactamente...

—¡Y después de haber cuidado a Joe Davitch como a un niño! —prosiguió Tina—. No me extraña que necesites un descanso. Dios, los Davitch en general son un hatajo de cargantes. Son capaces de agobiar realmente a cualquiera.

—Bueno, yo no...

—Cada vez que pienso en la madre de Joe, la imagino a punto de echarse a llorar. Acuérdate de cómo le temblaba la barbilla, cómo se le estremecía el labio inferior. Qué irónico que su profesión consistiera en organizar fiestas. Me refiero a que el simple hecho de que los techos de tu casa tengan más de cuatro metros de altura no te convierte automáticamente en una alegre mariposa en sociedad, ¿verdad? Nunca se me olvidará lo que en cierta ocasión oí que le decía a una vieja amiga: «Me caes bien, Ginny —le dijo—, ¿pero es realmente necesario que nos veamos?».

Rebecca sonrió, evocando el eco pasado de la vocecita plañidera de su suegra.

—¡Y cuando el padre de Joe se tomó las pastillas —prosiguió Tina—, sin dejar ni siquiera una nota! Debe de haber una especie de cromosoma de la depresión o algo así, por ambas partes de la familia.

—Bueno, pero *a veces* eran felices —repuso Rebecca, porque en ese momento preciso estaba pensando en la fiesta de su vigésimo cumpleaños, con toda aquella gente cantando alrededor de la mesa.

—Y luego la tía Alma, la hermana de su padre —añadió Tina—, que cada dos por tres ingresaba en Sheppard Pratt para hacer curas de reposo. ¡Y no digamos el primo Ed! ¡Mira que tirarse delante de aquel autobús!

Rebecca detestaba que Tina alardeara de lo bien que conocía la vida de los Davitch. Ella nunca había oído hablar del tío Ed, y creía que las curas de reposo de la tía Alma eran un secreto que la madre de Joe le había confiado sólo a ella.

—Sí, pero en todas las familias... —aventuró.

—¡Y cómo conducía Joe! Esos giros temerarios a la izquierda, ¡no me digas que no eran suicidas! Se metía directamente entre el tráfico que venía de frente. Más de una vez escondí la cabeza debajo del salpicadero, y apuesto a que tú también viste esa experiencia. ¿O acaso sólo lo hacía conmigo?

No, también lo había hecho con Rebecca.

Cuando eran novios, no se alarmaba por ello. Entonces era tan confiada... Recordaba haber ido junto a él en el coche como extasiada, con la mano derecha de Joe en su regazo mientras él, con una sola mano, viraba de golpe frente a dos carriles de coches lanzados a la carrera. Pero luego se volvió más temerosa, sobre todo después del nacimiento de Min Foo. Incluso habían tenido un par de discusiones al respecto. «¿Quién es el que conduce, tú o yo?», le espetó él, y ella había replicado: «Sí, pero a fin de cuentas también se trata de mi vida, mi vida y la de las niñas. ¡Tengo derecho a protestar!».

—¿No te parece que ese comportamiento es típico de alguien que quiere quitarse de en medio? —le preguntaba ahora Tina.

Por una vez el tono interrogativo estaba presente al final de la frase, a la americana. Pero aun así Rebecca no contestó.

—En cualquier caso —dijo finalmente Tina—, por lo menos no ibas con él la noche del accidente —echó un vistazo circular a la mesa—. No tendrás zumo de naranja...

—Puede que haya en la nevera —dijo Rebecca sin moverse.

—¡Ah!

Tina aguardó un momento. Luego dijo:

—Ya lo cojo yo —y retiró la silla para levantarse. La bata acompañaba sus pasos por el linóleo con un susurro como de arena deslizándose por un tamiz.

Era verdad que Rebecca había percibido algunas veces que bajo la aparente exuberancia de Joe yacía soterrada otra cualidad distinta, apenas un atisbo de algo parecido a la desesperación. En alguna ocasión le había parecido detectar un tono vacío en su voz, una jovialidad forzada al recibir a sus invitados. ¿O será que en todo matrimonio uno termina por saber más de la cuenta sobre la otra persona? (El verdadero significado de ese movimiento brusco de hombros, o de ese latido en la sien.) Una o dos veces, después de alguna fiesta, lo había encontrado a oscuras en el salón, desplomado en una silla y mirando al vacío. «¿Joe? ¿No vienes a la cama?», y él había sacudido fuertemente la cabeza y se había levantado con gran esfuerzo.

Había sentido en algunos momentos —pero no siempre, y no por mucho tiempo— que ella le arrastraba a través de una invisible ciénaga, y que Joe quedaba rezagado mientras ella, para compensar, avivaba sus reflejos y su energía. «¿Ves lo fácil que es? ¡Saldremos de esto en nada de tiempo!»

Salieron adelante cuando el ataque de apoplejía de la madre de Joe y la muerte de la tía Joyce, y cuando Poppy se mudó a su casa. Sobrevivieron a la continua amenaza de quiebra económica —grandes huecos en el libro de reservas, penosas llamadas de acreedores. Salieron adelante también cuando murió la madre de Joe y cuando estuvieron a punto de perder a Patch por una apendicitis.

Pero también vivieron buenos tiempos. El nacimiento de Min Foo. La adaptación gradual de las mayores a Rebecca. El ingreso de Zeb en la facultad de medicina. Pequeños placeres de la vida cotidiana, como una nevada de una ligereza perfecta en una noche diáfana de diciembre, o el son de las canciones de las niñas saltando a la comba en el jardín, una tarde de verano.

«Sí, claro, cariño», admitía él cuando Rebecca le señalaba esos momentos, y entonces solía rodearla con el brazo y atraerla hacia él. Pero, incluso entonces, era posible detectar en sus ojos una pequeña nube, como si estuviese escuchando alguna voz interior que Rebecca no podía oír.

Estaba convencida de que sí la amaba. Pero a veces no podía evitar sentir que amaba más a esa vocecilla interior.

¿Le habría decepcionado? Era su mayor preocupación. No perder de vista la primera imagen que había tenido de ella: la de la chica que, de todos los invitados, era la que más se divertía en la fiesta. Joe se había aferrado obstinadamente a esa imagen, con la esperanza, sin duda, de que su felicidad fuese contagiosa. Y no había sido así. Además, en realidad ella no era ni más ni menos feliz que la mayoría de la gente que conocía.

—Esta casa es como una máquina del tiempo —saltó Tina cuando Rebecca menos se lo esperaba.

Rebecca se sobresaltó, preguntándose si serían tan transparentes sus pensamientos. Pero Tina deambulaba por la cocina sin prestarle atención.

—El mismo fregadero de bordes redondos que cuando yo vivía aquí, sólo que quizá un poco más amarillento. Los mismos armarios de madera pegajosos. Los mismos vasitos de plástico impresentables —y alzó su vaso de zumo de naranja para ilustrar sus palabras—. La misma puerta-mosquitera herrumbrosa y floja —añadió, volviéndose para mirar a través de la misma—. ¡Oye! ¡Parece que hay un joven alfombrando el jardín de atrás!

—¿En serio? —preguntó Rebecca. Se levantó y se acercó a comprobarlo. Pues sí, ahí estaba Brick Allen, bronceado

y musculoso, luciendo por toda vestimenta un pantalón corto y unas botas, y desenrollando lo que parecía ser una alfombra verde de pelo largo—. Es césped —le dijo a Tina—; lo estamos poniendo para la boda.

—¡Qué americano, un césped instantáneo! —opinó Tina.
Abrió la puerta y gritó—: ¡Qué impresionante!

Brick levantó la cabeza para ver quién había hablado. Envolvió a Tina con la mirada: su bata tornasolada, la curva de su
cadera apoyada en el marco de la puerta, y dijo:

—Bueno, gracias. He estado haciendo pesas.

Hubo una imperceptible pausa, y luego Tina soltó una gran
risotada, volviéndose para compartirla con Rebecca. Pero Rebecca no se rió.

Estaba pensando que, si hubiera sido lista, le habría confe-
rido tanto significado a la conducta de Joe la primera noche
como él le había otorgado a la suya. «Adiós», le había dicho.
Así de fácil.

Nada de *au revoir,* simplemente adiós.

¿Y si un día fuese andando por la calle y, de repente, al volver
una esquina, se topase nada menos que con Will Allenby? Tendría el mismo aspecto de siempre, sólo que algo mayor. (Tras
pensárselo un rato, le encaneció el pelo y le dibujó dos finas y
atractivas líneas en las comisuras de los labios.) «¿Rebecca?»,
preguntaría. Se detendría. La miraría. «¿Rebecca Holmes?»

Habría tenido la buena idea de no casarse; o se habría casado, pero habría encontrado a su mujer carente de algo, nunca
a la altura del recuerdo que consevaba de Rebecca, y ahora estaba divorciado y vivía por allí cerca, digamos que en una de esas

torres de apartamentos de lujo que daban al puerto. ¿Y qué? ¡No era tan inverosímil!

Lo que pudo haber sido fue convirtiéndose imperceptiblemente en lo que aún podría ser, una fantasía mucho más satisfactoria. La invitaría a una cena íntima. Rebecca llegaría con una botella de vino y se sentarían a una mesa junto al ventanal, con las luces de los barcos centelleando como estrellas a sus pies, y el anuncio de Domino Sugars luciendo en la distancia.

—Dime, Will... —empezaría a decir Rebecca.

Pero él posaría una mano sobre la suya y le diría:

—¿No nos conocemos los dos lo suficiente como para no tener que caer en charlas intrascendentes?

Y tenía razón, así era. Encajaban perfectamente, ambos tan serios y cerebrales y poco sociables, contentos con pasarse las veladas leyendo en el sofá. A veces irían al teatro o a algún concierto. ¡Hacía años que no asistía a un concierto! Sería fantástico caminar por el patio de butacas cogiendo a alguien del brazo; alguien que le quitaría el abrigo con ademanes protectores y acariciantes cuando se sentasen; alguien que apoyaría el hombro contra el suyo mientras escuchaban la música.

—¿Dónde está Beck? —se preguntarían las chicas.

—Creo que ha salido con alguien.

—¡Sale con alguien!

En ese momento ella aparecería por la puerta, luciendo una misteriosa sonrisa, con los labios ligeramente aplastados, como si alguien la hubiese estado besando.

La Universidad de Macadam tenía ahora una larga lista de números de teléfono, cuando antaño disponía de uno solo. «¿Con administración?, ¿con matrículas?, ¿con antiguos alumnos?», ofreció el operador. «Con antiguos alumnos», pidió Rebecca con una voz que ya sonaba trémula. Y cuando se comunicó con la oficina de antiguos alumnos, sintió que el corazón se le aceleraba. «Quisiera preguntar la dirección de uno de mis antiguos compañeros de clase», dijo, crispando la mano sobre el auricular. Sintió alivio cuando pasaron la llamada a otra oficina. Disponía de un momento para recuperarse.

Tina se había llevado a sus hijas a comer fuera, y Poppy estaba echándose la siesta. Era la única oportunidad que tendría en todo el día de disfrutar de un poco de intimidad. Estaba sentada en el filo de la cama, a escasos centímetros del borde, con la cabeza inclinada sobre el receptor y la mano libre sobre la boca, protegiendo sus palabras.

Una mujer mayor preguntó:

—¿En qué puedo ayudarla?

—Por favor, quisiera la dirección de un alumno de la promoción del sesenta y ocho. Su nombre es Will Allenby.

Necesitó tanto aire para decirlo (le fallaba la respiración, al parecer), que terminó con una boqueada. Gracias a Dios, pensó, la siguiente espera sería sin duda alguna más larga. Pero instantáneamente la mujer preguntó:

—¿El doctor Allenby?

—Bueno, sí, supongo que él...

—El doctor Allenby está aquí.

Rebecca soltó un gritito de angustia que sonó como un graznido.

—Me refiero a que está aquí, en Macadam —puntualizó la mujer—. Es el jefe del departamento de física.

—¡Oh! —exclamó Rebecca con una voz que seguía desajustada.

Afortunadamente, la mujer añadió:

—Espere, que voy a buscar el directorio —y posó ruidosamente el receptor.

Rebecca se aclaró la voz y se enderezó. Advirtió que el ventilador del techo iba arrastrando pelusas de polvo al girar, jirones de pelusas, verdaderas serpentinas de pelusa.

—Aquí está —anunció la mujer—, Linden Street, 400.

Rebecca se cambió el receptor a la mano izquierda y anotó la dirección. La letra le salió tan temblona como la de Poppy. Anotó los números de teléfono del despacho y de la casa de Will —evidentemente, Macadam era una ciudad lo suficientemente pequeña como para que la gente no tuviera paranoias con estas cosas.

—¡Muchas gracias! —exclamó en un tono que esperaba que sonase jovial—. ¡Adiós! —y colgó.

En Linden Street era donde vivían los profesores de dedicación plena, los profesores titulares, bien instalados, con buenos salarios y familias consolidadas.

Will debía de tener familia.

¿Cómo había podido pensar que seguía solo, sentado ante la mesa de aquella biblioteca, con sus libros aún desplegados delante de él?

Arrancó la página de la agenda y la dobló una y otra vez hasta convertirla en un pequeño rollito de papel. Durante unos breves instantes, sintió un irracional impulso de masticarlo y tragárselo; sin embargo, lo que hizo fue ocultarlo debajo del teléfono. Luego se levantó, se alisó la falda y bajó las escaleras.

Para cuando llegó la tarde anterior a la boda, Tina ya había perdido un poquitín de popularidad entre sus hijas. Siempre era así, según recordaba ahora Rebecca. Surgían malentendidos, se herían los sentimientos de uno u otro por el lógico descuido que procede del roce continuo durante varios días. Patch, por ejemplo, sentía que Tina no era lo suficientemente amable con Jeep. Y no sólo eso: estaba siendo demasiado amable con Barry. Lo que ocurría era que Patch había abrigado grandes esperanzas de que su madre desbaratara la boda. Con su desenvoltura de mujer de mundo, Tina vería a Barry como el caradura que era y, entonces, como por arte de magia, disuadiría a NoNo de que se casara con él. Pero en cambio, dijo Patch, Tina no cesaba de adularle; se había puesto en ridículo delante de él, comportándose de forma indignante, colgándosele del brazo a la menor oportunidad y soltándole su risa ronca en plena cara, sin reparar siquiera en la silla que Jeep le ofrecía en la mesa, y eligiendo en cambio, deliberadamente, otro asiento alejado de Jeep y al lado de Barry.

—¡Precisamente Barry! —señaló Patch a Rebecca (Se había pasado un momento para dejar a la más pequeña de sus hijas)—. Estamos hablando de un hombre que hace llamadas con el móvil durante la cena. Que llama a su propio contestador para dejarse mensajes. Que dice cosas como: «No olvidar los zapatos de vestir en el armario de atrás», ¡justo a la mitad del chiste que estaba contando Jeep!

—Oh, cariño, Barry no lo hizo... Tu madre no quería herir a nadie... —dijo Rebecca.

Aunque no pudo evitar sentirse culpablemente complacida.

Luego Tina le sugirió a Peter que acompañara a los recién casados en su luna de miel.

—Piensa un poco —le dijo—, pretenden dejarte en este mausoleo todo el fin de semana con Rebecca, ¡prácticamente una extraña! Yo no sé tú, pero yo jamás lo consentiría. Ahora los tres formáis una familia, díselo. Tú también mereces ir.

Aunque no era probable que fuera a seguir sus consejos —simplemente sonrió con inseguridad, mirándose los zapatos, y luego lanzó una rápida ojeada hacia su padre—, NoNo se disgustó de todas maneras.

—¡Tú no tienes ni idea de nada! —le espetó a Tina con la voz sofocada y temblorosa—. Barry y yo tenemos sólo tres días, tres cortos días: viernes, sábado y domingo; es lo único que pido, y ahora tú tienes la caradura de decir...

—¡Está bien! ¡Está bien! ¡No me hagáis caso! —proclamó Tina, alzando sus dos manos llenas de sortijas—. ¡Yo aquí no soy más que el último mono!

Luego se volvió hacia Peter y se encogió de hombros, como diciéndole que simpatizaba con él y que ella lo había intentado.

La escena tuvo lugar en la salita del piso de arriba, porque abajo tenían una recepción de pago. Un hombre había contratado todo el espacio abierto al público, los dos salones y el comedor, sólo para declararse a la mujer que quería. Evidentemente, el Open Arms era donde se habían conocido, en algún acto de tipo benéfico. Los detalles, dijo, los dejaba en manos de Rebecca, pero él quería que fuese una ocasión formal y solemne, con camarero de esmoquin, una cena de cuatro platos y un violinista que tocase entre las mesas. Así que Rebecca contrató a Dixon, que estaba tan elegante con su traje de alquiler, aunque era una lástima que ya hubiera empezado a crecerle un amago de barba a lo largo de la quijada, tan escasa que apenas merecía la molestia de afeitársela; y le pidió a Biddy que preparase la comida y a Emmy que tocase el piano, ya que no conocía a ningún violinista. Emmy era diligente, si no muy inspirada: se sentó ante el viejo piano con su camiseta sin mangas, su minifalda y sus cerca de quince pendientes, y punteó unos estudios de Chopin mientras la pareja sorbía champán en el sofá del salón principal. El hombre era canoso y corpulento, con una cara de querubín brillante de sudor pese a que el aire acondicionado estaba funcionando tan fuerte que apenas se oía tocar a Emmy. La mujer también era canosa, pero muy guapa, dulce y elegante, y llevaba un vestido azul marino impecable y unos diminutos zapatos azul marino con tiras en el empeine. Rebecca pudo observarlo todo porque se inventó varias excusas para bajar a ver cómo iban las cosas. Primero entró en el salón para darles la bienvenida, y luego para decirles que los aperitivos se iban a servir en el otro salón (ya que sería una lástima no aprovechar todo el espacio que habían reservado), y luego para anunciar la cena. Tenía la impresión de que la mujer no sabía bien qué pensar. A su llegada había preguntado dónde estaban los demás invitados, y ahora no dejaba de dirigirle a Rebecca unas sonrisas ansiosas e interrogantes como si fuese dura de oído, aunque evidentemente no lo era.

—Es un enorme error —susurró Biddy en la cocina mientras partía palmitos—. Una pedida de mano tan poco íntima. ¿Y si dice que no? Yo me moriría. Me echaría a llorar.

Estaba sirviendo una comida inspirada en el día de los enamorados: todo era rosa o en forma de corazón, o relacionado de alguna manera con el corazón. El plato principal era corazón de ternera. ¡Hablando de errores!, pensó Rebecca, pero se lo guardó para sí.

Cuando volvió al cuarto de estar, encontró a NoNo hojeando airadamente una revista, mientras Tina le contaba a Barry la historia de cómo se le declaró su marido inglés.

—Estábamos en la casa de campo de unos amigos suyos —decía— y, una noche, tomando unas copas, nuestro anfitrión me dice: «Tina, querida, me pregunto qué pensarías de una unión con Nelson, aquí presente». Ésa era la noción que tenía Nelson de una propuesta de matrimonio. Tenía miedo de pedírmelo directamente él, según me dijo después. ¿Y creéis que eso me puso sobre aviso? Ese hombre no tenía sangre en las venas. No sé cómo podía sobrevivir sin una transfusión diaria.

No contó nada sobre la forma en que Joe le había propuesto matrimonio, observó Rebecca.

Peter y Poppy estaban viendo una serie en la televisión. O más bien, era Poppy quien la veía. Peter mostraba una expresión tensa y fija, y una repentina explosión de risas enlatadas ni siquiera provocó que un amago de sonrisa asomara a su rostro.

—¿Quieres venir abajo a ayudarme con la cena? —le preguntó Rebecca.

Se levantó con tal cara de tener que cumplir con un deber que Rebecca se apresuró a añadir:

—No es ninguna obligación ni nada.

—Ve, hijo; yo bajaré dentro de un minuto —le animó Barry—. De todas formas, tenemos que irnos en seguida. Mañana nos espera un gran día, ¿verdad, chico?

Peter le dirigió una débil sonrisa y siguió a Rebecca con desgana.

¿Qué demonios iba a hacer con ese chico durante todo un fin de semana?

En la cocina, Biddy se lamentaba sobre un *coeur à la crème* que acababa de sacar del molde.

—¡Precioso! —exclamó Rebecca.

—¿Cómo puedes decir eso? ¡Es un fiasco completo! —gimoteó Biddy.

Debía de referirse a la diminuta mella del centro.

—Camúflala —sugirió alegremente Rebecca—. ¿No había unas fresas por alguna parte?

—Toda la culpa la tiene NoNo —dijo Biddy—; me ha hecho perder la confianza en mí misma. Primero me dice que puedo ocuparme del banquete de la boda y luego me dice que no, y después va y me dice que bueno, que si eso significa tanto para mí, que puedo hacerlo después de todo; y desde entonces, por Dios, ¡si es que todo lo que he hecho me ha salido mal por una cosa o por otra! ¡Mira esto! ¡Qué bochorno!

Entretanto, estaba ahí parada sin hacer nada. Fue Rebecca la que localizó las fresas.

—Toma —le dijo a Peter—, rellena ese hueco del centro y luego pon alguna más en el borde.

Peter se limpió primero las manos en la parte de atrás del vaquero, y luego le cogió el tazón de las manos y empezó a colocar las fresas exactamente como le habían dicho, con esmero y meticulosidad.

—Parece que no hay mucho apetito ahí fuera —dijo Dixon, entrando con dos platos que parecían intactos—. ¿Creéis que es buena o mala señal? Estoy casi seguro de que todavía no se le ha declarado, porque de lo único de que están hablando es de una película que han visto.

—Es mi comida —opinó tristemente Biddy—, ya sabía yo que me estaba pasando de especias con el corazón de ternera.

—Deberíamos haberle preguntado si pensaba entregarle un anillo. Así podríamos haberlo puesto en el postre o algo así, y él no habría tenido más remedio que declarársele —intervino Rebecca.

—¡Un anillo! ¿No es muy vieja para un anillo? —preguntó Dixon.

—Con la suerte que tengo, igual se lo tragaba —sentenció Biddy.

—Basta, Biddy —repuso Rebecca—, no seas tonta. ¡La cena está estupenda, el corazón de ternera está estupendo y Peter está haciendo un trabajo excelente con las fresas!

Su voz se quebró en una nota aguda, pero ya nadie le prestaba atención. Excepto Peter, quizás, que puso auténtica cara de orgullo cuando alabó su trabajo. Se apartó de la mesa e inclinó ligeramente la cabeza, apreciando la tarta con los ojos entornados. Luego se volvió a acercar y añadió otra fresa exactamente en el centro.

—Tenías que haber visto a tu padre cuando se me declaró —le dijo Biddy a Dixon—. Se puso de rodillas y todo.

—¡No sabía yo eso! —intervino Rebecca, más que nada para animarla con ese cambio de tema—. ¿Y qué te dijo exactamente?

—Me dijo: «Bueno, supongo que adivinas qué es lo que te voy a pedir», y yo le dije: «Bueno, y yo supongo que tú también adivinas lo que te voy a contestar».

Rebecca se echó a reír, pero Dixon permaneció serio y alerta, con la mirada fija en el rostro de su madre. (Todo lo que le contaran de su padre le parecía poco.)

—Hasta ahora mismo nunca se me había ocurrido que en realidad no llegó a pedírmelo —apuntó Biddy—, y que yo tampoco llegué a contestarle —luego sacudió la cabeza—. Coge una cuchara de servir para cuando les lleves el postre —le indicó a Dixon—. Deja que se sirvan ellos mismos. Cuanta más intimidad tengan, mejor.

Luego empezó a trajinar de un lado para otro, rascando fuentes y limpiando las encimeras.

A Rebecca le hubiera gustado saber cómo se había declarado Troy, si es que declararse era la palabra adecuada. ¿Le dijo, por ejemplo: «Biddy, Dixon padre ha muerto, pero Dixon hijo está en camino, y yo siempre he deseado tener un hijo a quien criar»? ¿O habría sido algo más romántico? («Por lo general prefiero a los hombres, Biddy, pero en particular te prefiero a ti, y ahora me gustaría cuidar de ti.») Bueno, por lo menos ese arreglo parecía un éxito, en contra de todas las predicciones. Rebecca le estaría siempre agradecida a Troy por haber permanecido junto a Biddy con tanta lealtad y por el afecto que había puesto en la vida de Dixon. ¿Quién podía asegurar que no había funcionado igual de bien que un típico matrimonio?

Entró Barry en la cocina, haciendo tintinear sus llaves en el bolsillo, y le dijo a Peter que era hora de irse.

—Si hay algún recado que quieres que haga por la mañana, me llamas —le indicó a Rebecca.

—De acuerdo, gracias, Barry. Que pases buena noche.

Miró detrás de Barry y vio a NoNo que lo seguía de cerca con el bolso apretado contra el pecho.

—¿Cariño? —la llamó.

NoNo no contestó, pero avanzó hasta colocarse al lado de Barry. La cabeza de NoNo apenas le llegaba al hombro: el casco oscuro y brillante de su cabellera parecía una flor boca abajo. Era como un duendecillo. Los ojos de Rebecca se llenaron ridículamente de lágrimas.

—¡Oh, cariño! ¡Te casas! ¡Ya sois todas adultas! Sí, ya sé... —se rió—, ya sé que hace tiempo que sois adultas, pero ¡fíjate! ¡Estás a punto de convertirte en una mujer casada!

Extendió los brazos y NoNo se refugió en ellos. Permanecieron un momento abrazadas, el bolso de NoNo apretado entre las dos. Rebecca oyó un suspiro tan delicado como un estornudo de gato. Palmeó suavemente los huesudos omóplatos de NoNo y aspiró su perfume, tan familiar: un suave aroma de lluvia, de violetas frescas.

Desde el pasillo, Dixon exclamó:

—¡Aleluya!

Irrumpió en la cocina, y Rebecca y NoNo se separaron.

—Bueno, ¡ya lo ha hecho! —informó.

—¿Que ha hecho qué? —inquirió Rebecca.

—Se ha declarado, abuela. ¡Despierta!

Luego describió con todo detalle cómo había sido: el hombre había cogido la cuchara de servir pero la había vuelto a dejar, tragando saliva con tanta fuerza que Dixon lo pudo oír desde donde estaba. «Yo me he olido que algo iba a pasar —contó el muchacho—, así que he salido de allí, pero me he quedado justo a la vuelta del pasillo, así que le he oído decir: "Vivian, sé que tienes que estar preguntándote por qué te he traído aquí a ti sola, y probablemente pienses que estoy loco. Señor, debo parecer estúpido, pero es que no sabía de qué forma... Vivian —dice el tipo—, mira: de verdad, de verdad, necesito que te cases conmigo"».

Biddy soltó una especie de cloqueo, y Barry dijo:

—¡Vaya, pues podía habérsele ocurrido algo un poco más romántico!

—¿Y ella? ¿Qué ha dicho? —preguntó Rebecca—. ¿Lo has oído?

—Le ha dicho: «Steven, será un honor casarme contigo».

NoNo aplaudió, e incluso Peter esbozó una sonrisa.

—Gracias a Dios. ¡Qué alivio! —suspiró Rebecca.

Aunque también se sentía un poco triste porque su momento con NoNo había sido interrumpido. Oh, en esa familia nada se desarrollaba del principio al fin sin algún tipo de interrupción. Sus vidas eran una especie de loco mosaico de incidentes sin relación entre sí: siempre alguna otra familia que tener en cuenta, algún extraño que se casaba o se jubilaba o era ascendido. (Hasta su propia boda se había celebrado más temprano de lo que ella hubiera querido debido a que había programada una fiesta de aniversario para esa noche.)

De joven se imaginaba su futuro como un cuadro único y armonioso. Pero al final, lo que le había caído en suerte era más bien uno de esos juguetes ópticos de lentes múltiples que tanto le gustaban a Lateesha, y que conformaban docenas de imágenes diminutas imbricadas entre sí.

Acompañó a Barry, a Peter y a NoNo hasta la puerta de atrás, despidió a Barry y a Peter con un cumplido beso en la mejilla y a NoNo con otro abrazo. Biddy también abrazó a NoNo. Al parecer se había olvidado de sus sentimientos heridos.

—Duerme bien, cielo —le dijo—. Tienes que estar guapa mañana, ¿entendido?

Luego, entre ella y Rebecca, prepararon la bandeja del café.

—Pero no se lo lleves todavía —le indicó Rebecca a Dixon—, déjalos solos un rato.

Al menos, le quedaba el consuelo de facilitarles intimidad a los demás.

Cerró la puerta de su dormitorio porque Poppy y Tina seguían viendo la televisión, se sentó en la cama y sacó el rollito de papel de debajo del teléfono.

El prefijo era el 301. Levantó el auricular y lo marcó. Luego hizo una pausa. Luego colgó.

Eran casi las diez. Quizá ya estuviera durmiendo. En sus viejos tiempos había sido un noctámbulo, pero podía perfectamente haber cambiado.

Igual contestaba su mujer. «¡Will, cariño! —llamaría con voz cantarina—, ¡una mujer pregunta por ti, cariño!».

O: «El doctor Allenby trabaja hoy hasta tarde», diría en un tono que no admitiría réplica alguna. «¿Quién le llama?»

Rebecca volvió a descolgar el auricular, pero esta vez marcó el número de su oficina, o al menos los tres primeros dígitos, tras lo cual esperó tanto tiempo que, al final, saltó una grabación diciendo que el número que había marcado no existía. Hasta la grabación —esa impersonal cantinela «El número...»— le aceleró el pulso, y volvió a colgar de golpe. «Eres idiota», se dijo en voz alta. Se levantó bruscamente y salió de la habitación. «Boba», le espetó al espejo del baño. «Estúpida, imbécil», siguió diciendo mientras sacaba el cepillo de dientes de la funda.

—¿Decías algo, Beck? —preguntó Poppy.

—Nada, Poppy. No te preocupes.

La gran sorpresa fue que la boda resultó todo un éxito. NoNo estaba impresionante con su traje de gasa blanca y su gigantesco ramo amarillo y oro, Barry fue un novio muy resultón y a Peter, con su primer traje de mayor, se le veía entrañablemente elegante. El jardín de atrás estaba más o menos presentable, si se pasaba por alto un efecto producido por las tiras de césped que no habían tenido tiempo de fundirse las unas con las otras. Las azaleas muertas (que tendrían que esperar para ser sustituidas por algún empleado del vivero) habían sido hábilmente disfrazadas con unas ondas de redecillas blancas: una solución propuesta por la propia NoNo, aunque ella no había previsto que las redes atraerían a un enjambre de diminutas mariposas amarillas, tan decorativas que parecía que algún diseñador de gran inventiva las hubiese cosido allí.

De todas formas, hacía demasiado calor para que los invitados se aventurasen a estar mucho tiempo fuera. Hasta que no empezó la ceremonia permanecieron dentro de la casa, que Alice Farmer había limpiado y abrillantado, dejándola como una tacita de plata. Nadie habría sospechado que esa misma mañana la barra de una cortina se había caído de la pared entre nubes de yeso. La familia de Barry —su hermano y su cuñada, más un par de primos— no dejaba de admirar esto y aquello, preguntando si la chimenea del comedor funcionaba (la respuesta era no) y si la gente de los retratos eran sus verdaderos antepasados (no lo eran). Ningún Davitch llegó escandalosamente tarde y todos ellos se comportaron como mejor sabían durante la ceremonia, sin provocar ningún altercado, sin marcharse dando un portazo por culpa de alguna rabieta; y los nietos fueron un modelo de buena conducta. Es cierto que la madre y la tía de Rebecca, que fueron a pasar el día —ya que a ninguna de las dos le gustaba dormir en cama extraña—, se mantuvieron al margen de la fiesta, la madre de Rebecca con su típica expresión de «quién es esta gente». Pero al menos acudieron; al menos aceptaron ambas un vaso de vino y conversaron amablemente cuando alguien les dirigía la palabra, y a la tía Ida se la oyó decir que no se había visto una novia tan guapa desde tiempos de María Castaña. («Maricastaña», corrigió la madre de Rebecca. «¿Qué?», repuso la tía Ida. «Tiempos de Maricastaña, Ida», pero la tía Ida ya se había dado media vuelta para dirigirle a Peter su sonrisa más cálida y encantadora.) Y, además, el vestido rosa fucsia de Tina resultó eclipsado por el traje de cóctel turquesa —de lentejuelas y con una tiara de plumas a juego— que lució Alice Farmer. Cosa que a Rebecca le pareció tremendamente gratificante.

En cuanto a la camarera que ofició el enlace, no tenía nada que ver con lo que Rebecca había temido. Demeter, que así se llamaba, ya que tenía algo de ascendencia griega, poseía uno de esos vigorosos y nobles rostros helénicos. Llevaba un sencillo vestido negro y, por su porte, parecía una columna que sustentara un entablamento. Aun así, Rebecca hubiera querido que hiciesen un ensayo. La marcha nupcial, por ejemplo, interpretada al piano por Emmy y retransmitida al jardín mediante el interfono de bebé de Min Foo, siguió oyéndose hasta el final mientras los novios, sudando bajo un sol de justicia, esperaban a que terminara; y luego Demeter preguntó: «¿Quién entrega a esta mujer...?», cosa que nadie había previsto. Rebecca estaba

abriendo la boca para decir que ella, con el fin de que la ceremonia prosiguiera, cuando Tina finalmente dijo: «¡Ah, yo!»;
pero como en ese preciso momento estaba ocupada reajustán-
dose el broche, pareció que más que entregar a la novia la estaba *despachando.*

Bueno, son cosas que pasan. Lo importante era que Barry
y NoNo daban realmente la impresión de estar disfrutando de
su boda. En cuanto hubo terminado la ceremonia se traslada-
ron al interior, Zeb puso en marcha el aparato de música y la
gente empezó a bailar. Rebecca, sonriente, observaba desde un
rincón. Llevaba un vestido de seda roja con falda de varias capas y se sentía como una reina gitana. Aceptaba todo lo que los
camareros de Biddy le ofrecían: pequeños canapés y tartaletas
de hojaldre rellenas, y varias copas de champán. Todo tenía un
sabor delicioso. Y la tarta, cuando la sacaron, resultó ser una
obra de arte: seis pisos, cada uno de ellos decorado con una flor
de azúcar diferente, en alusión a la profesión de NoNo. Lamentablemente, se inclinaba un poquito hacia la derecha, pero Barry y NoNo resolvieron con astucia el problema inclinándose
también hacia la derecha, cogidos del brazo, mientras posaban
junto a ella para el fotógrafo.

Lo mejor de ser la madrastra de la novia era que Rebecca no
tenía que romperse la cabeza para idear alguno de sus versos.
Troy ofreció el primer brindis: una amable reflexión sobre lo que
cada miembro de la pareja aprende del otro conforme prosi-
guen juntos su viaje por la vida. «De Biddy he aprendido a cuidar de los demás —dijo—, a alimentar, a nutrir, a criar», y levantó su copa hacia Biddy desde el lado opuesto de la estancia, cosa
que a Rebecca le humedeció los ojos, porque nunca se había parado a pensar qué le había aportado Biddy a Troy, siempre lo
había pensado en la otra dirección. Luego el hermano de Barry
ofreció un discurso humorístico sobre cómo había mejorado el

gusto de Barry con las mujeres, y luego Poppy hizo un gran esfuerzo por levantarse del sofá para proponer su brindis, aunque se confundió y, en su lugar, empezó a recitar su poema de siempre. Ya llevaba una buena parte cuando Rebecca se dio cuenta de lo que estaba pasando. («Si pasas tus días entre lágrimas, / o tratas de no llorar, / o si eres incapaz —estaba entonando—, y si tus noches en vela / pasas hasta el alba...»)

—Poppy —le dijo—, espera.

Él hizo una pausa, sin llegar a cerrar la boca, y se volvió tan a ciegas hacia ella que a Rebecca se le partió el corazón. Se abrió paso entre la gente, acercándose a él, y le cogió del brazo para estrechárselo contra su pecho.

—Un brindis en honor de NoNo y Barry —le susurró al oído, peludo por demás—. Lo de larga vida, felicidad y todo eso.

—¿Eh? —balbuceó. Se volvió hacia los demás—. Larga y dichosa vida —repitió; luego pareció recomponerse, y con voz más sonora añadió—: ¡Que vuestro matrimonio sea tan feliz como lo fue el mío con Joyce!

Todo el mundo aplaudió y Rebecca le apretó el brazo un poco más y le besó en la mejilla.

—Me he confundido un poco —admitió mientras ella le ayudaba a sentarse—. Pero sólo ha sido un segundo. No creo que se haya dado cuenta nadie.

—Nadie —le aseguró Rebecca—. ¿Quieres que te traiga un trozo de tarta?

—Creo que ha sido al oír el «sí quiero» cuando he vuelto al pasado —observó—. Parece que fue ayer cuando era yo quien lo decía.

—Ya sé, Poppy.

—La gente se imagina que echar de menos a un ser querido es algo así como echar de menos el tabaco —prosiguió—; el primer día es muy duro, pero al siguiente ya lo es menos y, así sucesivamente, conforme pasa el tiempo es menos duro. Pero es más bien como si te faltara el agua. Cada día notas más la ausencia de esa persona.

—Ya lo sé.

—Pero desde luego que no quería estropearle la boda a No-No.

—¡Pero si no la has estropeado! Has estado bien —repuso Rebecca. Y captó la atención de un camarero para que se acercara—. ¡Mira! —le dijo a Poppy, al tiempo que cogía de la bandeja un plato de tarta—. ¡Lleva fondant! ¡Tu favorita!

—¡Ah, sí! —dijo, ya más animado.

El fotógrafo —era sólo un estudiante, amigo de Dixon— sacó una instantánea de Poppy en el momento en que se llevaba el tenedor a la boca.

—Creo que lo he pillado —le dijo a Rebecca.

Luego se le acercó Zeb y la invitó a bailar. En el estéreo sonaba *Band of Gold.*

—¿De dónde has sacado eso? —le preguntó mientras se dejaba abrazar.

—Es una de esas recopilaciones de los años cincuenta —respondió Zeb—. Parecía buena música para bailar lento.

Sin querer la hizo chocar contra Min Foo y murmuró:

—Lo siento.

Su embarazo estaba tan avanzado que Hakim casi la tenía que llevar con los brazos completamente extendidos, e inclinarse por encima de su barriga para acercar la mejilla a la suya. A Rebecca le dio risa. Zeb se echó atrás para sonreírle.

—Te lo estás pasando bien, ¿verdad?

—Sí, desde luego.

De hecho puede que estuviese un poco achispada, porque todo le daba risa. Se rió cuando Tina empezó a bailar el vals llevando a Peter firmemente abrazado, y éste puso la misma cara de sobresalto y de estupor que si hubiese sido víctima de un atraco. Se rió cuando Alice Farmer, a quien su iglesia prohibía bailar, se puso a seguir el ritmo con la cabeza, tan entusiasmada que sus plumas debían de estar causando un vendaval. Se rió cuando *Band of Gold* cedió bruscamente paso a *Sixteen Tons* y todos se pararon en seco y se miraron entre sí sin saber qué hacer. Luego el amigo de Dixon se los llevó a todos afuera para sacar una fotografía de grupo.

—¡Los que no sean familiares directos, que se pongan en el extremo izquierdo, por favor! Sólo por si acaso. Es que no estoy completamente seguro de que quepáis todos en la foto.

—Qué ingenioso: una foto que ya no habrá que recortar después —murmuró Zeb, y Rebecca se rió hasta que le dolieron las mandíbulas.

Sí, tenía que reconocer que la boda había salido mucho mejor de lo que se esperaba.

Sola en su habitación, cuando ya todo el mundo dormía en la casa y con el valor que da el champán, se sentó en el borde de la cama y marcó el número de teléfono de la casa de Will Allenby.

El timbre sonó dos veces al otro lado del hilo y luego se oyó un clic.

—Aquí el doctor Allenby —dijo una voz de hombre. De hombre, no de muchacho. Tenía la voz gastada y algo apagada de una persona de mediana edad. Pero reconoció el acento de Church Valley, que prolongaba la *y* de Allenby.

—¿Will? —preguntó.

—¿Laura?

—¿Quién?

Hubo un marcado silencio, durante el cual tuvo ganas de colgar, pero finalmente dijo:

—Soy Rebecca Holmes Davitch, Will. ¿Me recuerdas?

—¿Rebecca?

Ella esperó.

—Rebecca —repitió con voz sorda.

—¡Espero que no estuvieses durmiendo!

—No...

—Si estabas durmiendo, dímelo. Sé que es tarde.

Al parecer no podía deshacerse de ese tono estúpidamente apremiante. Hizo una mueca dirigida a sí misma.

—En realidad —añadió—, tal vez debería llamarte en otro momento. Sí, ya te llamaré. ¡Bueno, adiós!

Colgó y se dobló por la cintura, ocultando la cara en el regazo. Tenía la sensación de que en su pecho algo se había puesto a sangrar.

Cinco

La casa ofrecía el aspecto típico de un fin de fiesta: migajas pisadas sobre la alfombra, servilletas de papel desparramadas por el césped, cintas de satén marchitas colgando sin objeto de la chimenea. Peter se metió en su habitación después del desayuno, cerró la puerta y ya no salió. Tina partió para el aeropuerto con un mermado equipo de porteadores, con el pelo de un horrible color rosa a la luz de la mañana. Alice Farmer lavaba las copas tan silenciosa y enfurruñadamente como si tuviese resaca, con la salvedad de que no bebía.

El teléfono no dejaba de sonar con un repiqueteo estridente, y cada vez que Rebecca lo cogía, el tacto frío y liso del auricular le recordaba la llamada a Will de la noche. Se sentía maltrecha, dolida y mortificada. Lo máximo que podía hacer era no colgar en mitad de la conversación.

—... fue sólo pensando en el bebé —decía Patch al otro lado de la línea—. No es culpa mía que Min Foo sea tan susceptible. Yo sólo lo mencioné por el bien del bebé.

—¿Qué mencionaste? —Rebecca había perdido el hilo.

—Dije: «Reconócelo, ¡Fátima es un nombre horrible! ¿Y se le ha ocurrido a alguien pensar en el diminutivo que le endilgarían?».*

---

* Alusión a la palabra *fat,* que significa gorda en inglés. (*N. de la T.*)

Rebecca reparó en lo que parecía ser una mancha de vino en el botón de rellamada. Advirtió que enfocar la vista le exigía un enorme esfuerzo.

—¿Beck? ¿Estás ahí? ¿Me oyes?

—Sí, bueno..., a lo mejor es niño —observó Rebecca.

—NoNo ha decidido que será niña —dijo Patch—. Min Foo ya ni siquiera baraja nombres de niño, lo que a mí me parece poco previsor, porque NoNo no es ni la mitad de clarividente de lo que se cree.

Rebecca empezó a masajearse la frente.

—Si lo fuese, ¿acaso se hubiera casado con un hombre como Barry Sanborn?

—Todo eso me parece que no viene a cuento —dijo Rebecca tras una pausa.

—Bueno, perdóname —saltó Patch, y colgó de golpe el auricular.

Rebecca se preguntó de dónde sacaría Patch la energía para mostrar tanta indignación.

Al mediodía, sacó los restos del banquete y llamó a Poppy y a Peter a comer. Durante la comida no se mostraron muy sociables. Poppy no dejaba de lanzar miradas furtivas a una revista que tenía abierta junto al plato. Peter se concentró en su comida, separando concienzudamente las tiritas de gordo del jamón y apartando la zanahoria rallada de la ensalada antes de comérsela.

Luego Poppy se fue a echar la siesta, pero cuando Peter se encaminaba hacia la escalera Rebecca le echó un brazo alrededor de los hombros, aunque para ello antes tuvo prácticamente que hacerle un placaje.

—¿Qué te parece si nos vamos tú y yo a tomar un helado? —le preguntó—. ¿Si salimos a tomar un poco el aire?

—No, gracias —respondió, permaneciendo inerte bajo su abrazo.

—¿Quieres que llame a Patch y le pregunte si puede traer a Danny?

—No, gracias.

—Entonces, un juego. Algún juego de mesa.

Vio que se disponía a darle otra negativa, pero insistió:

—¿Al Monopoly? ¿A las damas? ¿A las pistas? No me gustaría tener que contarle a tu padre que no has hecho absolutamente nada durante todo el tiempo que ha estado fuera, ¿no crees?

—Me da igual —repuso Peter.

—Pero me echará la culpa a mí. Creerá que no he sido una buena... —iba a decir niñera, pero se corrigió en el último momento—. ¡Que no he sido una buena anfitriona! ¡Que te he tenido encerrado a pan y agua durante toda su luna de miel!

Aunque una débil sonrisa asomó a sus labios, Peter permaneció mudo.

Oh, Dios, pensó, qué agotadora es la vida. Pero se forzó a insistir.

—¿Al Scrabble? ¿Al parchís? —siguió preguntando, al tiempo que le estrechaba los hombros—. ¡Los tenemos todos!

—Bueno, quizá al Scrabble.

—Así que al Scrabble. Oh, jovencito, vas a arrepentirte. Resulta que yo soy la campeona mundial del Scrabble.

Así que subieron al cuarto de estar, Rebecca riéndose, frotándose las manos y haciendo el tonto, y se instalaron en el sofá con el tablero de juego entre los dos. Peter permanecía muy callado, pero sí pareció interesarse una vez que las cosas se pusieron en marcha. Resultó ser de los que se toman el juego muy en serio —menos por espíritu competitivo, supuso, que porque era un perfeccionista. Observaba el tablero durante minutos enteros, cogía sus fichas y luego las retiraba, fruncía el ceño y decía: «Hum»; consultaba el diccionario, sacudía la cabeza y volvía a estudiar el tablero. Cosa que a Rebecca le vino de perlas. Así podía meditar a su antojo.

¿Quién sería la tal Laura? ¿Qué relación tenía con Will?

—Supongo que esto es lo mejor que tengo —dijo Peter. Entrecruzó «oxígeno» con «tonto», lo cual le valió sesenta puntos, porque se trataba de una casilla con triple tanto de palabra.

—¡Vaya! —exclamó Rebecca. Por más que le estuviese dejando consultar el diccionario, estaba impresionada. Peter se contentó con encogerse de hombros y alcanzar el bloc donde anotaban la puntuación. Llevaba una camisa polo de manga larga —¡con ese calor!—, concienzudamente remetida en los pantalones, que aparentaban ser más bien dos faldas amplias sobre sus piernas flacas. El pobre chico le parecía tan desvalido. De repente le lanzó una sonrisa, una sonrisa verdaderamente sincera, y para su sorpresa, él se la devolvió antes de anotarse los puntos.

Mientras ella debatía su propia elección de palabras —ninguna era ni la mitad de ingeniosa que la de Peter—, apareció Poppy, recién levantado de la siesta. Llevaba aún la revista y marcaba una página con el dedo índice.

—¿Recuerdas la tarta de la boda de NoNo? —preguntó, oteando el tablero de juego.

—Sí —contestó Rebecca.

—Recuerda que estaba un poco inclinada.

—Sí.

—Pues, no creo que las tartas sean el punto fuerte de Biddy.

—No, supongo que no —admitió Rebecca.

—¿Y crees que se ofendería si encargara la tarta de cumpleaños a otra persona?

—No, estoy segura de que no —afirmó, aunque en realidad no estaba segura en absoluto.

Poppy volvió a marcharse con su revista —*Hospitalidad Mes a Mes,* pudo leer Rebecca. Suspiró y colocó una *n* para formar la palabra «ni».

—Lo siento, es todo lo que se me ocurre —le dijo a Peter—. Ojalá no le hubiera prometido esa fiesta a Poppy. Se le olvidará antes de que los globos se hayan desinflado, o tal vez en el mismo momento en que termine.

Observó a Peter sumando los puntos. Tenía las uñas tan mordidas que, al apretar el bolígrafo, las puntas de los dedos parecían gomas de borrar de color rosa.

—El lunes pasado —prosiguió—, me estuvo insistiendo toda la tarde para que fuésemos a ver a su amigo, el señor Ames, y yo no dejaba de decirle: «Ya te he llevado esta mañana, Poppy, ¿no te acuerdas? Ya has ido, y le has comprado un billete de lotería. Os quedasteis sentados en el porche mientras yo iba a hacer la compra». Y él me contestaba: «Ah, sí, me he confundido», pero a los diez minutos ya estaba dándome la lata otra vez.

Peter dejó a un lado el bloc de notas.

—Pero disfrutaría de la fiesta mientras estuviera celebrándola —opinó—. Incluso aunque después se le olvide.

—Sí, bueno... —Rebecca se quedó pensando—. Creo que lo que quiero es apuntarme algunos puntos —observó. Y al advertir que Peter miraba el tablero, extrañado, añadió—: Puntos a mi favor por organizarle la fiesta, me refiero. Quiero que después me agradezca que lo haya hecho.

—¡Oh! —fue la respuesta de Peter, y volvió a concentrarse en sus fichas.

—En cuanto a la tarta —insistió Rebecca—, creo que las tartas chapuceras son una tradición de los Davitch. ¡Tenías que haber visto la tarta de mi boda! La madre de Joe no la había cocido lo suficiente y en el centro estaba líquida como una sopa.

La figurita de la novia se hundió en esa especie de coladero hasta la cintura.

Peter cambió una letra del medio de su fila al final. A, Z, no pudo evitar ver Rebecca. Caray, qué suerte tenía el muchacho.

La novia era de plástico color marfil, recordó, con un puntito rojo por labios y unos ojos oscuros diminutos y brillantes. En la cabeza le habían pintado en negro mate un peinado con caracolillos. Y el novio era rubio y con los ojos azules, nada que ver con Joe.

Sonó el teléfono. Rebecca alcanzó el auricular.

—¿Diga? —preguntó.

—¿Puedo hablar con Rebecca, por favor?

Se quedó paralizada.

La voz apagada, el acento de Church Valley. Las vocales pausadas y arrastradas, con la *i* que sonaba casi como una *e*.

—Soy yo —contestó.

—Ah, Rebecca, soy Will Allenby.

—¡Will! ¿Cómo has sabido mi número?

—Lo he visto en el identificador de llamadas.

Que Will tuviera identificador de llamadas sobresaltó a Rebecca. Al parecer se había figurado que Will seguía viviendo en los años sesenta.

—Me colgaste tan rápido —le estaba diciendo—. Gracias a que existen estos inventos modernos.

¿Pero qué quería? ¿Por qué le devolvía la llamada?

Lo curioso fue que él le preguntara en ese preciso momento:

—Bueno, ¿y para qué me llamabas?

—¡Oh! Yo... —se alisó la falda con la mano libre—. Resulta que estaba en mi casa —explicó—, en mi casa de Church Valley, quiero decir, y mi madre y yo empezamos a hablar de los viejos tiempos y no sé, entonces pensé: «Me pregunto dónde andará Will».

—No muy lejos, como puedes ver —dijo él con una breve risita—. Estoy justo donde me dejaste —pero se apresuró a corregir—: Es decir, en la universidad a la que íbamos. Bueno, tampoco he estado aquí todo el tiempo. Me fui a hacer el doctorado a otra parte. Pero ahora estoy dando clases en Macadam.

—Estupendo, Will.

—De hecho, soy jefe del departamento.

—Enhorabuena.

—Sí, no me quejo. No puedo quejarme en absoluto. Realmente me ha ido muy bien. He tenido mucha suerte.

—Me alegro de saberlo —afirmó Rebecca.

—El año pasado estuvieron a punto de nombrarme decano, aunque en el último momento decidieron que tenían que traer a alguien de fuera.

—Vaya, ¡qué bien! —dijo Rebecca—. Y estás..., esto... que si te has... Quiero decir que te habrás casado y eso...

—Sí, me casé.

—¡Ah!

—Me casé con una de mis antiguas alumnas. Una estudiante de literatura, una chica muy guapa. En una ocasión le ofrecieron trabajo como modelo, aunque por supuesto no lo aceptó.

—Claro.

—Pero... ahora estamos divorciados.

—Oh, lo siento mucho —manifestó, sintiendo una fugaz oleada de placer.

—¡No lo sientas! ¡En absoluto! Yo estoy muy bien. Lo llevo fenomenalmente bien.

¿Formulaba antes frases tan trasnochadas? No sabría decir si se debía a la edad o si era su forma natural de hablar, se le había olvidado cómo hablaba de joven.

—¿Y tú? —le preguntó ahora él—. Sé que tú estás casada, ¿no es así?

—Soy viuda.

—Viuda... —repitió lentamente.

Parecía tan poco familiarizado con esa palabra, que por un instante Rebecca se preguntó si no se la habría inventado. De repente le sonaba extraña —casi africana. (¿O sería porque le recordaba aquella canción, *Wimoweh**, que solían cantar los Weavers?)

—Pues te acompaño en el sentimiento —le dijo Will.

—Gracias.

—¿Ha sido... reciente?

—No, mi marido murió hace tiempo —le informó.

La expresión «mi marido» se le antojó de repente falta de tacto. De modo que añadió rápidamente, como para que pasara más desapercibida:

—Sólo estuve casada durante seis años. Me quedé sola con cuatro niñas pequeñas: tres suyas y una mía.

Justo en ese momento Peter levantó la vista del tablero, donde estaba formando una palabra que parecía entrelazarse prácticamente con todas las demás del tablero. Le dirigió una mirada sorprendida e interrogante, como si fuese la primera vez que oía algo así.

—Debió de ser muy duro —decía Will al teléfono.

Rebecca apretó con más fuerza el auricular y preguntó:

—¿Te gustaría que nos viéramos en algún momento?

¡Huy!, demasiado pronto. Demasiado directo, demasiado agresivo: se dio cuenta al sentirlo vacilar.

—O, tal vez, no —se corrigió—. Quiero decir, ya me imagino que llevarás una vida muy atareada.

—Bueno, no especialmente atareada...

---

* Viuda es en inglés *widow,* de ahí la similitud con el título de la canción referida. *(N. de la T.)*

—Entonces, quizá podríamos vernos y ponernos al día. Yo vivo aquí, en Baltimore.

Él seguía callado y Rebecca volvió a la carga.

—¿Te gustaría que quedáramos en algún sitio? ¿Para tomar una copa?

—Me temo que no soy un gran bebedor —repuso él.

En realidad quería decir que no bebía en absoluto. La gente de Church Valley no bebía. Rebecca hizo un último intento.

—O quizá para ir a picar algo, ¿qué te parece?

—Picar algo... —repitió pensativamente.

—Podría ir a Macadam, si quieres.

—Bueno, es una posibilidad.

Algo en la manera en que lo dijo —su renuencia tan evidente— le inspiró a ella más confianza. Cayó en la cuenta de que por ser la parte agraviada, ahora exigía ser seducido. Y desde luego, sus siguientes palabras fueron:

—Casualmente estoy libre esta noche.

—¿Esta noche? ¡Oh, lo siento! Esta noche tengo una... recepción.

—¿Mañana, entonces?

—Mañana tengo un té con baile —le informó—. Y también tengo algo el domingo, me temo, pero el lunes estaría bien. ¡El lunes sería perfecto!

Él dejó pasar un tiempo antes de asentir:

—Está bien, el lunes, entonces.

Tal vez, si telefoneara ahora mismo, podría conseguir hora en la peluquería el lunes por la mañana. Tal vez podría comprarse un vestido nuevo, incluso tal vez perder algo de peso. Pero sólo dijo:

—¿Qué sitio estaría bien? ¿Sigue gustándote el Myrtle?

—¿Myrtle?

—¿El restaurante familiar Myrtle?

—¡Ah! El Myrtle desapareció hace tiempo. Ya no me acordaba de él —dijo—. Pero creo que hay uno justo en la esquina opuesta a donde estaba el Myrtle. El Roble, El Olmo..., algo así. Pero no sé si será bueno, nunca he comido ahí.

—Bueno, por lo menos no me costará encontrarlo —repuso ella—. ¿Digamos a las siete?

—A las siete. De acuerdo.

—Me hace mucha ilusión —añadió Rebecca.

—Pues, estupendo —contestó Will.

No dijo que a él también le hiciera ilusión.

Cuando Rebecca colgó, soltó una gran exhalación.

—Era mi primer novio —le dijo a Peter.

Peter volvió a levantar la vista del tablero.

—Mi único novio, si no cuento a Joe Davitch —precisó.

Entonces, Rebecca colocó dos fichas para formar una nueva palabra de tres puntos, sin siquiera disculparse.

El sábado por la mañana dejó a Peter en casa de Patch y luego se acercó a un enorme centro comercial. Recorrió sin tregua, una tras otra, las tiendas de ropa, palpando tejidos, mirándose al espejo con los vestidos sujetos bajo la barbilla e incluso, en un par de ocasiones, probándoselos. Al parecer, sin que ella se diera cuenta, la tendencia del mundo de la moda había vuelto a ser la de los años setenta: escatimar al máximo la cantidad de tela utilizada. Todo lo que encontraba eran escotes con los hombros al descubierto, mangas ajustadas y faldas que transparentaban las costuras de su ropa interior. En los espejos se veía sudorosa y desdichada. Al mediodía seguía con las manos vacías y ya no podía perder más tiempo, porque del techo del comedor se había desprendido otro trozo de escayola y Rick Saccone había prometido que iría a arreglarlo antes del té de por la tarde.

—Peter está terminando de comer —anunció Patch cuando Rebecca fue a recogerlo. Luego bajó la voz para añadir—: No ha sido un gran éxito. Los chicos han intentado hacerle participar, pero lo único que quería hacer era leer su libro. No ha sido culpa de ellos, te lo aseguro.

—No importa —dijo Rebecca—. También se ha pasado todo el desayuno leyendo.

Atravesó el vestíbulo de Patch sorteando todo tipo de equipamiento deportivo: guantes, bates, palos de *lacrosse,* pelotas de todos los tamaños imaginables...

—¿Peter? —llamó—. ¿Estás listo?

—Quédate y te comes un bocadillo con nosotros —dijo Patch.

—No puedo, va a venir Rick.

—¡Otra vez!

De todas formas, Rebecca había pensado saltarse la comida. Todavía tenía muy reciente su imagen en el espejo con los vestidos que se había probado: la tela se estiraba al máximo sobre su prominente estómago.

Peter salió de la cocina sin dejar de leer su libro al andar: alguna vieja historia de ciencia ficción que había encontrado en el cuarto de invitados, y siguió leyendo durante el trayecto en coche hasta la casa, pese a los intentos de Rebecca por entablar una conversación.

—¿Qué tal la comida? —le preguntó.

—Bien —contestó, sin levantar los ojos de la página.

—¿Qué tal te llevas con Danny?

—Nos llevamos bien.

Pero, cuando llegaron a Eutaw Street, levantó la vista para preguntarle:

—¿Si te ofrecieran un viaje en una máquina del tiempo, aceptarías?

—¡Pues claro que sí! —afirmó—. ¡Tendría que estar loca para no aceptar!

—¿Viajarías al pasado? ¿O al futuro?

—¡Oh, al futuro, por supuesto! Me gustaría saber qué es lo que va a pasar.

—Sí, a mí también —asintió Peter.

—Mis nietos, por ejemplo. ¿Cómo van a ser? ¿Qué va a hacer con su vida Lateesha, con la gracia que tiene? Es todo un personaje. Y Dixon: tengo la sensación de que Dixon llegará a hacer algo grande.

—A mí también me gustaría saber si los científicos descubrirán la teoría universal —dijo Peter.

Rebecca se echó a reír.

—¿Qué es lo que te hace gracia? —le preguntó Peter.

—No, nada —contestó Rebecca, y él volvió a enfrascarse en su libro.

En cuanto llegaron a casa, Rebecca subió a su habitación, sacó todos los vestidos del armario y los amontonó sobre la cama. Uno tras otro se los fue probando, poniéndose de perfil ante el espejo y examinándose con ojo crítico.

Nunca había anhelado pertenecer al tipo anoréxico, no se trataba de eso. De hecho, algo en su interior había siempre apostado por un cuerpo mullido y abundante, al estilo de la tía Ida. (Quizá por eso se había saltado todas las dietas que había intentado seguir: los primeros gramos que perdía parecían proceder invariablemente de sus mejillas, y la cara se le ponía macilenta y demacrada como la de su madre.) El problema era que las mujeres mullidas y abundantes como mejor se veían era desnudas. ¡No era culpa suya si los vestidos tenían cinturones que marcaban los michelines y ojales que se daban de sí!

Cuando apareció Rick para arreglar el techo, lo recibió en la puerta con una túnica de gasa color berenjena, completamente suelta desde el cuello hasta los tobillos. Pero dedujo, por la forma en que se le arquearon las cejas, que era un poco llamativa.

—Voy a cenar el lunes con mi novio del instituto —le explicó—, y estoy más nerviosa que una colegiala. Creo que esto no pega, ¿verdad?

—Bueno —dijo cautelosamente—, el color es muy bonito...

—¡Ah!

—¿Y esos pantalones bombachos que llevaba el día que vine a arreglar el cuarto de baño? —sugirió Rick.

—¡No puedo ir al restaurante con esos pantalones!

—¿Por qué no? —insistió Rick. Apoyó la escalera de mano en el marco de la puerta—. Hágame caso: yo ceno todas las noches con mi novia del instituto.

—¿Ah sí?

—Estoy casado con ella.

—¿Deena fue tu novia en el instituto? ¡No lo sabía!

—Creí que se lo había dicho.

—Me acordaría si me lo hubieras dicho.

Después de acompañarlo hasta el comedor, volvió al piso de arriba, y esta vez se dirigió al armario de cedro del pasillo, donde amontonaba enseres que no podía resignarse a tirar. Allí encontró lo que buscaba: el vestido azul celeste que llevaba la noche en que conoció a Joe. Por lo tanto, debió habérselo puesto alguna vez con Will, en algún momento (ya que tampoco poseía tanta ropa). Ahora apenas le llegaría a lo alto de los muslos: lo vio en cuanto se lo puso delante.

—¿Puedes creértelo? —le preguntó a Peter, que se dirigía hacia el cuarto de estar con su libro—. ¡Antes me ponía esto en público! Me recuerda la canción aquella de la Madre Oca, cuando la vieja se despierta de la siesta y descubre que le han cortado las faldas.

—¿Es lo que te vas a poner para el té de por la tarde?

—No, corazón, no creo que pueda volver a ponerme esto en toda mi vida —afirmó—, sólo que le tengo cariño porque es lo que llevaba cuando conocí a tu abuelo..., al padre de tu madrastra.

—Bueno, el color es bonito.

Rebecca se echó a reír y regresó junto al armario.

Era una estupidez preocuparse por su aspecto. ¡No se trataba de una cita romántica, por Dios Santo! Eran dos antiguos compañeros de clase de mediana edad que se reencontraban. Iban a ir a picar algo y luego, sin duda, se despedirían definitivamente, porque había grandes probabilidades de que ya no tuvieran nada de que hablar.

Cuando volvió a colgar el vestido azul en su sitio, de sus pliegues se desprendió un aroma a lilas melancólico y dulzón. Pero supuso que era simplemente el olor de las telas viejas. No podía ser el olor de la fiesta de Amy, después de tantos años.

El domingo por la tarde, NoNo y Barry regresaron de su viaje de novios. NoNo lucía un ligero bronceado, mientras que Barry, que tenía la piel más clara, se había puesto de un rosa rubicundo con una mancha más clara en la nariz. (Unos amigos les habían prestado su casita de la playa, en Ocean City.)

NoNo hizo grandes alharacas a Peter, besándole y preguntándole por su fin de semana, y le ofreció que eligiera un restaurante para cenar esa noche por primera vez en familia. Peter hincó un dedo del pie en la alfombra y dijo que estaría bien cenar en casa.

—¿En casa? —dijo NoNo con la frente fruncida de preocupación, porque nunca había tenido el menor talento como cocinera.

—Estupendo. Asaré unos filetes —intervino Barry, y luego él y Peter subieron a recoger las cosas del chico.

En cuanto se fueron, Rebecca preguntó:

—Te quería preguntar, NoNo: ¿sigues yendo a ese club de lectoras?

—Ajá... ¿por qué? —inquirió NoNo.

—Estaba pensando en lo maravilloso que debe de ser tener gente con quien hablar de temas serios. Me gustaría pertenecer a algo así. Parece que ya nunca tengo oportunidad de mantener conversaciones intelectuales.

NoNo estaba contemplando su anillo de boda, girando con mucha gracia su mano izquierda a un lado y a otro.

—Entonces, ¿crees que podría apuntarme?

—¿Apuntarte? —repitió NoNo, dejando caer la mano—. ¿Apuntarte a mi club de lectura? ¡Pero si es un club sólo de mujeres!, ¿no lo sabías?

—Bueno, yo soy una mujer —puntualizó Rebecca con una leve risa.

—Me refiero a que es prácticamente como... una terapia de grupo. ¡No te imaginas los temas que surgen a veces! Cuestiones emocionales, las relaciones y todo eso. Creo que resultaría muy raro tener allí a alguien de la familia. Me refiero a cualquier familiar, también a mis hermanas, por ejemplo. No es que quiera ser...

—No, claro que no. No sé cómo se me ha podido ocurrir —contestó Rebecca—. ¡Por Dios! ¡Sí que sería incómodo!

Luego Barry y Peter bajaron ruidosamente la escalera, y ella les miró con una amplia y falsa sonrisa y les preguntó si lo tenían todo.

De todas formas, seguro que ese club de lectura no sería el más adecuado. Ella podía hablar de temas emocionales en cualquier momento; de hecho parecía que no hacía otra cosa, con todos y cada uno de los obreros que pasaban por allí.

El lunes, a las dos de la tarde —la única hora que tenían libre—, fue a lavarse y a marcarse el pelo al salón de belleza de Martelle, pero cuando llegó a casa se lo volvió a lavar meticulosamente bajo la ducha a gran presión, porque Martelle no tenía un buen día y le había dejado el pelo todo ensortijado. Así que terminó con su peinado de siempre: con los dos abanicos color beis a ambos lados de la cara. Se puso una falda larga floreada de color azul, una túnica pakistaní de un azul más claro, con diminutos espejos alrededor del cuello, y unos pantys azul oscuro para que sus tobillos pareciesen más finos. Tras comprobar su imagen en el espejo, se lió un chal de cachemir rojo y blanco con varias vueltas alrededor del cuello, pese a que la temperatura rozaba los treinta grados. Luego se calzó unos zapatos rojos. (Había oído decir, no sabía dónde, que a los hombres les resultan provocativos los zapatos rojos.)

Para finalizar, se empolvó abundantemente la cara, se aplicó rímel en las pestañas y se pintó los labios de un rojo casi idéntico al de los zapatos. Pero luego se quitó casi toda la pintura, porque pensó que le daba un aspecto chabacano.

Después, se sentó en el salón de atrás, ya que sólo eran las cuatro y media y no tenía que salir hasta las seis. Cruzó las manos sobre su regazo y se quedó sin hacer nada, mirando directamente al frente y tratando de recordar que no debía tocarse los ojos si no quería terminar pareciendo un mapache. De vez en cuando, Poppy asomaba la cabeza y se la quedaba mirando, pero gracias a Dios no le hizo ninguna pregunta. Había dejado preparada una cena fría y le había dicho que cenase cuando quisiera. Sobre las cinco y media oyó arrastrar una silla en la cocina, y seguidamente un tintineo de cubiertos y de vajilla, y pensó en ir a hacerle compañía, pero siguió allí sentada. Por una parte, sentía la necesidad de mantenerse en calma. Y además, si hablaba con Poppy se le iba a borrar lo poco que le quedaba del carmín de los labios.

A las seis menos diez hizo una última incursión al baño y luego dijo adiós a Poppy con la mano desde el umbral de la cocina.

—¡Buenas noches! —le dijo, llevando cuidado de no utilizar palabras que requiriesen juntar los labios. Para entonces eran las cinco y cincuenta y cinco. Recordando las supersticiones de sus nietos con los relojes, formuló un deseo. Se deseó dignidad, simplemente eso. Se conformaba con salir airosa de esa velada, sin ponerse en ridículo. Cogió el bolso, que estaba sobre el radiador de la entrada, y salió.

La noche estaba bochornosa, pesada, nublada, pero sin la menor esperanza de lluvia que refrescara el ambiente. Al subir al coche, una oleada de calor acumulado humedeció de inmediato los polvos de su cara. Puso el coche en marcha y encendió el aire acondicionado, que le alborotó el pelo en todas direcciones. Todo su acicalamiento había sido en vano. Lanzó una mirada desesperada al espejo retrovisor antes de salir a la calzada.

El coche era un Chevrolet del ochenta y cuatro, salpicado de óxido, ruidoso y propenso a desestabilizarse en las curvas cerradas. (Rebecca siempre estaba amenazando con convertirlo en una jardinera.) Estaba lleno de porquerías dejadas por doquier por sus nietos: envoltorios de sus meriendas, envases de refrescos, viejos tebeos y calcetines de gimnasia arrugados y grisáceos. Ahora lamentaba no haberse acordado de limpiarlo. Sintió una fugaz oleada de resentimiento: ¡ella solía ser tan ordenada y cuidadosa antes de conocer a los Davitch!

Al principio, el trayecto no difería en nada de sus recorridos habituales. Pasó junto a los mismos edificios altos, viejos y austeros, la mayoría transformados en oficinas, en tiendas o en apartamentos baratos. Puso rumbo al sur atravesando un trecho ocupado por lavanderías, restaurantes chinos, licorerías y tiendas de alimentación clausuradas con tablas. La hora punta había pasado prácticamente ya, y cruzó con rapidez varias intersecciones. Se detuvo ante un semáforo en rojo donde un chico vendía tubos de celofán con una sola rosa que parecía prisionera. En el siguiente semáforo un hombre de aspecto cadavérico enarbolaba un cartel donde decía que estaba hambriento, enfermo, cansado y triste. Apareció un muchacho con un trapo sucio y una botella de limpiacristales, pero Rebecca le dijo que no con la cabeza.

Luego atravesó la desolada periferia urbana, cruzando una tierra de nadie ocupada por fábricas de cristales rotos y montañas de neumáticos cubiertas con plástico. Seguro que había ya alguna vía rápida de varios carriles para llegar a Macadam, pero ella se fue por la carretera antigua. El paisaje se hizo más abierto, compuesto por malas hierbas, zarzas y arbustos. Descubrió con consternación, empero, que los vastos pastos de su infancia habían sido reemplazados por urbanizaciones. Éstas tenían un aspecto oficial, sin gracia: se veía que no eran de lo más reciente. En casi todos los jardines traseros se veían piscinas construidas sobre el nivel del suelo. En un puente, habían pintado con spray unos corazones junto a la inscripción «Confía en Jesús», y escrito con letra infantil y torcida «Larry: me sigues gustando». Un edificio de ladrillo largo y bajo —una escuela elemental— reflejaba en sus ventanales un atardecer multicolor.

Justo después del paso a nivel giró a la derecha, y al cabo de unos cuantos kilómetros dio con un bonito letrero negro y dorado que indicaba *Macadam*. (En sus tiempos lo que había era un enorme cartel de madera: ESTÁ USTED ENTRANDO EN MACADAM, SEDE DE LA UNIVERSIDAD DE MACADAM Y DE LAS INDUSTRIAS LYON, INC. «Confíe en Lyon para todo su material de mantenimiento».) Rebasó el extremo oriental del campus, unos edificios de ladrillo de estilo federal custodiados por enormes y venerables árboles nudosos, tal y como los recordaba. En cambio la ciudad en sí había cambiado, y no para mejor. Parecía más pobre, más fragmentada, un batiburrillo de locales de comida rápida, de salones de tatuaje y de tabernas construidos a toda prisa. Y el Myrtle (cuando finalmente lo encontró, después de equivocarse dos veces) se había convertido en una tienda de discos. El escaparate estaba cubierto por varios pósters de grupos de rock, aunque en la escayola blanca de encima de la puerta había quedado el espectro del antiguo nombre, en el espacio dejado por las letras arrancadas.

Al verlo, Rebecca sintió como si le acabaran de dar con una pelota de bolos en la boca del estómago. El corazón le empezó a latir desordenadamente.

En la esquina opuesta a la tienda de dicos estaba El Arce (no era ni El Roble, ni El Olmo), un poco fuera de lugar con su puerta cuidadosamente barnizada y sus toldos color verde bosque. Aparcó prácticamente frente a la puerta. Primero estiró el cuello hacia el retrovisor y se alisó el pelo, se retocó el carmín de los labios y corrigió su expresión para dotar a sus rasgos de líneas más ascendentes y alegres. Luego cogió el bolso y se bajó del coche, estirándose la falda por detrás para despegársela de los muslos. Su reloj marcaba las siete menos diez, así que probablemente Will no habría llegado todavía. De todas formas, por si acaso, tuvo cuidado de acercarse a la entrada con pasos ligeros.

En el interior, la semipenumbra y el olor a moqueta y a cerrado se combinaron para darle la sensación de que había entrado en un armario donde se acumulaba ropa de lana. Una rubia de pelo largo esperaba con los brazos cargados de menús.

—¡Buenas noches! —canturreó.

—He quedado con una persona, pero no creo que haya... —empezó a decir Rebecca.

—¿No será aquél?

Siguió la mirada de la chica. En la oscuridad apenas podía vislumbrar una docena de mesas o así, pero vio que dos de ellas estaban ocupadas: una por una pareja joven muy arreglada, la otra por un anciano muy delgado.

—No —dijo; pero luego exclamó—: ¡Oh!

Estaba sentado junto a la ventana, su afilado perfil recortado sobre la cortina oscura y la cabellera como una radiante nube de bucles blancos y alborotados. Cuando echó a andar hacia él —precediendo más que siguiendo a la camarera—, éste le lanzó una mirada y Rebecca advirtió que estaba tan indeciso como ella. Vaciló, luego se levantó a medias y volvió a vacilar antes de ponerse totalmente de pie:

—¿Rebecca? —preguntó.

—Hola, Will.

Extendió la mano y él se la tomó. (Seguro que era la primera vez que se estrechaban la mano.) Sus dedos eran más nudosos y enjutos que nunca, pero había una diferencia en la textura de la piel, una especie de engrosamiento que ahora, al estar más cerca, también advertía en su cara: unas mejillas como arenosas y un trío de finas arrugas que le atravesaban la frente. Los labios, antes llenos y bien dibujados, eran ahora más finos y marcados. Llevaba una chaqueta deslustrada encima de una camisa blanca, con el cuello desabrochado: ropa de viejo, que le colgaba del cuerpo huesudo de una manera descuidada, como a los viejos.

Rebecca ocupó una silla frente a él, y Will se volvió a sentar.

—¿Qué le ha pasado a tu larga trenza rubia? —le preguntó.

Ella se llevó una mano a la cabeza.

—¿Mi...? Ah, me la corté. Daba mucho trabajo cuidarla.

Una carta aterrizó sobre su plato y otra sobre el plato de Will.

La camarera preguntó:

—¿Puedo ir encargándole a Marvin lo que desean para beber?

—¿Quién es Marvin? —preguntó Will.

—Para mí, un té frío —pidió Rebecca, aunque le habría venido bien algo más fuerte.

—Sólo agua, por favor —dijo Will.

—¿Con gas o sin gas?

—¿Cómo?

—Del grifo —terció Rebecca. (Lo dijo completamente segura, sin temor a equivocarse, aunque en la época en que salían juntos la cuestión ni siquiera se habría planteado.)

En cuanto se marchó la encargada, Will se volvió hacia Rebecca. Evidentemente, esperaba que ella iniciase la conversación. Pero ella se tomó su tiempo para colocar el bolso en un lugar exacto a su izquierda, y luego desdobló la servilleta a cámara lenta y la alisó sobre sus rodillas.

¿Por qué actuaba de forma tan cumplida y controlada, como una auténtica matrona?

Era su manera de comportarse con los extraños. Porque de hecho, él era un extraño. Pero le dijo:

—¡Es estupendo verte, Will!

Will parpadeó. (Quizá su tono de voz había sido demasiado alto.)

—Sí, yo también. Quiero decir que para mí también lo es verte a ti.

Hubo una pausa.

—Y excepto por la trenza, estás exactamente igual —añadió.

—Sí, ¡tan gorda como siempre! —bromeó, soltando una alegre risotada.

Él carraspeó. Ella reacomodó la servilleta.

—He venido por la carretera de Poe —señaló—. ¡Hay que ver cómo ha cambiado todo! Hay tantas urbanizaciones nuevas, o al menos nuevas para mí; y Macadam está muy cambiada. Creo que incluso...

Un joven vestido de negro colocó sus bebidas frente a ellos.

—Bueno —dijo enarbolando un bloc y un bolígrafo—. ¿Han decidido ya lo que van a pedir?

—No, todavía no, gracias —contestó Rebecca.

Pero Will dijo:

—¡Ah! Lo siento, espere un momento, para mí...

Se sacó unas gafas sin montura del bolsillo del pecho y se las encajó sobre las orejas. (Así parecía realmente un anciano. Mirándolo desde un poco más lejos, Rebecca podría pensar que no lo había visto nunca en su vida.)

—Pide tú primero —le ofreció a Rebecca.

—Bueno... creo que el salmón —fue lo primero que le saltó a la vista.

Will estaba escudriñando la carta.

—Salmón, ternera, costillas a la brasa... —enumeró, mientras recorría la página con el índice—. ¡Ah, quizá las costillas a la brasa!

—¿Y cómo las quiere de hechas, señor? —preguntó el camarero.

—Ni muy hechas, ni muy crudas, por favor. No, mejor bien hechas.

—Que sean bien hechas —repitió el camarero, garabateando en su bloc.

—Pensándolo bien —rectificó Will—, creo que voy a pedir el pez espada ganador del premio.

—Pez espada —repitió el camarero. Tachó lo que había escrito.

—Pero sin la salsa de cebolla caramelizada —añadió Will—. A no ser que... —arqueó sus enmarañadas cejas blancas—. Sin la salsa, ¿ya no sería el auténtico pez espada ganador del premio, no?

—En ningún caso puede ser el auténtico pez espada ganador del premio, señor —señaló el camarero—, ya que ése fue el que se comieron los miembros del jurado.

Rebecca se echó a reír, pero Will se contentó con decir:

—Está bien, sin salsa entonces. Y la ensalada sin aliño —miró a Rebecca y dijo—: Estoy intentando controlar el colesterol.

Esto la sorprendió casi tanto como el hecho de que tuviese identificador de llamadas. Mentalmente, supuso, le había sellado en ámbar —le imaginaba todavía como un joven estudiante, zampándose batidos y hamburguesas.

—No estoy muy acostumbrado a comer fuera —le explicó Will una vez que se hubo retirado el camarero—. Suelo cocinar en casa. Hago mi famoso chile con carne. Recordarás mi chile con carne.

—¡Oh! ¡Tu chile! —exclamó. Pues sí que lo recordaba. O al menos recordaba a Will partiendo cebolla en cuadraditos diminutos y uniformes, y a la señora Allenby protestando por las salpicaduras rojas en su pulcra cocina.

—Mi receta particular constituye una comida perfectamente equilibrada —decía Will—. El domingo por la tarde me preparo una buena tanda, luego la divido en siete porciones y eso es lo que como durante la semana.

—¿Durante toda la semana?

—Ahora me va a sobrar una ración, por la salida de esta noche. Todavía no sé qué haré con ella.

—¿Y no te cansas, no te aburres de cenar lo mismo todas las noches?

—En absoluto —afirmó—. Y si me aburro, ¿qué tiene eso de malo? Nunca he entendido la fobia que le tiene este país al aburrimiento. ¿Por qué tenemos que estar constantemente divirtiéndonos y entreteniéndonos? Yo prefiero zambullirme en mi vida, incluidos sus momentos tediosos. A veces me gusta estar sentado y simplemente mirar al vacío. No busco la novedad por el mero hecho de serlo.

—Bueno, supongo que tienes razón —dijo Rebecca—. ¡Santo cielo! No sé por qué nos preocupa tanto el aburrimiento.

—Al mediodía como en la cafetería de la universidad. Ensalada de espinacas y yogur.

—Eso suena sanísimo —admitió Rebecca.

El camarero colocó entre ellos una cesta con diferentes panecillos y Rebecca eligió uno y lo puso en el plato del pan. Luego alcanzó la mantequilla. El silencio era tan patente que cada gesto adquiría importancia. El menor giro de su muñeca parecía volverse casi audible.

—Entonces —comentó finalmente Rebecca—, parece ser que te has adaptado a vivir solo.

—Sí, no me puedo quejar. Tengo alquilado un apartamento muy bonito en Linden Street.

—Un apartamento —repitió Rebecca. (Borrar aquella imagen de la casa de profesor titular.)

—En la casa de la señora Flick. ¿Recuerdas al doctor Flick, del departamento de inglés, verdad? Ella puso en alquiler la planta de arriba cuando su marido murió. Tengo un salón de buen tamaño, un comedor, una cocinita, un dormitorio y un despacho. El despacho puede servir de habitación de invitados si alguna vez mi hija se quiere quedar a dormir.

—¡Oh, Will! ¿Tienes una hija?

—De diecisiete años. Está en el último año del instituto. Se llama Beatrice.

¡Beatrice! Rebecca se quedó muda de asombro. Beatrice sería la versión femenina de Tristam. Rebecca se la imaginó luciendo un discreto vestido de muselina del siglo XIX, aunque sabía que no era verosímil. Se figuró a Beatrice y a su padre unidos en alguna tarea intelectual: Beatrice leía en voz alta mientras Will asentía gravemente desde su mecedora, junto a la chimenea.

—Pero no es nada comparado contigo.

—¿Conmigo?

—Tú tienes cuatro hijas, según dijiste.

—¡Ah, sí, te llevo mucha ventaja! —bebió un sorbo de té con hielo, un sorbo demasiado largo con el que casi se atraganta—. ¡Tengo incluso nietos! Seis. Digo, siete. Porque las hijas de mi marido eran mayores, ¿sabes? Son hijas de un matrimonio anterior.

—¿Y cómo ocurrió? ¿Cómo falleció? Si no te importa que te lo pregunte.

Su delicada forma de decirlo, junto con el aspecto algo tosco de su boca al hablar —un aspecto como arrugado, como si le sobrasen dientes—, provocó en Rebecca el deseo de hacerle sentir cómodo.

—Murió en un accidente de tráfico —le dijo llanamente—. Fue muy inesperado. Bueno, todo accidente de coche es siempre inesperado, claro. ¡Pero me pilló tan desprevenida! ¡Y tan joven! Tenía veintiséis años. Y sus hijas apenas habían empezado a aceptar mi existencia.

—¿Y no podías mandarlas con su familia? Tendrían parientes en algún sitio, ¿no?

—Bueno, sólo a su madre.

—¿Su madre? —inquirió Will.

—Pero se había vuelto a casar; vivía en Inglaterra. Mandar a las niñas con ella hubiera sido... De hecho, la cuestión nunca se planteó.

Will sacudió la cabeza.

—A mí personalmente —opinó—, esa situación me habría parecido intolerable.

No sabía por qué, pero oírle decir eso hirió sus sentimientos. Sabía que él quería demostrarle su simpatía, pero Rebecca no pudo evitar percibir cierta crítica en su voz. Así que repuso:

—Pero finalmente todo salió bien. ¡Todo fue muy bien! Me las he arreglado perfectamente. Tengo un pequeño negocio gracias a la casa: la alquilo para fiestas. Fue Joe —mi marido— quien lo inició. Y las chicas ya son todas mayores. ¡Deberías conocerlas! Somos una de esas familias grandes, bulliciosas y variopintas; todo lo contrario de aquello a lo que estábamos acostumbrados tú y yo de niños. ¿No te parece sorprendente, las vueltas que da la vida? ¿Tú te habrías imaginado que estaríamos aquí sentados, esperando un pez espada y un salmón, en aquellos tiempos en que comíamos tortitas en el restaurante familiar de Myrtle?

Como si le hubiesen dado entrada, el camarero dispuso frente a ellos sus platos: el pez espada de Will absolutamente solo y el salmón de Rebecca sepultado bajo un cúmulo de alcaparras, setas, tomates secados al sol, aceitunas negras y verdes, y piñones. Llegaron dos ensaladas, la de Rebecca cubierta de salsa de queso azul.

—¿Desean pimienta recién molida? —preguntó el camarero, blandiendo un objeto que parecía una gigantesca pieza de ajedrez.

Will negó con la cabeza. Para compensar, Rebecca dijo:

—¡Sí, por favor! —pese a que estaba deseando volverse a quedar a solas con Will. Un giro del molinillo y señaló—: ¡Así está bien, gracias!

Finalmente el camarero se retiró.

—¿Por dónde iba? Ah sí, el restaurante familiar de Myrtle —prosiguió Rebecca. Pinchó una aceituna—. ¿Verdad que parece que fue hace siglos? Pero claro, fue hace siglos. Aunque, por otra parte... recuerdo como si fuese ayer la vez aquella, estando en cuarto curso, cuando fuimos al autocine. Yo estaba colada por ti, pero para ti éramos simplemente amigos. Para ti yo no era más que la niña con la que habías ido al parvulario.

La aceituna tenía hueso, descubrió al morderla. Lo sacó con dos dedos y lo ocultó debajo del panecillo. Por suerte, Will tenía los ojos clavados en su plato y no parecía haberse dado cuenta.

—Fuimos un montón de gente al autocine —prosiguió—, en la furgoneta del hermano mayor de Ben Biddix, ¿te acuerdas? Ben le pagó a su hermano cinco dólares para que nos llevara, porque ninguno de nosotros sabía conducir. Y estábamos todos sentados en la hierba frente a la pantalla, ¿te acuerdas?

Will dijo que no con la cabeza.

—Íbamos tú y yo, los gemelos Nolan, Ben y su hermano, y Nita Soames, que entonces salía con el hermano de Ben. Por cierto, creo que terminó casándose con él. Era una noche despejada y cálida, y soplaba una suave brisa, una brisa en cierta forma *prometedora*, ¿sabes a qué me refiero? Tú estabas sentado a mi lado y yo puse la mano sobre la hierba queriendo aparentar indiferencia, y luego la acerqué un poquito a tu mano y esperé, y luego la acerqué un poco más, así que al final nuestras manos se rozaban apenas, o quizá no llegaban a rozarse, sólo sentían el calor de la otra, como si...

—Me partiste el corazón —interrumpió Will.

Durante todo ese tiempo, había mantenido la vista clavada en el plato, con el rostro tan impasible que Rebecca no estaba segura de que la estuviera escuchando. Y tampoco estaba segura ahora, porque ella se había transportado como por arte de magia a aquella noche estrellada de 1960, cuando todo estaba a punto de empezar, y mientras tanto él había dado un salto hasta el mismísimo final de la historia. Rebecca posó el tenedor en el plato. La oliva se le había atravesado en la garganta como una gruesa y pesada piedra.

—Jamás me diste la más mínima señal de aviso —dijo Will. Asió ambos bordes de la mesa—. Yo creía que todo iba bien. Confiaba en ti. Y un día me dices adiós y sales por la puerta sin decir ni una palabra del porqué. Y dos semanas más tarde te casas. Tuve que enterarme por mi madre. «¿Sabías de la existencia de esa persona?», me preguntó. «Rebecca debía de conocerlo desde bastante antes», me dijo. «No creo que haya estado saliendo con él sólo dos semanas.»

Conforme hablaba, Will se iba inclinando cada vez más hacia ella, de modo que terminó abrazando la mesa con los brazos extendidos. Le había costado, pero finalmente Rebecca reconocía al verdadero Will Allenby: un chico desgarbado y larguirucho, de orejas grandes, que nunca había aprendido del todo a mover sus propias extremidades. Ahí estaban sus hermosos ojos, de un luminoso azul claro, que apenas ahora detectaba bajo la maraña de sus pobladas cejas. Y esos hombros anchos y angulosos, y esa abultada nuez agitándose en su cuello. Observarle era como mirar los reflejos mudables del tafetán: tan pronto aparecía el anciano indefinido, como veía al muy específico y joven Will. Y lo peor de todo era el tono tan amargo de su voz.

—Will, lo siento muchísimo. Sé que te traté mal. ¡Pero no fue nada planeado! Simplemente me sentí... ¡arrollada! Arrebatada, privada del apoyo de mis pies por un hombre hecho y derecho, alguien que ya tenía su vida organizada, que ya estaba viviendo su vida, mientras que tú y yo todavía estábamos... Pero nunca quise hacerte daño. Espero que me creas.

—¿Está todo a su gusto? —interrumpió el camarero.

—Sí, delicioso —contestó Rebecca—. Y después —siguió diciéndole a Will—, una vez casada e instalada, sabía que tenía que haberte escrito o algo. Haberte ofrecido alguna explicación más. ¡Pero todo empezó a ir tan deprisa! ¡Todo era tan caótico! Tenía que ocuparme de las tres niñas pequeñas y cada vez recaía más trabajo sobre mí; vivía en una casa abarrotada, con mi suegra enferma y un tío político viudo, y un cuñado apenas adolescente; y luego nació mi hija. No tenía ni un minuto para pensar, ¡y menos para escribirte! Me parecía que había cogido un camino totalmente diferente, que me alejaba cada vez más de mi verdadero ser. Pero ahora, este verano, me he... despertado, de alguna manera. He mirado a mi alrededor; me he preguntado: ¿Qué ha sido de mí? ¿Por qué me comporto de esta manera? ¡Soy una impostora en mi propia vida! O, por decirlo de otra manera, ésta no es mi verdadera vida. Es la vida de otra. Y ésa es la razón por la que te he telefoneado.

Will se enderezó lentamente en su asiento hasta quedar muy recto y dijo:

—Supongo que pensabas que podías simplemente hacer una pirueta y volver como si nunca te hubieras marchado.

—¡No pensaba eso!

—Pensabas que yo diría: «¡Sí, claro, Rebecca, te perdono! He olvidado todo lo que me hiciste. Volvamos a los viejos tiempos».

—Nunca pensé una cosa así —protestó Rebecca.

Pero, de hecho, sí lo había pensado. En secreto, había fantaseado con que Will le dijera que nunca había dejado de amarla. Ahora le parecía un engreimiento, un autoengaño, una vergüenza.

Rebecca echó la silla hacia atrás y se levantó precipitadamente, arañándose los muslos con el tablero de la mesa.

—Lo siento —le dijo a Will—. Ya veo que esto ha sido un error.

Recogió su bolso y salió. Él no intentó detenerla.

De vuelta a casa no dejó de hablar en voz alta, de sacudir la cabeza y de parpadear para reprimir unas amargas lágrimas. «¿Cómo he podido ser tan estúpida?», se preguntaba. «¿Tan ingenua, tan temeraria?» Subió la potencia del aire acondicionado. Tenía la cara cubierta de una película de sudor tan pegajosa como un plástico adhesivo. «¿Pero por qué aceptó verme, si es así como se siente? ¿Por qué me devolvió la llamada, incluso? ¡Oh! —gimió—, ¡y debería haber pagado la mitad de la cuenta!». Se arriesgó a echarse un vistazo en el retrovisor. Llegó a la conclusión de que con los dos abanicos que formaba su pelo parecía una res texana.

Baltimore le resultó sólida, familiar y tranquilizadora, y las luces que parpadeaban en sus edificios infundían seguridad. Bajó la ventanilla y aspiró el olor a hollín y a petróleo, que asombrosamente le pareció refrescante. ¡Y qué amables se le hicieron las ventanas iluminadas del Open Arms cuando se detuvo delante! Aparcó y se bajó del coche. Tenía la falda tan arrugada como un papel desechado. Los colores de su indumentaria —¡azul, blanco y rojo, por el amor de Dios!— le recordaron a los de los platos y vasos de plástico que solían usarse el día de la fiesta nacional.

Subió los escalones de la entrada y abrió la puerta.

—¡Ya estoy en casa! —anunció.

—¿Eh? —gritó Poppy desde arriba. Oyó risas procedentes del televisor: un sonido que habitualmente le crispaba los nervios, pero que esa noche le pareció acogedor.

Fue derecha a la cocina, dejó el bolso y buscó algo de comer. De pie, frente al frigorífico abierto, devoró dos muslos de pollo, un resto de ensalada de pasta y varios tomates. Dio cuenta de un recipiente de ensalada de col y de medio tarro de rodajas de manzana silvestre que habían quedado del Día de Acción de Gracias. Tenía tanta hambre que se sentía como hueca por dentro. Le parecía que no podría llenarse jamás, por más comida que engullera.

Seis

El último miércoles de agosto, por la mañana temprano, Joey y Lateesha llamaron al timbre de la puerta. Lateesha llevaba la almohada rosa de su antigua cuna, sin la que nunca dormía, y ambos niños iban con sus mochilas. Tras ellos estaba Hakim, bastante más atrás, ya prácticamente junto al bordillo, dispuesto a subirse otra vez al coche.

—¡Me llevo a Min Foo al hospital! —gritó—. ¡Las contracciones son cada cinco minutos!

—¡Está bien! ¡Buena suerte! —gritó Rebecca, y le mandó un beso a Min Foo—. ¡Cariño, no te olvides que de todo esto va a salir un niño!

—¿Qué? —preguntó Min Foo—. Ah, claro. Los niños no han desayunado todavía, mamá.

—Ya me encargo yo —prometió Rebecca, con un brazo alrededor de cada uno.

En cuanto se alejó el coche, llevó a los niños al cuarto de invitados del tercer piso.

—¿A que es emocionante? —preguntó mientras ayudaba a Lateesha a quitarse la mochila—. Apuesto a que hoy al mediodía ya tenéis un nuevo hermanito o hermanita.

Ellos no parecían emocionados en absoluto. Tenían la mirada empañada y la expresión perpleja de quien ha sido despertado de golpe de un sueño muy profundo, y la siguieron hasta la cocina en silencio, arrastrando los pies. Cuando les puso las tostadas con mermelada, los ojos de Lateesha se llenaron de lágrimas.

—¡La mermelada tiene puntitos! —exclamó—. ¡Tiene puntitos que se me van a pegar a los dientes!

—¡Son las semillas de las frambuesas, tonta! —le dijo Joey.

—¡Joey me ha llamado tonta!

—¡Está bien! —intervino Rebecca—, no pasa nada. Voy a buscaros una gelatina de uva muy rica.

Luego apareció Poppy pidiendo su desayuno y hubo que explicarle varias veces la situación.

—¿Que Min Foo está de parto? Creí que estaba divorciada —dijo.

—Lo estaba, Poppy, pero después se casó con Hakim, ¿no te acuerdas?

—¡Hakim! Vaya por Dios, ¿no será otro negro?

—No, Poppy. Es árabe. Vaya una forma de hablar —le reconvino Rebecca, echando un vistazo en dirección a Lateesha. Pero Lateesha, absorta en la tarea de extender la gelatina de uva exactamente hasta los bordes de la tostada, parecía ajena a todo.

Después del desayuno, Rebecca preparó las dos camas del cuarto de invitados y colocó la almohada rosa de Lateesha junto a una de las cabeceras. Probablemente, en otros tiempos fue la habitación de servicio. Pequeña y mal ventilada, tenía el techo bajo y agobiante, y sólo una ventana estrecha. En una esquina se alzaba una estantería de madera oscura llena de viejas ediciones, libros de texto descoloridos de cuando las niñas iban al colegio y las historias y biografías que Rebecca solía leer cuando estaba en la universidad. Solían darle auténticos flechazos por personajes como Mahatma Gandhi o Abraham Lincoln. Los estudiaba en profundidad e intentaba aprenderse todos los detalles de su vida de la misma forma en que su compañera de cuarto se estudiaba las vidas de las estrellas de cine.

¡Y en otra época había estado tan metida en política! Había formado piquetes en la cafetería de Macadam en apoyo a los empleados mal pagados; se había manifestado contra la guerra de Vietnam; había llenado la puerta de su cuarto de pegatinas antinucleares. Ahora, a duras penas conseguía obligarse a ir a votar. Lo único que leía de los periódicos era la columna de Ann Landers y el horóscopo. Sus ojos pasaban por alto Kosovo y Ruanda y proseguían rápidamente sin detenerse.

Se le ocurrió que, hasta entonces, el único paso que había dado para recuperar a la antigua Rebecca había sido intentar volver a contactar con su antiguo novio. Como cualquier cabecita loca de los años cincuenta, había dado por sentado que para alcanzar su meta tenía que subirse al carro de algún hombre.

Mejor que el intento hubiese fallado, se dijo. (Aunque dos semanas más tarde, el recuerdo de su cena con Will seguía lastimando su amor propio.)

Sonó el teléfono y se precipitó al piso de abajo, gritando por las escaleras: «¡Cogedlo! ¡Que alguien coja el teléfono!», porque pensaba que podía ser Hakim. Pero sólo se trataba de un empleado del Segundo Edén, que quería quedar para ir a reemplazar las azaleas muertas del jardín.

—Pero no quiero hacerlo de inmediato —dijo—, porque todavía hace algo de calor. Incluso podría volver el calor fuerte, y yo siempre aconsejo esperar hasta...

—Mi hija está de parto, ¿podría dejar la línea libre? —le interrumpió.

—¡Ah! ¡Lo siento!

—No quisiera resultar grosera —añadió, sintiéndose culpable de inmediato—, es sólo que... bueno, ya sabe lo que se siente cuando una hija...

—Créame, señora, mi hija tuvo gemelos. Mi esposa y yo estuvimos sin movernos de la sala de espera durante veintiuna horas.

—¡Veintiuna horas!

—Las enfermeras no paraban de decirnos: «Sería mejor que se fueran a casa y volvieran más tarde»; pero nosotros lo dejamos claro: «No, señor. ¡De eso nada, monada, jamás de los jamases!», y así se hizo la hora de la cena, anocheció, amaneció de nuevo...

—Tengo que colgar —repitió Rebecca. Colgó, y volvió a sentirse culpable.

Parecía que siempre terminaba doliéndole el estómago cuando una de sus hijas estaba de parto. Inconscientemente, se pasaba todo el tiempo tensando los músculos abdominales, lo que la llevó a preguntarse cómo podían sobrevivir las enfermeras que trabajaban en las salas de parto.

Por suerte, no había ninguna fiesta programada para esa noche. El Open Arms estaba atravesando una temporada floja, pero para mantener a los niños entretenidos sacó todos los candelabros y palmatorias y los puso sobre la mesa del comedor. Luego vació una bolsa del supermercado gigantesca llena de velas nuevas.

—Escoged los colores que queráis —les dijo—. Después podéis encenderlas durante un minuto, sólo para que no se vean tan nuevas. Pero sólo mientras yo estoy delante, ¿entendido?

Observó a Joey mientras escogía una vela de rayas rojas y blancas, como una insignia de barbero —un poco navideña, pero qué más daba.

—Ahora que llega el otoño —dijo Rebecca—, podemos empezar a utilizar velas otra vez en las fiestas. No me gusta nada tener que dejarlas de usar en verano, pero es verdad que, psicológicamente, producen un efecto de calor, aunque en realidad no calienten tanto.

Sonó el teléfono una vez en la cocina y luego enmudeció. Rebecca esperó varios segundos, pero no volvió a sonar.

—Cuando era niña —prosiguió—, mi tía Ida me regaló una vela preciosa, blanca y larga. Una lámina fina de cera, esculpida como si de un encaje se tratara, se enrollaba en espiral alrededor. Me pareció la cosa más exquisita del mundo. La guardé en el cajón de mi escritorio para algún momento especial, aunque ahora no imagino cuál podría haberlo sido. Quiero decir que sólo tenía ocho años. A los ocho años, no se presentan en la vida de una tantos momentos especiales. Y, de vez en cuando, la tía Ida me preguntaba: «¿Has utilizado ya la vela?», y yo contestaba: «No, todavía no. La estoy reservando para algo especial». Y luego un día, no sé, tres o cuatro años más tarde, me la encontré en el cajón. Estaba toda amarillenta y torcida, casi en forma de C, y el encaje de cera se había hecho trizas. Nunca la había visto encendida, y ya no la vería jamás. Así que, desde entonces, enciendo las velas cada vez que tengo oportunidad. Las prendo por docenas, en todas las habitaciones, y en todas las fiestas que puedo de septiembre a mayo. Multitud de velas.

Le entregó a cada uno una caja de cerillas y empezaron a encender las velas, alineadas a lo largo de la mesa: gruesas, en forma de columna, votivas, blancas, de colorines, de rayas, doradas, y todas ellas resplandecían en la habitación a oscuras como estrellas en el firmamento.

Era más de la una cuando por fin llamó Hakim.

—¡Soy padre de un niño! —exclamó—. Es enorme: tres kilos novecientos quince gramos. Es igualito que yo. Min Foo está bien y os manda todo su cariño.

—¿Cómo se llama? —preguntó Rebecca.

—Todavía no tenemos nombre. NoNo había dicho que sólo podía ser niña.

—Ah, ya —dijo Rebecca.

Dejó que los niños llamaran a sus tías y a todos sus amigos para darles la noticia y después sacó todo su material de decoración y entre los tres prepararon una pancarta que rezaba: «MAMÁ, HERMANITO: BIENVENIDOS A CASA». Luego Poppy se despertó de la siesta y todos brindaron con ginger-ale en las copas de sorbete de la señora Davitch. Parecía que Poppy tenía la impresión de que el bebé era de Rebecca, pero le sacaron del error a su debido tiempo.

Cuando Hakim volvió a llamar, a última hora de la tarde, Rebecca se llevó a los niños al hospital.

—Vosotros tenéis mucha suerte —les dijo por el camino—. Antes no dejaban entrar en el hospital a los niños menores de doce años. Vuestras tías no vieron a vuestra madre hasta que yo no volví del hospital.

Era difícil creer que ya habían pasado treinta y dos años desde entonces. Para Rebecca, el recuerdo seguía tan vivo como si hubiese sido la semana anterior: el peso casi imperceptible de aquel cuerpecito, el calor de esa suave cabecita acurrucada en su cuello mientras subía los escalones de la entrada, y las tres niñas en el umbral de la puerta, con los ojos muy abiertos, impresionadas, alargando reverentemente la mano para tocar los pies de la recién nacida.

Cuando le entregaron a su nuevo nieto en el hospital —ése era otro adelanto moderno: ya no había que contemplarlo a través de un cristal—, tuvo un momento de confusión en que le pareció estar cogiendo a Min Foo. Tenía el mismo pelo tieso y los ojillos rasgados de Min Foo, y miraba con curiosidad a Rebecca como si creyera que la conocía de antes.

—¡Mirad! —les dijo a los niños—. Está preguntando: «¿Y tú quién eres? ¿Qué clase de gente me ha tocado en suerte? ¿Me gustará vivir en este planeta?».

Confió en que los demás no hubiesen notado el ridículo quiebro de su voz.

Cuando volvieron a casa, con un pollo asado y patatas fritas para cenar, encontraron a Poppy haciendo un solitario en la mesita del salón principal.

—No he podido quedarme en el cuarto de estar —les dijo—, porque el teléfono no paraba de sonar y sonar y sonar. Ese maldito aparato casi me revienta los oídos.

—¿Lo has cogido? —preguntó Rebecca.

—No —contestó—. He dejado que saltara el contestador. Si quieren quejarse, que se quejen a ese dichoso aparatito tuyo.

Pero cuando subió a comprobar los mensajes, sólo encontró tres. «Bueno, soy Alice Farmer —decía el primero—, sé que no tiene prevista ninguna fiesta este fin de semana, pero quiero ir de todas maneras porque necesito el dinero. La hija de mi hermano, Berenice, cumple veinte años. ¿Se acuerda de Berenice, la que sufre trastornos de alimentación...». Luego el sonido se desvanecía, aunque seguía hablando, pero cada vez de forma más inaudible.

El segundo mensaje consistía en un largo silencio y un clic.

El tercero, grabado un minuto después del segundo, decía: «Rebecca, hum, soy Will».

Se sobresaltó.

«Es sólo que temo que te hayas ido con una idea equivocada», proseguía. «No entiendo cómo te dio por salir corriendo de esa manera. ¡Ni siquiera te comiste el salmón! El camarero me preguntó si había algún problema. Me temo que me malinterpretaste. ¿Podrías volverme a llamar, por favor?»

Durante unos instantes se quedó mirando el contestador con el ceño fruncido. Luego borró el mensaje.

El jueves por la mañana llevó a los niños al zoológico, donde se pasaron un buen rato compadeciéndose de los polvorientos y jadeantes leones. Desde allí se fueron al hospital. Al bebé se lo habían llevado para hacerle la circuncisión: Hakim (que era cardiólogo) estaría presente pero sin intervenir, seguramente retorciéndose las manos. Min Foo resolvía un crucigrama sentada en la cama, así que Rebecca salió un momento para dejar a los niños a solas con su madre. Se detuvo ante el cristal de la sala de recién nacidos, donde había varias hileras de niños en sus cunas, envueltos en mantitas como canelones, y luego volvió a la habitación. El bebé había regresado en un estado de gran indignación y lo estaban consolando y tranquilizando. Lateesha se chupaba el pulgar, cosa que llevaba tiempo sin hacer. Rebecca propuso a los niños volver a casa y preparar una merienda campestre en el jardín.

Por la tarde apareció LaVon, el padre de Lateesha, y se llevó a los niños al ensayo de su banda de jazz. (En realidad era profesor de secundaria, pero tenía esperanzas de convertirse algún día en un músico profesional.) Cuando volvió con ellos, se quedó a la cena de los jueves, cosa que a Rebecca le despertó sentimientos encontrados. No es que no le agradara verlo. Era un joven simpático, encantador, vivaracho, que solía lucir camisas de tela africana y peinados extravagantes, tan lleno de energía que incluso cuando estaba quieto parecía que estuviese bailando. Pero Hakim también estaba presente, y tendía a erizarse un poco en presencia de su predecesor. También Min Foo, cuando se enterase, se enfadaría. Seguro que preguntaba: «¿Por qué tratas tan bien a LaVon? ¿No te das cuenta de que ya está fuera de juego?». A lo que Rebecca respondería: «No puedo cortar mis sentimientos como si cerrara un grifo, cielo, cada vez que decides dejar a uno de tus maridos».

Aunque, en cierta forma, lo que sí hacía era *abrir el grifo* a sus sentimientos, porque siempre se había jurado que todo recién llegado sería bien recibido en su familia. Se había prometido que, como la de la tía Ida, la puerta de su casa estaría permanentemente abierta, y se había mantenido tan fiel a su promesa que ahora ya no sabía muy bien si realmente quería a sus yernos o si simplemente creía que los quería.

De todas formas, ¿cuál era la diferencia? Todos ellos eran buenos maridos, incluido Troy, el no-marido. Buenos maridos y buenos padres. (A excepción, quizá, del padre de Joey, el anciano profesor Drake, que se había marchado a alguna isla griega tras su separación y había cortado toda comunicación con su hijo.) Sonrió al ver con qué naturalidad LaVon se recostaba en su silla mientras discutía algún tema musical con Troy, que enseñaba teoría en el Conservatorio Peabody. Poppy les interrumpió para decir que desde 1820 ya no se había compuesto nada que mereciese remotamente escucharse.

—Mi compositor favorito es Haydn —afirmó—. Aunque antes pensaba que sonaba un poco como una cajita de música, pero eso fue antes de que asistiera a un concierto y lo viese tocar en persona.

—¿En... qué? —preguntó LaVon, ya que últimamente no estaba al tanto de los lapsus de Poppy.

Rebecca se apresuró a repiquetear con el tenedor en su vaso de té con hielo.

—¡Oíd todos! —exclamó—. ¡Ha llegado el momento de brindar por Abdul!

Era el nombre que sus padres habían elegido finalmente para el recién nacido: Abdul Abdulazim. A Rebecca le gustaba pronunciarlo.

—¡Por Abdul Abdulazim! —propuso—. ¡Por la llegada del pequeñín!

El padre de Abdul, Hakim Abdulazim, cuyo nombre era todavía más divertido de pronunciar, se enderezó y levantó la barbilla con orgullo.

—¡Es tan maravilloso tener a un nuevo niño! —entonaba Rebecca—. ¡Que igual que sus hermanos nos robará el cariño!

Hakim levantó la copa, y los dos niños también, pero los demás se conformaron con murmurar: «¡Salud!», y prosiguieron sus conversaciones. Al fin y al cabo, oían tantos brindis... Rebecca lo entendía. Parecía que ella estuviese siempre intentando infundir entusiasmo a su familia en las pedidas de mano, las bodas, los nacimientos, los sobresalientes de los niños, sus papeles estelares y sus graduaciones. A veces, a falta de otro motivo, proponía brindis en honor a los jueves. «¡Por otro jueves más, y por estar todos juntos! ¡Por la buena mesa y la buena conversación, por este espléndido tiempo estival!» (O primaveral, otoñal, invernal.) Y eso sin contar todas las celebraciones profesionales: las navidades y los años nuevos de sus clientes, los ascensos en el trabajo, las fusiones y las jubilaciones, los incontables cumpleaños y confirmaciones, los *bar mitzvahs* y las despedidas de soltera.

Bien. Se enderezó y se volvió hacia Hakim:

—Bueno, y en cuanto a cómo dar la bienvenida al bebé... —empezó a decir.

—¿De qué se trata? —preguntó. Parecía preocupado.

—De la fiesta que hacemos para nuestros recién nacidos. Es como una tradición de los Davitch —le explicó—. La idea surgió una vez que estaba esperando a una de las chicas en el aeropuerto y vi una multitud enorme, alegre y bulliciosa, con globos y pancartas, con cámaras de vídeo y de fotos y con flores y regalos. Y, cuando aterrizó el avión, apareció una mujer con un bebé diminuto, coreano, creo, o chino, y la gente empezó a aclamarlos y una pareja se adelantó y la mujer tendió los brazos y la otra mujer le entregó al bebé... Siempre he sentido que era una lástima que en nuestra familia no haya habido ninguna adopción. La adopción es más repentina que un embarazo, ¿no os parece? Es más teatral. Por eso me dije: ¿por qué no recibir así a nuestros bebés? Y es lo que hemos venido haciendo desde entonces.

Hakim parpadeó. Rebecca se preguntaba a veces cuál sería su nivel de comprensión del inglés.

—Bueno, de todas formas, lo único que tenéis que hacer vosotros es darme una fecha —añadió—. Podemos hacerlo este fin de semana, si queréis. El Open Arms no está reservado. ¿O preferís que sea simplemente un jueves? ¿Un jueves como los que solemos pasar en familia?

—Le preguntaré a Min Foo —dijo Hakim. Pero aún parecía preocupado.

Esa noche no eran un grupo muy grande: sólo nueve comensales. Como siempre, estaban presentes Troy, Biddy y Zeb: Biddy porque los jueves le servían para experimentar recetas nuevas, y Zeb porque (según sospechaba Rebecca) era la única oportunidad que tenía de comer comida casera. Después se iría a casa cargado con todo tipo de sobras, ella ya se ocupaba de eso. Antes NoNo tampoco solía faltar, pero desde que se había casado se dejaba ver poco. Bueno, como tenía que ser, por supuesto. Ahora ella estaba estableciendo sus propias tradiciones.

La semana anterior NoNo había telefoneado a Rebecca para preguntarle cómo se organizaba la gente para llevar a los niños al colegio por turnos. El colegio de Peter estaba a punto de abrir de nuevo y ella iba a encargarse de llevarlo.

—¿Qué hago, pongo un anuncio en el periódico? —quería saber—, ¿pego una nota en el tablón de anuncios, o qué?

—Hazte con el directorio del colegio... —empezó Rebecca. Hablaba lentamente, estaba intentando recordar—. Buscas todos los alumnos que vivan cerca de tu casa...

—Le he preguntado a Peter quiénes vivían cerca y dice que cree que nadie. Pero no estoy segura de que lo sepa. Me parece que no tiene ningún amigo.

—¿Ninguno? —se extrañó Rebecca.

—Bueno, por lo menos, nunca le llama nadie.

—Quizá es que los chicos no suelen hablar por teléfono —alegó Rebecca.

—Sí, tienes razón. Puede ser eso.

—Porque ni tú ni yo tenemos mucha experiencia con chicos.

—Tienes razón —repitió NoNo, y su voz se volvió trémula y tenue—. No estoy muy preparada para esto, ¿sabes?

—¡Pero, cariño! ¡Lo vas a hacer muy bien! —le había asegurado Rebecca—. No te preocupes ni un segundo. ¿Por qué no llamas a Patch o a Min Foo y les preguntas a ellas lo de los turnos del transporte?

Entonces, se dirigió a Joey por encima de la mesa para preguntarle:

—Joey, ¿tú hablas alguna vez por teléfono?

—Hablo contigo, abuela.

—Quiero decir con tus amigos. ¿Alguna vez, por las tardes, les llamas para hablar con ellos?

—Sí, claro, cuando tengo que preguntarles alguna cosa sobre los deberes o algo así.

—¿Pero no para hablar sin que haya una razón concreta?

—¿Sin ninguna razón? ¿Y entonces para qué voy a llamar?

—¡Ajá! —dijo Rebecca—. NoNo cree que Peter no tiene amigos porque no le llama nadie por teléfono —le confió a Zeb.

—Ya se arreglarán las cosas. Hay que darle tiempo —afirmó Zeb.

Seguro que eso mismo les decía a todos los padres que iban a su consulta, especuló Rebecca. Zeb estaba ayudando a Lateesha a cortar la chuleta de cerdo y ni siquiera levantó la vista del plato para hablar.

—Este plato de espinacas —anunció entonces Biddy—, ¿podéis prestarme atención, por favor? Este plato de espinacas contiene un poco de nuez moscada, pero la cuestión está en que supuestamente no debéis notarlo. Su función es únicamente realzar el aroma de las espinacas. ¿Alguien ha notado el sabor a nuez moscada?

Era difícil de saber, ya que, como de costumbre, los demás estaban demasiado ocupados, discutiendo e interrumpiéndose los unos a los otros.

—A mí me parecen deliciosas —le dijo Rebecca.

—No sé por qué me molesto ni me esfuerzo —rezongó Biddy, como si nadie hubiese dicho nada. Agarró la fuente de espinacas y se la llevó rápidamente a la cocina.

Rebecca miró su plato un momento y, cuando levantó la vista, vio que Zeb la estaba observando.

—Es que tú siempre dices que está todo delicioso. No lo ha hecho con mala intención —le dijo Zeb.

—Sí, ya lo sé —admitió Rebecca. Y luego añadió—: ¿Alguien quiere más chuletas? ¿Quién quiere otra chueta de cerdo? —y el incidente quedó zanjado.

El viernes dieron de alta a Min Foo y el bebé, y Rebecca fue a llevar a los niños a su casa, junto con una bolsa de provisiones. Desde allí se fue directamente a una librería.

—¿Tienen algún libro sobre Robert E. Lee? —le preguntó al dependiente.

—Mire en biografías, allí junto a la ventana.

—Gracias.

Atravesó la tienda, parándose una o dos veces cuando algo de otra sección le llamaba la atención: un libro infantil sobre ballet, que era la pasión del momento de Merrie, y una colección de fotografías de Tierra Santa, que sería un regalo de cumpleaños ideal para Alice Farmer. En biografías encontró tres libros sobre Lee, uno de ellos en rústica, que fue el que cogió del estante para estudiar el retrato de la portada, donde Lee lucía una barba recortada en ángulo recto y una mirada de decepción. No era un personaje que ella admirara especialmente. Simplemente representaba la primera y la última investigación académica que había emprendido en su vida. Acababa de reunir el material de consulta y estaba apenas empezando a entusiasmarse con el proyecto, cuando Joe Davitch irrumpió en su vida. Ahora, la visión del rostro de Lee le traía a la memoria una multitud de recuerdos: el olor a viejo de la biblioteca de la Universidad de Macadam, la forma delicada de pronunciar las oes de su profesor de historia, que era de Minnesota, y la emoción de tocar por primera vez las crujientes páginas de los libros de texto y los cuadernos de espiral recién comprados en la librería de la universidad.

Junto a ella, una mujer de aspecto severo y un moño blanco bien recogido seleccionaba un libro de tapas duras y se lo enseñaba a una chica con minifalda —su nieta, seguramente.

—Mira, éste tiene que estar bien —le dijo—, la vida de Charles Lindbergh.

—Pero es que..., sabes, como que es *demasiao* enorme —dijo la nieta—. Vamos, que no me lo voy a acabar antes de que empiecen las clases, sabes.

En ese momento la mujer pareció arreglárselas de alguna manera para aumentar de estatura.

—¿Puede saberse —preguntó en tono glacial— qué clase de voz es esa que estás poniendo?

Rebecca sabía exactamente de qué tipo de voz se trataba. Había oído a Dixon llamarla voz de surfera. (Aunque la necesidad de utilizarla en Baltimore, Maryland, y de qué manera esa voz superficial y entrecortada podía parecer favorecedora —¿acaso podía oírse mejor con el ruido de las olas o algo así?—, no dejaba de ser un misterio para ella.) Pero la nieta no parecía haberla oído.

—Y además —añadió—, ése es un tío, sabes, y las biografías de tíos son un coñazo.

—¿Cómo has dicho? —la mujer pareció crecer aún más.

—Bueno, lo siento, abuela —rectificó mansamente la chica.

La mujer respiró fuerte por la nariz y volvió a dejar el libro en el estante.

Rebecca estaba impresionada. ¡Menuda autoridad! ¡Y quién la tuviese! Si hubiera sido ella, lo más seguro es que habría terminado utilizando toda una sarta de «como que» y de «es total» por mimetismo con la nieta, sin darse apenas cuenta de lo que hacía. No tenía sentido de la definición, ése era su problema. ¡No era de extrañar que hubiese terminado siendo una persona tan distinta!

No sólo compró el libro en rústica sobre Lee, sino también los otros dos de tapas duras, aunque no pudiera permitírselos. Cuando los puso sobre el mostrador, el dependiente le preguntó:

—¿Algo más?

—No, nada más.

Rebecca le contestó en un tono firme y tajante que imitaba exactamente (se dio cuenta demasiado tarde) el de la mujer de pelo blanco.

Algunos días eran días de teléfono y otros eran días *sin*. ¿Sería así para todo el mundo? Había días en que el teléfono de Rebecca sonaba a todas horas, cada llamada pisando los talones de la llamada anterior, y otros en que parecía que no había teléfono en casa.

Esa tarde en concreto llamó el pintor; luego llamaron de la consulta del dentista y luego el hombre que inspeccionaba la caldera. La fisioterapeuta de Poppy quería cambiar la hora. Patch quería quejarse de Jeep. Min Foo quería barajar algunas fechas para la fiesta de bienvenida del bebé.

Y llamó una tal señora Allen para encargar la celebración del cincuenta cumpleaños de su marido.

—Seremos unos... sesenta invitados —dijo—, o sesenta y cinco. O, para no pillarnos los dedos, digamos setenta.

Rebecca se preguntó por qué la gente no calculaba esas cosas antes de llamar por teléfono. Pero respondió:

—Setenta. Muy bien.

—Va a ser una fiesta sorpresa.

—¿De veras? —dijo Rebecca.

Tenía que haberlo dejado pasar, pero, en conciencia, no podía.

—Si quiere que le dé mi opinión, sinceramente —señaló—, las fiestas sorpresa son un fracaso garantizado. Yo por lo menos lo veo así.

Esto último provocó que el fontanero, que estaba tumbado de espaldas bajo el fregadero de la cocina, soltara un bufido y mascullara:

—A eso digo ¡amén!

Pero la señora Allen estaba empeñada.

—Había pensado en sólo unas bebidas y unos canapés —continuó alegremente—. Las cenas formales ya están tan pasadas, ¿no cree?

El Open Arms tampoco tenía cabida para setenta personas sentadas, así que Rebecca estuvo totalmente de acuerdo. Convinieron una fecha y un adelanto y, cuando ya Rebecca se disponía a colgar, la señora Allen se embarcó en el tema de la crisis de los cincuenta de su marido. (Su decisión de hacerse un trasplante de pelo, de seguir una dieta drástica para rebajar peso, la adquisición de un juego de palos de golf por mil seiscientos dólares, aunque resultaba más barato, suponía, que si le hubiera dado por encapricharse de alguna muñequita a la que doblara la edad.) Rebecca recorrió la cocina de puntillas, estirando el cable del teléfono al máximo, y giró el botón del reloj del horno hasta que empezó a sonar.

—¡Huy! Tengo que irme —y colgó—. Hay gente que cree que el teléfono es una especie de... ¡hobby! —le dijo al fontanero.

—Debería ver lo que es mi casa —contestó él—. ¿Conoce a mi hija Felicia?

Entonces volvió a sonar el teléfono. Rebecca suspiró y fue a coger el aparato.

—¿Diga? —inquirió.

—¿Rebecca? —preguntó Will Allenby.

—¡Oh! —exclamó.

—¡No cuelgues!

—No iba a colgar —aseguró.

Aunque, por una parte, le hubiera gustado hacerlo. Sólo se lo impidió la curiosidad.

—Sólo quería disculparme por lo de la otra noche —declaró Will.

—Está bien —repuso ella secamente.

—No era mi intención que la conversación tomara ese rumbo, créeme. No sé cómo pasó.

Lo extraño era que las disculpas la hicieron volver a sentirse humillada. Pero contestó:

—¡Ya no lo pienses más! A mí se me ha olvidado por completo. Pero gracias por llamar.

—¡Espera!

Esperó.

—Por favor —le rogó—, ¿no podríamos hablar un poquito? ¿No podrías escucharme?

—Bueno, está bien, supongo que sí.

—Creo que estoy en un estado... como de angustia, Rebecca. Últimamente parece que lo único que puedo hacer es un esfuerzo por levantarme por la mañana. Me levanto. Me miro en el espejo, y me digo: «¡Oh, Dios, sigo siendo el mismo, el mismo de siempre!», y lo único que me apetece es volverme a meter en la cama y ya no levantarme más.

Rebecca permaneció muy quieta, como si él pudiese ver cuán atentamente lo escuchaba.

—El hecho es que el divorcio fue idea de mi esposa, no mía. ¡Ni siquiera sé muy bien qué fue lo que falló entre nosotros! Un día simplemente me anunció que quería que me marchara. Y, por supuesto, ella se quedó con la niña. Eso puedo entenderlo, ¡yo no sé nada de chicas adolescentes! Pero estuvimos de acuerdo en que yo seguiría estando muy en contacto. Vería regularmente a mi hija, los días que quisiera, ya fuera en su casa o en la mía. Pero ahora, cada vez que telefoneo, Beatrice está ocupada. La invito a cenar y me dice que está un amigo o amiga con ella, o que tiene otros planes. Nunca tiene tiempo para que nos veamos.

—Bueno, ¡tiene diecisiete años! —alegó Rebecca—, por supuesto que no tiene tiempo.

—Le digo que traiga a su amigo o amiga y me dice que no se sentirían cómodos en mi apartamento.

—Ya sabes cómo son los adolescentes. Se avergüenzan de sus padres por sistema. No es nada personal.

—No —repuso Will—, es algo más que eso. No sé cómo explicarlo. Parece como si estuviese destinado a... no tener a nadie en mi vida. Aquí estoy, solo en la casa de esta anciana, donde reina un silencio de muerte, y lo peor es que parece lo más normal del mundo. Como si fuese mi estado natural. «¿Qué esperabas? —me pregunto a mí mismo—, ¿es que te imaginabas que alguien querría pasarse la vida entera contigo? Deberías dar gracias a tu suerte porque, al menos, te casaste». Es como si me faltase alguna cualidad que todos los demás dan por sentada.

—Un momento, Will, en eso estás totalmente equivocado.

—Vale —admitió—. Entonces, dime.

—¿Que te diga qué?

—Dime por qué rompiste conmigo.

—¡Eso ya lo hemos hablado! Cuando apareció Joe Davitch...

—No, quiero el verdadero motivo. Quiero que seas sincera.

—¡Estoy siendo sincera! —protestó.

—No insultes mi inteligencia, Rebecca.

Se sintió alcanzada por una estocada.

—Ya veo que esto no nos lleva a ninguna parte, así que ahora sí que voy a colgar. Adiós.

Y, sin esperar su respuesta, colgó el teléfono.

El fontanero estaba recogiendo sus herramientas con más estruendo del que parecía necesario, con grandes golpeteos y ruido de chatarra, y gruñendo exageradamente mientras buscaba alguna de sus llaves. Sospechó que se sentía incómodo por ella.

—¡Vaya lata! —se quejó Rebecca en tono despreocupado—. Esa gente que se cuelga al teléfono y no lo suelta; yo nunca sé cómo cortar, ¿y tú?

—Un tipo persistente, ¿no? —dijo el fontanero.

Luego se la quedó mirando y esperó con expresión expectante, pero Rebecca se limitó a decir: «Pues sí», y le preguntó si había reparado la gotera.

Ahora se arrepentía de haber cortado la conversación tan bruscamente. Empezaba a experimentar ese horrible sentimiento contradictorio que siempre tenía cuando decía algo que podía lastimar a alguien.

El resto de la tarde el teléfono permaneció mudo, pero a la hora de la cena empezó la habitual ronda de las llamadas de televentas. Y también volvieron a llamar del Segundo Edén.

—Esas azaleas de las que le hablé son un pelín más pálidas que el color que le dije. Son un poco más... cómo le diría, no es exactamente rosa, ni naranja, ni rojo...

—Me da exactamente igual de qué color sean. Cualquier color. Bien —dijo, colgó y volvió a la mesa—. Si pudiese hacer desaparecer un invento moderno —le dijo a Poppy—, creo que sería el teléfono.

—Pues yo elegiría la cremallera —opinó él.

Rebecca se le quedó mirando, pero antes de que pudiera ahondar en el tema, volvió a sonar el teléfono. A la señora Allen se le había olvidado mencionar que el señor Allen no comía carne roja. Y al cabo de un momento, volvió a llamar: tampoco comía pollo.

—¿Por qué no dejas que responda el aparato ese que tienes? —le preguntó Poppy.

Era una pregunta bastante razonable. No le contestó que no dejaba de pensar con cada llamada que podía ser Will Allenby. Aquella velada parecía ser la de los números equivocados. Tres personas llamaron por error, una de ellas varias veces seguidas —una mujer con acento eslavo y ganas de discutir: «¿Número equivocado? ¡No! ¡No número equivocado! ¡Llamo a mi hija! ¡Que se ponga!».

A las nueve, Rebecca se fue a la cama con uno de sus libros sobre Robert E. Lee. Empezaba con la genealogía de los Lee, que le pareció aburrida. Aun así, se obligó a continuar. Se le ocurrió pensar (por una vía totalmente distinta del cerebro, mientras por la otra continuaba catalogando a los bisabuelos de Lee) que con el paso de los años había dejado gradualmente de leer cualquier cosa que entrañase alguna dificultad. Incluso los artículos del periódico o las notas breves: si la primera línea no captaba su interés, volvía la página. Era la misma actitud que tenía con la gimnasia. Tan pronto como se cansaba un poquito o le faltaba el aliento, lo dejaba. «Supongo que mi cuerpo está intentando decirme algo», bromeaba al explicárselo a Patch (ya que invariablemente era Patch quien la impulsaba a realizar el esfuerzo de ponerse en forma). «Si me manda un mensaje tan claro, ¿cómo voy a ignorarlo?»

Cuando los bisabuelos de Lee cedieron paso a sus abuelos, dejó el libro y telefoneó a Zeb.

—¿Qué estás haciendo? —le preguntó cuando descolgó.

—Estoy leyendo una cosa sobre los efectos nocivos de las luces nocturnas.

—¿Luces nocturnas?

—Según parece, los niños que han sido criados con luz en la habitación durante la noche terminan teniendo problemas con la vista. La hipótesis es que sus ojos no descansan lo suficiente.

—O, tal vez —opinó Rebecca—, los niños ya no ven bien desde antes y existe algún tipo de conexión biológica entre el miedo a la oscuridad y la mala vista, ¿has pensado eso alguna vez?

—Hum...

—Quizá la mala vista es el origen de su miedo a la oscuridad. Por ejemplo, una silla que parece un monstruo.

—Parece que el tema te ha desatado la imaginación —dijo Zeb.

—Sí, bueno...

Miró su radio despertador. Eran casi las diez de la noche. Si alguien telefonease a esas horas de la noche, se preguntaría: *¿Con quién puede estar hablando?*

Debe de estar muy solicitada, pensaría.

—He tomado algunas decisiones —le anunció a Zeb—. A partir de ahora voy a leerme dos libros por semana, libros serios que me obliguen a esforzarme. Y también me voy a apuntar a un gimnasio. Por una vez, tengo ganas de ponerme en forma.

—¿Y eso para qué? Estás bien como estás...

—No, no estoy bien. Estoy completamente fofa. Tú, que eres médico, deberías más que nadie... O a lo mejor me pongo a hacer footing. Resultaría más barato. Sólo que para hacer footing influye mucho el tiempo. La mitad de las veces haría demasiado calor, o estaría lloviendo. Me sentiría tan ridícula corriendo con un paraguas...

—Rebecca, la gente que sale a correr no lleva paraguas.

—¿Y entonces? ¿Cómo hacen para no mojarse? —le preguntó, ahora ya de broma, para intentar hacerle reír.

En cuanto se despidieron, volvió a ponerse seria. La sensación de desgarramiento parecía haberse tornado más intensa, clavándole más adentro sus afilados dientes. Se incorporó en la cama y fijó la vista en el teléfono. Pero no llamó nadie más.

El día que fijaron finalmente para la fiesta de bienvenida del bebé fue el Día del Trabajo*. El plan era otra merienda campestre junto al río North Fork, sólo que el huracán Dennis pasó cerca de esa zona durante el fin de semana y tuvieron que cambiarlo por una celebración en casa.

Resultó que el asunto central de la reunión giró alrededor de las urgencias médicas. Primero a Joey le picó una abeja, que nadie supo cómo se había colado en el salón, y hubo que llevarlo corriendo a que le pincharan, porque era alérgico a su aguijón. Min Foo y Hakim, claro está, fueron quienes le llevaron, junto con el invitado de honor, ya que Min Foo le estaba dando el pecho. Con todo esto, el festejo perdió un poco el sentido. (Aunque el Open Arms siguió siendo un enjambre de Davitchs que se peleaban, reían, gritaban y armaban jaleo: los niños persiguiéndose alrededor de la mesa del comedor, Biddy insistiéndole a la gente para que comiese, Troy y Jeep intercambiando anécdotas sobre partos que ponían los pelos de punta.) Luego, los dos hijos pequeños de Patch la emprendieron a empellones, sin que llegase a ser una pelea seria, pero Merrie se magulló el hueso del codo y, en medio de grandes alaridos, hubo que llevarla a la cocina a ponerle hielo.

—No ha sido culpa mía —dijo Danny—. Es ella la que estaba dando el coñazo.

Rebecca intentó aumentar de estatura.

—¿Cómo has dicho? —inquirió.

Y Danny repitió en voz más alta:

---

* En EE UU el Día del Trabajo es el primer lunes de septiembre. *(N. de la T.)*

—¡Que no ha sido culpa mía! ¡Ha sido ella la que estaba dando el coñazo!

Rebecca cerró brevemente los ojos. Cuando los abrió vio a Poppy frente a ella, tambaleándose levemente.

—Beck —le dijo—, no me encuentro bien.

—¿Qué te ocurre?

—Me ha dado el dolor ese.

—¿Dónde?

—Aquí —dijo, agarrándose la pechera de la camisa.

Ahora se daba cuenta de que tenía la cara pálida y grisácea. Todos sus rasgos parecían haberse afilado.

—¡Siéntate! —le dijo—. ¡Zeb! ¿Dónde está Zeb? ¡Que alguien vaya a buscar a Zeb! ¡Deprisa!

Mientras tanto, condujo a Poppy hasta el sofá, y se alarmó al sentir lo poco que pesaba. Creyó que Poppy estaba temblando; luego pensó que quizá la que temblaba era ella. De hecho, curiosamente, él parecía muy tranquilo, e insistió en que su bastón quedase colocado exactamente junto al borde interior del sofá antes de tumbarse. Cruzó los dedos sobre su diafragma y cerró los ojos. Rebecca llamó:

—¡Zeb!

—Zeb se ha ido con Joey y los demás —informó uno de los niños.

—¿Que se ha ido?

—Por si Joey necesitaba primeros auxilios por el camino.

—Llama a una ambulancia —ordenó Rebecca—. ¿Poppy? Veamos, ese dolor ¿se extiende hacia el brazo izquierdo?

Poppy se quedó pensando.

—Podría ser —dijo.

—¡Que alguien llame a una ambulancia!

Luego se planteó la cuestión de decidir quién iría con él. Se ofrecieron media docena de personas, incluido Danny, que quería saber cómo sería un viaje en ambulancia, y Alice Farmer, que presentía que Poppy necesitaba sus oraciones.

—Basta con que venga Beck —dijo Poppy sin abrir los ojos—. No creo que necesite tanto jaleo a mi alrededor —tenía los párpados como trocitos de papel encerado que hubiesen arrugado y después intentado alisar.

Rebecca corrió a buscar su monedero y la cartilla del seguro médico de Poppy. La habitación de Poppy, con su olor a pastillas contra la tos y a cerrado, con la colcha torpemente estirada sobre la almohada, parecía más vacía de lo normal. Cogió la billetera de Poppy del escritorio y corrió abajo.

Dos hombres estaban colocando a Poppy sobre una camilla. Habían llegado sin sirena, o quizá ella no la había oído con el barullo (al parecer todo el mundo estaba dando órdenes, y un par de niños se había echado a llorar).

—¿Qué es lo que tiene? —les preguntó a los hombres—, ¿se pondrá bien?

Pasaron por delante de Rebecca sin detenerse y ella fue trotando justo detrás, cogiendo el frágil tobillo de Poppy por debajo de la manta hasta que llegaron a la puerta y tuvo que soltarlo. Por suerte, en ese momento no estaba lloviendo, aunque las aceras estaban mojadas y todos iban andando con mucha precaución.

Dentro de la ambulancia, que estaba repleta de aparatos tranquilizadores —botones, manómetros y todo tipo de material de acero inoxidable—, Rebecca se sentó en un pequeño asiento junto a la camilla y volvió a coger el tobillo de Poppy: prácticamente la única parte de su cuerpo que no estaba conectada a algún cable. Esta vez pusieron en marcha la sirena. El conductor iba hablando por una especie de intercomunicador mientras conducía, anunciando el nombre de Poppy, su edad y su número de seguridad social conforme Rebecca se los facilitaba, y el otro hombre iba comprobando las constantes de Poppy.

—¿Es un ataque al corazón? —preguntó Rebecca.

—Es demasiado pronto para saberlo —le respondió el hombre.

—¡Pero todavía no hemos celebrado mi centésimo cumpleaños! —saltó Poppy.

—¡Oh, Poppy! Tendrás tu fiesta de cumpleaños, ¡te lo prometo!

Sentía que estaba al borde de las lágrimas, para su propia sorpresa, pues ¡cuántas veces no se había sentido irritada por la presencia de Poppy en su vida, cuántas no se había quejado de que no le hubiesen dado otra opción! Una vez, incluso, se había permitido fantasear sobre su muerte... Pero parece que uno termina queriendo a quien tiene cerca. Le resultaba indignante —un escándalo, una atrocidad— que esa persona tan delgada, tan gris, con esos tobillos tan calientes, simplemente dejase de existir, así sin más.

Poppy miraba el techo y se mordía el bigote.

En cuanto llegaron al hospital, a Rebecca la enviaron a un mostrador para que diera los datos de Poppy, mientras los camilleros se lo llevaban y cruzaban con él una serie de puertas batientes.

—¡Ya he dado todos los datos! —le señaló a la enfermera. (¿Sería una enfermera? Últimamente resultaba difícil saberlo, con todas esas batas con ositos estampados y esos pantalones tan sueltos que llevan en los hospitales.)

La mujer le dio unos golpecitos en el brazo y dijo:

—Podrá ver a su ser querido en unos momentos.

A Rebecca no le gustó cómo sonaba eso de su «ser querido».

Volvió a contestar a las mismas preguntas, firmó varios formularios y luego eligió una silla lo más apartada que pudo. La sala tenía el aspecto incompleto y desolado de los lugares donde la gente ha permanecido demasiado tiempo sentada y luego se ha marchado precipitadamente. En las mesas había varios vasos de plástico vacíos, uno de ellos mellado con marcas de mordeduras en el borde; las revistas, leídas una y mil veces, estaban arrugadas y manoseadas; un hombre con vaqueros dormía en un sofá de vinilo naranja que exhibía varios parches de cinta aislante. Junto a la ventana, una familia debatía a quién le tocaba ir a casa para sacar a pasear al perro. Una mujer hablaba precipitadamente por el teléfono público. Otra mujer recortaba algo de una revista, centímetro a centímetro, procurando no hacer ruido, mientras su marido bostezaba ostensiblemente y estiraba las piernas hasta quedar casi atravesado en el asiento.

Precisamente el día anterior Rebecca le había echado un rapapolvo a Poppy. Se estaba quejando de sus ejercicios: «¿Por qué me obligas a hacer estos fastidiosos ejercicios de brazos todas las mañanas, como si fuera un bebé?»; y Rebecca le había replicado: «Muy bien, pues deja de hacerlos. ¡Qué me importa a mí si los codos se te quedan tiesos y no los puedes doblar!». Y la semana anterior se había negado a llevarle a ver a su amigo, el señor Ames. Peor que eso: le había dicho que lo llevaría pero no dejaba de postergarlo, confiando en que Poppy se olvidaría, y al final él había dejado de pedírselo, quizá porque lo había olvidado, o quizá simplemente porque había perdido la esperanza de que lo llevara. Ahora, cuando lo pensaba, se le partía el corazón.

Observó a un hombre esquelético deslizarse con muletas por la sala, guiado por una asistente, una chica de cara redonda que le sostenía pasándole un brazo alrededor de la cintura. El hombre le hablaba murmurando con disgusto: «Te pinchan con sus jeringuillas, te retuercen de un lado y de otro, te obligan a estar inmóvil durante horas... y luego te mandan beber todos esos litros de agua. Dicen: "A los pacientes que van a abrir tenemos que estimularles la eliminación de fluidos", y yo me sobresalté, creyendo que lo que habían dicho era: "A los pacientes que van a *morir*..."».

La muchacha rió suavemente y le apretó la cintura con un gesto tan afectuoso que Rebecca se preguntó por un momento si no sería familiar suyo. Pero no: lo más seguro es que fuese una de esas empleadas del hospital sin titulación, con un sueldo mísero, que demostraban una preocupación más auténtica por los pacientes que muchos médicos. Ahora le estaba abriendo la puerta y le ayudaba a pasar, apoyando con delicadeza la mano en su espalda.

Allí era donde habían llevado a Patch cuando se le reventó el apéndice. Aunque desde entonces lo habían reformado, seguramente en más de una ocasión. Y también a NoNo cuando se rompió la muñeca. O quizá no: puede que entonces fueran al Union Memorial. ¡Ah, cuántos accidentes, cuántas enfermedades infantiles, cuántas carreras frenéticas en mitad de la noche!... Rebecca podría publicar algunos datos de interés sobre los servicios de urgencias de Baltimore.

A Joe también le habían atendido allí, pero antes de que ella llegase ya le habían trasladado a cuidados intensivos. Se había pasado cuatro días y tres noches en la sala de espera de la UCI: un espacio mucho más reducido que aquél y un ambiente muy particular, cargado de temores. Cada hora le permitían entrar y coger la mano inerte de Joe durante cinco minutos, y luego tenía que salirse otra vez. Cuando regresaba a la sala de espera, unos perfectos desconocidos le preguntaban: «¿Le ha hablado? ¿Ha abierto los ojos?». Y ella, a su vez, les preguntaba lo mismo cuando volvían de estar con su familiar. Se habían hecho tan íntimos como una familia, a fuerza de miedo y pena e interminables horas de espera. Aunque ahora ya ni siquiera recordaba cómo eran aquellas gentes.

Una mujer vestida con un uniforme verde mar llamó:

—¿Señora Davitch? ¿Está la señora Davitch?

—Aquí —dijo Rebecca levantándose.

—Ya puede pasar.

Rebecca recogió su bolso y siguió a la mujer al otro lado de las puertas batientes a lo largo de un pasillo de suelo de linóleo.

—¿Cómo está? —preguntó Rebecca.

—¡Muy bien!

Pero la mujer contestó con tal premura que Rebecca sospechó que no tenía ni idea. Entraron en una zona amplia y extrañamente silenciosa, donde los médicos atendían sus quehaceres sin ninguna precipitación aparente, estudiando minuciosamente curvas de temperatura o consultando datos en el despacho central. En tres de las cuatro paredes se alineaban unos cubículos con cortinas; la mujer descorrió una de ellas y aparecieron las amarillentas plantas de los pies de Poppy, que sobresalían de la camilla. «¡Le traigo compañía!», gritó, y luego se marchó, acompañada del chirrido de sus zapatillas de deporte al dar media vuelta para cerrar la cortina tras ella.

Rebecca se acercó a la cabecera de la cama y encontró a Poppy completamente despierto, observando con el ceño fruncido los pitidos y parpadeos del aparato que tenía a su lado.

—¿Cómo te sientes? —preguntó Rebecca.

—¿Cómo quieres que me sienta, con todo este jaleo?

—¿Estás mejor del dolor del pecho?

—Un poco.

—¿Qué es lo que te han hecho?

—Me han pinchado por lo menos seis venas para sacarme sangre. Me han hecho un electrocardiograma. Luego se han marchado y me han dejado aquí esperando, en la peor postura posible para una persona que sufre de dolor de espalda.

Llevaba una bata de hospital de color azul pastel que le daba un aspecto frívolo y patético. En el dorso de la mano tenía clavada una aguja intravenosa. Rebecca le cogió la mano libre con su mano y él no la retiró. Cerró los ojos y dijo:

—Por mí, te puedes quedar.

—No me muevo de aquí —le aseguró.

Dejó la mano sobre la suya, cambiando el peso de una pierna a otra cuando se le empezaban a cansar. Había una silla junto a la cortina, pero no quería arriesgarse a perturbarlo.

Si aquél iba a ser el lecho de muerte de Poppy —¡Dios no lo quisiera!—, qué extraño resultaba que fuese ella quien le acompañase. Noventa y nueve años atrás, cuando llegó a este mundo, ¡quién iba a sospechar que una estudiante gordita de Church Valley, Virginia, una desertora de la universidad —y ni siquiera una Davitch, estrictamente hablando—, iba a ser la que le sostuviera la mano cuando le tocara abandonarlo!

Bueno, así pasaría con casi todo el mundo, supuso. Sólo Dios sabía a quién le tocaría estar junto a su lecho de muerte.

Se descorrió la cortina y de inmediato apareció Zeb, una visión reconfortante con su cara alargada, bondadosa, familiar, y con sus gafas empañadas.

—¿Cómo te encuentras? —le preguntó a Rebecca.

—Bueno, yo estoy bien, pero Poppy...

Poppy abrió los ojos y espetó:

—Me parece que están intentando rematarme...

—De eso nada. Te van a dar el alta —le dijo Zeb. Ahora estaba contemplando la chirriante máquina—. Resulta que es una indigestión.

—¿De veras?

—Acabo de hablar con el médico residente.

—¡Oh! ¡Una indigestión! —exclamó Rebecca. Era una palabra tan maravillosa que sintió la necesidad de repetirla, oírla con su propia voz.

—Me han dicho que te comiste tres pasteles en la fiesta —reprendió Zeb a Poppy.

—¿Y qué? Otras veces me he comido muchos más.

—Te van a traer un antiácido. Eso debería ayudar. Es posible que tarden un rato en soltarte, teniendo en cuenta lo que son los hospitales, pero tarde o temprano te sacaremos —Zeb miró a Rebecca y le dijo—: Deberíamos decírselo a los demás. Están muy preocupados.

—¿Le han puesto la inyección a Joey?

—Sí, y ya está en la fiesta, recuperando el tiempo perdido.

—Iré a llamar por teléfono —se inclinó hacia Poppy y le dio un beso en la mejilla—. Me alegro de que no haya sido nada grave.

—Bueno, no sé adónde vamos a ir a parar —replicó Poppy—, si uno no puede comerse tres miserables pasteles sin que llamen a una ambulancia.

Ella le dio unas palmaditas en el hombro y se alejó, sintiéndose más ligera que una pluma.

Durante el tiempo que había pasado con Poppy, la sala de espera se había poblado de gente totalmente nueva. El hombre de los vaqueros había desaparecido del sofá. Un chico con un impermeable amarillo veía la televisión arrellanado en su silla. Una mujer mayor miraba al vacío mordiéndose el labio. Rebecca sintió una pena distante, desprendida. Echó las monedas en el teléfono para llamar a casa y trató de hablar en voz baja para que ninguno de ellos oyera lo afortunada que era.

Para cuando regresaron al Open Arms ya era tarde y se habían marchado todos los invitados, excepto Biddy. Estaba limpiando la cocina.

—Tomad un poco de soufflé al té verde —les ofreció—. Han quedado toneladas, nadie se lo ha querido comer. No tenía que haberles dicho de qué era. «¡Té verde!», decían. «¿Y qué tiene de malo el chocolate?». ¡Ah!, Rebecca, te ha llamado un tal Will Allenby.

Rebecca se quedó helada.

—Van y me dicen: «El té verde es para bebérselo». Y yo les he respondido: «Oíd, si no tuvierais todos tantos prejuicios...».

—¿Qué quería? —preguntó Rebecca.

—¿Cómo dices?

—Que qué quería Will Allenby.

—Sólo quería que le llamaras, creo. Ha dicho que ya tenías su número. ¿Cómo te encuentras, Poppy? ¿Te sigue doliendo el pecho?

—¿El pecho? ¡Ah, el pecho! —Poppy se estaba sirviendo soufflé en un cuenco que había sacado del armario—. No sé por qué tienen que armar tanto alboroto —afirmó—, se lo he estado diciendo todo el rato, les he dicho...

—Creo que me voy a la cama —le interrumpió Rebecca.

Todos la miraron.

—Buenas noches —les dijo, y salió dejando tras de sí un silencio no falto de asombro.

Subió las escaleras, fue derecha a su habitación y se sentó en el borde de la cama. Buscó a tientas el rollito de papel debajo del teléfono. Lo alzó para que lo alumbrara la luz suave y amarilla del pasillo.

Supuso que si no había tirado el número, por algo sería.

El teléfono sonó varias veces antes de que Will contestara, justo cuando empezaba a pensar que estaría dormido. Pero su voz sonaba despabilada.

—El doctor Allenby al habla.

—Hola, Will. Soy Rebecca.

Claro que él ya lo sabría, si había visto el número en la pantallita del teléfono. Así que cuando exclamó: «¡Ah! ¡Rebecca!», con un tono de sorpresa un tanto teatral, ella sonrió.

—Espero no haberte despertado.

—¡No! ¡No! ¡Desde luego que no! Estaba... estaba... —se oyó una especie de forcejeo, un crujido, un tintineo, algo que caía al suelo—. Estaba simplemente aquí sentado —dijo, casi sin aliento—. Caray, gracias por llamarme.

—Sí, no hay de qué.

Will se aclaró la voz.

—Lo que ocurre es que me he estado preguntando si no habrías malinterpretado mi pregunta.

—¿Tu pregunta?

—Lo que te pregunté por teléfono la última vez. Lo de por qué rompiste conmigo. Verás, no se trataba de un... reproche. No era una pregunta retórica. Quería realmente que me dijeras en qué había fallado.

—Will...

—¡No, no, no importa! Lo retiro. Ya me doy cuenta de que me estoy poniendo pesado. ¡No cuelgues!

Rebecca iba a decir algo, pero se contuvo. Cualquier cosa que se le ocurriera decir sería una torpeza. De hecho, hablar, en general, parecía una torpeza. De repente, la asaltó la idea de que tratar con los demás seres humanos representaba un enorme trabajo.

—Te diré una cosa —dijo finalmente—. Vamos a empezar de nuevo.

—¿Empezar de nuevo?

—¿Qué te parece si vienes a cenar una noche? —le preguntó.

Le oyó contener la respiración, y percibió una especie de signo de interrogación en las mismísimas ondas. Luego Will contestó:

—Me encantaría ir a cenar.

—¿Estás libre...? Hum... —maldijo la pedida de mano del día siguiente, la primera celebración del Open Arms en más de una semana—. ¿Estás libre el miércoles?

—El miércoles sería estupendo.

—Muy bien, digamos a las seis. Te explico cómo llegar a mi casa...

Le dio las indicaciones con tal seguridad en la voz que probablemente le dejó un poco desconcertado, porque respondió dócilmente: «Está bien... está bien». Y cuando terminó de darle las explicaciones, se quedaron al parecer sin más tema de conversación.

—Entonces, ¡hasta el miércoles!

—Sí, muy bien... adiós —dijo él.

Después de colgar, trató de recordar si en los viejos tiempos le decía *adiós* al despedirse por teléfono. Evidentemente, no podía evitar siempre la palabra, claro.

Luego siguió intentando recordar su primer encuentro, ya que últimamente los primeros encuentros le parecían muy significativos. Pero éste se perdía en la noche de los tiempos. Seguramente se conocieron en el jardín de infancia o quizá cuando iban a jugar al parquecito junto al río. En realidad, Will había estado siempre ahí.

Lo cual era ya bastante revelador, pensó.

Fuera empezó a soplar el viento, combando las ya deformadas mosquiteras negras e hinchando las cortinas de gasa, que ondeaban casi horizontales. El aire olía a lluvia y a tierra mojada. La habitación adquirió un extraño resplandor verdoso. En el piso de abajo se oyó un portazo, y Rebecca se sintió como flotando, con las posibilidades que se abrían ante ella.

Siete

—No vas a adivinar ni en mil años a quién he invitado a cenar —le dijo Rebecca a su madre por teléfono.

—¿A quién, querida?

—Ni más ni menos que a Will Allenby.

—¡Will Allenby! ¿Lo dices en serio? ¡Jesús! ¿Y cómo ha sido eso?

—Nada, sólo que hace unos días hablamos por teléfono.

—¡Señor de los cielos! Cuéntamelo todo —le ordenó su madre—, hasta el último detalle.

—En realidad no hay nada que contar. Hace unas semanas estuvimos cenando juntos y mañana viene él a casa. Vive en Macadam. Es jefe del departamento de física.

—¿Y está soltero, o qué?

—Está divorciado.

—¡Divorciado! ¡Pobre Will! ¿Quién lo iba a pensar? Aunque mucho mejor divorciado que viudo, claro.

—¿En qué te basas? —inquirió Rebecca.

—Pues en que si están divorciados se sienten furiosos con sus ex esposas y entonces se las quitan de la cabeza. Pero si están viudos, siguen llevando el luto. Se sienten culpables si les apetece volver a casarse.

—¿Y quién ha hablado de volverse a casar? —preguntó Rebecca—. Sólo vamos a cenar juntos.

—Sí, pero nunca se sabe. Una cosa lleva a la otra, ¿sabes? Y vosotros dos tenéis todo ese pasado que compartisteis. No es lo mismo que si fueseis extraños. ¡A mí me encantaría que te casaras con Will!

—Madre —la reprendió Rebecca—, no nos precipitemos sacando conclusiones. Ahora siento habértelo mencionado.

Sí, ¿por qué se lo había mencionado? Nada más despertarse por la mañana, le vino la idea de llamar a su madre para contarle la noticia. Era casi como una ofrenda, como un ratón que podía depositar a sus pies. *¿Lo ves? Al fin y al cabo, sigo siendo la misma Rebecca de siempre.*

—¿Qué aspecto tiene? —seguía preguntando su madre—. ¿Sigue tan guapo como antes?

—Sí, aunque por supuesto más viejo. Tiene el pelo blanco.

—¡Eso está bien! ¿Qué importancia tiene? No es que nosotras estemos rejuveneciendo, precisamente. Oh, Rebecca, ¿quieres que te cuente una coincidencia increíble? ¿Te puedes creer que el fin de semana pasado me encontré en el supermercado con la cuñada de su madre? Y no se trata de alguien a quien vea todos los días. ¡Ni siquiera todos los años! De hecho, me sorprende que la reconociera. Katie, o Kathy, algo así. ¿Era Katie? No, Kathy. No, Katie. Estaba casada con el hermano de la madre de Will, Norman, luego él se murió; y vivían en Merchant Street, en esa casita preciosa que siempre me recordaba una casa de muñecas. ¿Recuerdas aquella casa?

Rebecca suspiró y dijo:

—No.

—Pues era la casa contigua a la casa de los Saddler. ¿No te acuerdas de la casa de los Saddler, esa que tenía tantas chimeneas?

—No, creo que no.

—¡Tienes que acordarte! Tenía dos chimeneas en el centro y otra más en cada...

—Me acuerdo.

—Acabas de decir que no.

—Madre, ¿qué importa eso? —se impacientó Rebecca—. Es una casa junto a otra casa de la que tampoco me acuerdo, donde alguien a quien no conozco vivía antes de la muerte de su marido.

—Estoy segura de que sí la conociste, cariño. Seguro que más de una vez estaría en casa de los Allenby cuando ibas de visita.

—Está bien. La conocí. ¿Y qué te dijo?

—¿Qué me dijo de qué?

—Que qué te dijo cuando te la encontraste en el supermercado.

—Bueno, de hecho, no hablamos. Yo temía que no me reconociera. Simplemente miré para otro lado, hice como si no la hubiera visto.

Rebecca empezó a masajearse la sien izquierda.

—Entonces, ¿con quién se casó? —inquirió su madre.

—¿Con quién se casó? ¿Quién?

—Will, por supuesto. ¡Por todos los santos!, ¿de quién hemos estado hablando todo este rato?

—Se casó con una de sus antiguas alumnas.

—¿Quién pidió el divorcio, él o ella?

—Ella, creo.

—Oh, vaya por Dios. Bueno, no importa. Esperemos que haya suerte.

—¿Y eso qué quiere decir?

—¡Nada, nada! ¿Sabes ya lo que te vas a poner?

—No lo he pensado —dijo Rebecca.

—El otro día leí no sé dónde que el color marrón es el más favorecedor para cualquier tipo de figura.

—No tengo nada marrón —dijo Rebecca.

—¡Todavía te da tiempo a ir de compras!

—Tengo que colgar —declaró Rebecca—. Te llamaré más tarde, madre.

No era cierto que no se hubiese parado a pensar en lo que se iba a poner. Durante la noche —y le parecía que hasta en sueños—, había repasado mentalmente su vestuario y al final se había decidido por la túnica color berenjena. A media tarde del miércoles ya la tenía puesta. Ya había preparado la mesa, encendido velas por todo el comedor y añadido los toques finales a la comida —una cena fría, para no tener que pasar ni un momento en la cocina. En el salón de delante, ahuecó cojines y colocó más grupos de velas. Había abierto todas las ventanas, incluso las que daban a la calle, para ahuyentar todo resto de olor a comida.

Era absurdo armar tanto lío. Absurdo.

A las cinco y media en punto, Zeb pasó a recoger a Poppy. Había prometido que lo mantendría entretenido durante la velada.

—Creo que probaremos ese nuevo asador de carnes —le dijo a Rebecca— y después quizá vayamos a ver una película. Con eso no volveremos aquí hasta... las nueve y media o las diez. ¿Te parece bien?

En realidad, le parecía un poco pronto. ¿Y si a ella y a Will les daba por alargar la sobremesa? ¿Y si se instalaban en el salón después de la cena y empezaban a...? Bueno, no es que fuesen a hacer nada íntimo, por supuesto, pero ¿y si les apetecía hablar sin que hubiese otra gente delante? Pero eso no se lo podía decir a Zeb, bastante hacía con haber cambiado sus planes para echarle una mano.

—Muy bien —le dijo—. Eres un cielo por llevártelo, Zeb.

—Por favor, es lo menos que puedo hacer —contestó Zeb—. Así que... se trata de un... ¿qué? ¿Se trata de alguien con quien estás saliendo?

—¡No! ¡No, por Dios! —replicó—, ya estoy muy vieja para salir con nadie.

—Si tú lo dices... —concluyó tibiamente Zeb, luego llamó—: ¿Poppy? ¿Estás listo?

Poppy surgió de la parte trasera de la casa, tanteándose los bolsillos con la mano que le dejaba libre el bastón. Todos sus bolsillos dejaban oír un crujido. Últimamente le había dado por llevarse una provisión de caramelos en cada salida. Por lo visto, temía encontrarse en alguna situación de emergencia sin aprovisionamiento de golosinas.

—¡Estoy listo! —anunció—. Hoy salimos entre hombres —añadió en dirección a Rebecca.

—Muy bien, Poppy. Que os divirtáis los dos.

En cuanto cerró la puerta tras ellos, se precipitó escaleras arriba a su habitación. Había decidido que la túnica era demasiado informal. Incluso se podía confundir con una bata de estar por casa. La cambió por una blusa de seda y una falda larga hasta el suelo, y cambió también las toscas sandalias de cuero por otras más elegantes de tacón alto.

Su dormitorio parecía devastado. La cama estaba atestada de ropa tirada al tuntún y en el suelo había media docena de pares de zapatos desparramados. En el espejo, su cara aparecía con la expresión extática y el brillo de ojos de alguien que hubiera estado empinando la botella de jerez.

Mucho antes de las seis sonó el timbre de la puerta. Era tan pronto que Rebecca temió que fuese la visita imprevista de algún familiar. Pero no, cuando abrió la puerta, ahí estaba Will, prácticamente oculto tras una planta gigantesca.

—¡Oh! ¡No tenías que haberte molestado!

—Sé que llego pronto —dijo Will—; salí con tiempo por si me perdía.

—¡Está bien! A ver, a lo mejor puedes dejar eso en el suelo, junto a... ¡Es una planta fuera de lo común!

Desde luego, era una planta rara. Medía por lo menos noventa centímetros, con unas monstruosas hojas melladas de color verde oscuro, salpicado de amarillo azufre, y surgía de un tiesto blanco ribeteado de rojo que a Rebecca le recordó un orinal. Una vez que Will la hubo posado en el suelo, tapó prácticamente toda la luz de la ventana del vestíbulo.

—¿Cómo se llama? —inquirió Rebecca.

Will abrió los brazos con impotencia.

—No sé. Sólo me dijeron que no se muere con nada.

—Ah, bueno.

Sus rizos blancos y las arrugas de su frente volvieron a sorprenderla. (En su cabeza volvía siempre a situarlo en sus años mozos.) Tenía las palmas de las manos manchadas de tierra de la maceta. Llevaba unos vaqueros descoloridos y una camisa de manga corta de cuadros grises, y calzaba unas enormes zapatillas de deporte. Debió de advertir la mirada que Rebecca echó a sus zapatillas, porque se excusó:

—Creo que tenía que haberme arreglado un poco más.

—¡Qué tontería! ¡Si yo no estoy nada arreglada!

Le condujo hasta el salón, caminando con la mayor suavidad posible para que no reparara en sus tacones.

—Siéntate. ¿Quieres algo de beber?

—No, gracias.

Se sentó en el sofá, no sin antes tirar cuidadosamente de las rodillas de sus vaqueros, como si llevaran raya (que no la llevaban). Luego echó un vistazo circular al cristal de las lámparas de araña, a los cortinajes de damasco, a la alfombra oriental.

—Esto es muy... Esta casa es fabulosa —observó.

—Sí, bueno, no te dejes engañar —para su propia sorpresa, decidió no sentarse en el sofá junto a él, sino en la mecedora, a su izquierda. Luego se recogió un poco la falda para que no pareciese tan larga, pero al recordar que llevaba calcetines hasta la rodilla, volvió a estirarla—. En cualquier momento el techo puede venirse abajo.

—La foto esa de la chimenea, ¿es de alguna antepasada de tu marido?

Se refería al retrato de una mujer con miriñaque y cierta obstinada estupidez en la expresión.

—No —aclaró Rebecca—, creo que lo compraron en algún sitio de segunda mano.

—Bueno, aun así... toda la casa es impresionante.

—Dime, Will, ¿has seguido en contacto con alguno de nuestros antiguos compañeros de clase?

Había pensado de antemano sacar ese tema. Parecía un tema neutro, y que seguramente llenaría al menos varios minutos. Pero él se limitó a decir:

—No, la verdad es que no.

—¿Por ejemplo con tu compañero de cuarto, Don Grant? ¿O con Horace... cómo se llamaba?

—No.

—Bueno, yo tampoco —admitió—. Pero suponía que en mi caso era debido a... bueno, ya sabes. Por haber dejado los estudios y haberme casado y todo eso.

—Yo nunca he sido muy sociable —admitió Will. No parecía prestar mucha atención a lo que decía; seguía mirando alrededor de la habitación. Dijo—: Esta casa parece tener todo un...

Sonó el timbre. Miró a Rebecca.

—... todo un pasado —concluyó. Y al ver que ella no se movía, añadió—: Creo que ha sonado el timbre.

—Ay, es cierto.

Se levantó y fue a abrir.

El señor Quint, del Segundo Edén, restregó en el felpudo unos zapatos perfectamente secos, antes de entrar al vestíbulo.

—Sólo quería decirle que he mandado a mis hombres a trabajar ahí atrás. Le dije que vendríamos... ¿Qué es eso?

Se refería a la planta de Will. Retrocedió como si creyera que le podía morder.

—No lo sé exactamente. ¿No es ésa su especialidad? —le dijo Rebecca.

—¿La mía? ¡No, por Dios! ¡Yo nunca he visto nada parecido! —no le quitaba ojo a la planta, observándola entre perplejo y preocupado, aun cuando volvió al tema que le ocupaba—. Ya sé que dije que vendríamos sobre el mediodía, pero hoy llevamos un poquito de retraso.

—Está bien —dijo Rebecca. A decir verdad, se le había olvidado que tuviesen que ir.

—Lo más seguro es que podamos terminar antes de que oscurezca. ¿Quiere echar un vistazo a las azaleas de las que le hablaba?

—No, estoy segura de que están bien.

—Desde luego en esta época del año no están en flor, pero llevan sus etiquetas, ¿sabe?, con fotografías a todo color.

—No importa, de verdad.

—¿No quiere que coja una etiqueta y se la traiga para que la vea? Puedo ir ahora mismo a por ella.

—¡Le he dicho que no me importa! —le espetó Rebecca.

—¡Ah!

—Tengo visita.

—Como quiera, con tal de que luego no venga corriendo a reclamarme una vez que las vea en flor.

Aún seguía con la mirada puesta en la planta cuando dio media vuelta para marcharse.

En el salón Rebecca encontró a Will junto al piano. Pulsó una tecla gastada y rechinante hasta que sonó una nota.

—Ya sé que está un poco desafinado —admitió Rebecca. (En el instituto Will tenía fama de poseer muy buen oído.)

—¡Ah!, bueno.

—A nuestros invitados parece que les gusta el sonido ragtime, ese ritmo metálico de piano aporreado que suele oírse en los salones de baile. Prácticamente en todas las fiestas alguien termina sentándose a tocar.

Will cerró la tapa del piano y dijo:

—Tú solías ser muy tímida en las fiestas.

Probablemente no era más que una observación sin importancia, pero ella la interpretó como una acusación. ¿Cómo podía haber cambiado tanto, mientras que él seguía siendo el mismo?, debía estarse preguntando Will. Rebecca afirmó:

—Ahora no soy tan diferente, de veras. Lo que pasa es que cuando las fiestas se convierten en tu medio de vida...

Sonó el teléfono.

—Mejor dejamos que el contestador recoja el recado.

Sonó una segunda vez. Y una tercera.

Demasiado tarde, se acordó de que no había puesto el contestador. El teléfono seguía sonando y Will no dejaba de mirarla.

—¡En fin! Debería ir a ocuparme de la cena. ¿Quieres acompañarme a la cocina?

—Claro —dijo Will—, ¿puedo ayudarte en algo?

—No, no, sólo hazme compañía.

Finalmente el teléfono enmudeció. Rebecca precedió a Will por el segundo salón y el comedor, donde Will empezó a quedar rezagado. Al volverse, lo encontró estudiando otro retrato colgado encima del aparador.

—¿Era tu esposo? —le preguntó.

—Claro que no —aclaró ella. ¿Estaría bromeando? El hombre del retrato llevaba una levita y pantalones a medida, y en la mano enguantada ostentaba un reluciente sombrero de copa—. Te voy a enseñar cómo era mi marido —añadió—, tengo una fotografía vieja pegada en la nevera —y siguieron por el corredor hasta la cocina.

Lo que no había tenido en cuenta es que la instantánea de la que hablaba —Joe durante un viaje a la playa años atrás, con un cangrejo que acababa de atrapar y riendo bajo la luz del sol— había ido quedando sepultada bajo un aluvión de fotografías más recientes. Las fotos tendían a vivir en la imaginación, pensó Rebecca; de hecho, hacía años que no miraba aquélla, aunque podía visualizar cada uno de sus detalles. Tuvo que desenterrarla de debajo de las demás, y después de verla («Ah, sí», fue lo único que dijo), Will siguió mirando las demás.

—Ése es Dixon, mi nieto, con la toga y el bonete el día de la graduación en el instituto —explicó Rebecca—. Y ésta... —señaló una foto tapada en parte por un imán en forma de bollo—, ésta es NoNo, la más joven de mis hijastras, el día de su boda. ¿A que está guapa? Biddy es la mayor: aquí está junto a LaVon, mi antiguo yerno. Estábamos celebrando el nacimiento de Lateesha, creo. Y aquí está Patch, nuestra atleta. Es profesora de gimnasia, ¿te imaginas? Creo que ésta fue tomada cuando su equipo femenino de *lacrosse* ganó el... pero bueno, ¡hay que ver, que no dejo de parlotear! ¡Y apuesto a que estás hambriento!

Giró en redondo para destapar la fuente de pollo frío que estaba sobre la encimera de la cocina. Will le pisaba los talones, con las manos torpemente embutidas en los bolsillos traseros.

—Es verdad, siempre decías que querías tener diez hijos.

—¿Quién, yo?

—Decías que eso de ser hija única era tan... ¿cómo decías? Tan lamentable. Querías una *tropa* de niños, enorme y alegre.

—¿Ah sí?

Se detuvo para mirarlo, con el tenedor de trinchar suspendido encima del pollo.

—Y querías celebrar todas esas tradiciones, decías, todos esos rituales familiares, esas navidades y días de Acción de Gracias multitudinarios que tenían otras familias.

—No me acuerdo.

—Bueno, al fin y al cabo, parece que ha terminado siendo así.

—No recuerdo absolutamente nada de todo eso —le aseguró—. ¿Puedes traer la cesta del pan, por favor?

Will cogió la canastita y la siguió hasta el comedor.

—Preciosa —dijo refiriéndose a la mesa.

Rebecca se ruborizó. Ahora pensaba que quizá se había pasado con la presentación.

—¡Bah! —dijo, dejando la fuente sobre la mesa—, no es nada especial. Puedes sentarte frente a la ventana. Voy a por la ensalada.

Pero cuando volvió, Will seguía de pie. Esperó a que ella encendiera las velas y luego le acercó la silla. La mano que sostenía la silla estaba tan cerca que podía sentir su calor a través de la tela de la blusa. Con una repentina osadía, se echó para atrás imperceptiblemente hasta que tocó sus dedos con el hombro. Pero él, como si no hubiese notado nada, se retiró y dio la vuelta hasta el otro lado de la mesa.

O quizá sí lo había notado y la estaba rechazando deliberadamente.

—¿Qué pasa con el jardín de atrás? —inquirió mientras se sentaba.

—¿Mi qué...? —torció la cabeza para mirar por la ventana abierta detrás de ella—. Oh, son los del vivero. Están plantando unas azaleas.

—Esto es como dirigir una plantación o algo así. ¿Tienes a mucha gente empleada? —le preguntó Will.

—No, sólo..., bueno, una mujer que me ayuda con la limpieza, a veces, cuando hay alguna fiesta grande.

Rebecca le pasó el pollo.

—¿Y cuál es tu cometido en esas fiestas? ¿Te encargas tú de la diversión? ¿Magos para los cumpleaños infantiles y cosas así?

—No, sólo se contrata el espacio físico. Aunque sí ofrecemos comida, si el cliente lo pide.

Le fastidió que sus palabras sonaran tan locuaces e informativas, como si estuviese haciendo un anuncio publicitario. ¿Es que no se les podía ocurrir otra cosa de qué hablar? Al parecer se les daba mejor hablar por teléfono que cara a cara.

Se sirvió un muslo.

—Me estaba preguntando —dijo (tema preparado número dos)— si tu hija se parece a ti cuando tenías su edad.

—No —dijo Will—. Mi hija es... desconcertante.

Rebecca se echó a reír, pero él la miró con aire sombrío y prosiguió:

—Nunca la he entendido en lo más mínimo. No la entendía cuando era pequeña y ahora que es adolescente la entiendo aún menos.

—Bueno, los adolescentes... —Rebecca hizo un movimiento con la mano—, ¿quién los entiende? —y se sirvió un panecillo.

—Laura, al parecer. Su madre.

—¿De veras?

Esperó para enterarse de algo más, pero la siguiente persona que habló fue uno de los trabajadores de fuera.

—Mira, deja que te dé un consejo —decía. Sus palabras eran puntuadas por los golpes secos de un pico—. Nunca jamás te quedes a pasar la noche en casa de una mujer. Por más que te ruegue y te suplique, recíbela en tu casa o llévala a un hotel o a la casa de algún amigo. Porque, realmente, nunca tienes manera de saber cuándo va a salir su novio de la cárcel. Aquella tía decía que su colega no saldría del talego ni en un millón de años y yo, como un tonto, voy y me lo creo. Dije: «Vale, me quedo a dormir». ¿Y qué crees que pasó? A la mañana siguiente, llaman a la puerta. «Oh —dice—, ¿quién será?». Se levanta como su madre la trajo al mundo para mirar por la mirilla y vuelve donde yo estaba soltando chillidos: «Dios todopoderoso, ¡es él!». Y yo: «Pero mujer, ¡mujer!, ¿no me has jurado y perjurado que estaba encerrado y bien encerrado?».

—Por supuesto, Laura es considerablemente más joven que yo —siguió diciendo Will—. Supongo que es perfectamente natural que comprenda mejor lo que es una adolescente.

Rebecca volvió a centrar sus ideas.

—¿Cuánto más joven? —preguntó.

—Tiene treinta y ocho años, y yo cincuenta y tres.

—Así que son... quince años. Bueno, Joe y yo nos llevábamos casi lo mismo: trece años y medio.

Al otro lado de la ventana, el hombre del vivero decía:

—Pasé por delante de él en el vestíbulo. Dije: «¿Qué tal?», y seguí andando. «¿Qué tal?», me contesta, y yo sigo hasta las escaleras como si nada, pero durante todo ese tiempo sentía un hormigueo en la nuca, ¿sabes? Esperando que me clavaran un puñal entre los omóplatos.

—Tío, tuviste suerte —afirmó otra voz—. ¿Pero cómo se te ocurre creerte lo que dice una mujer?

—Este pollo está delicioso —opinó Will.

—Gracias. ¿No quieres ensalada?

—Sí, gracias.

—Lo que pasa con las mujeres es que cuando quieren algo, lo quieren ya —decía el primero de los dos hombres—. No les importa lo que tengan que hacer para conseguirlo. Son capaces de cualquier cosa. No hay quien las pare. Te llaman por teléfono, van a tu trabajo y te buscan en tu casa y tratan de enredarse contigo. Les dices: «Eh, tía, dame un respiro», pero ellas, tío, siguen arrasando con todo y no hay nada que las pueda apartar de su idea.

—Pero tú eras tan madura para tu edad... —decía Will.

—¿Cómo dices?

—Eras una chica tan seria. Tan centrada en tus estudios. Laura, por el contrario... —se encogió de hombros. Estaba removiendo su ensalada más que comiéndosela, por lo que pudo advertir Rebecca. (Era una receta de Biddy que llevaba remolacha amarilla socarrada. Quizá era demasiado sofisticada)—. Claro, que tenía que haberme dado cuenta —prosiguió Will— por la forma en que nos conocimos: se había apuntado a mis clases de introducción a la física, pero decidió que eso no era relevante en su vida. Consiguió que la autorizaran a dejar esa asignatura y yo la persuadí de que no lo hiciera. Ésa fue nuestra primera conversación.

—¡Ajá! ¿Lo ves? —gritó con entusiasmo Rebecca, señalándole con el tenedor. Luego miró hacia la ventana y bajó la voz—. Confirmas mi teoría de los momentos proféticos.

—¿Momentos patéticos? —se extrañó Will.

—Proféticos. Momentos que predicen el futuro de una pareja. Lo ves: desde el principio de vuestra relación, ya estaba amenazando con dejarte.

—Pero para mí era una entrevista normal con una alumna. Yo no tenía ni la menor idea de que era el comienzo de nuestra relación.

—No, claro que no. Así es como funcionan los momentos proféticos —aseguró Rebecca—. No sospechas que lo sean en el instante en que se están produciendo.

—Lo cierto es que sí que tenía que haber detectado alguna señal de alarma —admitió Will—. Era el curso del que estaba más orgulloso, porque en él les mostraba a los estudiantes principiantes que la física podía ser una aventura.

—¡Oh, qué pena! —opinó Rebecca.

—Y en realidad, ella nunca se apasionó por el tema —añadió Will con tristeza—. Se quedó porque la convencí, pero abandonó el curso en el segundo semestre, se cambió a ecología para completar sus créditos de ciencias. ¡Ecología! Una ciencia de pacotilla. Pero lo único que se me ocurrió en aquel momento fue: ahora puedo pedirle que salga conmigo. Debía de estar completamente ciego.

—Es ella la que debía de estar ciega, para pensar que la física no era relevante —apuntó Rebecca.

—Bueno, en eso es en lo que las dos diferís —le aclaró Will—. Laura es un tipo de persona más superficial. Lo que más le interesa son las cosas materiales: la ropa, el maquillaje, los peinados, las joyas... A la mínima ocasión, incluida la Semana Santa, pretendía que le regalara alguna joya.

—¡En serio! —la cosa se estaba poniendo interesante—. ¿Qué clase de joyas?

—Oh... no sé.

—Quiero decir, ¿joyas importantes, como diamantes, por ejemplo? ¿O simplemente un dije nuevo para su pulsera o algo así?

Will dejó de revolver la ensalada y la miró.

—Bueno —se apresuró a decir Rebecca—, algunas mujeres son así, supongo.

—Tenía tantos zapatos que una empresa de carpintería tuvo que construirle unos estantes especiales en el armario.

—¡Qué curioso!

Rebecca también poseía un montón de zapatos. No es que fuese una manirrota. Eran zapatos muy baratos, comprados en saldos o en tiendas de descuento. Pero parecía que al poco de comprarlos ya no le quedaban bien, por eso estaba siempre comprándose otros. Ahora, mentalmente, empezó a desechar los que estaban de más; los zuecos de ante marrón, por ejemplo: de ésos podía deshacerse sin problemas. Se los había puesto exactamente una vez y había descubierto que los talones le sobresalían varios centímetros de la suela, aunque habría jurado que cuando se los probó le quedaban perfectamente bien.

—... y luego otra cosa: lo celosas que son —proseguía el jardinero. Gruñó y, a continuación, Rebecca oyó el golpe sordo de una piedra o de una raíz que arrastraban para quitarla de en medio—. Te llaman sin parar y te preguntan qué estabas haciendo si tardas un minuto en contestar. Se presentan en tu casa para comprobar si les estás mintiendo. Un tipo que conozco al final tuvo que largarse a Arizona para deshacerse de una mujer que estaba siempre encima de él.

—Hay veces que es más de lo que uno puede aguantar —añadió el segundo hombre.

Rebecca apartó su silla y se levantó para cerrar la ventana. Aunque procuró no hacer ruido, antes de darse la vuelta pudo vislumbrar dos rostros asombrados que la miraban directamente a los ojos. Después de volverse a sentar y de alisarse la falda, dijo:

—¿Sabes? Siempre me he arrepentido de no haber terminado mis estudios.

—Podrías hacerlo ahora —sugirió Will.

—Bueno, sí. Sí, podría. De hecho, acabo de empezar a leer una biografía de Robert E. Lee.

—Lee —repitió Will pensativamente.

—¿Recuerdas esa teoría nueva que yo tenía sobre la verdadera razón de Lee para abrazar la causa del Sur? Pues el otro día pensé que debería continuar mi investigación de todas formas, sólo por pura curiosidad.

—¿Lo ves? —dijo Will—. Es lo que yo digo: Laura no tiene la menor curiosidad.

Rebeca estaba exultante. Sonó el teléfono.

—¿No quieres contestar? —preguntó Will.

—No, no importa.

Esperó a que dejara de sonar durante unos momentos que parecieron eternos. Luego dijo:

—Así que no es una intelectual.

—¿Quién?

—Laura.

—No, para nada.

Rebecca esperaba más explicaciones, pero entonces volvió a sonar el teléfono.

—Desde luego, no paran de llamarte —dijo Will.

—Sí —admitió. Suspiró—. ¿Quieres otro poco de pollo?

—No, gracias. No me cabe ni un bocado más.

La propia Rebecca apenas había tocado su plato. Pero se quitó la servilleta de las rodillas y se dispuso a retirar su silla.

—Iré a preparar café. ¿Lo quieres normal o descafeinado?

—No, ninguno de los dos, gracias.

—Lo puedo preparar en un momento.

—Nunca he tenido costumbre de tomar café, no sé si te acordarás —le explicó él.

La verdad es que no lo recordaba. Sólo recordaba que no le gustaba el dulce, cosa rara en un chico joven. Pero cuando dijo: «No he querido preparar postre», Will contestó: «¡Oh, no importa!», como si creyera que ella se estaba disculpando.

—Me refiero a que supuse que no lo querrías.

—No, de verdad, está bien.

—Bueno, entonces —Rebecca se dio por vencida—, ¿vamos al salón, que estaremos más cómodos?

Pero en lugar de contestar, Will se inclinó hacia ella. Su movimiento fue tan inesperado que por un momento Rebecca se preguntó si no le habría dado dolor de estómago.

—Rebecca —dijo—, se me ha ocurrido pensar que esto ha sido providencial.

—¿El qué?

—La primera noche que me telefoneaste, estaba tocando fondo. Que me llamases en ese momento fue del todo providencial, Rebecca.

Se inclinó por encima de la mesa y le cogió una mano. Desafortunadamente, era la mano en la que todavía tenía estrujada la servilleta. Además, sintió una repentina y casi irresistible necesidad de agitar frenéticamente los dedos, a la manera de algunas criaturas marinas. Los forzó a permanecer inmóviles, aunque ese deseo apremiante era tan intenso que casi la hacía vibrar. Y a todo esto, tenía que acordarse de abrir los ojos un poco más de lo normal y de levantar la cabeza para no revelar la formación de su incipiente papada.

Entonces se oyó el golpe de la puerta de entrada contra el armario, y la voz de Zeb gritando:

—¡Ya estamos en casa!

¡Y había prometido que no volverían antes de las diez! ¡O, como muy pronto, a las nueve y media! Pero ahí venía el golpeteo del bastón de Poppy atravesando los dos salones, seguido de los pasos más silenciosos de Zeb. Will retiró la mano.

—Antiguamente, las heladerías tenían infinidad de sabores —venía diciendo Poppy—, todos los que quisieras: yema de huevo, pistacho, pasas con ron, y había unas cucharitas de madera para probarlos antes de decidirse por alguno de ellos.

Aparecieron en la entrada del comedor.

—¡Hola! —exclamó Zeb, en un tono de voz que a Rebecca le pareció algo forzado.

—¿Qué estáis haciendo aquí? —preguntó fríamente Rebecca.

—Después de la cena nos paramos a comprar un helado y a Poppy le disgustó tanto el servicio que decidió venir a casa a tomar el postre.

No la miraba a ella sino a Will, que se había girado un poco en la silla para verle. Rebecca seguía abrigando la vaga esperanza de no tener que presentarlos —si al menos Zeb y Poppy se retiraran discretamente a la cocina, mientras ella y Will se instalaban en el salón principal...—, pero Will ya se estaba levantando y extendiendo la mano:

—¿Qué tal? Soy Will Allenby.

—Soy Zeb, el cuñado de Rebecca —dijo Zeb estrechándole la mano. Con su actitud apocada, las gafas de montura metálica un tanto sucias y unos mechones grises y grasientos cayéndole sobre la frente, estaba casi feo esa noche—. Éste es mi tío Paul Davitch —añadió—. Siento haber irrumpido de esta manera.

—Creía que ibais a ir al cine —se extrañó Rebecca.

—Habíamos pensado ir a ver una película —intervino Poppy—, pero después del fracaso de los helados ya no he tenido ánimos para ir.

Permanecía parado en el umbral, haciendo girar el bastón con ambas manos como si se creyera Fred Astaire.

—¿Qué fracaso ha sido ése? —preguntó muy educado Will (demasiado educado, pensó Rebecca).

—Le dije a la chica del mostrador que quería probar un poquito del de dulce de azúcar con mantequilla y sirope —explicó Poppy—, y me lo dio y no tenía mucho sabor, era muy insípido. Entonces le dije: «Pues creo que voy a probar el de pepitas

de café», y ella me dice: «¡Señor! —en un tono de marisabidi-
lla, sin ningún respeto—: Señor, si diéramos a probar de todo
a todo el mundo nos quedaríamos sin producto para vender, ¿no
le parece?».

Will chasqueó la lengua.

—En mis tiempos la gente era más servicial —declaró Poppy.

—También en los míos —asintió Will.

—Así que se nos ocurrió venir a casa para ver qué teníais
vosotros de postre.

—No tenemos postre —dijo Rebecca—, no he preparado
nada.

—Entonces iré a mirar en el congelador. Voy a ver qué sabores de helado tenemos. ¿Quiere un poco de helado... eh...? —le
preguntó a Will.

—Sí, encantado —aceptó Will, volviéndose a sentar.

Rebecca se hundió en su silla.

Poppy salió en dirección a la cocina, tarareando algo no muy
afinado. Por una vez, caminaba sin apenas apoyarse en el bastón. Andaba con un garbo y una cadencia que a Rebecca le parecieron una provocación.

—¡Bueno! —comentó afablemente Zeb, arrimando su silla
a la de Will—. Creo que conoces a nuestra Rebecca desde que
estabais en el instituto.

—¿*Nuestra* Rebecca? —inquirió ella.

—¡Oh, mucho antes del instituto! —precisó Will—. La conocí en parvulitos. La conocí cuando todavía era demasiado pequeña para ir al colegio.

—Me imagino que sería todo un personaje de niña.

—Desde luego, era preciosa —opinó Will.

Rebecca levantó la vista al cielo.

—Preciosa, ¿verdad? —intervino Zeb—. También era preciosa cuando la conocimos nosotros. Apareció por primera vez

una noche, con un vestido azul y unos zapatos a juego, y con un bolso en forma de tartera de albañil.

Rebecca nunca hubiera sospechado que pudiese recordar algo así. Confió en que no mencionase otras cosas que pudiese tener en la memoria, como la fiesta de sus veinte años, que se había celebrado cuando ella y Will supuestamente eran todavía novios.

Pero antes de que Zeb pudiera proseguir se oyó de nuevo el golpe de la puerta de entrada.

—¿Beck? —preguntó NoNo—, ¿estás en casa?

—Aquí —gritó Zeb, ladeando la cabeza en dirección a Rebecca, como diciendo, sin duda, que ahora ya no era el único que había interrumpido la velada.

Rebecca se limitó a lanzarle una mirada feroz.

NoNo venía con Peter. Iba con la ropa de trabajo: una bata verde con un desplantador amarillo bordado en el bolsillo, y parecía cansada e indispuesta.

—¿Pero dónde te habías metido? —le preguntó a Rebecca—. Llevo toda la noche llamándote y nadie contesta, ni tampoco salta el contestador.

—Tenía una visita —dijo Rebecca mordazmente.

La respuesta no desconcertó a NoNo ni por un instante.

—En todo caso —anunció—, Peter quiere pedirte...

—Will, te presento a mi hijastra NoNo Sanborn —interrumpió Rebecca— y a su hijastro Peter. Os presento a Will Allenby.

—Ah, hola —dijo NoNo. Will se había vuelto a levantar cuando ella entró, pero estaban demasiado lejos para estrecharse la mano—. Peter quiere pedirte algo —le dijo a Rebecca.

—Will fue mi novio en el instituto —insistió Rebecca.

Parecía importante puntualizarlo, aunque no estaba segura del porqué.

NoNo echó un segundo vistazo a Will y exclamó:

—¿De veras? Me alegro de conocerte —luego se volvió hacia Peter y le ordenó—: Dile a Beck lo que querías pedirle.

—Bueno, en el colegio, van a hacer un... ¿cómo se llama...?

Se había alisado el pelo con agua o quizá con uno de esos fijadores modernos. Se le veía flaco, pálido y nervioso y, cuando entrelazó los dedos, Rebecca oyó cómo le crujían los nudillos.

—Es algo así como... una especie de, bueno, como una exposición, una exposición de los trabajos que hemos estado haciendo, y la cosa es...

Miró implorante a NoNo. Ella le sonrió y asintió varias veces con la cabeza.

—No sé por qué —prosiguió Peter—, pero a la exposición la han llamado Día de los Abuelos y quieren que invitemos a todos nuestros abuelos.

Rebecca se sentía tan nerviosa por él que asentía con la cabeza al mismo tiempo que NoNo, deseando que terminara de una vez. Pero Will intervino:

—¡Eso es estupendo!

Todo el mundo le miró.

—Que te invite al Día de los Abuelos —le aclaró Will a Rebecca.

—Bueno, yo no soy... —decía Peter—, ya sé que ella no es mi verdadera abuela. Es decir, no está obligada a venir si no quiere. Pero como mis abuelos paternos ya murieron, y a mis abuelos maternos no los vemos mucho, bueno, en realidad nunca los vemos.

—Me encantaría ir —le dijo Rebecca.

—¿De veras?

—Será un honor. ¿Cuándo es?

—No es hasta el viernes veinticuatro, pero tenemos que llevar las hojas firmadas mañana, para que los profesores sepan seguro...

—Ese colegio suyo me trae loca —anunció NoNo a la galería—. Anoche a las diez menos cuarto, lo juro, me llamó una mujer diciéndome que esta mañana tenía que mandar al niño a clase con cuatro docenas de galletas. Y ahora salen con esto de los abuelos, a ver si se enteran de que hay niños, como Peter, que resulta que no tienen a unos abuelos de los que puedan disponer como por arte de magia.

—Bueno, pero Peter me tiene a mí —dijo Rebecca—, y me hace muchísima ilusión ir.

Peter le dedicó una sonrisa agradecida y sus hombros perdieron algo de rigidez.

Luego entró Poppy con el helado bajo el brazo —un tarro de más de dos litros— y una pala en la otra mano.

—Vainilla —dijo amargamente—, pensé que habría algo un poco más imaginativo. ¡Hola, NoNo! ¡Hola, jovencito! —depositó el recipiente y la pala delante de Zeb—. Me alegro de volver a verte —le dijo a Will.

—Pues... gracias.

—¿Has estado muy ocupado últimamente? ¿Te sigue gustando tu trabajo?

Will miró a Rebecca. Ésta arqueó levemente las cejas, en lo que equivalía a encogerse de hombros, y Will se volvió hacia Poppy y contestó:

—Sí, me gusta mucho mi trabajo.

—No creas que va a ser siempre así —le aseguró Poppy—, yo terminé quemado al final. Demasiados estudiantes preguntando: «¿Esto va a entrar en el examen o no?». Y entonces, si decías que no, pensaban que ni siquiera merecía la pena apuntarlo. No conocían ni por asomo el placer de aprender por el mero hecho de aprender, ésa es mi opinión.

Debía de confundir a Will con algún profesor, antiguo colega suyo, pero Will no podía saberlo. Éste volvió a mirar a Rebecca. Perversamente, ella se negó a sacarlo del apuro.

—Sí, probablemente tiene usted razón —terminó diciendo Will.

—Demasiada televisión, maldita sea, eso es lo que les digo a los chavales.

¿Por qué se empeñaba Poppy en exhibir ese lenguaje de tres al cuarto?, se preguntó Rebecca por primera vez. Era un hombre culto, tenía un título universitario. Rebecca entornó los ojos y le lanzó una mirada llena de reproche, pero él la ignoró.

—Rebecca —intervino Zeb, blandiendo la pala—, ¿tú vas a querer helado?

—No —contestó en tono lúgubre.

—Entonces, cinco raciones —dijo alegremente—, porque seguro que tú sí quieres, NoNo, y...

—Te he puesto en la lista de invitados a mi cumpleaños —le anunció Poppy a Will—, pero no creo que Beck haya enviado las invitaciones todavía. Voy a cumplir cien años en diciembre.

—¡Cien años! —exclamó Will.

A esas alturas, el enfado de Rebecca se había extendido incluso a Will. Le desagradaba esa nota de admiración forzada en su voz, y la ansiedad con que agarró el cuenco que le ofrecía Zeb. El propio Zeb, pensó, se estaba comportando como un bárbaro, chupándose el helado de los nudillos de la mano antes de volver a hundir la pala en el bote; NoNo y Peter habían acercado dos sillas, como si tuvieran todo el derecho del mundo a entrometerse cada vez que les viniese en gana. En cuanto a Poppy, no tenía perdón.

—Mi mayor deseo —le aseguraba a Will— es poder vivir en dos siglos distintos: el XIX y el XX. No es que recuerde exactamente cuándo pasamos del siglo XIX al XX, pero desde luego yo ya estaba aquí, ¡ya lo creo que estaba aquí!

—Es impresionante —dijo Will.

Y al llevarse la cuchara a la boca, dejó al descubierto unos dientes grandes, cuadrados y voraces, que la edad había vuelto feos y amarillentos.

Para cuando terminaron el helado, Rebecca ya había renunciado a todas sus expectativas sobre la velada. Era simplemente uno más de sus jolgorios familiares, con otra persona añadida, y deseaba con todas sus fuerzas que se terminara. Estaba harta de actuar con más amabilidad de la que realmente poseía. ¡Qué alivio cuando se quedase por fin sola! Arriba, en el cuarto de estar, haciendo un solitario. Estaba deseando deshacerse de los zapatos, dejar de meter tripa y aflojar los músculos de la cara.

Pero ninguno de los demás parecía tener prisa por marcharse. Zeb le hablaba a Will de su trabajo; Poppy repetía el incidente del helado a Peter. NoNo le preguntó a Rebecca qué clase de planta era la que había en el vestíbulo:

—No es una *araceae anthurium,* aunque desde luego es bastante grotesca; demasiado grande para ser una pilea, a pesar de esas hojas verrugosas...

—Pregúntale a Will. La ha traído él.

—... desde luego no puede ser una dracaena, aunque sí tiene ese aspecto moteado enfermizo de la *dracaena godseffiana...*

Cuando NoNo y Peter por fin se levantaron para irse, Rebecca también se puso en pie y dijo:

—Sí, es muy tarde, ¿verdad? Se me cierran los ojos.

Ni siquiera Will podía pasar por alto el comentario. Se despegó de su silla y dijo:

—Bueno, pues, yo creo que...

Todo el mundo esperó, pero se había atascado ahí. Fue Zeb quien terminó la frase por él.

—Creo que deberíamos irnos todos... —dijo amablemente.

Luego se dirigieron en grupo hacia la puerta, dejando a Poppy solo ante la mesa, ocupado en rebañar el bote del helado.

Afuera, Rebecca se cruzó de brazos y observó a Zeb mientras subía al coche (un volvo tan antiguo que tenía la forma curvilínea de los primeros modelos) y a NoNo y a Peter mientras caminaban calle abajo hacia la furgoneta de NoNo. «¡Buenas noches!», le llegó la voz de NoNo flotando en la oscuridad; «¡Buenas noches!», le deseó Zeb.

Pero Will se quedó junto a Rebecca, que se vio obligada a decir:

—Bueno, debería meterme ya.

—Antes solías llevar aquella capa larga —apuntó Will—, ¿te acuerdas?

—Capa larga —repitió ella.

—Era de ese color que llaman champán. Tu madre y tu tía te la cosieron el primer año de universidad. Yo sigo viéndote envuelta en esa capa. Era exactamente del color de tu pelo. Llevabas el cabello recogido en lo alto de la cabeza con una trenza. Ibas con la capa y con esas botas marrones de piel suave que se arrugaban en los tobillos. Muchas veces pensaba que parecías una aparición de los tiempos del Rey Arturo, o de Robin Hood. Tan serena, tan dueña de ti misma.

Rebecca seguía mirando hacia la calle, pero estaba escuchándole.

—Supongo que te sonará presuntuoso —prosiguió Will—, pero no puedo evitar tener la impresión de que aquella mujer de la capa es quien realmente eres, y yo soy la única persona que lo sé. Siento como si yo pudiera verte de forma distinta a como te ven los demás. No quisiera parecerte presuntuoso.

Rebecca se volvió hacia él. Como estaba a contraluz de la farola, no veía la expresión que tenía. Debía confiar más en sus sensaciones que en la vista: la sensación de que tenía la mirada fija en ella y, luego, ese calor grato y familiar cuando se acercó para estrecharla entre sus brazos. Permanecieron abrazados quizá un minuto entero, como gente que se consuela mutuamente por algo que ha perdido. Luego él se separó y dijo:

—¡Te llamo! ¡Te llamo mañana! ¡Gracias por la cena!

Se alejó calle abajo, tropezó con un cubo de basura al volver la esquina y desapareció.

Rebecca permaneció inmóvil durante unos instantes después de irse él. Temblaba ligeramente, pese a que era una calurosa noche de verano, y se sentía feliz pero también algo consternada, apocada, confundida.

En aquel momento hasta le parecía que había conseguido volver a ser la muchacha de antes.

Ocho

Aquello no podía considerarse exactamente un cortejo. ¿Cómo podríamos llamarlo? Digamos que ellos... bueno, empezaron a quedar de vez en cuando. Para ir a comprar un libro del que había oído hablar Will. Para asar unas chuletas en el jardín de atrás (pero también con Poppy, claro, que reclamaba un trozo de carne para él, y con Biddy, que aparecía cuando ya estaban sentados a la mesa). Desde luego, todo eso no respondía a la idea que se suele tener de las citas románticas.

Aun así, Rebecca se permitía pensar a veces si al fin y al cabo no sería posible regresar a aquel momento en que su vida se había bifurcado y elegir ahora el otro camino. Incluso a estas alturas del viaje. Incluso después de haber agotado lo que le ofrecía el camino que había elegido en primer lugar.

Eso era como hacer trampas. Como querer estar al plato y a las tajadas.

Ella recordaba cosas que Will había olvidado; Will recordaba cosas que había olvidado ella. Su pasado era un trozo de tela que se habían dividido entre los dos a tijeretazos. Él no se acordaba, por ejemplo, del Mecanógrafo más Rápido del Mundo. «¿Para qué iban a malgastar nuestro tiempo con un mecanógrafo, por el amor de Dios?», preguntaba, y ella proclamaba, triunfal: «¡Es exactamente lo mismo que dijiste a los diecisiete años!».

Will recordaba que ella solía recitar poesía en sus encuentros, aunque Rebecca no se podía creer que hubiese sido alguna vez tan cursi. Que solía llevar un cuaderno con citas que extraía de sus lecturas, citas que incitaban a la reflexión; que adoraba las canciones de Joan Baez; que se había aprendido prácticamente de memoria *La mística de la feminidad*. Todo eso a ella le sonaba como si tuviera que ver con otra persona totalmente diferente: *aquella* Rebecca y no *ella*.

¿Se acordaría Will de aquella noche en que se habían quedado estudiando hasta tarde en su casa y su madre se había ido a la cama, y ellos decidieron echar un sueño en el sofá? Era la primera vez que habían estado acostados juntos. El cuerpo de Will apretado contra el suyo le había provocado una sensación tan placentera y tan necesaria; su respiración entrecortada y cálida le había hecho subir por la espina dorsal una especie de calambre. No sabría decir ahora quién de los dos había decidido finalmente que la cosa no fuera más lejos. Ambos, probablemente.

Pero no fue ése uno de los recuerdos que le mencionó a Will. No, todavía no tenían tanta confianza como para eso. Por el momento seguían muy comedidos el uno con el otro, muy circunspectos y formales. Cuando se encontraban, él la besaba ligeramente en los labios (su boca no le resultaba familiar) y, cuando estaban sentados en la salita de Rebecca, solía poner un brazo en el respaldo del sofá detrás de ella. Ambos eran muy conscientes de que en cualquier momento podía entrar alguien. Cómodamente conscientes, habría dicho Rebecca. Con la seguridad de la certidumbre. O la llamaba Poppy: «¿Beck?», o sonaba el teléfono, o se oía un portazo en la entrada, y entonces ambos se separaban ligeramente, miraban para otro lado y se aclaraban la voz. Al final de la visita se despedían con un abrazo. Rebecca esperaba con anhelo esos abrazos. Su piel parecía sedienta de recibirlos.

Su familia —los escasos miembros de la familia que lo conocían— pensaba seguramente que Will no era sino uno más de sus amigos desamparados, como aquel electricista cuyo matrimonio se estaba yendo a pique durante todo el tiempo que estuvo instalando el aire acondicionado en la casa. «¡Ah, hola!», solían exclamar sin ceremonias, antes de explayarse en el asunto que les hubiese llevado hasta allí. A Rebecca eso le parecía un poco ofensivo. ¿Es que creían que ya no podía tener un romance? De lo único que al parecer se percataban era de que ahora estaba menos disponible. El viernes, cuando volvió de una conferencia en la Universidad Johns Hopkins, a la que había ido con Will, la interrogaron: «¿Dónde estabas? Anoche vinimos a cenar y estaba Poppy solo. ¡Era jueves y tú no estabas!».

—No hay ninguna ley que me obligue a quedarme en casa todos los jueves de mi vida —replicó. Aunque, en realidad, simplemente se le había olvidado el día que era. Sí, últimamente estaba muy distraída, atontada, olvidadiza. Perdía el hilo de las conversaciones, no contestaba cuando alguien le preguntaba algo. Cualquier persona que no fuera Will le parecía irrelevante. «¿De veras?», «¡qué interesante!», solía murmurar, pero en su interior lo que decía era: *¡Hazlo ya de una vez!* O: *¡Y a mí qué más me da!*

Mientras el resto de su mundo se volvía más borroso y difuso, Will adquiría constantemente mayor solidez. En los momentos menos indicados irrumpían en su mente visiones parciales de él, como la autoridad con que asía las llaves del coche, lo conmovedores que resultaban los pliegues de su chaqueta sport sobre los hombros. Sus comentarios más anodinos le volvían a la memoria cuando menos se lo esperaba, cargados de significado. Rememoraba sus propios comentarios y hubiera querido modificarlos para hacerlos más inteligentes, más originales, más interesantes.

Cuando él le preguntó, por ejemplo, por qué no se había vuelto a casar, le había contestado sin pararse a pensar: «Nadie me lo propuso». Lo cual era cierto, pero había algo más. Podía haberle dicho que sí la habían pretendido algunos hombres, pero curiosamente la habían dejado indiferente; había sentido una especie de fatiga. Le había parecido todo tan complicado. (Y además, para ser totalmente honesta, ellos tampoco habían insistido más de la cuenta.) Ahora Will pensaría que nadie la había encontrado atractiva. Intentó sacar otra vez el tema a colación, con la esperanza de tener una segunda oportunidad. «¿Te has fijado alguna vez —le preguntó— en que lo que buscamos en otra persona va cambiando con el paso de los años? Cuando era joven, buscaba a alguien diferente, lo más extremo posible en su diferencia. Supongo que eso era lo que me atraía de Joe. Pero conforme me fui haciendo mayor, ya ves, lo de salir con alguien diferente me empezó a parecer más bien un desgaste. Quizá por eso los padres siempre están diciéndoles a sus hijas que salgan con algún buen chico de su parroquia y, en cambio, las hijas suspiran por unos moteros a los que más tarde ni siquiera se dignarán mirar».

—¿Moteros? —preguntó Will. Estaban hablando por teléfono, pero Rebecca se figuró perfectamente la expresión de desconcierto que debía estarle arrugando el entrecejo.

—Quiero decir que, al cabo de un tiempo, esa especie de... empeño en salvar distancias se convierte más que nada en un trabajo pesado. A mí ya se me han quitado las ganas de molestarme.

—Pero Rebecca —señaló Will—, ¿qué estás diciendo? ¿Estás intentando decirme algo? Porque míranos a nosotros: somos totalmente diferentes.

—¿Ah sí? —preguntó Rebecca. Y prosiguió—: Bueno, quizá ahora parezca que lo somos. Entiendo que pueda parecértelo. Pero no olvides que yo solía ser mucho más introvertida. ¡No sé dónde fue a parar esa introversión! A veces te oigo hablar de aquellos tiempos, de cómo vivíamos nuestras vidas entonces, de los temas que solían interesarnos, y pienso: «Ah sí, aquello fue cuando éramos adultos». Bueno, tú sigues siendo un adulto, más adulto si cabe. Pero en cuanto a mí, tengo la sensación de haber ido para atrás. Ahora sé menos que cuando estaba en el instituto. Estoy intentando ponerle remedio y espero que no sea demasiado tarde.

—Yo sólo me refería a que tú eres más sociable.

—¡Yo no soy sociable! Así es como actúo en apariencia, nada más, pero todo es por culpa del Open Arms.

—¡Ah! —exclamó Will.

Pero era evidente que no estaba convencido.

Resultaba más fácil hablar por teléfono que cara a cara, comprobó Rebecca. Por teléfono podían decirse prácticamente todo, pero cuando se veían se sentían cohibidos. Además, el aspecto físico de Will no dejaba de sorprenderla. ¿Quién era ese hombre canoso y huesudo? Era muy atractivo de aspecto, pero ¿quién era realmente? A lo largo de cada velada, Rebecca iba ajustándose a esa nueva versión de Will, pero bastaba con que volviesen a hablar por teléfono para que de nuevo ella se representase al Will original. En cuanto decía «¡Hola, Rebecca!», ahí estaba otra vez su sesgada sonrisa de chiquillo, el suéter gris ceniza que llevaba el primer año de instituto y los bucles saltarines de color miel silvestre.

Rebecca se suscribió al *New York Times,* al *New Yorker* y a la *New York Review of Books.* («¿Pero en qué ciudad te imaginas que vivimos?», le preguntó Poppy cuando se enteró.) Acudió a la Biblioteca Enoch Pratt para pedir un ejemplar de la memoria sobre la cual había hecho su trabajo en la universidad. Resultó que la tenían que pedir a través del servicio de préstamo entre bibliotecas, pero a cambio mantuvo una larga y apasionante charla con la bibliotecaria de consultas, una mujer con la que descubrió que tenía una gran afinidad. Luego se fue a casa y terminó de leer su primera biografía de Lee, y a continuación se entregó inmediatamente a la lectura de la segunda.

Se podía deducir que, en opinión de Lee, la emancipación llegaría por sí misma, siguiendo el curso natural de los acontecimientos. Así lo escribió en una carta dirigida a su esposa.

—¡Vaya, hay que ver! —le comentó a Poppy—. No tenía ni idea de que Lee fuese tan dado a racionalizar.

—¿Qué Lee?

—El general Lee, Robert E. Lee. Cuando era joven, creí que yo iba a reescribir el capítulo de su participación en la historia. No podía creer que hubiese elegido el bando en que combatió sólo por lealtad personal.

—¿Y qué? —opinó Poppy—, ¿qué mejor razón?

—¿Sus principios, por ejemplo, aunque fueran desatinados y perversos?

—Robert E. Lee era uno de esos tipos de Virginia —afirmó Poppy— a quien el único principio que le preocupaba era su pequeño trozo de tierra.

—No era eso lo que decía la memoria con la que di en la universidad —repuso Rebecca.

—Bueno, la universidad... —dijo Poppy. Y entonces, como si su punto de vista hubiese quedado probado, volvió a su propia lectura: una revista con muchos colorines, desde luego no la *New York Review.* Estaba tomando apuntes en un bloc de notas con un bolígrafo de publicidad de Tejados Ridgepole. Rebecca pudo ver que el artículo que estaba consultando se titulaba «Diez formas de animar una fiesta». Suspiró y volvió a su libro. La mujer de Lee la miraba tristemente desde la página izquierda, y el propio Lee, desde la derecha. Rebecca se sorprendió preguntándose qué tipo de vida sexual habría sido la suya.

Telefoneó la madre de Rebecca. Últimamente estaba mucho más pendiente de ella, más alerta y jovial, y le hacía preguntas maliciosas, como una amiga íntima en espera de confidencias.

—¡Estás en casa! —exclamó—, pensaba que habrías salido. No dijo por qué, en ese caso, se había molestado en telefonear.

—¿Cómo estás, madre? —preguntó Rebecca.

—Muy bien. ¿Y tú? ¿No vas a salir esta noche?

—No, no voy a salir.

—¿Y qué hiciste anoche?

—Estar aquí, con Poppy —dijo perversamente Rebecca.

De hecho, había visto a Will por la tarde, pero de la tarde no había dicho nada su madre.

—Bueno, sólo quería decirte que Sherry Hardy lo sabe todo sobre la ex mujer de Will.

—¿Has estado hablando con Sherry Hardy de mi vida privada? —se indignó Rebecca.

—Sólo le he mencionado con quién estás saliendo, nada más. Ahora no me acuerdo ni cómo surgió el tema.

Rebecca gruñó.

—Una prima segunda de Sherry estuvo en la boda de Will —siguió contando su madre—. Le comentó a Sherry que su mujer parecía demasiado joven para él.

—Bueno, era una de sus antiguas alumnas. Eso ya lo sabías.

—Era guapa pero antipática, según la prima. De esas que nunca se contentan con nada. Se le veía en las comisuras de los labios. Durante toda la recepción, no dejó de burlarse de lo aburrido que era Will. En un momento dado él hizo un comentario que sonaba un poquitín magistral, y la novia le dijo a todo el mundo: «Will es mi primer marido, no hace falta que lo diga». Sólo en broma, claro, pero si te pones a pensar lo que ha pasado después...

Rebecca, que había estado escuchando más atentamente de lo que estaba dispuesta a admitir, sintió una punzada de compasión. ¡Will jamás podría defenderse de una mujer así! Pero se limitó a decir:

—Eso es lluvia pasada...

—¡Agua! —dijo su madre.

—¿Cómo dices?

—Agua pasada.

—Lo que sea.

—La ceremonia fue católica, o puede que simplemente por el rito episcopaliano. La prima no estaba muy segura. Dijo que la gente se arrodillaba muchas veces. Cuando Will se puso a definir lo que era un parónimo, utilizó como ejemplos «acceso» y «absceso».

—¿Que utilizó qué? —dijo Rebecca.

—A-C-C-E-S-O y A-B-S-C-E-S-O. Ése fue el comentario que le pareció tan pedante a la que luego se convirtió en su ex mujer.

—¿Y por qué estaba definiendo lo que es un parónimo en su boda? —inquirió Rebecca.

—Oh, ya sabes cómo surgen esos temas... Yo exactamente no lo sé.

—Bueno, de todos modos...

—También «rayado» y «rallado».

—¿Cómo?

—R-A-Y-A-D-O y R-A-L-L-A-D-O.

—¿De qué diablos estás hablando?

Pero entonces su madre le preguntó que cuándo pensaba ir a visitarla con Will —perspectiva esa directamente abocada al desastre— y Rebecca se concentró en inventar razones que le sirviesen de excusa.

Después de colgar empezó a imaginarse a Will el día de su boda. Vio su rostro serio y fino rodeado de invitados jóvenes y risueños, y poniéndose en su lugar, sintió una mortificación tan profunda que era casi física.

La tarde anterior Will se había acercado a su casa para ver una película —una en blanco y negro, subtitulada, muy difícil de seguir, que ella había ido a alquilar hasta el videoclub Video Americain. Zeb también se había pasado por allí, como a menudo hacía los domingos, y él y Poppy se habían puesto a rememorar los viejos tiempos del Open Arms. Zeb, en particular, era capaz de sacar a relucir una ingente cantidad de anécdotas horripilantes: la ceremonia de bodas en que su madre había empezado a sollozar y no podía parar, la mañana de Pascua en que Joe escondió media docena de huevos crudos pensando que eran duros, el desayuno que se olvidaron de programar al día siguiente del baile del instituto...

—¿Te imaginas dónde estaríamos ahora si no hubiera aparecido Rebecca? —preguntó Zeb a Will—. Todos dimos gracias a nuestra buena estrella. Resultó ser buenísima para los negocios.

Will había apartado la mirada de la pantalla.

—¿Rebecca buena para los negocios? —se extrañó.

—Muy buena, de hecho. Si no llega a ser por ella, hace tiempo que habríamos quebrado.

—Oh, por el amor de Dios, ¿por qué dices esas cosas? —protestó Rebecca—. La primera vez que ayudé en una fiesta lancé el corcho del champán directamente al pecho de una mujer.

—¡Es cierto! ¡Se me había olvidado! Una escena de lo más cómica —le comentó Zeb a Will—. Rebecca descorchó la botella y se derrumbó en el suelo de pura vergüenza, así que parecía que la que había recibido el golpe era ella. Mientras tanto, la mujer de los pechos seguía hablando, absolutamente como si nada. Eran falsos, opiné tras cierta reflexión. En aquella época yo me fijaba mucho en esas cosas.

—A mi suegra no llegamos a decirle nunca qué había pasado —añadió Rebecca—. Cuando me vio en el suelo me preguntó: «¿Querida, te ocurre algo?», y yo contesté: «No, nada», me levanté y me puse a servir el champán.

Rebecca y Zeb se echaron a reír, mientras Will los miraba alternativamente, como con ganas de ampliar su amago de sonrisa tan pronto como cogiera el chiste.

—Así que —dijo finalmente—, por lo que veo, entonces todavía vivías en esta casa, Zeb.

—¡Huy, sí! —había afirmado Zeb, mientras se quitaba las gafas para secarse los ojos—. Sí, yo era todavía un crío cuando Joe y Rebecca se casaron. Fue una experiencia que me marcó para toda la vida: ver a Rebecca salir todas las mañanas de su dormitorio tan sonrosada y contenta...

Rebecca se puso seria de inmediato.

—Deja de decir tonterías, Zeb —le conminó.

No era propio de Zeb mostrarse cruel. Rebecca miró a Will para ver cómo se lo había tomado, pero éste tenía otra vez los ojos puestos en la película. Estiraba el cuello hacia delante, muy serio, y cubría las huesudas rodillas con sus dedos largos y nudosos.

«Pesado», pensó entonces Rebecca. ¿No era ésa la palabra que había utilizado la invitada aquella en su boda? ¡Bueno, ella ya sabía que era pesado! Conocía su tendencia a tomarse las cosas al pie de la letra, su entrega a la rutina, su afectación casi cómica. (Su «¡Doctor Allenby al habla!», cuando contestaba al teléfono.) La cuestión era que a ella todos esos rasgos le resultaban entrañables. Más aún: se sentía en parte responsable de ellos. Cada vez que le veía con cara de sentirse perdido o incómodo, recordaba una vez más que tiempo atrás ella lo había abandonado.

Y era por eso por lo que la tarde anterior, abierta, intencionada y descaradamente, le había buscado la mano que tenía más cerca y la había estrechado en la suya.

Se había olvidado por completo del Día de los Abuelos. ¿Pero qué le estaba pasando? Había hecho planes para ir con Will a un museo del Distrito de Columbia, porque los viernes él no tenía clases. Cuando Peter llamó para recordárselo, se aturulló, aunque sin demostrarlo.

—¡Ah! —dijo—. Claro, claro. Mañana por la mañana a... ¿a qué hora has dicho? Lo tengo en mi agenda...

Así que tuvo que llamar a Will para cancelar la cita, porque no podía romper la promesa hecha a un niño, y menos a Peter (y no porque no le tentara hacerlo). Will se mostró muy comprensivo al respecto. Aun así, ella lo lamentó bastante y, para ser sincera, le disgustó más de la cuenta. Cuando al día siguiente le dijo NoNo: «¡Qué amable eres prestándote a esto!», Rebecca tuvo ganas de contestarle: «No lo sabes tú bien». Pero, por supuesto, no lo hizo. Lo que dijo fue: «¡Oh, llevo semanas esperando este momento!».

Estaban en el porche de NoNo esperando a Peter, que había subido corriendo a buscar su mochila.

—¡Es tan desordenado! —dijo NoNo. Llevaba su bata de florista, con el bolso colgado ya del hombro—. Te digo que las mañanas en esta casa son un caos. ¿La encuentras? —le gritó a Peter—. Bueno, que paséis un buen día; iré a buscarte por la tarde.

Le besó en lo alto de la cabeza, para lo cual tenía que ponerse de puntillas porque (según pudo advertir Rebecca) Peter había dado últimamente uno de esos estirones espectaculares que a veces dan los chicos de un día para otro. Los pantalones le quedaban tan cortos que se le veían varios centímetros de tobillo, y las mangas de la chaqueta le dejaban al descubierto las muñecas, que parecían pequeños tiradores de marfil de los de los armarios.

—¡Ya casi eres más alto que yo! —le dijo Rebecca mientras se dirigían al coche.

Él sonrió levemente, se ajustó la mochila más arriba y le dirigió una mirada de soslayo entre sus largas pestañas.

—El mes que viene cumplo trece años —declaró, y a Rebecca le pareció detectar un tono algo más ronco en su voz.

La escuela estaba al otro lado de la ciudad. No era de extrañar que NoNo se quejara de los trayectos en coche, pensó Rebecca mientras maniobraba en medio del tráfico de la hora punta, sorteando guardias urbanos en cada intersección, bandadas de niños en cada esquina y grupos de trabajadores que esperaban con caras hoscas en cada parada de autobús. A esa hora del día Rebecca no solía estar en la calle.

—¿A quién le toca hoy el transporte al colegio? —le preguntó a Peter—. ¿Tengo que pasar a recoger a alguien?

—Van todos con sus abuelos —contestó.

—Ah, claro.

—Hay un tal T. R. Murphy que tiene la serie completa.

—La serie completa, ¿de qué? —inquirió Rebecca.

—De abuelos. La madre de su madre, el padre de su madre, la madre de su padre y el padre de su padre.

—¡Qué suerte!

—Y Dick Abrams viene con *ocho* abuelos, pero no cuentan de verdad porque muchos de ellos son abuelastros.

—Ya, ya.

—No quiero decir que los abuelastros no estén bien —aclaró, lanzándole una mirada compungida.

—No, ya sé que no has querido decir eso.

—Para ir al colegio van a tener que ir en tres coches. En realidad podrían arreglárselas para ir en dos coches, pero la mitad no se hablan con la otra mitad.

—Fascinante —aseguró Rebecca.

—¡Ah!, y... bueno...

Tamborileó con los dedos en las rodillas durante unos instantes y miró con atención por la ventanilla lateral. Rebecca esperó.

—Eh... ¿Te parece bien si te llamo abuela? ¿Sólo por hoy?

—¡Claro, corazón, puedes llamarme así todos los días!

—Vale —dijo. Y añadió—: Oye, ¿tú crees que en lo que nos queda de vida llegaremos a ver gente que empiece a viajar desmaterializándose y volviéndose a materializar?

—Bueno, yo estaría dispuesta a probar esta misma mañana —respondió Rebecca.

Rebecca estaba bromeando, pero al ver que Peter no se reía, añadió:

—Supongo que podría hacerse, en teoría. Pero con la cantidad de cosas que pueden fallar, ¡imagínate la cantidad de demandas que la cosa provocaría!

—¡Demandas! ¡Es verdad! —admitió—. ¡Jo!

Rebecca se puso a pensar que Peter se comportaba un poco como un yoyó, con inopinados altibajos: tan pronto le arrebataba el entusiasmo, como su ánimo caía en picado para volver a subir sin previo aviso. Le sonrió, pero él estaba contemplando la calle y no se dio cuenta.

En el vestíbulo del colegio —un edificio de piedra cubierto de una enredadera cuidadosamente guiada, y no abandonada a su libre albedrío—, les recibió una mujer joven que les entregó una pegatina y un rotulador. «¡Hola!», rezaba la pegatina. «Mi nieto es _____.» Rebecca escribió «Peter Sanborn» y devolvió el rotulador a la mujer. Tan pronto como tuvo la pegatina colocada en la pechera de la blusa, se le acercó un hombre bajito, calvo y trajeado.

—¡Peter Sanborn! —exclamó.

—¿Sí?

Esperaba que le dirigiera algún elogio por el proyecto de Peter, pero lo que hizo fue cogerle la mano y declararle:

—Quiero que sepa que nos hemos tomado la queja de la madrastra del niño absolutamente en serio y que entendemos sus preocupaciones.

—¿Sus preocupaciones?

—Naturalmente, es un problema, en esta época en que las familias están muchas veces fragmentadas. Pero con tantas madres trabajadoras, los abuelos parecían ser la solución lógica. A nosotros no se nos había ocurrido que... Pero ahora que la señora Sanborn nos ha dado la alerta, nos hemos preparado concienzudamente para cualquier tipo de eventualidad. En caso de que un niño no tenga abuelos, podemos facilitarle uno en préstamo...

Rebecca soltó una risotada de asombro. El hombre la miró solemnemente a la cara.

—Hemos invitado a los alumnos a solicitarlo en secretaría —prosiguió—, garantizamos la más absoluta discreción.

—Eso debería tranquilizar infinitamente a mi hija —le aseguró Rebecca.

—Mi propia madre está en la lista de abuelas —concluyó.

—Y de todas formas, siempre queda Dick Abrams —no pudo por menos que añadir Rebecca.

—¿Abrams?

—Tiene *ocho* abuelos. Sin duda se le podría pedir que compartiera esa abundancia.

—¡Oh! ¡Eh, no creo que podamos...!

—Es simplemente algo a tener en cuenta —le dijo Rebecca, soltándose la mano—. ¿Pero qué mosca le ha picado a NoNo? —le preguntó a Peter mientras caminaban hacia el público—. De Patch podría esperarme algo así, pero de NoNo, ¡que se vuelva tan conflictiva de repente!

—Era el director —explicó Peter—. NoNo le telefoneó la semana pasada.

—¡Siempre pasa igual! Tan pronto como tienes a tus hijas felizmente encarriladas, pegan un vuelco y te sorprenden.

Estaban recorriendo un ancho pasillo y avanzaban entre una masa de mujeres canosas, algunos hombres también canosos aquí y allá y, unos palmos más abajo, un enjambre de chiquillos con chaquetas azul marino. Junto a Rebecca había dos chicos que intentaban pisarse los zapatos el uno al otro. Se propinaban codazos, forcejeaban y tropezaban con la gente que pasaba, mientras que las señoras de mediana edad que los acompañaban seguían avanzando sin inmutarse. Uno de ellos se cayó encima de Peter, pero éste se limitó a hacerse a un lado y el muchacho no se disculpó. Rebecca tuvo la impresión de que Peter no conocía a muchos de sus compañeros. Sintió que se le agarrotaban los hombros de un modo que le era familiar; como una respuesta de mamá osa, quiso abrazarlo y gruñirles a los demás niños. Pero Peter no daba señas de estar incómodo. Parecía empeñado en dirigir sus pasos hacia la doble puerta que tenían delante, que se abrió para mostrar un gigantesco gimnasio repleto de mesas cubiertas de fieltro y de pantallas de tela.

A Rebecca no se le había ocurrido preguntar qué tipo de exposición iba a ser ésa. Supuso que se trataría de proyectos de ciencias, ya que en el pasado había soportado largas y aburridas horas en ferias de muestras. Pero ésta parecía más bien relacionada con el arte. En las pantallas habían colgado cuadros y sobre las mesas había esculturas, toscos jarrones de cerámica y construcciones abstractas hechas de alambre. Cada una tenía al lado un nombre, escrito con letra de escolar sobre un rectángulo de cartulina blanca, y algunos de los abuelos ya habían empezado a manifestar su admiración: «¿Lo has hecho tú?» y «¡Vaya, hombre, hay que ver lo que has hecho!».

—¿Cuál es el tuyo? —preguntó Rebecca.

En lugar de contestar, se puso de lado para colarse entre un corrillo de señoras. Rodeó la primera hilera y se detuvo en seco al principio de la segunda.

Allí, en una urna de vidrio del tamaño de un acuario grande, había una especie de torre de perforación de petróleo hecha con varillas multicolores, enchufes y ruedas dentadas orientadas en distintas direcciones, por cuyo espinazo una serie de canicas azules rodaban hacia abajo y aterrizaban en un platillo metálico. Cada canica era de un tamaño ligeramente diferente y al caer sonaba con una nota distinta de la escala: *do, re, mi...* Desde el platillo, las canicas iban a dar a un tubo con circunvoluciones por el que regresaban a su punto de partida, volviendo a caer y haciendo al llegar: *¡Do, re, mi, fa, sol, la, si, DO!* Una y otra vez, con un delicado tintineo musical que podía oírse, advirtió Rebecca al cabo de un rato, por todo el gimnasio. ¿Gracias a qué retornaban las canicas a su punto de partida? Era incapaz de imaginárselo. Estaba perpleja, pasmada, cautivada. Podía haber permanecido allí indefinidamente, embelesada, y otras personas debían sentir lo mismo, ya que empezaba a aglutinarse un grupo numeroso y nadie parecía presuroso por marcharse.

—¡Peter! —exclamó—. ¡Es maravilloso!

Peter ladeó la cabeza y observó críticamente su artilugio, con las manos enfundadas en los bolsillos y la espalda doblada por el peso de la mochila.

—¡Esto es... No sé cómo lo has hecho! ¡Es asombroso! ¿Qué han dicho tus profesores? —le preguntó.

—Creo que les ha gustado bastante.

—¿Lleva un motor, o algo así?

—Es un secreto.

—Bueno, entonces no me lo digas. Lo consideraré un milagro.

—Pero sí que te voy a dar una pista —ofreció—. Piensa en esos pájaros de juguete que se inclinan continuamente a beber de un vaso.

—¡Ah! —exclamó, aunque seguía en las mismas.

—¿Te gustaría ver los otros trabajos? —propuso Peter.

—No —aseguró Rebecca—, creo que me voy a quedar aquí a admirar éste.

Peter hizo una mueca y miró hacia el techo, como diciendo: «¡Estas abuelas! ¡Qué le vamos a hacer!». Pero era evidente que estaba encantado.

En cuanto llegó a casa llamó a Will; estuvo en tensión —como una goma elástica estirada al límite— hasta el momento en que oyó su voz al otro lado de la línea.

—Ya he vuelto —le dijo—. ¿Has ido al Distrito de Columbia sin mí?

—Oh, no, no se me ocurriría.

—Deberías haber ido —le dijo, aunque estaba contenta de que no lo hubiera hecho.

—¿Qué tal ha ido la exposición de tu nieto?

—¡Ha sido maravilloso! Me hubiera gustado que la vieras.

—A mí también me hubiera gustado —admitió.

Durante unos segundos se recreó en esa visión: Will junto a ella en el Día de los Abuelos. Por fin, por fin no tendría que ir sola a todas partes. Pero él le estaba preguntando algo. Estaba invitándola a cenar.

—¿A cenar? ¿En tu casa? —inquirió Rebecca.

—He pensado que a lo mejor te apetecía conocer a mi hija.

—Me encantaría conocer a tu hija.

De inmediato su mente se puso a especular sobre lo que podría ponerse, sobre posibles temas de conversación, sobre quién iba a decidir ser en ese importante encuentro.

—¿Qué te parece mañana? —le preguntó Will.

—¿Mañana? ¿Sábado? ¡Oh!

No era necesario que lo explicara. Will suspiró y dijo:

—Ya sé. Tienes una fiesta.

—Pero podría ser el domingo.

—Muy bien: el domingo. Supongo que ella estará libre ese día. Vamos a quedar temprano. A las seis, ya que al día siguiente trabajo.

—¿Qué quieres que lleve?

—A ti —le dijo como recitando de memoria.

Se abstuvo de preguntarle a cuál de todos sus «yos».

Más tarde, mientras hablaba por teléfono con NoNo, dejó escapar que iba a conocer a la hija de Will.

—Cualquiera pensaría que eso es pan comido —le dijo—, después de haber lidiado contigo y tus hermanas. Pero no puedo evitar sentirme un poco nerviosa.

—Bueno, estoy segura de que va a salir todo bien —dijo distraídamente NoNo—. ¿La hija de quién, dices?

—La hija de Will Allenby. El que estaba conmigo hace un par de semanas, cuando vinisteis tú y Peter después de cenar.

—¡Ah, sí! —exclamó NoNo.

—¡Pero se me olvidaba! ¡Peter! ¡Si es por Peter por lo que te llamo! NoNo, ese chico es un genio.

—Sí, todo el mundo me dice que es muy listo —admitió NoNo—. Yo lo único que quisiera es que tuviera edad para conducir.

—¿Has visto su proyecto?

—¿Bromeas? Se lo he visto construir, ruedita a ruedita, pieza por pieza.

—No estoy muy segura de si se trata de arte, de ciencia, o de música —prosiguió Rebecca—, quizá las tres cosas a la vez. ¡Es asombroso!

—A mí me ha tocado llevarle en coche hasta el quinto pino para comprar los materiales —señaló NoNo—. Barry estaba fuera, se había ido a una conferencia, qué casualidad.

—Oh, cariño, me hago cargo de que debe de ser duro, pero ojalá pudieras disfrutar de ese chico. ¡Cuando quieras darte cuenta habrá crecido y se marchará! Y entonces descubrirás que lo echas de menos.

—Eso es fácil decirlo —replicó amargamente NoNo—. ¡No tienes ni idea de lo que significa cargar con el hijo de otro cuando estás prácticamente todavía en tu luna de miel!

—Ah, ¿eso crees?

Era uno de esos momentos en que no tenía más remedio que morderse literalmente la lengua para no hablar.

El domingo por la mañana llamó dos veces a Will para preguntarle qué ropa se ponía. La primera vez él le dijo: «Lo que sea. O quizá... Bueno, no, cualquier cosa». Ése fue el motivo de su segunda llamada: una ligera vacilación en su voz. Al cabo de un minuto volvió a llamar.

—Will, puedes decírmelo sin problemas. ¿Hay algo en especial que crees que debería ponerme?

—Oh, no.

—¿Y algo que no debería ponerme?

—Bueno, no sé. Quizá... algo no demasiado hippy —sugirió.

—Hippy —repitió Rebecca.

Durante un segundo, se sintió ofendida. Creyó que se refería al tamaño de sus caderas.* Pero Will continuó:

—Es sólo que algunas de tus prendas tienden a ser un poco... llamativas, y me gustaría que Beatrice se fijara más en ti como persona.

—Ah, bueno, claro. En ese caso...

Así que se puso su traje de azafata: una blusa camisera blanca y una falda azul marino. Unas medias de verdad. Zapatos de piel auténtica. Y domó las dos alas que tenía por pelo con dos sencillos pasadores de plata que alguna de sus nietas se había dejado en el cuarto de baño del segundo piso.

Esta vez el trayecto hasta Macadam le resultó más familiar, y por lo tanto más corto. El color turquesa de las piscinas le recordó un tipo de caramelo que antes era de sus favoritos.

---

* Juego de palabras intraducible: *hip* en inglés significa cadera. *Hippy* sería, en traducción libre, algo así como fuerte o ancho de caderas. *(N. de la T.)*

«Confía en Jesús», pudo leer. «Larry: me sigues gustando.» Bajo la señal de stop que había en la esquina de Will habían pegado una pegatina que rezaba: «COMER ANIMALES».

La casa en que vivía Will —la del finado profesor Flick— era un edificio de tipo colonial, cuyas tablas blancas amarilleaban por los bordes. El huracán Floyd había arrasado la zona una semana antes y, por lo que se veía, nadie se había molestado en limpiar el jardín delantero. Rebecca tuvo que sortear las ramas caídas y los montones de hojas mojadas que atestaban el sendero. Una de las ramas, que llegaba a la altura de los tobillos, representaba una trampa tan peligrosa que se sintió obligada a recogerla y arrojarla al césped. Así que llegó con las manos húmedas y sucias, y antes de tocar el timbre intentó limpiárselas con un pañuelo de papel arrugado que llevaba en el bolso.

Una vez que le abrieron con el portero automático, atravesó un vestíbulo repleto de antigüedades y subió unas escaleras alfombradas tras la pista de un aroma cada vez más intenso a cordero asado. Pero debía provenir de la cocina de la señora Flick porque, cuando Will abrió su puerta, la primera del descansillo del segundo piso, sólo llegó hasta ella un olor acre a periódicos antiguos. Mirando por encima de su hombro, vio periódicos por todas partes: apilados sobre las sillas, las mesas, los alféizares de las ventanas, en el suelo.

—¡Entra, entra! ¡Siéntate! —le dijo Will, pero no había ningún sitio donde sentarse—. ¡Oh! —exclamó, como si acabase de darse cuenta—. Aquí, voy a... —se puso a dar vueltas por la habitación, recogiendo los periódicos a brazadas y apilándolos en un rincón—. Llevo tiempo pensando que debería contratar algún servicio de limpieza —declaró.

Rebecca no le dijo que los servicios de limpieza no habrían servido de mucho. Se sentó y miró a su alrededor.

Las paredes estaban desnudas y exhibían las cicatrices de antiguos clavos y las marcas fantasmales de cuadros ya desaparecidos. Las ventanas, altas y estrechas, sin cortinas, filtraban una luz pálida y blanquecina. Estaba sentada en una de esas sillas de lona de los años sesenta y hubiera jurado que los demás muebles también procedían de esa era. Will debía de haber saqueado su garaje o su desván antes de mudarse a esta casa, desenterrando restos y reliquias de sus días de estudiante: una mesita de café clara y barata, una alfombra naranja hirsuta y apelmazada, una silla de oficina con ruedas.

—Quizá pudieras darme algunos consejos de decoración —dijo Will con una sonrisa amplia, esperanzada.

Rebecca le devolvió la sonrisa.

—¿Todavía no ha llegado Beatrice? —preguntó.

—No, pero llegará en cualquier... ¡Ah! ¡Perdona! ¿Qué puedo ofrecerte de beber?

—¿Qué tienes? —preguntó.

—Agua, leche...

—Agua, por favor.

Will salió de la habitación. Llevaba unas zapatillas, observó Rebecca, con los talones doblados bajo los pies, pero por lo demás estaba pulcramente ataviado: pantalones caquis y una camisa blanca. Aunque de la habitación contigua sólo podía vislumbrar una pequeña franja —las paredes empapeladas con unas horribles flores oscuras—, dedujo que se trataba del comedor. Oyó correr el agua de un grifo y al momento entró Will con un vaso de metal rosa. «Toma», le dijo, alargándole el vaso. Cuando sus manos involuntariamente se tocaron, Rebecca pensó que Will no la había saludado con un beso. Debía de estar nervioso. Empezó a pasarse los dedos por el pelo con ese azoramiento típico suyo y, en lugar de sentarse él también, se quedó de pie frente a ella. Rebecca tomó un trago de agua. Estaba a temperatura ambiente y sabía a cloro y a algo ácido, como a moho. Dejó el vaso en el suelo junto a la silla, se levantó y se abrazó a su cuello.

—¿Qué...? —exclamó Will, apartándose y echando una mirada hacia la puerta, pese a que estaba cerrada.

Rebecca no le soltó. Estrechó su abrazo y le tranquilizó:

—No te preocupes, todo va a salir bien, ya verás.

—Oh, no conoces a Beatrice —declaró, sin dejar de mirar hacia la puerta.

—¡Pero si nos lo vamos a pasar muy bien!

—He preparado un plato de cereales de esos tan nutritivos, porque es vegetariana, pero creo que me ha quedado poco hecho.

Sonó el telefonillo y Will se sobresaltó. Rebecca dejó caer los brazos y él pulsó un botón que había junto al interruptor de la luz.

—¡Oh! ¡Santo cielo! —dijo. Volvió a pasarse los dedos por el pelo. Se volvió hacia Rebecca y le confesó—: Y además, he utilizado caldo de pollo. No se lo digas a Beatrice.

—Mis labios están sellados —le aseguró Rebecca.

—Eso era lo que decía la receta y no estaba seguro de poder omitirlo.

—La próxima vez te daré una marca de pastillas de caldo vegetal —sugirió.

Se sentía extrañamente despreocupada, como si estuviese representando un papel en una obra de teatro, el papel de una persona entendida y eficiente. Mientras Will se aseguraba de que tenía la camisa bien remetida en los pantalones, ella permaneció expectante, aunque sin dejar de mirarse la ropa. (Por lo menos estaba segura de que no podrían tomarla por una hippy.)

Por la escalera llegaba el ruido de unos pasos lentos que se acercaban. Will abrió la puerta de golpe.

—¡Hola, Beatrice! —saludó con una voz llena de brío que Rebecca nunca le había oído utilizar.

La persona que entró era pequeña, bien proporcionada, de sexo indeterminado, e iba completamente vestida de cuero negro, pese a que la noche era cálida. Tenía la piel sumamente blanca, como de escayola, y los mechones de pelo negro parecían mortecinos, como si estuviesen teñidos. Toleró un breve apretón de Will —más que un abrazo, un momentáneo espasmo de su brazo alrededor de los hombros de su hija— y luego se volvió y examinó fríamente a Rebecca. Llevaba una tachuela dorada en la nariz y un arete de oro muy fino en una ceja, precisamente ese tipo de cosas que a Rebecca siempre le hacían sentir la necesidad de desviar diplomáticamente la mirada. Ni uno solo de los rasgos de su cara recordaba a Will en lo más mínimo.

—Hola, Beatrice, soy Rebecca.

Beatrice se volvió hacia Will.

—Me dijiste que viniera a las seis y aquí estoy.

—Sí, gracias, Bea. Me alegra muchísimo que hayas venido.

—¿Vamos a cenar o no? Porque tengo cosas que hacer.

Will miró a Rebecca. Ella le sonrió para darle ánimos. Will volvió a mirar a Beatrice.

—¿No quieres que nos sentemos antes a charlar un rato?

—¿Charlar? ¿De qué? ¿Es que quieres decirme algo?

—No, sólo...

—Y además, ¿quién es esta mujer? No caigo.

Will se tiró violentamente de un mechón de pelo. Fue Rebecca la que contestó.

—Soy una vieja amiga de tu padre —explicó—, crecimos juntos.

Esto le valió otra mirada helada de arriba abajo. De repente, Rebecca se sintió menos segura de su atuendo.

—Entonces —espetó Beatrice—, supongo que ahora me diréis que os habéis enamorado perdidamente o algo así.

—¡Beatrice! —explotó Will, soltando de golpe el aire retenido.

—Bueno, es verdad que... nos hemos cogido cariño, creo —dijo Rebecca—, pero a lo que he venido esta noche en realidad es a conocerte.

—Muy bien: ya nos conocemos —declaró Beatrice—. ¿Me puedo ir ya? —le preguntó a su padre.

—¿Irte? ¡Pero si no has cenado!

—Está bien, si insistes, vamos a cenar.

Will dirigió otra mirada a Rebecca y ésta dijo:

—¡Claro! ¿Por qué no cenamos?

De todas formas, no había suficientes sillas libres en el salón para los tres.

Entraron al comedor, precedidas por Will. La elegancia de la mesa —un oscuro óvalo barnizado, sobre un pedestal con forma de garras de león— resultaba incongruente, pues las sillas eran de esas metálicas, plegables, como las que se usan en las reuniones parroquiales, y había una docena de cajas de cartón que bloqueaba parcialmente la ventana. Will anunció:

—Vosotras dos, sentaos, que yo voy a traer la cena —y desapareció tras una puerta batiente.

—¡Bueno! ¿Dónde sueles sentarte? —le preguntó Rebecca. Porque no estaba dispuesta a cometer el error de desplazar a Beatrice.

Pero Beatrice le dijo:

—En ningún sitio —y cogió la silla que estaba en la cabecera de la mesa.

Rebecca eligió la silla que estaba a la derecha de Beatrice. Se tomó su tiempo para acomodarse, desplegando la servilleta —de papel— y extendiéndola sobre las rodillas. Había tres platos de vidrio verde directamente sobre el tablero de la mesa y, a la izquierda de cada uno, un cuchillo y un tenedor con manchas de óxido. Rebecca reflexionó, cogió el cuchillo para cambiarlo al otro lado del plato y, pensándoselo mejor, lo dejó donde estaba.

—Cuando tu padre tenía tu edad —le dijo a Beatrice—, todo su anhelo en la vida era sacarse el carné de conducir —éste era uno de los temas preparados de antemano, algo para romper el hielo—. Era el único chico de nuestra clase que todavía no lo tenía. Suspendía una y otra vez el examen práctico. ¿Te lo ha contado?

—No, pero no me sorprende —contestó Beatrice. Ahora parecía más afable. Había cogido el plato y lo sostenía frente a la cara, o contemplando su reflejo o mirando al través—. ¡Es tan patoso! —añadió, volviendo a dejar el plato—. Cada vez que va a algún sitio vuelve con el parachoques abollado o algo por el estilo.

—Bueno, eso es porque va pensando —le defendió Rebecca—. Tiene la mente puesta en asuntos más intelectuales.

Beatrice se limitó a arquear las cejas. Rebecca se preguntó si el gesto sería doloroso, teniendo en cuenta el arete dorado.

Algo se cayó al suelo en la cocina, y Will dijo: «¡Miér... coles!». Rebecca miró a Beatrice con aire de complicidad. Beatrice no se inmutó.

—¿Sabes cómo te había imaginado? —preguntó Rebecca—. Pensé que tendrías un aire más bien intelectual. No sé por qué, pero solía imaginar que Will tendría un hijo muy estudioso, todo un científico. E incluso había decidido que se llamaría Tristam. Y cuando me dijo que tenía una hija, de alguna forma te convertí en el equivalente femenino de Tristam. Te imaginé con un vestido largo de muselina y un peinado de esos cursis y antiguos.

Se aventuró a soltar una risa leve que salió con un sonido de lata. Beatrice no se rió, pero sí parecía estar escuchando. Por primera vez miró a Rebecca a los ojos y dejó de juguetear con el tenedor.

—Te imaginaba leyendo en voz alta para él frente a la chimenea —prosiguió Rebecca— y me figuraba que tendríais sesudos debates filosóficos.

—Pues no los tenemos —zanjó Beatrice.

—Ya, ya veo.

—Al cabo del día ni nos hablamos.

Al principio Rebecca la interpretó mal. Por más acostumbrada que estuviese a los giros de los jóvenes, creyó que Beatrice quería decir que se despedían sin darse las buenas noches.

—Ah, ¿quieres decir que no habláis nada?

—Esta cena es una excepción. Pero no estoy aquí por mi gusto.

—Aun así, está muy bien que hayas venido.

—Estoy aquí porque me ha prometido que me abriría una cuenta de Internet si venía.

—¡Oh! —exclamó Rebecca.

Will irrumpió por la puerta batiente llevando con ambas manos una cacerola de vidrio irrompible.

—¡Tachán! —dijo al dejarla sobre la mesa.

Rebecca se levantó de un salto para agarrarla, pensando que estaría caliente —aunque él la había llevado sin agarradores—, pero descubrió que estaba tibia, a una temperatura que no podía ni por asomo dañar el barniz. Se dejó caer en la silla, sintiéndose un tanto estúpida.

—Plato único de cereales integrales —anunció Will a Beatrice—. Totalmente vegetariano.

—En realidad, ahora como carne —declaró Beatrice.

—¿Ah, sí?

Sus hombros se desplomaron. Miró a Rebecca.

—Deberíamos acostumbrarnos todos a comer más cereales de vez en cuando —le aseguró ésta.

—Bueno, no he preparado nada más porque éste es un alimento completo, de plato único. ¡Ah!, eso ya lo he dicho.

—Siéntate —le dijo Rebecca.

Se sentó frente a ella y se quedó mirando la cacerola, abatido. Fue Rebecca quien finalmente levantó la tapa. Vio unos trozos de brécol y de coliflor entremezclados con algo que parecía papilla de avena. Dentro había un cucharón de servir sumergido casi por completo. Rebecca lo sacó con la punta de los dedos.

—Beatrice, ¿quieres pasarme tu plato?

Beatrice puso los ojos en blanco, pero obedeció.

—Will, ¿te sirvo?

Le tendió su plato. Del labio inferior le colgaba una mota verde. Rebecca resistió el impulso de limpiárselo.

Ella se sirvió la última, después se secó los dedos y cogió el tenedor. «¡Mmm!», hizo después de probarlo. Los otros dos ya estaban comiendo, masticando concienzuda y ruidosamente, y no entendía cómo podían hacerlo, ya que el plato estaba francamente asqueroso. Las verduras estaban medio crudas y fibrosas y el cereal tan poco cocido que se imaginó que se le hincharía en el estómago hasta explotar. Miró alrededor en busca de agua. No había. Sorprendentemente, Beatrice se llevó otro tenedor lleno a la boca.

—Me temo que no soy gran cosa como cocinero —admitió Will.

—Yo creo que eres estupendo, porque lo intentas —le dijo Rebecca—. En tu situación, muchos hombres servirían cenas precocinadas.

Will inclinó tímidamente la cabeza.

—Tampoco es una receta tan complicada —admitió.

—¿Te invitan a cenar muchos hombres, Rebecca? —inquirió Beatrice.

—¡Ejem...!

—¿Sales con muchos?

Will miró a Beatrice con expresión alarmada. Rebecca dijo:

—Bueno, no, yo...

—Porque en realidad, así, de entrada, pareces muy normal. Y me pregunto si te has enterado de qué clase de tío es este con el que estás comiendo ahora.

—Un tío muy simpático —aseveró tajantemente Rebecca—, y lo conozco desde que era un bebé.

—Pues es el tipo que secuestró a nuestra perra cuando mamá le pidió el divorcio —manifestó Beatrice.

—¿Vuestra perra?

—Nuestra perrita, Flopsy Doodle.

Rebecca miró a Will. Will tragó saliva.

—No la secuestré, yo sólo... me la llevé prestada. En aquel momento estaba muy trastornado.

—La robó mientras nosotras no estábamos y ni siquiera nos dejó una nota —prosiguió Beatrice. Hablaba con agrado, casi con entusiasmo; hasta entonces Rebecca no la había visto tan alegre—. Llegamos a casa y la llamamos: «¿Flopsy?». Ni rastro de Flopsy. Entonces mamá llamó a mi padre; sabíamos que tenía que ser él. Mamá le dijo que iba a llamar a la policía, ¿y sabes lo que hizo él? Le mintió, le dijo que no tenía ni idea de qué le estaba hablando. Y después abrió la puerta y la dejó salir a la calle sola, cuando todos sabemos que tiene un sentido de la orientación pésimo. Fue una suerte que no la atropellara un coche.

—Bueno, ¿y qué? Yo estaba triste —terció Will—. Lo estaba pasando muy mal.

—Como si mamá y yo no lo hubiéramos estado pasando mal también.

—Mira, fue un error momentáneo. Yo ya me disculpé. ¿Cuántas veces tengo que pedir perdón? Yo mismo salí a buscarla en medio de aquella tormenta; me pasé la mitad de la noche en la calle, buscándola, y la recogí en mi coche nuevo, aunque estaba llena de barro.

—¿Te das cuenta? —le dijo Beatrice a Rebecca. Después se levantó y colocó cuidadosamente la silla junto a la mesa. Dirigió a su padre una mirada de desdén desde lo alto de su nariz tachonada—. Puedes llamarme mañana para lo de la cuenta de Internet —le indicó.

Salió taconeando fuerte con sus botas de cuero negro y gruesa suela.

Después oyeron cómo se cerraba la puerta y Will y Rebecca se miraron de frente por encima de la mesa.

—Me parece que ha sido un fracaso —dijo Will.

—Tonterías: ha salido muy bien.

—Oh, no sé, no sé, no sé... —salmodió Will sacudiendo la cabeza.

—A esa edad las chicas se vuelven imposibles —aseguró Rebecca—. Mira mi hija: cuando tenía la edad de la tuya, su sueño dorado era crecer rápido para trabajar de camarera.

Will no parecía muy impresionado. Rebecca fue más lejos:

—Y siempre se encaprichaba de unos chicos que daban miedo. Unos chicos que una ni siquiera se atrevía a meter en casa. Me preocupaba mucho lo que iba a ser de ella. Pero luego se casó con un hombre buenísimo. De hecho, con varios hombres buenísimos.

—No sé, no sé —repetía Will una y otra vez.

—Will, créeme, tu hija va a salir adelante.

Entonces él alzó la mirada bajo sus cejas blancas.

—En cuanto a lo de la perra —explicó—, siento decirte que tiene razón: en un momento dado me comporté muy mal.

—Will, no es de extrañar. Estabas muy perturbado.

—Laura empezó diciendo que necesitaba un poco de espacio. Para pensar, me dijo. Yo me avine a todo lo que ella quería; me mudé inmediatamente. ¡Fui tan complaciente! Entonces me llamó por teléfono y me dijo que había decidido que la separación fuese permanente. Eso me... de alguna forma me hundió. Fui a verla para hablarlo y me encontré con que no estaban en casa y, bueno, debí perder un poco la cabeza. Pero sólo fue en esa ocasión.

—Y además, devolviste a la perra.

—Sí, y ¡tenías que haber visto en qué estado quedaron los asientos del coche! —volvió a tirarse del pelo—. Pero basta ya de este tema. ¿Te sirvo algo más de comer?

—No, gracias, estoy llena —respondió Rebecca.

—Vamos al salón, entonces.

—¿Te ayudo a recoger los platos?

—De ninguna manera —dijo Will.

Ella no insistió. El cereal medio crudo la hacía sentir algo abotargada; se imaginó a sí misma sujetándose el estómago como si fuera una sandía para poder moverse de la mesa al fregadero.

Will se levantó, rodeó la mesa y le apartó la silla a Rebecca. Cuando ella se levantó, la cogió suavemente de los hombros y la giró hacia él. Entonces la besó. No era el beso ligero que solían intercambiar. Era más apretado e intenso, más insistente, y ella, sin saber por qué, no se sentía en condiciones de responderle. Se sentía más que nada incómoda. Se apartó. Levantó el brazo para ajustarse uno de sus pasadores.

—¡Vaya! —dijo—. ¡Caramba!

—Rebecca... —insistió Will, sin soltarle los hombros.

—Tengo que irme —le atajó ella—. Se está haciendo tarde.

—Ah, bueno, claro —admitió Will, soltándola.

En realidad no eran todavía las siete, pero Will no hizo ningún comentario.

Atravesaron el salón sorteando las pilas de periódicos. En la entrada, Rebecca se volvió hacia él y le dedicó una sonrisa radiante.

—Muchas gracias por la cena —dijo.

—Me temo que no ha sido muy buena.

—Estaba deliciosa. De verdad.

—Si hubiera sabido que Beatrice ya come carne otra vez, habría preparado mi chile. Ahora tengo varios recipientes de sobra, de las veces que he comido en tu casa. Tenía que haberlos utilizado hoy y así ya me quedaban otra vez los justos para la semana.

Rebecca se echó a reír al tiempo que salía. Pero más tarde, mientras conducía de vuelta a casa, la preocupación le ensombreció el rostro y, cuando aparcó y se bajó del coche, se sentía tan pesada, tan indeciblemente molesta, que supo que no podía achacárselo únicamente al guiso aquel.

Nueve

Ahora ya sabía con qué tenía que vérselas: Will seguía guardando luto por su matrimonio. Lloraba su pérdida tan desconsoladamente como si se hubiese quedado viudo. Eso explicaba los malentendidos de sus primeras conversaciones, su tendencia a hablar sin parar de Laura y su comportamiento triste e inseguro. Un hombre que secuestra a la perrita de su mujer es un hombre que sigue enganchado.

Lo cual no significaba que el propio Will fuese consciente de ello, supuso Rebecca. Ya que dos días más tarde la llamó para preguntarle:

—Ahora que ya conoces a mi familia, por pequeña que sea, ¿no crees que yo debería conocer a la tuya?

—¿A mi familia? Pues...

—Hasta ahora he visto a... ¿cuántos? Dos o tres de ellos —precisó—, pero me gustaría conocer a los demás.

—Bueno, supongo que podría reunirlos a todos y organizar una cena.

—¡Eso sería estupendo! —afirmó Will.

Su impaciencia era tan poco propia de él que Rebecca sospechó que estaba forzando la situación. Le imaginó infundiéndose ánimos antes de descolgar el teléfono para llamarla, armándose de valor, haciendo acopio de determinación.

—¿Sabes? —le dijo Rebecca—, los Davitch pueden resultar un poco agobiantes cuando están al completo. Si lo prefieres, podrías conocerlos en varias veces.

—¡No! Creo que puede ser divertido.

Reconocía ese tono de voz animoso. Ella misma lo había utilizado en más de una ocasión.

Fijaron la cena para el siguiente sábado. Podía haber sido un jueves, pero Rebecca no quería que consistiera en uno de esos zafarranchos generales, en el típico jueves caótico que terminaba siendo una verdadera batalla campal, porque Will podía sentirse desbordado. No, la cosa tenía que ser tranquila y organizada. La gente llegaría a la hora que se hubiese fijado de antemano y hablaría de temas civilizados. Pensó en llamar a Alice Farmer para que sirviera la cena, pero Alice Farmer era muy capaz de sentarse al lado de Will y empezar a hacerle preguntas —de someterlo a un verdadero interrogatorio en realidad, para asegurarse de que pasaba el examen—, mientras que la propia Rebecca terminaría sirviendo la cena. Decidió que mejor no.

A la primera que avisó fue a Min Foo.

—Os invito a cenar el sábado dos de octubre —le dijo—, tú y Hakim solos. Sin los niños.

—¡Sin los niños!

—A las ocho en punto. Y ponte guapa.

—¿Por qué no podemos llevar a los niños?

—Es una cena para adultos. Quiero que conozcáis al hombre con el que estoy saliendo.

Ésa era la frase que había elegido de antemano, mucho más digna que cualquier otro término que hubiese podido utilizar. Además, le salió con bastante facilidad, o así lo sintió Rebecca, pero la respuesta al otro lado de la línea fue un silencio más violento que un hachazo.

—Tienes un hombre en tu vida —dijo finalmente Min Foo.

—Exacto —afirmó Rebecca.

—¡No me lo habías dicho!

—Bueno, has debido de oír que de vez en cuando venía un hombre por aquí.

—¡Creí que era sólo un amigo! ¿Por qué me lo sueltas ahora de esta manera?

—¡Min Foo! ¡No te estoy soltando nada! ¡No es nada que tenga que ver contigo!

La cosa no estaba saliendo como ella había planeado.

Con NoNo, el enfoque fue diferente. Quiso saber por qué un sábado.

—¿Tan mal va el negocio? —preguntó—. ¡Los sábados nunca tenéis libre! ¿Es que se está yendo a pique el Open Arms?

—No más de lo habitual —le aclaró Rebecca.

—¿Y no me has presentado ya a esa persona?

—Sí, pero esto va a ser algo así como su presentación oficial a la familia completa.

—Vale, vale —aceptó NoNo.

No pareció impresionarle la parte esa de: *el hombre con el que estoy saliendo.*

Antes de que Rebecca pudiese hacer la siguiente llamada, sonó el teléfono: era Patch, hecha un basilisco.

—¿Cómo es que has invitado a Min Foo a cenar y a mí no?

—Pero si precisamente iba a...

—¿Es porque ella es tu verdadera hija?

—¡Patch! ¡Por el amor de Dios! ¡Os estoy invitando a todos!

—Y yo tengo que enterarme por terceros —imprecó Patch—. Me dan ganas de no ir.

—Bueno, empieza por dejar la línea libre el tiempo suficiente para poderte llamar —le espetó Rebecca, y colgó el teléfono.

Sólo Biddy reaccionó según sus expectativas.

—¡Estás saliendo con alguien! ¿En serio? Oh, Beck, no me había dado cuenta. ¿Se trata del hombre que estaba en tu casa cuando me pasé por allí la otra noche?

—El mismo —proclamó Rebecca.

—¡Ay, qué emocionante! Dime qué llevo de comer.

A veces Rebecca pensaba que la ventaja de tener muchas hijas era que, estadísticamente, al menos una de ellas podía reaccionar correctamente en un momento dado.

El sábado amaneció cálido y húmedo, un día más propio del mes de julio que de octubre. Era una pena, porque Rebecca se había comprado un traje de entretiempo especialmente para la ocasión. Era un traje sastre gris, de falda recta, muy sobrio, que podría incluso pasar desapercibido (y desde luego ninguna hippy llevaría jamás algo así). Se lo puso de todas formas, junto con sus zapatos de azafata. Iba muy sencilla por fuera, pero de fantasía por dentro, ya que también se había comprado lencería nueva: toda de encaje negro, de la que hay que lavar a mano. No le importaba. Y además era horriblemente cara. Pero no le importaba nada. Tenía sus planes.

Cuando bajó a la cocina, donde Biddy y Troy estaban desenvolviendo la comida, Troy, aunque tardó un poco, reaccionó:

—¡Guau! ¡Joan Crawford en persona! —exclamó.

Rebecca asumió una pose de modelo, alzando la cabeza con coquetería, y Biddy dejó su tarea para preguntar:

—¿Son hombreras eso que llevas? ¡Qué bárbaro! —luego reprendió a Poppy—: ¡Eh, deja eso! —pues estaba pellizcando la masa de un pastel. Ella se había puesto un vestido azul de volantes sin espalda, que parecía demasiado exuberante para su enjuta silueta, y Troy y Poppy llevaban traje y corbata. Rebecca sintió una oleada de afecto. ¡Qué solícitos, cómo se habían esforzado! Will tocó el timbre a las ocho en punto. Llevaba un traje de lana color antracita y la parte superior del labio relucía de sudor, ya fuese por el calor, ya por su nerviosismo.

—¡Qué elegante estás! —dijo Rebecca. Al besarle percibió su olor a after-shave, un perfume de especias, y al momento se sintió animada y optimista, como si ésa fuese su primera fiesta y no su millonésima.

—¿Llego demasiado pronto? ¿Demasiado tarde?

—Llegas puntual —le tranquilizó Rebecca—. Ven aquí atrás mientras nos ocupamos de la comida —añadió cogiéndole del brazo.

—Bueno, Biddy, vosotros ya os conocéis —anunció cuando entraron en la cocina—. Y también conoces a Poppy, y éste es el... Éste es Troy. Troy, Will Allenby.

—¿Qué tal? —dijo Troy estrechándole la mano. Troy tenía unos ojos azules sumamente vivaces y, cuando le presentaban a alguien, daba la impresión de clavarle la mirada hasta el alma, horadándole con un rayo de alto voltaje. Will respondió acercándose con determinación y sosteniendo firmemente la mirada de Troy, por lo que durante unos instantes parecían dos ciervos midiéndose la cornamenta.

—¡Hola, hombre! —le saludó Poppy—. ¡Me alegro de volver a verte! —podía haberlo dicho por cumplir, pero cuando Will le contestó: «Yo también me alegro de verle, señor Davitch», Poppy le dijo—: Poppy, llámame Poppy.

Y eso no era algo que le permitiese a cualquiera. (A Barry, por ejemplo, le había dicho recientemente que todavía no tenían tanta confianza como para que le tuteara.) Rebecca le dirigió a Poppy una sonrisa de agradecimiento y luego afirmó:

—Cuando conozcas a los Davitch, Will, sabrás que no existe la menor posibilidad de que lleguen a la hora prevista; así que sugiero que nos pongamos cómodos mientras esperamos. ¿Quieres algo de beber?

—No, gracias —dijo Will, pero Poppy declaró que a él le apetecía un whisky y todos los demás pidieron vino blanco.

En el salón, Rebecca encendió las velas mientras Troy se ocupaba de las bebidas. Biddy le estaba preguntando a Will de dónde era, en qué trabajaba, cuánto hacía que conocía a Rebecca, las típicas preguntas de rigor, a las que Will contestaba a conciencia. «De Church Valley, Virginia, pero ahora vivo en Macadam.» «Soy jefe del departamento de física de la Universidad de Macadam.» «No recuerdo exactamente cuándo conocí a Rebecca. ¿Hará cincuenta años? ¿O quizá más?»

—¡Cincuenta años! —exclamó Biddy.

—Nunca me acostumbraré a oír esa cifra —precisó Rebecca. Le aceptó a Troy un vaso de vino y se sentó en el sofá, cerca de Will, pero sin tocarse—. Eso de contarle a la gente que hice esto o lo otro hace medio siglo o que no he visto a fulanito desde hace cuarenta y cinco años... Pienso: ¿pero qué estoy diciendo? ¿Es posible que haya vivido ya tanto tiempo?

—Así que tú y Rebecca habéis vuelto a contactar ahora... —prosiguió Biddy. Hablaba en tono indulgente, como si su historia le pareciera... tierna, pensó Rebecca—. Pero debe de ser complicado, viviendo en dos ciudades distintas.

—Sí, mi cuentakilómetros ha dado un salto últimamente —y girándose hacia Rebecca le confió—: Últimamente el motor me tose un poco.

—¿Te tose?

—Tiene una especie de tos cuando acelero.

Troy soltó un carcajada.

—De un profesor de física, hubiera esperado que utilizara un término más técnico —explicó, al ver que todos le miraban.

—No, Troy, no estoy nada familiarizado con la mecánica de automóviles. Tengo que ponerme en manos de extraños, de mecánicos que me cobran una fortuna y luego, la mitad de las veces, no resuelven el problema.

—Oh, deberías llevárselo a Aldo —sugirió Rebecca.

—¿A Aldo?

—El que mima mi Chevrolet. Es muy competente. ¡Y muy buena persona! Biddy, tú conoces a Aldo.

—Sí, Aldo es genial —dijo Biddy—, me solucionó el chirrido aquel que nadie había podido arreglar.

—Aldo está siempre presumiendo de su mujer —le explicó Rebecca a Will—. De lo guapa que es, de lo lista que es, de que es capaz de hacer cualquier cosa con sus propias manos. Hasta las fundas de los cojines. Hasta las alfombrillas. Tanya, se llama. Tanya esto, Tanya lo otro, así está todo el día. Tanya y yo vamos a clases de baile de salón. Tanya y yo estamos planeando un viaje a Hawai. Tanya y él se hicieron maquillar por un profesional y posaron disfrazados de Bonnie y Clyde. «El hombre que ama a su mujer» le llamo yo. «¿No te parece que ese matrimonio es el más increíble del mundo?», le pregunto siempre a la gente.

—¿Y ése es tu... mecánico? —preguntó Will.

—Sí, y el mes pasado me dijo que Tanya había ido a ver al médico. Le dije: «Espero que no sea nada serio», y me contestó: «No, es sólo que necesitaba que le aumentaran la medicación». Resulta que es propensa a sufrir alucinaciones, debido a un trastorno mental, y eso desde siempre. Cree que él está tramando dejarla; jura que le es infiel; una vez se presentó en el porche de una mujer blandiendo una espada japonesa de esas de recuerdo. Dos de sus hijos ya no quieren ni aparecer por casa. Una vez su hijo mayor le preguntó: «¿Cómo puedes aguantarla?», y Aldo le contestó: «Porque ella no es ésa. Ésa no es la verdadera Tanya».

—Y ése es el que te arregla el coche —dijo Will.

—Exacto —dijo ella—. A mí es que me parece tan... digno de admiración. Sigue creyendo que su mujer es extraordinaria, después de todo lo que ha pasado. Sigue presumiendo de los tapetes de ganchillo que hace y de que se disfrazan de Bonnie y Clyde.

Will iba a decir algo, pero en ese momento sonó la puerta de la entrada.

—¡Ah! ¡Por fin! —dijo Rebecca, y se fue hacia el vestíbulo.

Allí estaban Min Foo y Hakim, quien cargaba con una de esas sillitas de bebé para el coche con las que los padres parecen llegar bien provistos del mercado. En ella estaba Abdul, profundamente dormido, enroscado como un pequeño anacardo y con los ojos parcialmente cubiertos por un gorrito de lana.

—¡Ya sé, ya sé, dijiste que sólo adultos! —se justificó Min Foo—, pero ¿qué quieres? Le estoy dando el pecho, ¿qué voy a hacer? Cuidado, Hakim, que le vas a dar contra la pared.

Llevaba un elegante conjunto de seda negra y todas las medallas musulmanas que poseía, pero un círculo visible de humedad se le marcaba en cada pecho. Rebecca suspiró para sus adentros. Pero lo único que dijo fue:

—¡Hola, querida!

—¡No lo pongas ahí! —chilló Min Foo, abalanzándose hacia Hakim—. ¡El próximo que entre, seguro que lo pisa! Desde luego, este hombre no tiene remedio —le dijo a Rebecca—. Esta mañana a las siete ¡a las siete, un sábado!, va y me pide que le haga café.

—Sólo te pregunté si había café hecho, Min Foo —dijo Hakim en voz baja. Estaba inclinado sobre la sillita de Abdul, intentando quitarle el gorro de los ojos.

—¡Podías haberlo mirado tú mismo y habrías visto que no había café hecho! Luego me dice que él no es exigente, pero

¡queréis decirme qué más puede exigir, si siempre le he servido todo en bandeja!

—Bueno, bueno —terció Rebecca—, seguro que no pretendía...

—Naturalmente, tú te pones de su parte —protestó Min Foo—. Tú crees que los hombres son... ¿Pero qué llevas puesto?

Rebecca se miró el traje (quizá no pasase tan desapercibido, al fin y al cabo). Pero antes de que Min Foo pudiese exponer su parecer, la puerta se abrió de nuevo de par en par.

—¡Somos nosotros! —gritó Patch.

No eran sólo Patch y Jeep, sino también NoNo y Barry, este último cargado con uno de los famosos arreglos de hojas secas de NoNo. Zeb cerraba la marcha.

—¿Habéis venido juntos? —preguntó Rebecca.

—Qué va, hemos llegado a la vez por casualidad —le contestó Jeep.

A Rebecca le hubiera gustado espaciar un poco más las presentaciones, para que Will no se confundiera demasiado.

—Bueno, de todas formas, venid que os presente...

—¿Qué es eso que llevas puesto? —inquirió Patch.

—Es un traje nuevo que me compré el martes, y me gusta, así que no digas ni una palabra.

Patch parpadeó.

Rebecca se recordó a sí misma que era crucial permanecer serena.

Los condujo al salón y, cuando entraron, tanto Will como Troy se pusieron en pie. Los brazos de Will colgaban dócilmente a sus costados y, no supo por qué, eso le produjo cierta angustia.

—¡Oíd todos! —anunció—, quiero presentaros a Will Allenby, el... —parecía repetitivo volverse a referir a él de la misma manera que había venido haciendo (y además, quizá a Will le

pareciese presuntuoso)—... la persona que quería que cono-
cierais y por la que os he invitado —terminó sin convicción—.
Will, ya conoces a NoNo, y éste es su marido, Barry; y Patch
y su marido Jeep...

—¿Qué tal? ¿Qué tal? —decía Will, estrechando manos.

Era una de esas situaciones en que, entre tanta gente, a cualquiera se le podía ocurrir decir algo y todos esperaban que fuese
otro el que lo hiciera, así que en la habitación sólo se oía la voz
de Will. Por eso cuando Poppy gritó: «¡Un brindis!», Rebecca
se alegró de hacer suya la petición:

—¡Sí, un brindis! —repitió—. Creo que necesitamos abrir
otra botella, Troy.

Le ayudó a servir el vino, incluso un vaso para Will, quien lo
sujetó torpemente por el borde, con la mano ahuecada por encima. Min Foo insistió en beber una tónica, una de esas ideas
modernas. (A Rebecca, cuando estaba amamantando, le habían
recetado sencillamente que bebiera litros de cerveza.)

—¡Un brindis por mi cumpleaños! —gritó Poppy cuando
todo el mundo estuvo servido.

—No, Poppy, espera —terció Biddy.

—¡Ah!, ¿no tenemos todos vaso? Perdón.

—No es tu cumpleaños, Poppy.

—Ah, que no es mi cumpleaños —miró a Rebecca y dijo—:
Creo que me he confundido.

—No pasa nada, Poppy —le tranquilizó Rebecca, que se
acercó a él y le susurró al oído, velludo por demás—: Un brindis de bienvenida por Will.

—¡Will! ¡Sí! —levantó su copa—: ¡Un brindis por Will!
¡Bienvenido, Will!

—Por Will —murmuraron todos, todos excepto Barry, que
entonó un sonoro «¡Bien dicho!», con un tonillo que —hubiera
jurado Rebecca— imitaba el acento británico.

—Gracias —dijo Will levantando unos centímetros su copa. Carraspeó—. ¡Y un brindis también por Rebecca, si os parece bien. Por ser tan bonita y encantadora, y por alegrarme mi vida!

Rebecca sintió que se ruborizaba. Era consciente de que todas las miradas estaban clavadas en ella y percibió un breve silencio general antes de que los demás se unieran al brindis.

Era mucho más de lo que ella se habría atrevido a fantasear: su familia reunida al completo y escuchando por primera vez que alguien la encontraba encantadora.

—Ya veo que cuidáis bien de mi planta —observó Will durante la cena.

—¿Has sido tú quien le ha regalado esa planta? —preguntó NoNo.

—Se mantiene bien, ¿verdad? —se apresuró a intervenir Rebecca.

Había crecido por lo menos treinta centímetros y tenía dos hojas nuevas enormes, pese a estar medio oculta en la semipenumbra del comedor. (Rebecca la había cambiado allí con la esperanza de que llamara menos la atención.)

Gracias a Dios, NoNo se limitó a arquear las cejas.

La idea original de Rebecca era sentar a Will a su derecha. Pero esa noche Poppy parecía en plena crisis de inseparabilidad y se coló antes que nadie en ese lugar, acercando su silla a la de Rebecca lo suficiente como para que sus rodillas pudiesen mantener un contacto tranquilizador bajo la mesa. Y Barry ya se había colocado a su izquierda. Tuvo que señalarle a Will una silla varios sitios más allá, entre Patch y Biddy.

—¡Oh, qué suerte! ¡Me ha tocado a tu lado! —le dijo a Barry (¿por qué tenía que decir siempre lo contrario de lo que pensaba?)—. Dime —le preguntó, mientras cogía el tenedor—, ¿te sientes ya integrado entre nosotros?

—Sí, completamente —respondió, pero Rebecca advirtió que en lugar de asentir con la cabeza, la sacudía.

—Espero que no tengas nada contra los palmitos —le estaba diciendo Biddy a Will.

—Ah, ¿son palmitos?

—Sí, se me ha ocurrido que podían ser un bonito toque simbólico, ¿no te parece? Pero veo que los has apartado en el plato.

—Bueno, no estaba seguro de lo que eran exactamente, ¿sabes?

—Son el corazón de la palmera. Tienen mucha vitamina C.

—¿Han cortado palmeras para sacarles esto?

—Pues sí.

—¡No me digas!

—Bueno, también se corta la planta del brécol y los brotes de espárragos... No me irás a salir con que eres de esos que se privan de comer un montón de cosas.

—No, no, sólo que no estoy muy a favor de los experimentos culinarios.

—Los palmitos no son ningún experimento.

—Para mí sí lo son.

—Los erizos de mar son un experimento. Los palmitos no son más que ensalada.

—Sí, pero sabes, en casa lo que suelo comer es chile.

—Chile.

—Hago un chile realmente excelente; lo preparo los domingos por la tarde —o sea que mañana me toca— y lo divido en siete recipientes para las siete noches de la semana.

Biddy se recostó en el respaldo de la silla y le miró sin expresión alguna.

Poppy estaba empezando a contar una historia. «En el otoño de 1939 —le decía a Hakim—, tuve que ir al dentista de urgencia...».

Jeep hablaba de fútbol con Troy, que asentía atentamente, aunque sus ojos mostraban cierta somnolencia.

NoNo hablaba con Zeb de... bolígrafos, al parecer.

—Casi una vez por semana —explicaba— me dice que necesita bolígrafos para el colegio. O quizá cada dos semanas. En cualquier caso, demasiado a menudo. Le pregunto: «¿Y qué has hecho con los bolígrafos que te acabo de comprar?». Y me dice que los ha debido de perder.

Rebecca se inclinó levemente para mirar a Will. Parecía estar practicándole una disección a una tira de pimiento rojo asado. Una por una, apartaba minuciosamente cada partícula socarrada, por más pequeña que fuera.

Min Foo le estaba dando el pecho a Abdul, cosa que escandalizó a Patch.

—¡Min Foo! ¡Vete a la otra habitación! ¡No puedes estar dando el pecho sentada a la mesa!

—¿Por qué no? Estoy decentemente tapada. No estoy exhibiendo nada.

—¡Pero tenemos visita! ¿Qué va a pensar?

Min Foo le dirigió a Will una plácida mirada.

—Estoy segura de que ya habrás visto amamantar a un bebé alguna vez —le dijo.

—Bueno, sí, pero no en la mesa —replicó.

—¿Lo ves? —proclamó Patch.

Min Foo se levantó, con el bebé formando un grueso bulto bajo su túnica, con la cual le envolvía. Giró sobre sus talones y salió airadamente de la habitación.

—¡Oh, vaya por Dios!

—Ve a buscarla —ordenó Biddy a Patch.

—¡No pienso ir a buscarla! Al fin y al cabo está en el salón, que es donde debería haber estado desde el principio.

—Iré yo —dijo Hakim, y se levantó con mucha dignidad, dejando a un lado la servilleta. Después de que se fuera, la habitación quedó en silencio. Luego llegaron voces desde el salón y, a continuación, las protestas estridentes del bebé. Hakim empezó a cantar quedamente, con una voz ronca y sorda. Alguna canción de cuna árabe, sin duda. Una melodía errabunda y lastimera que Rebecca no conseguía captar del todo.

—¿Os he contado que Will tiene una hija adolescente? —preguntó Rebecca, mirando con viveza alrededor de la mesa.

Nueve caras se volvieron hacia ella.

—¡Es una personaje de lo más interesante! Tiene diecisiete años.

—Es muy difícil —intervino Will.

—Difícil, ¿en qué sentido? —le preguntó Biddy.

—Bueno, en primer lugar, me detesta.

—Sí, ése puede ser un verdadero inconveniente —dijo Biddy, disimulando una sonrisa.

Pero NoNo, absolutamente seria, miró a Will y le dijo:

—¿Sabes qué, Will? Siento que ella va a mejorar.

—¿Cómo dices?

—Presiento que, de aquí a unos ocho meses, va a empezar a encariñarse contigo.

Will miró a Rebecca sin entender.

—NoNo a veces... ve el futuro —le explicó Rebecca—. A eso se refiere cuando dice que «siente» algo.

—Es hereditario —explicó NoNo.

—¡Hereditario! —repitieron Will y Rebecca al unísono. Era la primera vez que Rebecca oía tal cosa—. ¿Herencia de quién? —le preguntó a NoNo.

—De una prima segunda de papá, Sophie. Tú ya lo sabías.

—¡Ni siquiera sabía que tenía una prima segunda!

—Sophie era el oráculo de la familia —le explicó NoNo a Will. Mientras hablaba, pinchó una loncha de jamón—. Nadie daba un paso sin consultarle antes. Matrimonios, cambios de trabajo, compras importantes... Solían ir a verla y preguntarle: «¿Debo hacerlo o no?». Y ella siempre sabía la respuesta.

—¿Te viene de ella? —le preguntó Poppy.

—Pues sí.

—¿De la prima Sophie Davitch?

—Sí.

Poppy se echó a reír.

—¿Qué? —le espetó NoNo.

—No, nada.

—¿Qué es lo que te resulta tan gracioso? —insistió.

—Está bien: en primer lugar, la prima Sophie se divorció tres veces. Y eso en los años veinte, cuando nadie se divorciaba.

—¿Y qué? —NoNo alcanzó la mostaza.

—Que si era tan buena adivinando el futuro, ¿cómo es que no adivinó que se estaba equivocando con sus tres maridos?

—Bueno, eso no te lo puedo decir —admitió NoNo—. Lo único que sé es que la abuela me contó que yo había heredado el don de la prima segunda de mi padre.

—Y además —prosiguió Poppy—, tú fíjate en el método de la mujer. ¿Por casualidad sabes cómo hacía Sophie sus predicciones?

—Pues no.

—Tú ibas a verla y le preguntabas, por ejemplo, si debías embarcarte en un viaje transatlántico. Entonces ella te hacía preguntas a ti. Si habías viajado antes, adónde habías ido, si te lo habías pasado bien. Pongamos que tú le decías que hasta entonces sólo habías hecho un viaje en tren, y que fue sólo hasta Filadelfia, y que la ciudad no te había parecido gran cosa. La prima Sophie se lo pensaba un rato, se pellizcaba con los dedos el labio inferior, miraba al vacío y luego decía: «Mi opinión es que no vayas. Ese viaje por mar no va a salir bien».

NoNo esperó con el tenedor suspendido en el aire, pero al parecer Poppy había terminado.

—¿Cuándo comemos el postre? —le preguntó a Biddy.

—Dentro de un minuto, Poppy.

—Ah, bueno —se limpió el bigote con la servilleta.

—¿Pero cuál era el método? —le preguntó NoNo.

—¿Eh?

—El método de la prima Sophie. ¿Cuál era?

—Pues que todo lo que tú le contabas que había sucedido en el pasado simplemente te lo devolvía. Según ella iba a volver a pasar. Si es que a eso se le puede llamar método.

—Yo diría que sí —opinó Will. Sonreía y parecía sinceramente divertido.

—Estoy segura de que tenía que haber algo más —insistió NoNo. Luego se llevó un trozo de jamón a la boca.

En el salón, Hakim seguía cantando. Rebecca reconoció de repente la melodía. Era *Oh Danny Boy,* desde luego. «Oh Abdul Boy —canturreaba—, las gaitas, las gaitas te llaman...».

—En cualquier caso —le aseguró NoNo a Will—, presiento que tu hija va a empezar a tomarte afecto. Créeme. Y yo no te he preguntado nada sobre tu pasado, ¿no es así?

—No —reconoció, sin dejar de sonreír—, es verdad. Pues muchas gracias. Eso me da ánimos.

Los demás comensales también sonreían. Era uno de esos momentos en que a Rebecca su familia le parecía sumamente atractiva: las chicas, con caras animadas y cabellos negros y sedosos; los hombres, tan guapos y aparentemente inteligentes; y Poppy con su aire distinguido y su imponente bigote. Recorrió con la vista cada uno de los rostros, sintiéndose privilegiada y arropada, mientras Hakim cantaba suavemente en el salón: «¡Yo estaré junto a ti! Haga sol o sombra, oh, Abdul Boy, oh, Abdul Boy, te quiero tanto!».

Señal de que la velada había sido un éxito fue que todo el mundo se quedó después de la cena. A Min Foo se le pasó el enfado y aceptó acompañar a los demás al piano; Troy y Biddy hicieron su número habitual de Nelson Eddy y Jeannette MacDonald; y Barry resultó ser un excelente tenor, aunque *La oración al Señor* quizá no fuera la canción que habría elegido Rebecca. Era casi medianoche cuando se marcharon todos.

Luego se llevó a Will a la cocina —«Sólo para que me hagas compañía mientras me ocupo de lo que no puede esperar hasta mañana», le dijo—, porque se imaginó que así Poppy decidiría irse a la cama. Esperaba disfrutar de un ratito de intimidad con Will.

Pero no, Poppy se fue con ellos, proclamando que necesitaba tomar leche caliente antes de dormir, y mientras esperaba que se calentase, se empeñó en que había que enseñarle a Will el álbum de familia. Se le ocurrió por una observación fortuita que le hizo Will a Rebecca. «Me ha costado un poco —le había dicho Will— saber quién era quién. ¿Por qué una de tus hijastras es china? Y ese Troy, ¿es el marido de Biddy? No me ha parecido que fuese, ejem, el típico marido».

—Chico, lo has entendido todo al revés —exclamó Poppy, apoyándose en el bastón para volverse hacia él—. Min Foo no es hijastra de Beck, es su hija. Y tampoco es china. Supongo que te ha confundido su nombre. Y desde luego, Troy no es el marido de Biddy: es gay hasta los ojos.

—Las cejas —corrigió Rebecca.

—¿Eh?

—Hasta las...

¡Santo cielo!, pensó Rebecca, ¡se estaba empezando a parecer a su madre!

—¡Poppy! —le preguntó—, ¿no estás cansado?

—No, no, en absoluto —aseguró—. Creo que le voy a enseñar a tu amigo el álbum de familia.

—Oh, no vale la pena —repuso ella—. Prácticamente ya lo ha visto.

Rebeca se refería a la puerta del refrigerador, con sus múltiples capas de fotos. Pero Will no podía saberlo, así es que cuando Poppy le preguntó: «¿Ah sí?», Will dijo: «Bueno, no, creo que no».

—Vuelvo en seguida —dijo Poppy saliendo de allí.

—Ya no te escapas —le dijo Rebecca a Will. Apagó el fuego de la leche—. ¿Te lo has pasado bien? ¿Te ha gustado mi familia?

—Sí, son muy interesantes —afirmó Will.

—A Min Foo no la has pillado en su mejor momento, qué pena. Generalmente no tiene tan mal genio. Me temo que va a repetir su esquema de siempre: tener un niño y dejar al marido.

—Y desde luego, todos son muy... espontáneos —añadió Will.

—Es un poco como en esos documentales de la televisión sobre la naturaleza, donde la hembra se deshace del macho después de haber conseguido su esperma.

—¿Cómo dices?

—¡Aquí está! —se oyó exclamar a Poppy.

Todavía no se le veía, pero podía oírse el rápido golpeteo del bastón por el pasillo.

—Todas las luces de los dos salones estaban encendidas —le recriminó a Rebecca al entrar—. Parece que creéis que hay que gastar el exceso de electricidad para que no explote por la noche o algo así.

Llevaba el álbum apretado bajo el brazo que le dejaba libre el bastón. Era uno de esos álbumes antiguos, de tapas de cartón, que se ataba con un cordel rematado con unas borlas. Lo colocó sobre la mesa y se acomodó, sin doblar las piernas, en la silla más próxima.

—¡Siéntate, siéntate! —invitó a Will con unos golpecitos en la silla de al lado—. Deberíamos empezar por mi difunta esposa, Joyce. Murió en 1969 y aún la sigo echando de menos. En fin, aquí está. Veamos. El problema es que no se sigue ningún orden. Está todo revuelto.

Rebecca echó la leche de Poppy en una taza y la colocó junto al álbum, aprovechando esa excusa para apoyar la mano en el hombro de Will al inclinarse junto a él. Will levantó la vista y le sonrió.

—Lo que busco es la foto de Joyce de cuando nos conocimos —dijo Poppy pasando una página—. Llevaba un sombrero de lo más bonito. Parecía las alas de un pájaro.

—Ésta supongo que es Patch —avanzó Will. Estaba contemplando la instantánea de una niña con unos cuantos globos—. Reconozco sus pecas.

—Ah, entonces ya nos hemos pasado de fecha —le dijo Poppy—. Conocí a Joyce mucho antes de que naciera Patch.

—Y ésta creo que es NoNo.

A Rebecca no le hacía mucha gracia que Will se refiriese a las chicas como «ésta», como si se tratase de especímenes de algo. Se sentó en una silla frente a él.

—Sí —asintió, echando un vistazo a la foto que tenía del revés—. Es NoNo en una fiesta de cumpleaños. Y aquí está Biddy. ¡Mira qué cara de enfado! Era porque detestaba vestirse de fiesta. Decía que los vestidos de fiesta le picaban.

—¡Cuántas fiestas! —exclamó Will.

—Ya lo creo —asintió Poppy. Alcanzó su taza y le dio un gran sorbo.

—Por dondequiera que mire —prosiguió Will—, el refrigerador, el álbum de fotos, todo el mundo está celebrando algo. Acabamos de brindar nosotros y al momento hacéis que me siente y me enseñáis fotos de otros brindis, brindis un año tras otro. ¡Hasta los niños están brindando! ¿Crees que eso es razonable?

—Sólo les damos un sorbito —le aseguró Rebecca.

—¿Por qué no encuentro a Joycie? —exclamó Poppy—. Esa foto de cuando nos conocimos. Espero que no se haya perdido.

—Y además —Rebecca le dijo a Will—, son fotografías. Normalmente no sacas fotografías de la gente cuando está leyendo un libro o jugando al ajedrez, aunque también hacemos esas cosas.

Poppy levantó la vista del álbum.

—¿Ajedrez? Nosotros no jugamos al ajedrez.

—Bueno, Dixon a veces sí juega.

—Entiendo lo que quieres decir —dijo Will—. Es sólo que... parece que dais una cantidad de fiestas poco habitual, ¿no crees? Vaya, cada vez que tú y yo queremos quedar, tenemos que sortear toda una serie de acontecimientos sociales.

—¿Sociales? ¡No son sociales, son profesionales!

—Sí, pero... parece que eres muy dada a las relaciones sociales, ¿no crees? La familiaridad con que tratas a tu mecánico, por ejemplo. Si es que hasta compartes los secretos conyugales de un extraño.

—¡Aldo no es un extraño!

—Ah, bueno. Sinceramente, a mí no me parece que el hombre sea tan admirable como tú dices. Para mí, su actitud para con su mujer demuestra falta de responsabilidad.

—¿Responsabilidad en qué sentido?

—Él tenía el deber, en mi opinión, de establecer algunas normas. Tanto por el bien de sus hijos como por el suyo. Y no cumplió con ese deber.

—Bah, tonterías —dijo Rebecca.

Debió de decirlo con más contundencia de la que quería, porque Will se apartó ligeramente. Rebecca también se apartó y se llevó los dedos a los labios.

—¡Aquí está! —exclamó Poppy—. Joycie cuando nos conocimos —le arrimó el álbum a Will.

—Ah, sí, muy atractiva —dijo Will, inclinándose sobre la foto.

—Era una verdadera belleza.

Will sujetaba la parte superior de la hoja con la mano derecha y con el pulgar frotaba la esquina con un roce repetitivo. De repente, Rebecca le recordó sentado en la mesa de la biblioteca, con sus papeles colocados en orden, sus pilas de libros y sus hileras de bolígrafos de distinto color.

Forzando un poquito más la imaginación, podía haber mirado hacia la oscura ventana de la cocina y haber vislumbrado el rostro risueño de Joe Davitch.

Poppy tiró del álbum hasta que Will lo soltó y se puso a estudiar la foto de Joyce.

—Tenía los ojos oscurísimos —dijo—. Si te parece que los ojos de los Davitch son oscuros, tenías que haber visto los de Joyce. Eran casi negros —cogió la taza y apuró hasta la última gota de leche—. Bueno —anunció—, estoy deshecho, será mejor que intente llegar hasta mi cama.

Rebecca también apartó su silla y se levantó.

—Creo que yo también voy a daros las buenas noches.

—Oh —dijo Will—, está bien.

Se levantó pesadamente. Esperó a que ella se acercara a Poppy para ayudarle a levantarse, le alcanzara el bastón y le pasara un brazo alrededor de la cintura, y luego les siguió por el pasillo de la cocina.

—Me duelen los pies, me duelen los tobillos, las rodillas me duelen... —entonó Poppy. En el vestíbulo, se volvió hacia Will—. Me alegro de verte —le dijo—, no te olvides de mi fiesta de cumpleaños.

—No me la pienso perder —le aseguró Will.

Poppy emprendió su ascensión por la escalera. Rebecca fue hasta la puerta de la entrada y la abrió.

—¿Para cuándo es su fiesta? —le preguntó Will.

—Bueno, es en diciembre.

—¿Qué día de diciembre?

Rebecca miró al frente, hacia la calle. A la luz de las farolas, todo tenía un aspecto atenuado, gris, desdibujado, como los recuerdos. Tuvo la sensación de haber vivido ese momento antes; supo que ya lo había vivido antes; ese enfriamiento del ánimo, ese sentimiento de aplastamiento, de encajonamiento; esa sensación que tenía en presencia de Will de que era demasiado ruidosa, demasiado llamativa. Y ahora recordaba que había sido él el que había puesto freno a la situación en el sofá, aquella noche de años atrás. Ella se había abandonado sin pensárselo, dispuesta a dar el paso, y entonces él se había apartado y había sugerido que se comportasen con más comedimiento.

—No creo que nos veamos en diciembre —le dijo a Will.

Hasta los sonidos del lejano tráfico parecieron detenerse.

—Ni tampoco antes de diciembre —añadió.

Él cogió aire ruidosamente.

—¿Por qué? —le preguntó. Y ante su silencio, insistió—: ¿Es que he hecho algo?

—No, Will, tú no has hecho nada.

—¿Es por tu familia? ¿No les he gustado?

Sintió una punzada de compasión y dijo:

—¡Oh, estoy segura de que sí les has gustado!

—¿Es por Zeb, entonces?

—¿Zeb?

—Es evidente que lo tengo por rival.

La compasión se esfumó.

—La cuestión es —dijo— que esto no va a funcionar, eso es todo, Will. Lo siento.

Luego se le acercó y le dio un beso en la mejilla. Él permaneció rígido, sin ofrecer respuesta alguna.

—Adiós —dijo Rebecca.

—Está bien. Sí. De acuerdo. Adiós, Rebecca.

Contempló su angulosa y desgarbada figura mientras se alejaba por el camino, y esperó a que subiese al coche antes de cerrar la puerta.

En la casa los ruidos resultaban amortiguados y producían mayor sensación de soledad que el silencio. Había tazas abandonadas en el salón, el comedor parecía medio desmantelado y revuelto, y la tía Joyce sonreía melancólicamente desde el álbum, sobre la mesa de la cocina.

Resultó ser Rebecca la que seguía guardando luto.

Diez

Una tal señora Mink llamó para organizar un fiesta en honor de un bebé a punto de nacer.

—Mi amiga Paulina Garrett me ha recomendado que acudiera a usted. Le dije que quería un local elegante. Una mansión o algo así.

—Bueno, el Open Arms no es más que una casa urbana —precisó Rebecca.

—No tiene por qué ser una verdadera mansión, lo importante más bien es que tenga ese ambiente. Un ambiente refinado, elegante. Y la quiero decorada en blanco y azul celeste, con un efecto como de nubes en el comedor.

—¿Efecto de nubes?

—Sí, algo etéreo, ya me entiende.

—Podemos decorarlo como usted desee, pero nuestro comedor está empapelado con rayas marrones y doradas, y los muebles son de madera oscura, de nogal, creo. No estoy segura...

—Ah, claro que pueden hacerlo, ¡sé que pueden! Paulina Garrett me ha dicho que su fiesta la primavera pasada fue maravillosa. Todo tan alegre, me dijo; ustedes lo convirtieron en un acontecimiento tal que nadie quería marcharse.

Rebecca recordaba la fiesta de los Garrett demasiado bien. Se había desatado una tormenta torrencial y, por lo que fuese, mediante algún proceso que ella no había llegado a entender, desde la lámpara de araña del salón principal había empezado a llover sobre los invitados. Era bueno saber que los Garrett no se lo habían tenido en cuenta.

—La razón por la que quiero azul y blanco —proseguía la señora Mink— es porque sabemos que va a ser niño. Le han hecho esa prueba especial. Y sabemos que no va a vivir mucho tiempo.

—¿Perdón?

—Sufre una enfermedad de esas que se pueden diagnosticar desde el útero.

—¡Oh, qué terrible! —lamentó Rebecca.

—Por eso quiero que la fiesta sea perfecta, ¿se da cuenta? Hasta el último detalle. Quiero que su vida sea perfecta. Ya que va a vivirla durante tan poco tiempo.

—Claro, por supuesto —asintió Rebecca.

Pero mientras discutían los detalles —el parasol plegable de papel, el mantel de algodón azul decorado con nubes, que había visto anunciado en *Lust for Linens*— se puso a reflexionar sobre el hecho de que, en realidad, la vida de ese bebé no era sino una versión abreviada de la vida de cualquiera. Nacer y morir. No había nada más.

—¿Y las flores? —preguntaba la señora Mink—. Paulina me ha dicho que usted me puede recomendar una florista.

—Sí. NoNo —dijo Rebecca.

—¿Cómo dice?

—Mi hijastra, NoNo Sanborn. Puede preparar unos asteres blancos y esas flores azul pálido, esas... ¿cómo se llaman?

En realidad, a Rebecca no se le ocurría en ese momento ninguna flor que fuese azul, salvo quizá esas florecillas de achicoria que crecen junto a las carreteras y cuyas trompetillas se cierran y se arrugan al cortarlas.

—No recuerdo ahora, no sé. No se me ocurre ninguna.

—Bueno, no pasa nada, le preguntaremos a su...

—No sé, es que no lo sé. Ya la volveré a llamar —dijo Rebecca y, sin más, colgó el auricular, que de repente le parecía muy pesado, más de lo que ella podía seguir soportando.

Últimamente, se había estado sintiendo tan... ¿cuál era la palabra? Vacía. Alicaída. Más desolada que un desierto. Y, ahora, cada día se ponía peor. Levantarse por la mañana era como tener que arrastrar un cuerpo muerto. La comida había perdido su sabor. Para conversar tenía que forzar hasta el último músculo, hacer acopio de sus últimas fuerzas. No cesaba de fijarse en las pocas cosas dignas de mención que hay en este mundo. Se estrenaba un otoño espléndido, claro y templado; los árboles conservaban las hojas más entrada la estación de lo habitual, pero los colores brillantes le lastimaban los ojos, y el banderín del centro de meditación que ondeaba en la brisa hacía un ruido siniestro, coriáceo, como de alas de murciélago.

Ningún miembro de la familia preguntó qué había pasado con Will. Bueno, excepto su madre. («Oh, Rebecca —lamentó tristemente cuando se enteró de los hechos—, fuiste una estúpida hace treinta y tres años y sigues siendo una estúpida hoy».) Pero las chicas se comportaban como si nunca hubiese existido. Sospechó que procuraban no herir sus sentimientos, ya que daban por sentado, sin duda, que la había dejado plantada él.

Una noche que no tenía nada que hacer cogió el coche y fue hasta Macadam. Aparcó frente a la casa de la señora Flick y miró hacia las ventanas del segundo piso. Pero todas ellas estaban oscuras. Afortunadamente, pensó, porque en realidad lo que echaba de menos era el romance, y no al propio Will. De todas formas, permaneció ahí largo rato antes de encender el motor y volver a casa.

A Zeb, en una de sus conversaciones telefónicas desde la cama, le dijo que creía que la duración de la vida humana era demasiado larga.

—En realidad yo ya he terminado mi vida —le dijo—. Se me terminó cuando las chicas se hicieron mayores. Pero aquí me tienes, sin propósito alguno, haciendo tiempo, esperando que las cosas se agoten por sí mismas.

—¿Rebecca? ¿Te encuentras bien? —inquirió Zeb.

—Define «bien» —repuso.

—¿Qué ha pasado con tu amigo? —preguntó.

—Se fue.

—¿Rompiste con él?

—Sí, pero ése no es el problema. El problema es que me he sobrevivido a mí misma.

—Bueno, recuerda lo que dijo George Eliot.

—¿Qué dijo George Eliot?

—O quizá no fue George Eliot. En todo caso, dijo: «Nunca es demasiado tarde para hacer lo que quieres hacer». Recuérdalo.

—¿Qué? —dijo Rebecca— Pero bueno, eso es... Vamos, eso es mentira. Supón que yo quisiera..., qué sé yo. ¡Supón que yo quisiera quedarme embarazada! ¡Sería completamente absurdo!

Se sentía tan indignada que colgó sin haberlo decidido conscientemente. Luego se arrepintió. Cuando sonó el teléfono al cabo de unos segundos, levantó el auricular y se disculpó:

—Lo siento.

—Acabo de acordarme —le dijo Zeb—. No era «hacer lo que quieres hacer», sino «ser quien quieres ser», eso creo.

—La verdad, me siento algo cansada —explicó Rebecca.
—Y no estoy seguro de que fuese George Eliot.
—Gracias por intentarlo, Zeb.

Podía haberse dejado absorber por el trabajo, pero esos días el negocio estaba muy flojo. Tres personas distintas habían llamado para preguntar si el barrio donde estaba el Open Arms era seguro y, pese a asegurarles que sí lo era, con las precauciones normales, utilizando el sentido común ordinario, le respondieron que tendrían que pensárselo y que la volverían a llamar.

Además, ¿cuántas veces podía una persona celebrar algo? ¿Cuántas bodas, bautizos, cumpleaños, podía festejar ella, por el amor de Dios? ¿Qué propósito tenía todo eso?

Gradualmente, los ejemplares del *New York Times* se fueron apilando y amarillearon, intactos. Sus *New Yorkers* fueron pasando al cuarto de Poppy y ella nunca le pidió que se los devolviera. Los números de la *New York Review* se los iba pasando directamente a Troy, sin echarles un vistazo siquiera; le dijo a Troy que había algo perverso en las revistas literarias que resultaban ser más largas que los libros que reseñaban.

Una mañana la llamaron de la biblioteca para decirle que había llegado la obra que había mandado pedir a través del préstamo entre bibliotecas, y se obligó a acercarse para recogerla. Pero el libro resultó ser una pieza tan rara, un volumen de filos dorados con unas tapas de cuero marrón a punto de desmoronarse, que no se lo pudo llevar a casa. Tenía que leerlo allí, en la sala de lectura, le dijo la bibliotecaria. (Era la misma persona que se había encargado de pedirle el libro, pero dictaminó esa prohibición con tal desaprobación en la voz, con tan mal humor y con un gesto tan agrio, que Rebecca no podía imaginar que en algún momento le hubiese parecido un espíritu afín.)

Pero lo intentó. Se instaló ante una mesa, abrió el libro con la punta de los dedos y hojeó dócilmente las frágiles páginas color marfil. *Experiencia de un ciudadano de Baltimore en la Guerra por la Independencia del Sur,* se titulaba el libro. El autor era un abogado llamado Nathaniel Q. Furlong, que decía haber conocido a Robert E. Lee cuando éste no era más que un ciudadano de a pie. Años antes de la guerra, sostenía el señor Furlong, Lee le había confiado que jamás podría apoyar una causa que permitiese que los esclavos —los «africanos paganos», según sus propias palabras— regresaran a su tierra natal y perdieran su única oportunidad de gozar de la salvación cristiana. Pero cuando Rebecca consiguió localizar ese pasaje (que por primera vez veía como de dudosa credibilidad, dado que el hombre que lo escribía revelaba en cada línea su carácter jactancioso y poco fidedigno), se preguntó por qué en sus tiempos de universitaria le había parecido tan trascendental. Supuso que simplemente quería creer que en la historia había motivaciones más importantes que la familia y los amigos, más que las meras casualidades domésticas.

Devolvió el libro a la bibliotecaria, se sacudió las partículas de cuero de las manos y salió del edificio.

Todo le parecía indescriptiblemente triste, hasta la ardilla que, con sólo media cola, vio corretear ágilmente por la acera. Hasta la rutina diaria de Poppy, su ronda ritual de actividades, recoger su habitación, cepillarse el sombrero y ver los concursos de la televisión, todo ello con el único propósito de evitar sumirse en la desesperanza.

Sabía que su estado de ánimo tenía algo que ver con la estación del año. Fue en otoño cuando murió Joe. Algunos días nublados, a mediados o finales de octubre, no podía mirar el chopo que tenía junto a la ventana del dormitorio —las hojas tan amarillas que creía que se había dejado alguna luz encendida— sin acordarse de aquella aciaga mañana en que había emergido del hospital en pleno estupor. No sabía cuánto tiempo le había llevado encontrar el coche, se había subido y había recorrido, lúgubre y aturdida, unas calles bordeadas de árboles deslumbrantes, con todos los matices del rojo, el dorado y el naranja.

De niña decía muchas veces, refiriéndose a alguna posible desgracia: «Oh, eso no puede suceder, es demasiado malo para que pueda suceder». Pero la muerte de Joe era demasiado mala, y aun así había sucedido. Pensar en ello la había mantenido anonadada durante todo el funeral, bajo el continuo lamento del órgano, los himnos imprecisos y desafinados y el peculiar poema que había leído Zeb, titulado «El ahogado que no pidió auxilio». Durante el funeral, Rebecca había permanecido en estado de shock, pálida, postrada. Al parecer nada era demasiado malo para convertirse en realidad. ¿Cómo había podido creerse lo contrario?

Llorar la pérdida de Joe no resultó ser demasiado diferente a enamorarse de él. Se quedaba absorta estudiando las fotos de Joe, indagaba los más profundos significados de las anotaciones de su agenda, seguía con el dedo su adorada firma en los cheques cancelados. Buscaba todo tipo de excusas para mencionar su nombre: «Joe siempre sentía...» y «Joe solía decir...». La había turbado caer en la cuenta de que no guardaba ningún recuerdo específico ni completo de su forma de hacer el amor, sólo generalidades. (A él le gustaba hacerlo por la mañana. Le gustaba besarle los párpados. Cuando ella le tocaba, tenía una forma muy suya de disfrutarlo que era casi un ronroneo.) Rezaba por volver a recordar momentos fortuitos. Una vez, yendo en el coche, le entusiasmó recordar que solía hablarle al espejo mientras se afeitaba. («Ah, aquí estás, Joe. Listo para empezar otro día glorioso durante el cual ayudarás a unos extraños a emborracharse en armonía.») Recibió esa imagen de Joe como un obsequio, se aferraba a ella y esperaba otras con avidez.

Su vida, tal y como la veía entonces, había empezado una tarde de abril cuando se detuvo en la acera para leer el letrero: «The Open Arms, Est. 1951». Y ahora su vida estaba acabada, pero ahí seguía, circulando entre los invitados, la sombra de una mujer solitaria en medio del gentío.

—Bueno, ya sabes lo que dicen —le había comentado Zeb. (Zeb con veintidós años y la seguridad propia de la inexperiencia)—, que Dios nunca te envía más de lo que eres capaz de sobrellevar.

—¿Quién dice eso? ¿Quién? —le había preguntado, furiosa—. ¿Quién puede atreverse a decir eso?

—No sé —había contestado él, desconcertado—. ¿Dios, tal vez?

Aquello le había hecho reír, pese a las lágrimas que le corrían por el rostro.

La fecha de noviembre en que Joe había apuntado su cita con el dentista, con su vigorosa letra y su estilográfica de plumín grueso, llegó y pasó de largo sin él. Su reloj de pulsera a pilas prosiguió su tictac dentro del cajón.

Los peores días habían sido aquellos en que había tenido tiempo para pensar. Pensaba: *¿Qué voy a hacer con todos estos años que tengo por delante?* Los días más fáciles eran los caóticos, en que los minutos se sucedían sin que ella pudiese dejar de atender alguna exigencia. Calmar a las niñas, prepararles la comida, ayudarles a hacer los deberes. Permanecer impávida e inexpresiva cuando NoNo la empujaba y se iba sollozando a su habitación, o cuando Patch preguntaba: «¿Por qué no has sido tú la que se ha muerto, en vez de papá?».

A menudo observaba que algunas personas habían vivido experiencias que les habían marcado para siempre, experiencias que se sentían obligadas a divulgar de inmediato ante cualquier desconocido. La pérdida de un hijo, por ejemplo: casi todos los que habían pasado por ello era lo primero que mencionaban, y era comprensible. Para Rebecca, ese acontecimiento crucial fue su maternidad instantánea. Había representado el cambio más profundo de su existencia; le había hecho entender que su vida era ésa, ésa y ninguna otra historia pasajera. Quizá fuera ése el verdadero motivo por el que había seguido usando el término «hijastras» durante tanto tiempo, incluso cuando las propias chicas, ahora que lo pensaba, le habrían permitido no usarlo ya. Y al quedarse ellas sin padre ni madre (ya que nadie parecía contar a Tina) y convertirse Rebecca en su única figura maternal, fue cuando vio claramente el cariz tan impredecible, tan inimaginable que había tomado su vida.

Una vez, al presentar a «sus hijastras», sin darse cuenta había incluido también a Min Foo con el gesto de la mano. Min Foo jamás se lo había perdonado. «¡Lo siento! ¡Fue sin querer!», se excusó Rebecca, pero en su interior sospechaba que podía significar algo más. Min Foo era también otro ser único, exactamente tan distinta de Rebecca como lo eran las otras tres. Y de alguna manera, en Min Foo era en quien menos buscaba consuelo, porque era la más pequeña y sus recuerdos de Joe muy escasos. Con el paso de los años, las más mayores y Rebecca empezaron a evocar el pasado: «¿Te acuerdas de esa vez que fuimos todos al Distrito de Columbia y justo cuando arrancaba el tren vimos a papá parado en el andén con los bollos que había ido a comprar?». Rebecca asentía y reía, y Min Foo las miraba a todas, una tras otra, como suplicando ser incluida en sus recuerdos ella también.

—¿Me cantaba canciones alguna vez? —preguntó en una ocasión—. A mí me parece que sí. Creo recordar que me cantaba cuando estaba en la cuna.

—No creo —dijo Rebecca—, pero sí sé que te leía cosas.

—¿Qué me leía?

—Ah, lo normal. *El osito Winnie-the-Pooh*...

Pero no se podía reconstruir a una persona partiendo de hechos aislados. Min Foo ya nunca conocería los pequeños detalles de su padre: la piel de poros finos en el dorso de las manos, la curva del rabillo de los ojos cuando sonreía. (En una ocasión un hombre invitó a Rebecca a salir, un año o dos después de la muerte de Joe, y ella aceptó, pero luego se vino abajo al ver el vello tieso y rojizo de los antebrazos. El problema era que él no era Joe. Era un hombre absolutamente agradable, pero no era Joe.) Y para los nietos, Joe era apenas algo más que esos nombres que uno ve grabados en las lápidas del siglo XIX. Joseph Aarón Davitch. Existió, eso es todo. Y ahora ya no existía.

Y habría sido un viejecito guapo. Un viejo guapo de verdad. Sesenta y seis años habría cumplido en septiembre. ¡Qué increíble! Rebecca ya era mayor de lo que él había llegado a ser, aunque, hasta la fecha, seguía pensando en él como el hombre que le llevaba casi trece años. Le habría encantado tener nietos.

Antes pensaba que las personas que han perdido a un ser querido en realidad se compadecen de sí mismas, y desde luego eso era en parte cierto. Pero lo que la había cogido desprevenida era la pena que sentía cuando se ponía en el lugar de Joe. Le dolía pensar en todo lo que se estaba perdiendo: las fechas señaladas de la vida de sus hijas, los placeres cotidianos y los pequeños éxitos familiares.

Al principio se decía: «Ojalá pudiese contarle esto y lo otro», y «A él le habría encantado esto o aquello». Luego los años empezaron a ensartarse unos tras otros con tal velocidad que si él regresara hoy y preguntara: «¿Qué ha pasado desde que me fui?», ella le contestaría: «Pues no sé, esto y aquello, creo». Como si ella también llevase años muerta, se daría cuenta de que ninguno de los acontecimientos de su pequeño mundo había tenido verdadera importancia.

«¿Cómo es que el salón principal es ahora de color crema?», preguntaría Joe. «¿Dónde has puesto mi raqueta de tenis? ¿Qué ha pasado con aquel roble enorme que había en la esquina?» Y ella contestaría: «Ah, sí, tienes razón, antes el salón era gris. ¿Tu raqueta? ¿Tú jugabas al tenis? Había olvidado que había un roble. Creo que lo partió un rayo». Se sentiría inexplicablemente culpable, porque parecería que era de Joe de quien se había olvidado. Pero no era así, por supuesto.

Ahora, se armaba de valor frente al otoño como si se tratara de un viento arrasador que tuviese que soportar cerrando fuerte los ojos, apretando la mandíbula y agarrándose con todas sus fuerzas a lo que tuviese más a mano. Octubre, despiadadamente deslumbrante. Noviembre, que convertía las hojas en un charco de oro al pie del chopo. A veces, cuando estaba sola, se pasaba media tarde mirando sin ver por la ventana. O dejaba que el teléfono sonara interminablemente, limitándose a escucharlo. El sonido era para ella una satisfacción. Y una satisfacción aún mayor era cuando finalmente enmudecía.

—Supongo que insistirás en que organicemos algún tipo de jolgorio para el Día de Acción de Gracias —comentó Min Foo.

—¿Acción de Gracias?

Ah, claro: noviembre. No entendía cómo se le había podido olvidar.

El Día de Acción de Gracias era el único festivo en que Rebecca preparaba toda la comida. Lo habían instituido tras aquel famoso día en que Biddy había servido faisán estofado y quinua al vapor con aceite de trufa blanca. Se había armado una especie de revolución, Biddy se había marchado ofendida e indignada, y decidieron que a partir de entonces y por siempre jamás Rebecca se encargaría de la cena. A ella no le importaba. No temía el trabajo pesado, incluso lo agradecía. Pero sí temía la reunión social. ¡Todo ese alboroto! ¡Tendría que mostrarse de lo más alegre! Se preguntó qué pasaría si dejase de esforzarse. Si las chicas iniciasen una de sus broncas y ella no interviniese. Si llegado el momento de brindar, ella lo dejase pasar bebiendo simplemente en silencio.

A pesar de todo, hizo la lista de la compra. Fue a la tienda. Preparó con antelación el pan de maíz para el relleno. Llamó a Alice Farmer para que fuese a darles una buena pasada a los dos salones.

Alice Farmer había planeado celebrar el Día de Acción de Gracias en casa de su hermana.

—Ya conoce a mi hermana Eunice, la que tiene el don de curar —dijo.

Rebecca cruzó las manos sobre el vientre y se puso a contemplarlas. Nunca se había dado cuenta de que estuviesen tan surcadas de venas nudosas, azules, torcidas. Alice Farmer dejó de limpiar el polvo y dijo:

—¿Señora Davitch?

—Perdona, ¿qué?

—Tal vez tendría usted que tomar ese remedio que toma mi tía Ruth —le sugirió Alice Farmer—. Es muy bueno para los nervios, pero sólo se encuentra en Georgia.

—De acuerdo —dijo Rebecca tras una pausa.

—De acuerdo, ¿qué? ¿Quiere que se lo compre?

—No, no hace falta.

Pensó que si alguien le enseñara una fotografía de esas manos, ni siquiera reconocería que eran suyas.

Todo el mundo acudió, excepto Patch y su familia: estaban pasando el día con los padres de Jeep. Y todos, por supuesto, llegaron tarde, aunque eso no causó ningún problema especial, ya que Rebecca había contado con ello cuando metió el pavo en el horno. Primero apareció Zeb, después Min Foo con su prole y luego NoNo con Barry y Peter. Había estado chispeando toda la mañana y casi todos llevaban impermeables que goteaban por el vestíbulo. Pero debajo lucían sus mejores galas. Siempre se ponían de punta en blanco para Acción de Gracias —mucho más que para Navidad, que los niños celebraban en pijama. Pero Rebecca no se había arreglado. En cierta forma, se le había ido de la cabeza. Llevaba la sudadera y la falda fruncida de algodón que se había puesto al levantarse de la cama.

—¿Quieres que me ocupe de la cena mientras vas a cambiarte? —le preguntó Min Foo.

—Ah, gracias —contestó, pero en ese momento sonó la puerta de la entrada y apareció el contingente de Biddy, y Rebecca no se movió de donde estaba.

Biddy tenía grandes noticias: su libro para la tercera edad, *El gastrónomo de pelo blanco,* había sido aceptado por una pequeña editorial. Lo anunció incluso antes de quitarse el impermeable, mientras Troy y Dixon la flanqueaban, ambos con una sonrisa radiante. El primero en felicitarla fue Barry.

—¡Es genial! —le dijo—. ¡Tengo una cuñada escritora!

Luego Zeb le preguntó cuándo se iba a publicar. Biddy contestó que todavía no lo sabía. Entonces todos miraron a Rebecca. Al cabo de un momento, Min Foo propuso:

—¿Y si descorchamos una botella de champán?

—Yo iré a por él —se ofreció Rebecca.

En la cocina, sacó del refrigerador dos botellas de champán. Luego echó un vistazo al horno para ver cómo iba el pavo y redujo el fuego de las patatas, tras lo cual entró en una especie de trance junto a la ventana. La niebla de la calle parecía más espesa aún tras los vidrios empañados por el vapor que provenía de la cocina. Unas gotas de lluvia veteaban los cristales.

—Beck —entró NoNo diciendo—, quería... ¡oh!

Se quedó mirando la planta de Will, que había emigrado a la cocina y había crecido otro palmo.

—Cielo santo, ¡pero si es un árbol! —exclamó—. No he visto nunca nada parecido.

—Estoy pensando en sacarla al jardín —dijo Rebecca.

—Bueno, yo no lo haría en noviembre. Probablemente moriría con las primeras heladas.

—Lo que tenga que pasar, pasará, ésa es mi filosofía —sentenció Rebecca.

Pensaba que NoNo se lo discutiría, pero NoNo estaba ocupada buscando algo en su bolso (una cajita roja y negra reluciente, a juego con su vestido rojo y negro).

—Quería enseñarte una cosa —dijo, sacando una hoja de papel doblada.

Rebecca la abrió y encontró una lista impresa.

1. Tintorería.

2. Pedir cita dentista Peter.

3. Buscar alguien limpieza canalones.

4. Comprar regalo cumpleaños a mi hermano.

Hasta la mención del hermano, Rebecca había supuesto que la lista era de NoNo. La miró, inquisitiva.

—Lo ha escrito Barry —dijo NoNo.

—¿Y...?

—Lo ha escrito *para mí*. Son las cosas que se suponía que tenía que hacer yo la semana pasada.

—Ya veo —dijo Rebecca.

—Beck, cuando tú y papá os casasteis, ¿llegaste a...? No te lo tomes a mal, pero ¿llegaste a pensar si no se habría casado contigo sólo para que le ayudaras con nosotras?

Rebecca abrió la boca para contestar, pero NoNo se adelantó.

—No quisiera pensar eso de Barry, pero ¡mira esta lista! Y siempre está diciendo: «¡Hay que ver qué buena es la vida de casado! Ahora las cosas son mucho más fáciles. No sé cómo nos las apañábamos sin ti». Y aunque, naturalmente, me siento halagada, también se me pasa por la cabeza que...

—¿Me estás diciendo que crees que no te quiere?

—Bueno, él dice que sí, pero... ¡estas listas! ¡Y el transporte al colegio y las reuniones de los padres de alumnos! Todo recae sobre mí, y en cierta medida es lógico, porque él trabaja más horas que yo, pero... es como si dijera: «¡Qué bien, ahora que estoy casado ya no tengo que preocuparme por esas cosas tan latosas!». Le resulto tan útil...

—Pero, cariño —la apaciguó Rebecca—, y él, ¿no te es útil también? Antes estabas sola en el mundo. Recuerdo que una vez te pregunté por qué no te cogías nunca vacaciones y me dijiste que si estuvieras con algún hombre, si tuvieras a alguien con quien viajar...

—Beck, ya sabes que a veces veo imágenes... —la interrumpió NoNo—... imágenes del futuro que parece que se me graban detrás de los párpados. Pues, a la mañana siguiente a mi boda, estaba medio despierta pero con los ojos cerrados todavía y me vino una imagen de lo más vívida, detallada y realista. Me vi caminando por Charles Street, por ese tramo en que la calle se bifurca por el monumento que se alza en el medio. Llevaba un cochecito de bebé y un uniforme de criada. Vestido gris, delantal blanco, zapatos blancos y unas medias de esas blancas de enfermera, de esas que siempre hacen las piernas gordas...

Rebecca se echó a reír.

—Me alegro de que te parezca divertido —dijo amargamente NoNo.

—¿No se te ha ocurrido que quizá lo más importante era el cochecito de bebé?

—Lo importante —señaló NoNo— es que llevaba ropa de sirvienta.

—Quizá la imagen estaba equivocada. ¡Y no sería la primera vez! Al fin y al cabo, predijiste que Min Foo iba a tener una niña, ¿no? Y también había otra cosa, no recuerdo qué, en la que te equivocaste...

Demasiado tarde, se dio cuenta de que estaba pensando en lo que había dicho Patch: que NoNo no podía ser muy clarividente si había elegido casarse con Barry.

—Sea como sea —prosiguió—, ¿no te parece que todos queremos a los demás, al menos en parte, por lo útiles que nos son?

—No, a mí no me lo parece —contestó NoNo—. ¡Yo no sería capaz de hacer algo así! ¡Jamás! Me enamoré de Barry por ser tan galante y tan romántico, y porque me encantan sus cejas, la forma en que se le curvan hacia arriba cuando está perplejo.

—Bueno, no quería decir...

—Olvídalo —le dijo NoNo—. Ya sabía que no tenía que habértelo mencionado. ¡Bueno! ¿Saco estas dos botellas? ¿Crees que con dos será suficiente?

—Eh, tal vez no —dijo Rebecca, acercándose al frigorífico—. Lo que he querido decir es... —pero al darse la vuelta con la tercera botella en la mano vio que NoNo ya había salido de la cocina con las dos primeras. El bolso se había quedado sobre la mesa, junto a la lista. Rebecca cogió la lista y la volvió a examinar.

—Min Foo me ha dicho que te recuerde que ella va a tomar una tónica —dijo Biddy, entrando en la cocina—. ¿Se la sirvo yo? ¿Tienes en la nevera?

—Sí, debería haber —dijo Rebecca distraídamente.

—¿Qué estás leyendo?

—No, nada.

Biddy miró por encima de su hombro.

—La lista de Barry —dijo.

—¿La has visto?

—Todo el mundo la ha visto. Pero no ha tenido mucho tacto al molestarte con eso, precisamente ahora.

—¿Tacto? ¿Por qué?

—Oh, por nada —se apresuró a decir Biddy—. No me hagas caso, no hago más que decir tonterías.

—No sé por qué los miembros de esta familia son tan infelices —alegó Rebecca—. ¡Mira Min Foo! Me preocupa horrores que vuelva a divorciarse otra vez.

Biddy se contentó con sacudir la cabeza y sacó la cubitera del congelador.

—La semana pasada —prosiguió Rebecca—, me contó una historia muy retorcida sobre algo imperdonable que supuestamente había hecho Hakim. ¡Ni que hubiese cometido un crimen! Y de lo único que se trataba era de que iban en coche a algún sitio y Hakim se equivocó de carretera e insistió en seguir en ella.

—No le gustaba la ineficacia de hacer un cambio de sentido —continuó Biddy—, así es como dice que lo llamó él: ineficacia.

—Ah, ¿también te lo ha contado a ti?

—Quería seguir en la dirección en la que iban e ir *serpenteando* un poco más adelante para volver a la dirección correcta.

—Pero es que así son los hombres —dijo Rebecca—, eso no es motivo de divorcio.

—Yo le dije exactamente lo mismo —Biddy puso unos cubitos de hielo en un vaso—. Le dije: «Min Foo, deberíais buscar ayuda. Pídele a Patch el nombre de su consejero matrimonial», eso fue lo que le dije.

—¿Patch tiene un consejero matrimonial?

—Creí que lo sabías.

—¡Cuántos problemas! —se lamentó Rebecca—. Gracias a Dios que al menos Troy y tú...

Biddy se puso tensa.

—El hecho de que Troy sea gay no quiere decir que no nos peleemos como otras parejas —precisó.

—Cómo me tranquiliza oír eso.

Había pretendido ser graciosa, pero sus palabras sonaron lúgubres, y Biddy no sonrió.

Salieron de la cocina, Biddy con la tónica de Min Foo y Rebecca con el champán. En el comedor pasaron junto a Peter y Joey, sentados a un extremo de la mesa. Peter le estaba explicando algún tipo de juego. «Primero coges un bolígrafo y lo colocas así, con el agujerito hacia arriba. ¿Ves el agujerito? Luego pones otro bolígrafo exactamente treinta centímetros por encima, y apuntas al agujero y lo lanzas contra él. Así.» Abatió el segundo bolígrafo haciendo sonar todo lo que había sobre la mesa. «Gana el primero que rompe el boli de la mesa. Te toca.»

Rebecca se sintió algo animada con la escena. (Joey, cuatro años menor que Peter, escuchaba reverentemente cada una de sus palabras.) Se quedó un momento observándolos antes de reunirse con los demás.

Cuando entró en el salón, NoNo estaba distribuyendo las copas mientras Zeb servía el champán. Biddy comentaba algo de su libro.

—Las recetas para la gente mayor pueden resultar difíciles —explicaba—, porque suelen comer poco. Y también muchas veces padecen artritis, con lo que eso de pelar, cortar y remover les resulta casi imposible. Sin mencionar que ya han perdido prácticamente el paladar.

—Y entonces, ¿qué sentido tiene? —la interrumpió Rebecca.

Biddy calló y se la quedó mirando.

—Quiero decir que... debe de ser todo un reto —dijo Rebecca tras una pausa.

—Exactamente —puntualizó Biddy—. Por eso, lo que he intentado hacer... —y prosiguió sus explicaciones, mientras Barry distribuía el champán a la redonda.

Poppy ocupaba él solo todo el sofá, ya que había colocado el bastón a lo largo del asiento para mantener a todos alejados.

—¡Chis! ¡Ven aquí, te he guardado un sitio! —le dijo a Rebecca, agitando el bastón en señal de invitación.

Rebecca se sentó sin quitar el bastón, acomodándose en el borde del asiento.

—He pensado que quizá a la gente le apetezca oír mi poema —le dijo.

—Hum.

—¿Lo recito?

—¿Por qué no?

Poppy vaciló.

—Ahora no me acuerdo —dijo—. Dame unos minutos, ¿quieres?

Alguien le puso a Rebecca una copa de champán en la mano. Lateesha, que estaba ayudando.

—Gracias, cariño —le dijo Rebecca.

—Sólo necesito coger un poco de carrerilla —insistía Poppy—. Si no, no me viene a la cabeza. ¿Cómo empezaba?

—No lo sé —dijo Rebecca.

Y era verdad, advirtió.

Notó que se hacía una pausa en la conversación y, al levantar la vista, se dio cuenta de que todos miraban en su dirección, cada quien con su copa, esperando que ella propusiera el brindis. Se armó de valor. Se puso en pie y alzó la copa:

—¡Por Biddy! —exclamó— y su *Gastrónomo de pelo cano.*

—¡Blanco! ¡Blanco! —la corrigieron. Alguien soltó una breve risotada.

—Lo siento —dijo, y se sentó.

Hubo un breve silencio. Luego todos bebieron.

Sin contar al bebé, eran trece en la mesa, uno más de los que podían caber cómodamente, pero no merecía la pena poner una mesa aparte sólo para tres niños —o cuatro, si hubiesen exiliado también a Dixon. Por eso Rebecca los colocó a todos juntos, apretujándolos, e hizo sentar a Poppy junto a ella presidiendo la mesa, aunque no hubiese sitio. Él seguía intentando recordar los versos de su poema. Dijo:

—Esto no me había pasado nunca.

Rebecca le dio unas palmaditas en la mano, que Poppy tenía prácticamente en el plato de ella.

—¿Podrías correrte un poquito para allá? —le pidió.

—Es que entonces me salgo de la mesa, Beck.

—Bueno, está bien.

Al parecer Biddy se había hecho cargo de la tarea de servir. Bien mirado, posiblemente Rebecca se había desentendido un poco, porque Biddy no dejaba de salir de la cocina preguntando cosas como:

—¿Es que no te queda mantequilla?

—Mira a ver en la puerta de la nevera —dijo Rebecca.

—Ya he mirado. ¡No tienes de nada! Tampoco encuentro sal para llenar los saleros. ¡No hay reservas en la despensa!

Barry estaba trinchando el pavo, observó Rebecca con satisfacción. Zeb siempre lo destrozaba. NoNo y Min Foo pasaban los platos, y Hakim mecía a un Abdul que gimoteaba y se retorcía sobre su hombro. «Creo que este hombrecito tiene gases», anunció. Y Lateesha dijo: «¡Uf!, ¡qué asco!» y, tapándose la boca con la mano, estalló en una cascada de risillas sofocadas.

—¿Dónde está la choucroute? —preguntó Biddy—. ¿No te has acordado de la choucroute este año?

—Allá por 1923 —empezó a contar Poppy—, cuando la gente todavía creía que la carne de ardilla era buena para los inválidos crónicos...

Joey vigilaba a Peter desde el lado opuesto de la mesa, intentando atraer su atención, y Troy discutía de música con Zeb, o en todo caso entonaba algunas notas. «Da-di-da-daaa...», canturreaba alzando didácticamente el dedo índice.

—¡Oh, no! —Barry interrumpió su tarea de trinchar con el cuchillo clavado en mitad de la articulación de un muslo—. ¡No me he esperado a que bendijéramos la mesa! —le dijo a Rebecca.

—No importa —contestó ella.

—¡Me he puesto en seguida a trinchar, sin pensármelo!

—Bueno, por lo general nosotros no bendecimos la mesa.

—¿Ah, no?

Había puesto esa expresión con las cejas fruncidas que NoNo parecía encontrar tan atractiva.

—¿Ni siquiera un momento de silencio? —preguntó.

—Bueno, supongo...

—¡Ah, ya sé! —se le animó el rostro—. Podríamos hacer como en la familia de la novia de un colega del trabajo. Toman la palabra por turnos y cada uno dice algo por lo que se siente agradecido.

Rebecca consideró que era una idea terrible y le alivió que Zeb dejara escapar un gruñido. Pero al parecer Barry no le oyó.

—¿Qué os parece, chicos? —preguntó. Y luego, como nadie abría la boca, añadió—: Bueno, yo no soy vergonzoso. Empiezo yo. Me siento agradecido, como todos sabéis, de tener a mi hermosa NoNo.

NoNo le miró. Posó en la mesa la canasta de los panecillos que estaba a punto de pasarle a Dixon, dejando a Dixon con el brazo extendido, y dijo dulcemente:

—Bueno, Barry, yo también doy gracias por tenerte a ti.

Joey dejó escapar una risilla, pero Min Foo le hizo callar mirándolo con severidad. Estaba claro, por la forma en que todos empezaron a agitarse en su silla y a aclararse la voz, que se preparaban para pasar por ese trance.

Rebecca miró suplicante a Zeb. Éste sonrió. Para él todo estaba bien; Rebecca supuso que declararía estar agradecido por algún tipo de Ley de Protección de la Infancia o algo por el estilo. Y allí estaba Hakim, totalmente intrigado por esa desconocida costumbre norteamericana, pero imprimiéndole su sello personal, ya que se puso en pie sin dejar de mecer a Abdul, como si se preparara para pronunciar un discurso oficial.

—Yo, personalmente —empezó—, estoy agradecido por mi mujer, Min Foo, y por mi hijo, Abdul. Y también por mi otro hijo, Joey, y por mi hija Lateesha. Además, me gustaría aprovechar esta ocasión para...

—¡Basta! —le interrumpió riendo Min Foo—. ¡Se te acabó el tiempo, Hakim!

Lo cual, por alguna razón, perturbó al bebé. Soltó un repentino berrido y, aunque podía haberse vuelto a calmar, Rebecca sabía reconocer una oportunidad cuando se presentaba. Se levantó y fue hacia Hakim.

—Ya lo cojo yo —dijo y, en cuanto lo tuvo en los brazos, se alejó con él y salió del comedor.

Atravesó los dos salones en dirección a las escaleras. Pero en el vestíbulo se detuvo. Se colocó al bebé un poco más arriba en el hombro y abrió la puerta de la calle. Había dejado de llover, aunque seguía flotando un espeso velo de niebla. El aire era suave y tibio, la sensación sobre su piel era como de ausencia de temperatura. Salió y cerró la puerta tras ella.

El bebé, que había estado profiriendo pequeñas quejas, se calló de repente y levantó la frente del hombro de Rebecca para mirar a su alrededor.

Bajó por el camino y en la acera torció a la derecha, dejando atrás el centro de meditación y la casa del alero azul. La niebla era tan densa que el niño empezó a emitir pequeños sonidos al tragar aire, como si creyera que estaba debajo del agua. Rebecca supuso que estaba lo bastante abrigado, porque iba envuelto en una mantita de bebé. Sentía su cuerpecito compacto y sólido, mucho más pesado que la última vez que lo había cogido en brazos, y se sostenía de forma más organizada, más consistente, por decirlo de alguna manera.

Cruzó la calle en dirección a un pequeño arce al que le quedaban todavía unas cuantas hojas, rojas como el carmín. «¡Mira! —le dijo al bebé—, ¡rojas! ¿A que son bonitas?». Le giró ligeramente para ponerlo frente al arbolito. El niño parpadeó y enfocó la mirada, con la cabeza bamboleándose un poco por el esfuerzo de concentración. Ya no tenía ese mirar un poco bizco de los recién nacidos: tenía los ojos bien abiertos y alertas. Su mejilla, cuando la apoyó en la de Rebecca, era tan sedosa que ella apenas la sentía.

Hasta entonces habían tenido la calle para ellos solos —el mundo entero para ellos solos—, pero ahora un autobús emergió de la niebla y se detuvo muy cerca. Se abrieron las puertas con un resuello, dando paso a dos mujeres de ojos oscuros, una de ellas visiblemente embarazada. Tras ellas iba un chico joven, alto y con gafas, y los tres se quedaron un momento en la parada del autobús riendo e interrumpiéndose unos a otros, hablando todos a la vez de una fiesta a la que habían asistido la noche anterior. Luego se alejaron calle abajo y, conforme se iban desvaneciendo sus voces, Rebecca notó cómo se hacía el silencio a su alrededor. Era ese silencio espeso, afelpado, envolvente, que a veces acompaña a la niebla, y de repente le hizo anhelar el clamor de su familia.

Además, Abdul debía de empezar a tener hambre. Frotaba con ansiedad su naricilla en el cuello de Rebecca. Dio media vuelta y echó a andar hacia la casa.

La niebla le humedecía el cabello. Veía centellear los mechones de pelo que le caían sobre los ojos. Los bordes de la falda, empapados de humedad, empezaban a pesarle. La boca del bebé sobre su piel parecía la boca fría de un pececillo.

¿Se le había pasado por la cabeza alguna vez la idea de que Joe se hubiese casado con ella sólo por su utilidad? Sí, se le había pasado por la cabeza. Y sobre todo después de su muerte: se había matado deliberadamente y la había dejado para que se las apañase ella sola.

Pero ahora también veía todo aquello de lo que la había rescatado Joe: la rutina interiorizada, sorda, paralizante, de un compromiso que ya había empezado a desgastarla. Sí, él también le había sido útil a ella, sin ninguna duda. Era verdad lo que le había dicho a NoNo.

Y aunque antes solía creer que sólo había sido útil en cuestiones prácticas (para atender a las niñas y cuidar de la señora

Davitch), ahora entendía que su contribución más valiosa había sido su alegría: una cualidad de la que la familia Davitch carecía por completo. Y no porque ella fuese alegre por naturaleza. No, se lo había tenido que trabajar. Se había esforzado por adquirirla.

Tímida y secretamente experimentó una pequeña sensación de plenitud. E incluso cierto orgullo. ¿Por qué no? No parecía tan descabellado.

Caminaba muy desenvuelta con el bebé en brazos, evitando hábilmente los charcos, la cabeza erguida y el pelo escarchado con diamantes de niebla.

Once

Quiso la suerte que la fiesta de Poppy cayera un día en que se podían haber programado dos celebraciones de pago. Una era sólo un pequeño almuerzo, pero la otra era una fiesta de Navidad para una empresa de correduría y Rebecca sintió mucho tener que rechazarla. Pero lo prometido es deuda. Le había prometido a Poppy que celebrarían su cumpleaños en la fecha exacta de su nacimiento. Se acabó lo de ser plato de segunda mesa, se acabó eso de dejar las fechas importantes para entre semana o de aplazarlas hasta el mes siguiente sólo por no interferir con los planes de otra gente más importante.

Así pues: 11 de diciembre, sábado. El plan era empezar a las dos de la tarde, en consideración hacia los más pequeños, y que durase hasta el anochecer. Se admitían regalos (Poppy había sido muy claro al respecto). Se serviría comida desde el principio: nada de estar esperando a que se propusieran los brindis. Cantidades de postres, pero nada de aperitivos, nada de entradas ni de entremeses y, desde luego, ningún plato fuerte. Y la atracción principal sería una tarta de varios pisos, más grande que las tartas de bodas, preparada por Toot Sweet, de Fells Point. Fue Poppy quien estudió el mercado y Toot Sweet resultó ganador. Afortunadamente, Biddy no se ofendió. «Por mí, no hay problema», dijo. «Ya tengo bastante trabajo con todos esos pasteles que quiere.»

La lista de invitados —guardada durante los últimos seis meses en el bolsillo de la falda de calicó de Rebecca, donde había pasado dos veces por la lavandería, quedando tan suave como papel secante, pero todavía relativamente legible— consistía principalmente en familiares, más dos viejos amigos de Poppy, más algunos conocidos, como su fisioterapeuta y Alice Farmer. (Resultaba irónico, se decía siempre Rebecca, que por definición, las celebraciones de la familia más concurridas y agotadoras eran precisamente aquellas en las que Alice Farmer tenía que acudir como invitada.) Había más personas en la lista, pero la mayoría de ellas ya habían muerto. Otros cuantos estaban demasiado delicados para desplazarse y a otros pocos simplemente les habían perdido de vista en algún momento del pasado.

La madre de Rebecca y la tía Ida habían aceptado la invitación, para sorpresa de Rebecca, pero dejando claro que se irían temprano debido al largo trayecto de vuelta en coche. También llegarían temprano, anunciaron, para poder echar una mano. En su fuero interno, Rebecca empezó a pensar en tareas que las mantuvieran ocupadas y sin estorbar: seleccionar las servilletas, comprobar que las copas no tuviesen rastros de agua...

Como era diciembre, la decoración sería de tema navideño. Frente a la ventana del salón principal ya se alzaba un árbol esbelto, decorado con gusto: unas diminutas luces blancas centelleaban en cada una de sus ramas. Luego Rebecca colocó otro árbol en el comedor, más chabacano y recargado, atiborrado de cadenas de papel que representaban varias décadas de fabricación casera, y de fotos Polaroid de los niños pegadas en trozos de papel en forma de cristales de nieve. Algunas fotos estaban tan descoloridas que resultaban irreconocibles. Muchas eran intercambiables, ya que los bebés de la familia Davitch solían parecerse mucho hasta que alcanzaban cierta edad. (Caritas redondas, mechones de pelo oscuro, ojillos desconfiados y estrábicos.) Coronó el árbol Rebecca con una estrella de papel de aluminio dorado con siete puntas recortadas de forma desigual, que tiempo atrás debió de llevar de la guardería alguna de las niñas, ya nadie recordaba quién. Sobre la chimenea del salón de atrás extendió una enorme pancarta que rezaba «FELIZ 100 ANIVERSARIO POOPY» —no se percató de la errata en el nombre hasta que la tuvo en casa—, y bajó el televisor y el vídeo de la salita de arriba para enchufarlos en una toma de corriente del salón, porque Hakim (enamorado de la tecnología occidental, como todos los inmigrantes que Rebecca había conocido) llevaba de regalo una cinta de vídeo, un montaje hecho por un profesional con las películas caseras de la familia. Se suponía que era un secreto, aunque Poppy tenía que haber sospechado algo: la mañana de la fiesta, cuando fue a ver los dibujos animados, lo único que encontró fue un rectángulo de polvo en la mesa del televisor. Pero no dijo ni una palabra, simplemente gruñó y se puso a hacer un solitario.

El día era claro y excepcionalmente frío, lo que significaba que Rebecca podía ponerse su traje de beduino. Aunque, por supuesto, no se lo puso al levantarse. No, primero se puso unos pantalones anchos y una de las viejas camisas de franela de Joe y anduvo atareada por toda la casa, recogiendo trastos, pasando el aspirador y preparándole a Poppy un desayuno especial. Sólo cosas dulces: gofres y cacao (el pobre iba a contraer diabetes antes de que acabara el día). Una velita azul de cumpleaños coronaba la pila de gofres. «Cumpleaños feliz...», le cantó ella sola, de pie junto a la mesa y con las manos juntas frente a sí.

—¡Vaya! ¡Gracias, Beck! —dijo Poppy, y sopló tranquilamente la vela.

Le divertía, le conmovía y a la vez le irritaba ver cómo aceptaba todos esos agasajos y esfuerzos como si se lo debieran.

—Imagínate —le dijo—. Hace cien años no eras más que un bultito diminuto acurrucado en una cuna. O quizá en la cama de tu madre. ¿Naciste en casa? ¿La atendió un médico, a tu madre?

—Fue una partera —precisó Poppy mientras cortaba los gofres—. La señora Bentham, y vino a casa. Entonces vivíamos en North Avenue. Ella estaba iniciándose en el oficio y nosotros fuimos sus primeros gemelos.

—Es verdad, gemelos —recordó Rebecca—, se me había olvidado —posó ligeramente la mano sobre el brazo de Poppy—. Debe de ser triste para ti celebrar tu cumpleaños sin que esté aquí tu hermano para compartirlo.

—No, no tanto —declaró, pragmático—. He tenido muchos años para acostumbrarme.

Se echó a la boca una porción de gofre demasiado grande y se manchó el bigote de sirope. Llevaba un albornoz rojo de cuadros y un pijama de rayas. Una barba incipiente ponía puntos de plata en sus mejillas, y el cabello cano, sin cepillar, siempre de punta, le coronaba la cabeza como los rayos de un sol.

—Mil ochocientos noventa y nueve —se admiró Rebecca—. ¡Ni siquiera sé quién era el presidente entonces!

—No tengo ni idea.

—Tu familia no tendría coche, supongo, ni teléfono...

Pero él seguía otra línea de pensamiento.

—Algunas veces me he preguntado si no se me habrán añadido a mí todos esos años que mi hermano no llegó a utilizar.

Hablaba como si su hermano no hubiese tenido otra opción, como si no hubiese sido decisión suya la de no utilizar todos esos años.

—Bueno —sugirió Rebecca—, me imagino que a él le alegraría saber que tú los has disfrutado.

—No forzosamente —opinó Poppy—. Él siempre creía que a mí me había tocado la mejor parte.

—¿Y eso por qué?

—Oh, ya sabes... No era una persona feliz por naturaleza. A alguna gente simplemente le cuesta más ser feliz.

—¿Y tú dirías que Joe era feliz por naturaleza?

Poppy tomó otro bocado de gofre, ya fuese para pensarse la respuesta o buscando una evasiva.

—Cuando yo lo conocí, se estaba riendo —insistió Rebecca. Luego recordó que, en realidad, la que se estaba riendo era ella. Pero prosiguió—: Me dijo: «Ya veo que te lo estás pasando en grande». Ésas fueron las primeras palabras que me dirigió. Porque Zeb estaba haciendo el payaso, ya sabes cómo es, y yo empecé... Y cuando decidí casarme con él, entonces sí que se reía, ¡ya lo creo! Lo vi riéndose junto a la ventana de la biblioteca y tomé la decisión en ese momento.

—Hum... —dijo Poppy y se secó el bigote con la servilleta.

—Y no hay que olvidar —añadió Rebecca— que su profesión consistía en dar fiestas.

—Pero él nunca sintió que eso de organizar fiestas fuese su verdadera vida —le recordó Poppy.

—Bueno, no.

—Y ahí es donde divergíamos él y yo —prosiguió Poppy—, porque yo siempre le estaba diciendo: «Mira, afróntalo. No existe una vida verdadera. Tu verdadera vida es la que te termina tocando, sea la que sea. Simplemente tienes que arreglártelas lo mejor que puedas con lo que te toca», le decía yo.

—¡Pero él tuvo una vida muy buena! —afirmó Rebecca.

—Desde luego que sí —Poppy dobló la servilleta y la dejó junto al plato—. Así que lo que yo me digo es que estoy celebrando mi cumpleaños por los dos. Así es como me gusta enfocarlo.

Evidentemente, había vuelto al tema de su hermano gemelo. Pero Rebecca tardó unos segundos en darse cuenta. Eso es lo que pasaba por vivir con una persona confusa: una se volvía confusa también, y cada cosa terminaba adquiriendo la curiosa costumbre de difuminarse entre muchas otras.

Su madre y su tía llegaron poco antes del mediodía. Su madre llevaba el conjunto de pantalón más elegante que poseía y una mullida chaqueta de mohair, que le hacían parecer más pequeña que nunca. Le habían rizado el pelo y le habían dejado unos bucles más regulares que los flecos de una colcha. La tía Ida iba toda de volantes y encajes —con un estampado de capullos de rosa, pese a la estación— y debía haber ido a la misma peluquería, aunque sus rizos ya empezaban a salirse de su formación. Entre las dos llevaban un paquete grande y plano, con un bonito envoltorio lleno de lazos.

—Es un retrato de William McKinley —confió Ida en un susurro.

—McKinley —repitió Rebecca.

—El que era presidente en 1899.

—¡Ah! Precisamente estábamos hablando de eso hoy durante el desayuno —exclamó Rebecca—. ¡McKinley! ¡Así que ése era!

—Hemos pensado que le recordaría al señor Davitch su juventud.

—Estoy segura de que le va a encantar —aseguró Rebecca—. ¿Habéis comido ya?

—¡Oh! No queremos molestar.

—No es ninguna molestia. Tengo preparado algo de fiambre.

Puso el regalo en la cómoda del salón principal y luego las acompañó a la cocina.

—Poppy está arriba echándose la siesta —dijo—. Se comió un sándwich antes y luegó subió para intentar descansar antes de la fiesta.

—¡Vaya, debe de estar muy emocionado! —dijo la tía Ida.

Pero la madre de Rebecca añadió:

—Nunca he entendido del todo eso de que los adultos celebren fiestas de cumpleaños.

—Bueno, en cierta forma es nuestra tradición —precisó Rebecca— y, además, ¡son cien años! Si lo hubiéramos pedido, lo habrían sacado en televisión.

—Mi última fiesta de cumpleaños fue en 1927 —dijo la madre de Rebecca—. Tenía cinco años.

—¡Eso no puede ser verdad! —intervino la tía Ida—. ¿Y cuando cumpliste los dieciocho y mamá te regaló sus perlas?

—Pero aquello no fue una fiesta, Ida.

—¡Pues tuviste tu tarta! ¡Con sus velitas y todo! ¡Si a eso no le llamas fiesta de cumpleaños, tú me dirás qué es...!

—Sentaos —les dijo Rebecca—. ¿Quién quiere té con hielo?

—Oh, yo, querida, si está hecho —aceptó la tía Ida.

Estaba hecho. (Rebecca sabía que ellas siempre bebían té con hielo con la comida, incluso en pleno invierno, aunque lo suprimían a la hora de cenar por temor a no dormir.) Sacó la jarra de la nevera y la puso sobre la mesa. La tía Ida estaba sirviéndose una montaña de embutidos en el plato, seleccionando delicadamente cada loncha con el dedo meñique levantado, como si con eso su ración pudiese parecer más pequeña. La madre de Rebecca estaba dándole un parte detallado de su viaje.

—Hemos cogido la antigua carretera del condado porque, a mí, tendrían que pagarme mucho dinero para que cogiera la

I-95, con todos esos camiones que pasan zumbando a tu lado tocándote el claxon. Creo que no te he contado lo de la hija de Abbie Field, que tuvo ese terrible accidente en la I-95, cerca de Richmond. Creo que iba a Heathsville, o a Heathsburg, una de las dos; ¿era Heathsville? ¿Heathsburg? Fue a visitar a sus suegros y volvía el domingo después de misa; su suegra es católica, sabes, es una de esas viudas católicas muy devotas, y había invitado a Alice a una comida que se celebraba el sábado en el club de bridge femenino, y entonces...

—Un momento: eso no es posible —interrumpió la tía Ida.

—¿Cómo dices? Claro que es posible. Se puede ser católica y también jugar al bridge.

—Has dicho que Alice fue a visitar a sus suegros. En plural. Pero que su suegra era viuda.

—Es cierto: me he equivocado, pero tampoco es un crimen imperdonable.

—¿Cómo va lo de tu mudanza, madre? —preguntó Rebecca.

—¿Qué mudanza?

—Lo de irte a una residencia.

—¡Ah! Eso. Bueno, estoy en ello, pero primero tengo que poner en orden mis bártulos.

La tía Ida le lanzó una mirada a Rebecca.

—Tómate un huevo a la diabla —le propuso ésta.

—Ay, gracias, cielo. Realmente no debería, por lo de mi colesterol, pero ya sabes que no me puedo resistir.

—La gente me dice que debería contratar a alguien que me ayude —prosiguió la madre de Rebecca—. Me dicen que soy demasiado vieja para ordenar todo eso yo sola. Pero ya sabes cómo son esas cosas. Cuando Ida intentó limpiar mi escritorio, ¿qué crees que hizo? Tirar una hoja entera de sellos de tres centavos perfectamente válidos.

—Tómate un huevo a la diabla, madre —le repitió Rebecca.

Entonces sonó el teléfono y gritó: «Huy», y salió corriendo a contestar, aunque el supletorio de la cocina estaba sólo a medio metro de distacia.

El traje de beduino de Rebecca era una túnica larga de lana, negra y con anchas rayas verticales color púrpura, rojo y turquesa, que iban del hombro al dobladillo. Con él se sentía como Elizabeth Taylor en *Cleopatra,* como le dijo al dependiente de Discount Dashikis cuando se lo probó. Para que esos colores tan vivos no contrastaran con una cara descolorida, se aplicó una capa de maquillaje mucho más importante de lo habitual. Luego se envolvió la cabeza en una llamativa banda de seda púrpura y negra. Al bajar por la escalera, la banda iba flotando detrás de ella como la cola de una novia.

—¡Válgame Dios! —exclamó su madre al coincidir con ella en el vestíbulo.

Rebecca le dirigió una sonrisa enigmática. (Nada de lo que se pusiera podía gustarle a su madre.) Pero la tía Ida, que ya estaba sentada en el salón principal, exclamó:

—¡Caramba! ¡Qué ropa tan alegre!

—Gracias —le dijo Rebecca. Majestuosa y ligera, con pasos uniformes y fluidos, se acercó a la chimenea en busca del encendedor de gas que guardaban en la cesta de las piñas. Empezó a encender las velas que había dispuesto por toda la habitación: velas navideñas, velas de Januká*, velas para todas las ocasiones, e incluso unas velas pálidas en forma de huevo que solía reservar para Semana Santa.

---

* Januká: celebración de consagración del templo según el rito judío. *(N. de la T.)*

—¡Esto es una conflagración con todas las de la ley! —bromeó la tía Ida, entusiasmada.

La madre de Rebecca se sentó en la mecedora, no sin antes alisarse los pantalones por detrás como si llevase falda.

—Te he doblado las servilletas en forma de abanico —le dijo a Rebecca—, no sé si es así como las querías. He recogido un poco la cocina y me he tomado la libertad de regar esa pobre planta moribunda que está junto a la escalera.

—Gracias, madre.

—Te he dejado el embutido que ha sobrado en el primer estante de la nevera. Lo he metido en una de esas bolsas donde mandan el periódico que he encontrado en el cajón del papel de envolver, aunque no estoy muy segura de que sea bueno dejar comida en contacto con el plástico de color.

—Seguro que se acabará antes de que el veneno tenga tiempo de actuar —la tranquilizó Rebecca.

Sonó el timbre.

—¡Vaya por Dios! —exclamó su madre y consultó el reloj—. ¡Son las dos menos tres minutos! ¿Quién crees que puede ser?

—Desde luego ningún Davitch, puedes estar segura —afirmó Rebecca, saliendo al vestíbulo—. ¡Compañía, Poppy! —gritó hacia lo alto de las escaleras, al tiempo que abría la puerta. J.J. Barrow, el electricista, estaba en la entrada con su hijo de doce años. Ambos iban muy elegantes, J.J. con traje y corbata, su hijo con una chaqueta azul marino y unos pantalones de pana marrones. J.J. llevaba una botella de bourbon adornada con un lazo.

—¡Adelante! —dijo Rebecca—. ¡Qué puntuales!

—Bueno, no queríamos tener a la gente esperando —dijo J.J.

Era un hombre grandote, con barba y pinta de oso, de esos por los que Rebecca sentía debilidad, y había tenido el impulso de invitarlo hacía unos días, cuando fue con su hijo a arreglarle un termostato. Les condujo al salón, pasándole el brazo por los hombros al chico.

—¡Madre! ¡Tía Ida! —anunció—. Es J.J. Barrow, nuestro electricista, y éste es su hijo, J.J.J. —así es como llamaban a J.J. Junior, y Rebecca siempre tenía que reprimir la risa cuando lo decía, porque tenía la sensación de tartamudear—. Mi madre, Mildred Holmes, y mi tía, Ida Gates.

—¿Qué tal? —saludó la tía Ida, y la madre de Rebecca sonrió e inclinó la cabeza.

—¿Han venido como... invitados? —preguntó.

—Sí, señora —contestó J.J.—. También iba a venir mi mujer, sólo que se ha presentado su pastor de improviso.

—J.J. es un manitas con todo lo que sea eléctrico —explicó Rebecca— y también repara algo de fontanería, siempre y cuando no necesite una inspección. Y su hijo sabe casi tanto como él, ¿verdad, J.J.J.? —¡huy! ¡Otra risilla!

J.J.J. puso cara seria y aseguró:

—Bueno, pero aún necesito la ayuda de papá para las cosas más gordas.

—Rebecca y yo nos las hemos visto con todo tipo de cosas —añadió J.J., dejándose caer en una silla—. Ella fue mi principal apoyo cuando mi primera mujer me dejó por las buenas. Y a mí me tocó estar cerca cuando su nieto Dixon pasó por aquella etapa en que le daba por hurtar en las tiendas.

—¡Bueno, y a todo esto...! —interrumpió Rebecca, dando unas palmadas. (A su madre no le había mencionado que en cierto momento a Dixon le había dado por llevarse cosas de las tiendas)—. ¿Dónde se ha metido nuestro invitado de honor?

Su madre permaneció inexpresiva. Tía Ida se limitó a sonreír y dio unas palmaditas en el cojín del sofá próximo al suyo.

—¿Por qué no vienes a sentarte, J.J.J.? —preguntó—. ¡Qué encanto, mira que venir al cumpleaños de un viejo!

—Nunca había conocido a nadie que tuviera cien años —explicó, y cruzando la habitación se instaló junto a ella, con una compostura admirable, las manos juntas entre las rodillas de sus pantalones de pana.

Ya se oía a Poppy por las escaleras —bastón, zapato, zapato; bastón, zapato, zapato— y Rebecca salió al vestíbulo para recibirlo. Muchas veces se despertaba de la siesta más entumecido que de ordinario y pensó que tal vez necesitara ayuda. Pero no, apenas si se apoyaba en la barandilla y su rostro parecía descansado y sereno, en absoluto marcado por el esfuerzo. Llevaba su traje gris y una estrecha pajarita negra alrededor de un cuello de camisa tan alto y almidonado que parecía provenir directamente del año en que nació. Llevaba el pelo alisado hacia atrás y las mejillas relucientes.

—Me ha parecido oír el timbre de la puerta —dijo.

—Sí, J.J. y su hijo están aquí. ¿Recuerdas a J.J.? —preguntó esperanzada.

Tal vez se acordara o tal vez no. En todo caso, dio un pequeño gruñido y continuó descendiendo por las escaleras.

—Y mi madre y la tía Ida han llegado mientras te echabas la siesta. ¡Deberías ver lo que te han traído!

—Pienso abrir los regalos conforme vayan llegando —anunció. Llegó al final de la escalera y se dirigió al salón acompañado de su bastón y dejando un rastro de colonia de lavanda al pasar junto a Rebecca—. No les prestaría la suficiente atención si los fuese apilando en un montón y los abriera todos a la vez.

—Muy bien, Poppy —dijo Rebecca.

Y no es que necesitase su aprobación. Ya había alargado la mano para coger la botella de J.J. y, sujetándola con el brazo estirado, trataba de descifrar la etiqueta.

—Gracias —dijo finalmente—. Es perfecto para tomarme un traguito antes de acostarme —y, volviéndose hacia las dos mujeres mayores, añadió—: ¡Damas...!

—Feliz cumpleaños, señor Davitch —dijeron prácticamente al unísono, y la tía Ida añadió—: ¡No parece que tenga ni un día más de los ochenta!

—¿Ochenta? —inquirió Poppy. Las comisuras de los labios se le curvaron hacia abajo.

—Sí, señor, no me invitan muy a menudo a celebrar cumpleaños en que se cumplen cien años —intervino J.J.

—¿Cada cuánto? —le preguntó Poppy.

—Bueno, en realidad, debería decir nunca.

—Mira, Poppy —exclamó Rebecca, cogiendo el paquete de encima de la cómoda—. Éste es el regalo de mi madre y de la tía Ida.

—Un momento, dejad que me ponga cómodo.

Eligió un sillón de orejas y se sentó agachándose en varias etapas, no sin antes dejar la botella de bourbon en la mesa que tenía a su lado. Entonces Rebecca le alargó el paquete.

—Bonito papel —observó. Deslizó un dedo trémulo bajo la cinta adhesiva de uno de los lados—. No quiero romperlo, mejor lo guardo para utilizarlo en otra ocasión.

—Desde luego —aprobó la madre de Rebecca. Se mordió el labio y se inclinó hacia delante en su silla, muy concentrada, hasta que Poppy terminó de levantar la cinta adhesiva sin causar ningún desperfecto.

William McKinley resultó ser un hombre de aspecto franco, con un cuello alto blanco y una pajarita negra casi idénticos a los de Poppy. Rebecca temía que Poppy no supiera quién era, pero afortunadamente había una placa de cobre con su nombre en el lado inferior del marco.

—William McKinley. ¡Vaya, hombre! —dijo Poppy, apoyando el cuadro en sus rodillas para examinarlo.

—Era presidente en el año que naciste —le aclaró Rebecca.

—¡Qué te parece!

—Fue asesinado —saltó J.J. sin venir a cuento.

—¡Qué te parece!

—Fue McKinley el responsable de que tomáramos Cuba —prosiguió J.J.—. Y también Hawai, si no me equivoco.

Poppy bajó el cuadro y frunció el entrecejo volviéndose hacia J.J.

—¿Quién ha dicho usted que era? —inquirió.

—J.J. es nuestro electricista —explicó Rebecca—. Nos ha arreglado el termostato esta misma semana.

J.J. asentía enérgicamente con la cabeza, como instando a Poppy a hacer lo mismo, pero Poppy permanecía ceñudo. De repente, su frente se alisó:

—*All I Want for Christmas is You* —dijo.

—¿Qué, Poppy? —preguntó Rebecca.

—Es lo que estaban poniendo en la radio que trajo el chico, *All I Want for Christmas is You.*

—¡Vaya! Lo siento, si le molestamos —declaró J.J.

—¡Bah! Es mejor que otras que he oído.

Le tendió el cuadro a Rebecca y ella dio un paso adelante para cogérselo.

—Entonces, señor Davitch —preguntó la tía Ida—, ¿le ha felicitado el presidente?

Poppy le echó otra mirada ceñuda al retrato, que Rebecca estaba apoyando sobre la cómoda. Tal vez pensó que el presidente al que se refería era McKinley. Pero en lugar de responder, dijo:

—Señor... eh... J.J. Me pregunto si me podría aclarar una pequeña duda.

—Si puedo, estaría encantado —aseguró J.J.

—Esas luces que son así como instantáneas, ¿cómo las llaman? Usted sabe cuáles digo. De esas que se encienden sin parpadear.

—Incandescentes —dijo J.J.

—Bueno, yo soy de la opinión de que la gente debería apagarlas cada vez que sale de la habitación. Porque volverlas a encender no requiere un gasto especial de energía, ¿verdad? Al contrario que las fluorescentes. Pero Beck, aquí donde la veis, dice que no. Tiene que dejar un rastro de luces encendidas por dondequiera que vaya. Es un derroche de dinero, le digo.

—Pues sí, señor, le sorprendería saber —empezó a explicar J.J.— que una sencilla bombilla de cien vatios, si se la deja encendida durante una hora...

—J.J., ¡no le des cuerda! —intervino Rebecca—. Poppy nos tendría viviendo a oscuras, si pudiera. ¡Hasta las luces del árbol le molestan! Si saliéramos de esta habitación ahora mismo, sólo para ir a tomar un bocado al comedor, él apagaría antes el árbol de navidad.

—¡Ah! —dijo J.J., que parecía contrariado. No cabía duda de que veía que le habían puesto en un aprieto—. Bueno, las luces del árbol... Quiero decir, esas lucecitas blancas de nada no suponen un gran gasto de energía eléctrica. Y también hay que tener en cuenta el, digamos, efecto decorativo. Son más bien un adorno para que la gente las vea desde fuera, no sólo para los que están dentro.

—¿Lo ves? —dijo Rebecca a Poppy—. ¿No te lo decía yo? ¡Las luces producen un gran efecto! —añadió, volviéndose a mirar a los demás—. Por ejemplo, cuando los invitados a una fiesta se van acercando a la casa, les anima muchísimo más ver todas las ventanas iluminadas. Así se... alegran de antemano. Enciende todas las luces que poseas, digo yo siempre. ¡Que brillen todo lo que puedan! ¡Que hagan resplandecer la casa como si estuviera en llamas!

J.J. se echó a reír y su hijo sonrió tímidamente. La tía Ida dijo:

—Sí, desde luego que te gusta que la gente se sienta bien recibida.

Pero Poppy sólo soltó un gruñido y la madre de Rebecca se encogió ligeramente en su asiento.

—Bueno, a todo esto, ¿alguien quiere beber algo? —dijo Rebecca al cabo de un momento, procurando imprimirle a su voz un tono decoroso.

Era absolutamente predecible que los que no eran Davitch llegarían antes que los Davitch. Exactamente quince minutos después de la hora fijada —lo que en Baltimore se considera la hora de llegada apropiada—, Alice Farmer se presentó en la puerta con un traje plateado de piel de zapa, zapatos plateados y un sombrero de medialuna de fieltro negro, cargada con un regalo de extraño envoltorio que resultó ser una tostadora de oraciones. (Cuando se presionaba un botón, por la ranura del artilugio saltaba una oración impresa en un cartoncito en forma de tostada, y había tantas oraciones como días del año.) Seguidamente llegó la fisioterapeuta, la señorita Nancy, con una cantidad de globos tan enorme que hubo que meterlos por la puerta en varias tandas. A continuación venían los dos amigos de Poppy, el señor Ames y el señor Hardesty. El señor Ames llevaba un cactus con una especie de bulbo rosado en la punta, que, según Poppy, le recordaba el trasero de un babuino. El señor Hardesty no llevaba nada, lo cual es comprensible ya que caminaba con un andador para el cual necesitaba ambas manos, sin contar con que para sus compras tenía que recurrir a una sobrina más bien huraña, así que Poppy se lo perdonó magnánimamente.

A las tres menos cuarto llegó el primer Davitch: Zeb, recuperando a duras penas el aliento.

—Lo siento —le dijo a Rebecca—. Ha habido una llamada de urgencias del hospital y salí para allá, pensando que después me vendría aquí directamente, pero se me olvidó el regalo, así que he tenido que pasar por casa a recogerlo.

Se refería al regalo conjunto que le hacían Rebecca y él: una ampliación enmarcada de la foto de compromiso de Poppy y la tía Joyce. La había envuelto torpemente en papel de seda blanco y un montón de cinta adhesiva.

—Me hubiera gustado que la vieras antes de envolverla —señaló—. Han hecho un trabajo de restauración increíble.

—Bueno, es un alivio —aseguró Rebecca. Tenía sus dudas cuando la sacó furtivamente del álbum familiar. Se veían unas manchas de moho que habían estropeado prácticamente todo el fondo y la línea blanca de un doblez atravesaba una de las esquinas.

Poppy se estaba alborotando, como un niño sobreexcitado.

—¡Bueno! ¿Qué tenemos aquí? —preguntó al entrar Zeb en la habitación.

—¡Trae acá! ¡Déjame a mí!

—Feliz cumpleaños —le deseó Zeb, depositando el paquete sobre sus rodillas—. Esto es de parte de Rebecca y mía.

—Bueno, gracias. No tiene mucho sentido conservar este envoltorio, creo —desgarró el papel por una esquina y sacó la fotografía—. ¡Oh, cielo santo! —exclamó.

Zeb tenía razón: los restauradores habían obrado un milagro. El fondo estaba ahora impecable y la pareja de la foto parecía de alguna forma más viva. La tía Joyce, más delgada de lo que nunca la vio Rebecca, llevaba uno de esos vestidos drapeados de los años treinta que daba la sensación de que alguien lo había asido por la cintura y lo había retorcido violentamente. Un sorprendente Poppy de pelo y bigote negros miraba fijamente a la cámara mientras Joyce sólo tenía ojos para él.

—¿Increíble, no te parece? —le preguntó Poppy a Rebecca. Ella creyó que se refería al trabajo de restauración, hasta que éste siguió hablando—. Ahí estoy yo mirando a la cámara cuando podía haber estado mirando a Joyce. Porque yo creía que tendría el resto de mi vida para mirarla. Yo tenía treinta y nueve años y ella veintidós. Creí que me sobreviviría.

—¡Cuánta razón tiene! —exclamó la tía Ida desde el sofá.

—Bueno, corríjame si me equivoco, señor Davitch —intervino la madre de Rebecca—, pero creo que en cierta ocasión me confiaron que su mujer siempre había tenido el corazón frágil.

—En su familia había varios enfermos del corazón, pero nunca creí que ella se iría primero.

—De cualquier modo, era guapísima —terció Alice Farmer. Había atravesado el salón para mirar por encima del hombro de Poppy—. ¿Cómo pudo un hombre tan corriente como usted atrapar a una belleza como ella?

—Trabajaba en el mostrador de pastelería de la cafetería de su madre —explicó Poppy—, y al final su madre la puso a servir los huevos con bacon, para que yo me alimentara mejor.

—¡Qué considerada! —dijo efusivamente la señorita Nancy y J.J. soltó una risita, pero Poppy seguía contemplando la foto como si no hubiese oído nada.

Luego sonó la puerta de la entrada contra el armario y Poppy se enderezó, exclamando:

—¡Ah! ¿A ver?

Primero llegó NoNo con un suéter en el que había estado trabajando durante meses: un jersey marinero blanco bastante voluminoso, no exactamente del estilo de Poppy. No obstante, él fue muy amable.

—¿Lo has hecho tú? —le preguntó—. ¡Pero si tú odias hacer punto! Juraste que renunciabas cuando terminaste aquellas botitas de bebé.

—Pues esta vez sí que renuncio, lo prometo —dijo NoNo, al tiempo que se inclinaba para besarle en la mejilla.

—Estoy encargado de felicitarte por tu cumpleaños —le dijo Peter estrechándole la mano— y de decirte que yo y los otros niños te vamos a hacer un regalo grande entre todos.

—Eso está muy bien —opinó Poppy.

Peter llevaba la chaqueta del colegio, con las mangas unos cuantos centímetros más cortas que la última vez que Rebecca se la había visto puesta. Era igual que la de J.J.J., observó. Debían de ir al mismo colegio, porque parecía que se conocían. J.J.J. le hizo sitio en el sofá y juntaron las cabezas para observar algún tipo de artilugio que Peter se sacó del bolsillo.

—Creo que puedo hacer que funcione por fricción diferencial —le oyó decir Rebecca.

Biddy llegó con más cajas de dulces —gran parte de la comida la había llevado por la mañana— y fue hacia la cocina, seguida de Dixon, que antes dejó un barril de madera junto a la puerta de entrada. Troy, sin embargo, fue directamente al salón y le tendió a Poppy un paquete pequeño y plano.

—Tu viejo amigo Haydn —explicó—. El regalo de Biddy es la comida, pero yo quería darte algo especial de mi parte.

Poppy y Troy nunca habían sido uña y carne (más de una vez Poppy había sugerido que una estancia a tiempo en el ejército habría acabado con su *desviación*), pero pareció complacido al desenvolver el CD.

—¡Oh, es uno de mis favoritos! ¡La *Sinfonía Militar*!

Rebecca le dirigió a Troy una mirada suspicaz, pero él se limitó a sonreír.

—¿Por qué no lo ponemos? —propuso Troy y, cogiéndole el disco a Poppy de las manos, se acercó al aparato de música.

Luego llegaron Patch y su familia, y finalmente Min Foo con la suya. Durante unos minutos, el vestíbulo estuvo totalmente abarrotado de gente. Los niños se quitaban como podían las chaquetas; Abdul balbuceaba en su sillita, Patch protagonizaba una rabieta por algo ofensivo que acababa de decir Min Foo. (¿Cuándo? ¿Cómo había tenido tiempo Min Foo de decir algo?)

—Venid a felicitar a Poppy —les dijo Rebecca—. ¡Emmy! ¿Te has puesto tacones? Hakim, deja que te coja al niño mientras tú... Patch, por favor, ven a felicitar a Poppy. Seguro que Min Foo no lo ha dicho en serio, fuese lo que fuese.

—Min Fool* —espetó Patch, pero se llevó a los demás al salón, donde Biddy ya estaba haciendo circular una bandeja de *petits fours* y Dixon pasaba unos pastelitos de coco.

Para entonces los invitados, al ser tan numerosos, se iban quedando de pie. Sólo los más mayores permanecían sentados y, entre ellos, Poppy recibía magnánimamente las felicitaciones desde su sillón de orejas. El señor Ames le contaba a la tía Ida que había elegido la fecha de nacimiento de Poppy para su próximo número de lotería. El señor Hardesty preguntaba a la redonda quiénes eran todos y cada uno de los presentes.

Patch le tendió a Poppy un regalo tan pesado que casi se le cae al suelo. Y con razón: al desenvolverlo aparecieron dos pesas para los tobillos, en forma de grandes rosquillas azules.

—Para tu caminata diaria —le explicó Patch—, acaban de publicar un estudio que demuestra...

---

* Aquí la autora juega con las palabras *Foo,* de Min Foo, y *fool,* que significa loco, estúpido. *(N. de la T.)*

Luego Dixon acercó el barril, que resultó contener el regalo de los niños: una gigantesca cantidad de lágrimas de marrubio, gominolas, piruletas y todo tipo de golosinas, algunas de las cuales Rebecca creía que ya habían quedado obsoletas. Dixon abrió la tapa y enseñó varias muestras, mientras Poppy hacía observaciones apreciativas.

—¿Tú también has contribuido para comprarme esto? ¿Y tú también? —les preguntó a varios de ellos, evitando hábilmente llamarlos por su nombre—. ¡Oh, mis bolas de sasafrás! ¿Cómo sabíais que me encanta el sasafrás?

De hecho, su entusiasmo era seguramente sincero; debía de ser el regalo que más éxito había tenido hasta el momento.

En cuanto al vídeo de Hakim, le desconcertó un poco. Lo desenvolvió y se quedó mirándolo, dubitativo.

—«Paul P. Davitch» —leyó en voz alta—. «1954-1967.» ¿Qué...? No entiendo.

—Son los años que abarca la cinta —explicó Rebecca—. Hakim se llevó todas las películas de la familia a una casa donde las pasan a vídeo. ¿Recuerdas las películas caseras del tío Buddy?

—Ah, sí. Sí, claro —dijo Poppy.

El tío Buddy era el hermano de la señora Davitch, el único miembro de la familia con inclinaciones tecnológicas, y cuando murió en 1968, podían perfectamente haber enterrado con él su cámara de cine. Además, nadie había sido nunca capaz de manejar el proyector, así que esa cinta de vídeo despertaba un gran interés. Reunieron a los niños e hicieron que se sentaran en el suelo, acercaron sillas del comedor y pusieron a un lado el andador del señor Hardesty. Zeb, Dixon y Troy, los tres más altos, se pusieron atrás del todo. Luego Rebecca encendió el vídeo.

Primero surgieron los típicos contratiempos: nieve en la pantalla, imagen en blanco y negro, un duelo entre los dos mandos hasta que desapareció la nieve, una pausa para mandar a uno de los niños a que silenciara a Haydn. Finalmente, quedó enfocada una cartulina blanca con el título *Paul P. Davitch, 1954-1967* escrito en letra muy adornada. La siguiente tarjeta rezaba: «Fotografía: William R. "Buddy" Brand», y la siguiente: «Producido por el Servicio de Producción Big Bob», todo ello con acompañamiento de piano ejecutando la melodía de *Stardust.* «Octubre o noviembre, 1954», podía leerse en la última cartulina.

Cualesquiera que fueran los avances científicos que habían servido para restaurar la ampliación de la foto de compromiso de Poppy, era evidente que no habían estado al alcance de Big Bob, ya que los personajes de la pantalla se veían blanquecinos, por no decir totalmente descoloridos, y atravesados por líneas blancas que parecían ráfagas de lluvia. Ahí estaba Poppy sobre un césped pardo, junto a una tía Joyce más rellenita y desaliñada, cuyas rodillas parecían dos bizcochos a medio cocer sobresaliendo de unos pantalones bermudas demasiado largos, a los que había vuelto el dobladillo. Frente a ellos, inclinado sobre el manillar de un triciclo había un niño pequeño de pelo negro que debía de ser Zeb. Los tres arrugaban la cara bajo la luz del sol. «¡Mirad eso!», murmuró Poppy, pero él parecía ser el único afectado por esa extraña toma tan poco cinematográfica. Los niños más pequeños se agitaban, impacientes, y se oyó a una mujer —la señorita Nancy, tal vez—, que preguntaba: «¿Habrase visto una moda más fea que la de los años cincuenta?».

Apareció otro tarjetón en pantalla: «Navidad de 1956». Para entonces, el tío Buddy debía de haber captado las distintas posibilidades de su medio de expresión, pues la escena era casi demasiado animada. Un tren eléctrico daba vueltas en silencio alrededor de un árbol de navidad antes de quedar oculto tras una falda escocesa. Un niño desenfocado (Zeb otra vez, más alto de repente) arremetía alegremente contra la cámara con un volquete de metal rojo en la mano. Luego Joe (¡Joe! Tan joven y poco agraciado que Rebecca estuvo a punto de no reconocerlo, con su pelo demasiado corto y su cuello demasiado delgado) tiró de Zeb para echarle a un lado y la señora Davitch avanzó con un frasco de perfume en una caja de terciopelo como si estuviese haciendo un anuncio, con una sonrisa tan afectada que casi parecía asustada. La seguían, como si estuviesen bailando la conga, la tía Joyce posando al estilo vampiresa con un suéter de angora rosa de cuyo botón superior colgaba una etiqueta, y luego Poppy, que mostraba una pajarita envuelta en celofán delante de la pajarita que ya llevaba puesta. Finalmente, se vio un brazo peludo agarrado por la mano de otra persona, después apareció la pechera de una camisa y luego una boca de hombre entre protestas y grandes risotadas. «El propio tío Buddy, en su primera y única aparición cinematográfica», tuvo tiempo de anunciar Zeb antes de que toda la escena se desvaneciera.

Los niños preguntaban: «¿Y dónde estabas tú, mamá?». Y sus madres respondían: «Espera un momento, yo no había nacido todavía». Poppy le decía al señor Ames que tenía que creerle, que las cosas no habían sido exactamente así. Pasaron más navidades: «Navidad de 1957» y «Navidad de 1958». «El tío Buddy vivía en Delaware —explicó Zeb—, no venía a visitarnos más que una o dos veces al año». El trenecito que corría bajo el árbol adquirió algunos vagones más; Poppy adquirió nuevas pajaritas; Zeb creció otros quince centímetros. De fondo se seguía oyendo lánguidamente *Stardust,* aunque el señor Hardesty señaló que habría pegado más cualquier villancico. Como para quitarle la razón, la siguiente cartulina rezaba «Primavera de 1961» y, al retirarla, Joe y una esplendorosa Tina con cara de enfado aparecieron en la escalera de la entrada con un cilindro de mantas de color pastel. «¡Ésa soy yo!», dijo Biddy a los niños, aunque sólo podía saberlo por la fecha. La mayor parte de la escena estaba ocupada por una rama llena de flores rosas que se arqueaba desde un lado de la pantalla, frente a lo que debía de ser la ventana del salón principal, y sin saber por qué, esa constancia de un árbol muerto y olvidado tiempo atrás, que Rebecca nunca había llegado a contemplar, la entristeció más que cualquier otra cosa. Poppy también dejó escapar un suspiro. «¡Hay que ver!», dijo, acariciándose suavemente el bigote.

Navidad 1962, Navidad 1964, Semana Santa 1965 y Navidad 1965 y Semana Santa 1966. Biddy empujaba un cochecito de muñecas, Patch aprendía a patinar y NoNo sacudía los barrotes de su parquecito. Joe se convirtió en el hombre con quien se había casado Rebecca. El cabello de Poppy se volvió gris, pero el de la tía Joyce estaba de un rubio más amarillo que nunca. El contorno de los labios de la señora Davitch empezó a difuminarse.

Llegó «Septiembre 1966», ¿y quién estaba ahí? Una joven corpulenta, con una estúpida minifalda que dejaba al descubierto sus rollizos muslos. Tenía la cara ancha y brillante. Rebecca sintió vergüenza: parecía tan intrusa, tan presuntuosa, sonriendo directamente a la cámara mientras que otras personas con más derecho (la señora Davitch, la tía Joyce) envolvían las sobras en papel encerado.

Echó un vistazo circular a la audiencia, pero nadie hizo comentario alguno.

«Navidad 1967» y Min Foo miraba ceñuda desde los brazos de su padre, los puños apretados como dos diminutos ovillos de hilo.

—¡Ahí estoy yo! —exclamó Min Foo, abrazando a Lateesha en su regazo.

Como si la llegada de Min Foo hubiese constituido el único objeto de la cinta, una cartulina que proclamaba «Fin» ocupó en seguida la pantalla. Algunos aplaudieron. Luego apareció otra cartulina con la lista de los miembros de la familia por orden de aparición: Paul P. Davitch, Joyce Mays Davitch, Zebulon Davitch, M.D... Rebecca seguía mirando, traspuesta, pero los niños ya se estaban dispersando y los adultos habían empezado a hablar entre sí. Biddy anunció: «¡Chicos! ¡Oídme todos! Vamos a servir la tarta en el comedor». Emmy y Joey se disputaban a codazos el taburete del piano; Lateesha perseguía globos; Poppy le decía a J.J. que Joyce era mucho más guapa al natural de lo que aparecía en la película.

Se terminaron los créditos, seguidos de más nieve. Rebecca se agachó para pulsar el botón de rebobinado y luego se dirigió al comedor, donde ya se agolpaba un grupo grande de invitados para admirar la enorme tarta de cumpleaños.

—Mi nombre no estaba en la cartulina —le dijo a Zeb.

—¿Eh? —dijo sin volverse hacia ella.

—No me han puesto en la lista de créditos.

La señorita Nancy tiró a Rebecca de la manga.

—¿Me permite una observación? —preguntó—. Dadas las limitaciones del señor Davitch, no estoy en absoluto a favor de las pesas para los tobillos durante sus paseos.

Se oyó la voz de Min Foo, que estaba detrás de ellas:

—¿Pero no se lo había dicho yo? ¿No se lo había dicho yo a Patch? «El pobre hombre apenas si puede andar a trompicones —le dije—, ¡y encima quieres cargarle los tobillos con plomo!».

—¡Te estoy oyendo! —gritó Patch desde el otro extremo de la habitación—. ¡Tú critica, por criticar que no quede! ¿Por qué no me lo dices a la cara, si es lo que piensas?

—Ya te lo he dicho a la cara.

Mientras tanto, la madre de Rebecca le estaba contando a Alice Farmer lo bien que se llevaban los de Church Valley con la gente de color; volvía a sonar Haydn en el estéreo; Emmy y Joey tocaban *Heart and Soul* al piano. Biddy estaba utilizando el encendedor de gas de la cocina para prender las velas de la tarta: Rebecca había insistido en que fuesen cien velas de verdad, más una extra para que siguiera envejeciendo. Daban la vuelta a los pisos inferiores y cubrían todo el último piso, salvo el centro, donde habían colocado un hombrecito de cerámica —la mitad de las tradicionales figuritas de novios— que lucía un frac negro y un diminuto y poblado bigote, muy parecido al de Poppy. «¡Guau!», exclamaron muchos al verlo. El propio Poppy lo observaba muy serio y tieso, con ambas manos descansando en la empuñadura del bastón.

Barry empezó entonces a cantar *Cumpleaños feliz,* agitando los brazos como un director de orquesta. Qué bueno tener a alguien distinto, para variar, que hiciese el papel de animador. Rebecca se unió en la segunda nota y los demás lo hicieron en grupos de dos o de tres mientras proseguía la canción. «¡Cumpleaños feliz!, ¡cumpleaños feliz...!»

Al final, un par de niños siguió cantando: «¿Cuántos cumples, cuántos cumples...?». Sus voces eran tan débiles que Rebecca podía oír al mismo tiempo a Haydn en el estéreo, *Heart and Soul* al piano y *Stardust* en el vídeo, que alguien debía de haber vuelto a poner desde el principio. La *Sinfonía Militar* —al menos su segunda parte, como quiera que se llamase— no sonaba militar en absoluto; sonaba delicada y triste. *Heart and Soul* le había parecido siempre tan inquietante, una melodía extrañamente inquietante, teniendo en cuenta que era tan fácil de interpretar como un juego de niños —en este caso literalmente. Y muchos estarían de acuerdo en que *Stardust* era una canción melancólica. Probablemente fue por eso por lo que, a mitad del «¿Cuántos cumples?», sintió una dolorosa añoranza, y eso allí mismo, en su propia casa.

Pero la hizo a un lado y gritó: «¡Pide un deseo! ¡Pide un deseo!», hasta que los demás empezaron a corearlo. Poppy se preparó, aspiró una gran bocanada de aire y apagó hasta la última de las velas.

Bueno, en realidad le ayudaron. Danny y Peter, a quienes probablemente había reclutado de antemano, se inclinaron a ambos lados de él y soplaron al mismo tiempo, lo que hizo reír a todos.

—¡Pero sí vale! —declaró Poppy—. Sí que puedo pedir un deseo, ¿verdad?

—Claro que sí —le aseguró Rebecca, inclinándose para cogerle la mano, con la idea de instalarle en una silla, pero él se resistió. En cambio permaneció silencioso durante un largo rato, observando a Biddy mientras retiraba las velas de la tarta.

—¡Vaya!, ¿no es una lástima? —dijo finalmente—. Un novio así solo, sin la novia...

Tenía razón, reconoció Rebecca. Tenía que haber pensado en lo que aquello parecería: el pobre hombrecillo vestido con sus mejores galas, solito en su desierto de azúcar. Bueno, demasiado tarde, pues Poppy ya se había vuelto a acordar de su poema: «Te reciben con revuelo / cuando llegas tarde al cielo...».

Min Foo le echó la culpa a Hakim. El maldito vídeo ese, le dijo con un cortante susurro, con la tía Joyce en todas las tomas, precisamente para recordarle a Poppy una y otra vez que estaba muerta.

—¿Y qué? —protestó Hakim—. ¿Acaso se iba a olvidar de ella aunque no viera el vídeo?

Lateesha preguntó si podía chupar el azúcar glaseado que había quedado pegado a las velas. El andador del señor Hardesty soltó algo parecido a un chirrido al acercarse a una silla. «En solitario viajarás, / pero una dulce meta alcanzarás —proseguía Poppy—, la sonrisa de tu amada, / que a las puertas del cielo aguarda».

Y luego, demostrando que no se le escapaba nada, preguntó:

—¿Eso no será fondant, verdad?

—Pues claro que sí —le aseguró Biddy.

—¡Fondant! ¡Mi favorito! ¡Madre mía!

Lo que había dicho Peter era cierto, pensó Rebecca. Uno podía disfrutar de una fiesta aunque luego no se acordara de ella.

Rebecca se había encargado de que el champán fuese de una marca excelente. Normalmente habrían bebido alguno más barato —o incluso, para ser sinceros, un simple vino espumoso—, pero no en esta ocasión. Barry sotó un silbido de admiración cuando le alargó una botella para que la descorchara.

—¡Qué categoría! —dijo.

—Bueno, no todos los días se cumplen cien años —replicó Rebecca.

Hasta los niños tuvieron derecho a la excelsa bebida. La propia Rebecca les sirvió una gota a cada uno, pese a las protestas de Biddy de que no iban a notar la diferencia.

—¡Un brindis! —propuso cuando todos tuvieron su copa. Alzó la suya. Estaba en medio del salón principal, rodeada de tanta gente que algunos tenían que permanecer en el comedor, y en ese momento no sabía muy bien dónde se encontraba Poppy. Pero gritó—: ¡Por Poppy!, y se aclaró la voz:

Quizá alcance la perennidad,
Cien años acaba de celebrar
Y todos desde ahora le deseamos
Que pueda cumplir otros cien más.

«¡Por Poppy!», murmuraron todos. Y entonces, en el silencio que se hizo mientras todos bebían, se oyó claramente la voz de Patch:

—¡Oh, cielos, Beck ya está otra vez con esas interminables rimas suyas!

A Rebecca le ardieron los ojos. Tragó su sorbo de champán y parpadeó para aclararse la vista.

—Gracias a todos —dijo Poppy, de pie junto a la chimenea. Estaba al lado del señor Hardesty y se agarraba a uno de los lados del andador, así que, a primera vista, parecía que los dos hombres estuviesen cogidos de la mano. Cuando obtuvo la atención de todos, prosiguió—: Bueno, esto ha sido justo como yo lo había soñado, os lo aseguro. Desde que empezó el día, todo ha sido perfecto. El sol daba en mi cama cuando he abierto los ojos; el olor a polvo y una sensación de confort me han indicado que los radiadores se ponían en marcha. Para desayunar, gofres, de esos huecos y ligeros por dentro pero crujientes por fuera, y el sirope cien por cien de arce, que se calienta primero en el microondas y luego se vierte y se dejan los gofres a remojar en él y se hinchan y se ponen esponjosos y se impregnan hasta la última miga de ese sabor tostado, como a frutos secos...

Bueno, Poppy tenía para rato. Rebecca apuró el champán que le quedaba y buscó un sitio para dejar la copa. Entonces sintió una mano en la cintura. Al volverse, vio a Zeb justo detrás de ella, que le dijo:

—Era sólo Patch haciendo de Patch. Con eso no ha querido decir nada.

—¡Oh!, ¿crees que a mí me importa?

Pero para su disgusto, las lágrimas se le agolparon otra vez en los ojos.

—El hecho es que soy una mujer superficial —le dijo a Zeb.

Había querido decir «superflua» (estaba pensando en los créditos de la película, en la cual hubiera dado lo mismo que no saliera), pero no rectificó y Zeb, malinterpretándola, le aseguró:

—Por el amor de Dios, ¡no pretenderán que compongas sonetos como Shakespeare!

—Y otra cosa —añadió, sin importarle que alguien más la oyese—, ¿por qué diantre me llaman todos Beck? ¡Yo no me llamo Beck! ¡Soy Rebecca! ¿Cómo es que de buenas a primeras me han convertido en Beck?

—Yo no te llamo Beck —señaló Zeb.

Era cierto, tuvo que reconocer, pero aun así prosiguió:

—«La incombustible jovialidad de Beck», eso es lo que le ha dicho Biddy a Troy esta mañana: la he oído, estaba en la cocina. «Esta fiesta va a ser pan comido», la oí decir. «Tenemos una tonelada de golosinas para Poppy y champán suficiente como para bautizar un barco, y la incombustible jovialidad de Beck...»

—Ven a sentarte —propuso Zeb, aumentando la presión de la mano en su cintura y conduciéndola a través del gentío—. Perdón, por favor, dejad paso, por favor...

La gente les abría paso sin reparar en nada, aún atenta al discurso de Poppy. Ya había terminado el episodio de los gofres y emprendía el relato de su afeitado:

—¿... algo mejor que una espuma suave y abundante, y una gran cantidad de agua caliente? El cuarto de baño está caliente y huele a jabón, el espejo está empañado de vapor. Deslizas la hoja por la mejilla y se te queda la piel tan lisa...

No había ninguna silla libre, pero Zeb condujo a Rebecca hacia el piano, donde estaban sentados Emmy y Joey, y les preguntó si nos les importaba cambiarse. «La abuela está cansada», les dijo. Se levantaron de un salto y Rebecca se dejó caer pesadamente en el taburete. Ahora que lo pensaba, era cierto que estaba cansada. Clavó la nariz en su copa vacía e inesperadamente recordó un episodio de su infancia, un ataque de llanto que se le había pasado cuando su padre le acercó un vaso de ginger-ale. (Ese mismo olor picante, refrescante, ese mismo cosquilleo salado en la nariz.) Luego los dedos de Zeb asieron el pie de la copa y ella la soltó para que se la llevase hacia donde Barry estaba sirviendo la segunda ronda.

—Lo mejor de un solitario es precisamente eso, que es solitario —proseguía Poppy—. Puedes permitirte dejar vagar la mente sin que nadie te pregunte qué estás pensando. Vas colocando las cartas —zas, zas, zas, un sonido apacible— y luego te quedas cavilando un rato, mientras el reloj de la chimenea deja oír su tictac y del piso de abajo te llega el olor del café caliente recién hecho...

La gente parecía haber llegado a la conclusión de que el discurso de Poppy era como una música de fondo. Fueron discretos, manteniendo bajo el tono de voz, pero ahora ya empezaban a ir cada quien a lo suyo. Lateesha estaba dibujando una cara en un globo con un rotulador que chirriaba. A NoNo y a Min Foo les había dado la risa floja. El señor Ames había abordado a Zeb para consultarle algo sobre su salud, mostrando una muñeca nudosa y girándola a un lado y a otro, mientras Zeb inclinaba cortésmente la cabeza.

J.J. se sentó en la banqueta junto a Rebecca y le confió que no estaba totalmente tranquilo con su mujer.

—¿Y cuál crees que es el problema? —preguntó Rebecca en voz baja.

—Creo que el pastor ha ido a visitarla porque ella se lo ha pedido. Creo que está empezando a preguntarse por qué se casó conmigo.

—¡Bah, J.J.! ¿No te parece que simplemente te sientes ansioso por lo que pasó con Denise? —preguntó Rebecca—. ¡Tú eres un marido excelente! La llevaste a Ocean City para celebrar aquel aniversario...

—Sí, pero creo que las cosas más fastidiosas, como, por ejemplo, que me acueste con los calcetines puestos, cosa que ella odia...

La comida, estaba diciendo Poppy, había sido exactamente lo que él deseaba: un sándwich de pan integral con mantequilla de cacahuete y mermelada.

—Sí, ya sé que no es foie-gras —admitió—, pero hay algo sumamente satisfactorio en los sándwiches bien hechos. Y éste estaba exactamente en su punto: la mermelada de uva untada tan espesa que ya había empezado a empapar el pan y a rezumar formando esas manchas púrpuras que parecen cardenales...

La madre de Rebecca y la tía Ida atravesaron de puntillas el salón con sus bolsos bajo el brazo. Sortearon el juego de tabas que había en la alfombra y agitaron los dedos en dirección a Rebecca. «¡No te levantes!», articuló la tía Ida, pero por supuesto Rebecca se levantó. Las siguió hasta el vestíbulo, para poder hablar en un tono de voz normal.

—No os insisto para que os quedéis —les dijo mientras les ayudaba a ponerse los abrigos—. Ya sé que queréis estar en casa antes de que anochezca.

La luz de la calle ya estaba atenuándose, advirtió. Ambas mujeres le estamparon unos besos suaves y secos en las mejillas y la tía Ida dijo:

—Gracias por esta fiesta tan agradable, cariño.

—Gracias por venir.

—Lo que no he entendido del todo es cómo habéis hecho vuestra lista de invitados —añadió su madre.

—¿Cómo dices?

—¿Quiénes eran algunas de esas personas? Parecían... no tener nada que ver.

Normalmente Rebecca se habría sentido molesta, pero algo en la manera de formularlo su madre le pareció cómico, y se conformó con echarse a reír antes de pedirles que condujesen con cuidado.

—No vamos a pasar por el bulevar Martín Luther King —oyó que le señalaba su madre a su tía mientras se alejaban por la calle—. No quiero meterme en esa rampa, con todas esas variantes más enredadas que un plato de espaguetis.

Algunos invitados empezaban a dar también muestras de agitación. Ojeaban los relojes, enviaban miradas significativas a la gente con la que habían llegado. ¡Rebecca se sentía tan vacía cada vez que una fiesta alcanzaba esa fase de decaimiento! El salón principal tenía un aspecto devastado, con sillas vacías aquí y allá y papeles de envoltorios dispersos. En lugar de volver a sentarse en la banqueta del piano, se sentó en el sofá junto a Peter.

—¿Por dónde va? —le preguntó, refiriéndose a Poppy.

—Por la hora de la siesta —contestó en un susurro.

La hora de la siesta y las sábanas blancas y frescas, que se iban calentando conforme se habituaban a ti.

—Es como si te hicieras un nido con la forma exacta de tu cuerpo —explicaba Poppy—. Es esa sensación de calidez, de adaptación a tu cuerpo, y si sientes un poco de calor de más, basta con que corras un poquito el pie y encuentras frescor de nuevo.

La persona que volvía a pasar el vídeo era Merrie, o al menos Merrie era quien estaba frente al aparato en ese momento, sentada en el suelo con las piernas cruzadas, lo más cerca posible de la pantalla y estudiando una de las escenas navideñas. Bueno, era propio de su edad: siete años. Lo bastante pequeña aún como para interesarse por saber qué clase de niña había sido su madre. De hecho, Patch había sido una niña francamente fea, según recordaba Rebecca ahora que la veía patinar en la pantalla. Una niña susceptible, huesuda, enjuta y fibrosa, peleona y conflictiva, ni maternal como Biddy ni seductora como NoNo. Pero Patch fue la hijastra a quien primero empezó a querer Rebecca, o la primera a quien tuvo conciencia de querer. La noche en que a Patch se le reventó el apéndice se puso tan mal, su dolor era tan patente, viéndola allí tendida con la cara pálida, los ojos desencajados y las pecas resaltando en su cara, que Rebecca había sentido un miedo tan físico como una patada en el estómago. De alguna manera, nunca había logrado recuperarse del todo.

Pero eso no suavizó ni un ápice su irritación cuando Patch dijo en voz demasiado alta:

—¿Qué intenta hacer Poppy? ¿Establecer un récord mundial?

—Chis —dijo Rebecca.

Ya debía estarse acercando al final del relato: se estaba vistiendo para la fiesta. («... esa forma que tienen de crujir las mangas de la camisa almidonada cuando metes los brazos...») Y además, Rebecca lo estaba disfrutando. Llegó a la conclusión de que era algo así como un informe sobre el significado de estar vivo. Suponiendo que al final de tu estancia en la tierra tuvieses que rendir un informe en el cielo, contarles cuáles han sido las experiencias personales que te han tocado en suerte: ¿no sería algo parecido al discurso de Poppy? El olor del polvo del radiador una mañana de invierno, el sabor del sirope caliente...

Quizá su propio informe resultase incluso más largo, pensó Rebecca.

Zeb se abría paso hacia ella con aquella copa de champán, por fin. Los jugadores de tabas iban ya por la octava combinación.

Peter le contaba a J.J.J. que hay científicos que hacen descubrimientos porque los ven en sus sueños. «Y si tienes en cuenta la cantidad de horas que nos pasamos soñando, digamos —calculaba— dos horas por noche, que es la media nacional, y si vivimos pongamos ochenta años, y... veamos, diez menos dos, menos una... eso serían casi siete años de sueño».

Quizá fue porque mencionó los sueños o quizá por la forma en que estaba sentado —junto a ella pero dándole un poco la espalda, con lo que ella sólo veía su perfil—, pero Rebecca tuvo una idea de lo más extraña. Pensó que Peter era el chico con el que viajaba en el tren. Le sonrió, aunque él no la estuviese mirando.

Poppy estaba describiendo las velas de su tarta —«un muro de llamas», así las llamó— y el deseo que había pedido antes de soplarlas:

—He deseado que el año que viene hagamos una fiesta aún mayor —decía—. Para celebrar mi ciento un aniversario. Mi cumpleaños capicúa.

Varias personas dirigieron a Rebecca miradas solidarias.

Los jugadores de tabas ya iban por los nueves. Zeb le puso la copa de champán en la mano y le besó el cabello.

Había todavía tantas celebraciones por venir en su vida...

—... y el glaseado era el que más me gusta: fondant —proseguía Poppy—. Lo dejé derretir en mi boca. Me eché un pedacito a la boca y duró justo un segundo antes de fundirse y deslizarse por mi garganta, todo ese dulzor derritiéndose...

En la pantalla apareció la cara de Rebecca, alegre, abierta, iluminada por el sol, y consideró que realmente se lo había estado pasando en grande.

Este libro
se terminó de imprimir
en los Talleres Gráficos
de Rotapapel, S. L.
Móstoles, Madrid (España)
en el mes de septiembre de 2002

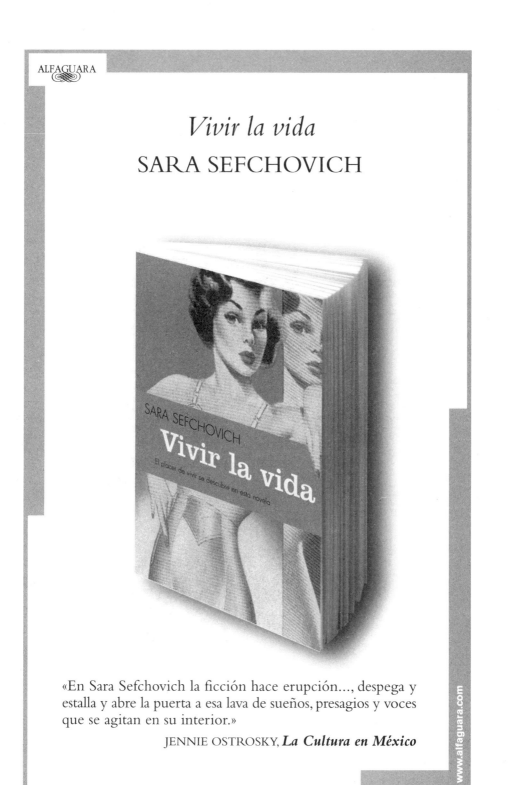

Ángeles fugaces
TRACY CHEVALIER

«Leí *Ángeles fugaces* en una tarde. Al día siguiente, me senté y la leí de nuevo.»

JANICE P. NIMURA

En el nombre de Salomé
JULIA ÁLVAREZ

«Una autora exquisita cuyo respeto por la fuerza del amor
concede a la novela su delicada tensión.»

Los Angeles Times